Best Time

白马时光

老江湖
李英雄
长袍马褂
烟杆
李老吹…

女寨主
江湖气
身手了得
李错

女军官
鹅蛋脸
擒拿格斗
理性
徐思丽

正太道士
娃娃脸
武艺高超
戏法
青旱
吕冲元

毒舌教授
金丝框眼镜
前清
博闻强识
梅檀

痞子侦探

李英雄
探事社

自来熟

王江宁

江 宁 婆 婆

×

不 空 文 化

作 品

江宁探案录

江宁婆婆 著

百花洲文艺出版社
BAIHUAZHOU LITERATURE AND ART PRESS

图书在版编目（CIP）数据

江宁探案录 / 江宁婆婆著 . — 南昌 : 百花洲文艺出版社 , 2018.11

ISBN 978-7-5500-3014-5

Ⅰ . ①江… Ⅱ . ①江… Ⅲ . ①长篇小说—中国—当代 Ⅳ . ① I247.5

中国版本图书馆 CIP 数据核字（2018）第 213256 号

江宁探案录

JIANG NING TAN AN LU

江宁婆婆 著

出 版 人	姚雪雪
出 品 人	李国靖
总 监 制	铜雀叔叔　白毛毛
特约监制	王　瑜
责任编辑	袁　蓉　叶　姗
特约策划	王　瑜　刘洁丽
特约编辑	王良玉　王　策
封面设计	林　丽
版式设计	王雨晨
封面供图	41 陈彤　视觉中国
出版发行	百花洲文艺出版社
社　　址	南昌市红谷滩世贸路 898 号博能中心 I 期 A 座 20 楼
邮　　编	330038
经　　销	全国新华书店
印　　刷	北京嘉业印刷厂
开　　本	880mm × 1230mm　1/32
印　　张	14
字　　数	349 千字
版　　次	2018 年 11 月第 1 版第 1 次印刷
书　　号	ISBN 978-7-5500-3014-5
定　　价	45.00 元

赣版权登字：05-2018-386

发行电话　0791-86895108

网　址　http://www.bhzwy.com

写在前面

算起来，今年已经是我从警的第十一个年头了。年轻时曾经听师父说过，十年，是一个分水岭。当时我不解其意，唯有自己经历了这十年，才真的理解十年意味着什么。

作为一名人民警察，我在现实中亲身经历了大量的真实案件。在网络上所写的每一次案例通报和科普文章，都促使着我去深入思考。和网友们的互动，也开拓了我的眼界。当一个人的经历和阅历有所积累，有所小成的时候，会很自然而然地想把心中的东西写出来。

我也一样。

对于我来说，写作并不是一件容易的事情。一方面是平时工作确实很忙，另一方面则是我在写作上纯粹是个小学生、门外汉。怀着诚惶诚恐的心态，我一点一点把曾经的梦想变成了文字。感谢那些网络连载期间给我提出鼓励和意见的网友，没有你们，就没有今天的《江宁探案录》。

对“江宁婆婆”这个笔名，我本来是拒绝的。一来是担忧这会让一些人对我的性别产生困惑；二来，总觉得好像莫名占了大家的便宜，让我更加忧虑。可似乎冥冥之中早已注定，无论我怎么自称自己是“叔叔”，大家还是一上来就叫我“婆婆”。乃至某次参加较高级别的会议，领导的领导的领导的领导当着无数人的面，也大声介绍着“江宁婆婆”，我知道，我只能对现实认输了。

这部小说的背景我放在了民国，原因也很简单。民国时期内忧外患，国之不国，家无完家。有充分的动荡背景，可以作为王江宁这个倒霉侦探的破案舞台。要是放在现代，说实话，就南京现在的良好治安状况，出一起抢劫那都是大案了，哪还有王江宁施展的空间呢。

王江宁这个人物，身上带有那个时代背景下很鲜明的时代特质。他是个孤儿，从小不知道父母为何人，被好心的老侦探李英雄收养，又在龙蛇混杂的底层社会长大，深知底层民众的疾苦。所以他的人生价值和人生追求也极其简单：在这个动荡无比的社会里，不但让自己能够活下去，还要力所能及地帮更多像他这样的苦命人伸张正义。而王江宁的亲密战友梅檀教授，则代表了当时另一种人的追求。

梅檀家世显赫，却有一颗悲天悯人的心。留洋的经历让他深信唯有教育和科学才能拯救国民于水火之中。而残酷的现实，一次次地冲击着梅檀的信仰，也让这个生活在上流社会却同情怜悯下层人民，潜意识里以拯救同胞为追求的知识分子，在一起起案件中和王江宁这样的人成为了朋友。

至于小道士吕冲元，则是传统文化的代表。在风雨飘摇的年代，他纯粹的信仰成为他的支柱，令他足以对抗现实世界的险恶。他行踪神秘，在各种错综复杂的案件中，也和王江宁、梅檀产生了不可避免的奇妙交集。

这三个人，既是书中的主角，也是那个特殊历史背景下虚构出来的群体代表。他们三个，在组成探案小组的同时，也给彼此制造着各种困难。

之前在网络连载的时候，就有读者问到这三个人的名字因何而来。说实话，起名字这种事我是真的十分不擅长。

“王江宁”纯粹是偷懒来的名字。“吕冲元”是稍微考据了一下，取了三个著名道教人物的首字，分别是“吕洞宾”吕祖的“吕”字，金庸笔下著名道士“冲虚道长”的“冲”字，道教祖师之一的“元始天尊”的“元”字，从而得名“吕冲元”。至于“梅檀”，则是翻阅民国老地图时，在南京下关看到一处煤炭码头，直接谐音来的“梅檀”。想必梅教授对这种很接地气的名字来历不会介怀。

说完三位男主角，再来聊一聊这本书里的两位女性角色——徐思丽和李错。她们两个尽管在性格上有很大差异，但共同特点是一致的，那就是高度的独立自主。她们的存在，既不是为了给男主角们找一个搭档，更不是为了成为花瓶。

认真说来，不管是论智还是论斗，徐思丽加李错都能轻松压制王江宁、梅檀、吕冲元三人组。徐思丽尽管在感情方面对梅檀总是无法放下，但做事却是当机立断刚猛非常。李错为了自己懵懂的感情义无反顾地来到南京城找王江宁，却是依靠自己的实力在南京城打出一片新天地。她们追求的都只是爱情，而不是男人。我喜欢这样的角色，我更希望将这样的精神传递给每一位读者，希望你们无论性别、年龄如何，都能够独立自主。

这部书对我来说，是第一次勇敢的尝试。在写作过程中，我充分体会到当一个人物被创造出来之后，即便是作者，也很难把控好他们未来的走向。于是我从一开始的创作者，逐渐变成了记录者。每一个角色都有自己的生命，有自己的想法，而我，也许只是一个在老南京城观望这一切的观察者，并记录下他们的故事。

希望你们能喜欢他们的故事。

如果不喜欢也请告诉我，我还能改。

江宁婆婆

2018 年 9 月

民国十七年，亦是北伐第三年。

南京国民政府执政一年有余。

南京城中百姓不受历史变迁影响，依旧如往年一般安分度日。

然而，不易察觉的暗流正在这一派祥和之下悄然涌动……

引　子

一叫你魂去，再叫你去当，石叫石和尚，
自叫自承当，早早回家转，石匠顶桥梁。

——南京民谣

目　录
contents

目　录

contents

第一章

汤包疑云

一

民国十七年，亦是北伐第三年。南京国民政府执政一年有余。

南京城中百姓不受历史变迁影响，依旧如往年一般安分度日。然而，不易察觉的暗流正在这一派祥和之下悄然涌动……

十二月，城中寒气逼人。稀薄的晨光刺破厚重的乌云，在秦淮河上洒落一片碎金。画舫色彩斑斓，安静坐落在河岸两旁，如舞厅中等待客人的舞女，为这苍凉的冬天画上艳丽一笔。

此时繁华的夫子庙还没到热闹的时辰，常年盘踞此地的乞丐和杂耍艺人还未出门，河岸边寂静无声，零星可见几个在河畔浣衣的妇人以及匆忙拉车经过的人力车夫，转眼就隐在朦胧的冷雾里。

王江宁穿着他最爱的那件夹克，踩着自行车，急急忙忙穿过武定桥，下坡路上，冷冽冬风扑面而来，如针扎面颊。他尚未进食，此情此景真可谓饥寒交迫。幸而目的地复兴书店就在不远处。

“钱老板！这月的《侦探》到没到啊？”王江宁匆忙架起车，人未到声却到了，“我师父可等好几天了！”

书店的钱老板一听到王江宁的声音头都要炸了，心说王江宁这小子也够拧的，为了给他师父催这本杂志，这星期都来三趟了，回回从早耗到晚，弄得自己生意都没法做。

然而钱老板心中虽这么想，嘴上却还是应着：“哎哟，我的王大侦探，实在对不住！这真真是没到货啊！这书要是来了，我肯定亲自给李老爷子送上门去！”

王江宁也不说话，径直走进店里，自顾自往迎客椅上一坐，准备斟一杯茶。钱老板一看这架势，心里一惊，赶忙上前说道：“哎呀，茶壶没热水，我给您去倒点……您看这么着，明天书要再不来，我亲自跑一趟上海，去出版社给您看看什么情况，行吗？”

“那行吧。茶不用了，我还得给老爷子带早饭回去。”王江宁得了话便站起身来，扫一眼书店里花花绿绿的各色杂志，呵了口气搓搓手，准备离开，“如果明天再不到，我亲自送您去码头。”

“是，是！我今晚就打电话再催催！”钱老板见王江宁要走，心中暗舒一口气，“对了，王大侦探，我倒有件事想跟你打听打听。”

“什么事？”王江宁走到门口停住脚步。他见钱老板挤眉弄眼，心中略微疑惑。

“就那御猫会，最近老听客人提起……到底有没有这回事啊？”钱老板刻意压低了声音。

“这我就不知道咯。”王江宁耸了耸肩，“干侦探这么多年了，从没见过。”

王江宁见钱老板低头若有所思，便淡淡一笑，心中不无感慨：御猫会这个传说，在这城中还真是长盛不衰啊。

传闻中，御猫会是个神通广大的侦探组织，不但帮人查案，还劫富济贫，除暴安良，几乎无所不能。这几年生活质量好了，茶余饭后，

王江宁心中不无感慨：御猫会这个传说，在这城中还真是长盛不衰啊。

总能听到街坊邻居讨论起御猫会来，传得那是神乎其神。据说御猫会里面有六个探首，那一个个身手才思都十分了得，简直要比《侦探》杂志上的那些个传奇神探还要厉害。钱老板同样是《侦探》杂志爱好者，也难怪对这个组织感兴趣。

不过什么御猫会，他王江宁是不信的。师父说得好，侦探再如何受吹捧，也不过是个营生，第一要务就是赚钱。看钱老板的思绪早就飞到不知道哪里去了，王江宁便推过自行车，慢悠悠骑远了。

杂志是没法给师父带了，早点就更是不能少。王江宁在心中盘算着，得赶紧到李寡妇的汤包店给师父带点儿汤包回去。

再次骑过武定桥，夫子庙里大大小小的早餐摊点就都已经搭起来了。不时有“虾米小馄饨好了！”这类吆喝传出。木车摊点前，形形色色的客人纷至沓来。一旁的矮桌前早已围坐满了客人，喝馄饨喝得那叫一个津津有味。

这早餐小摊，是南京城特有的风景线，早点摊往往都是夫妻二人经营，男人负责挑担子，担子一头是煤炉风机，另一头装着面皮馅料。女人则负责推小独轮，独轮车上放着两三张小桌，八九个小凳，锅碗瓢盆，两把大油纸伞。这样简单的摊子，往往天刚亮就得搭起来。一张案板架在装面皮馅料的木箱上，一个人包馄饨、煮馄饨，另一个人则端碗洗碗、收拾摊面。

路上香气扑鼻，王江宁的自行车也不禁慢了下来。但想到师父他老人家，王江宁还是努力咽了口唾沫，忙不迭继续赶路。

不一会儿，他便赶到了李寡妇汤包店。这是他和师父常吃早点的地方，就在李英雄探事社所在小巷的门口。与其他早点摊子不同的是，这家汤包店有个自己的铺面。

店主是个寡妇，随夫姓李，年轻时候死了丈夫，却也没有再嫁，愣是一个人撑起了这么个汤包馄饨店，还把无人照顾的亡夫妹妹李小妹也接进店里当帮手。这一点，令大家都对这李寡妇心生敬意。

“最近老张头家小孩魔怔了，肯定是被那无梁殿摄魂了！”店中一个食客一手夹着汤包，一边吹气一边一脸正经地对另一个食客说道。

王江宁闻言，手中的动作慢了几分。大概就是三四个月前，南京城街头巷尾流传起一个诡异的传说。中山陵的无梁殿无梁却能不塌，是因摄取了多名儿童的灵魂用来顶住房顶的缘故。即便政府早已就“摄魂殿传说”一事发布了辟谣公告，但是南京全城依然人心惶惶。传说不但屡禁不止，甚至还愈演愈烈。

据说这一段时间里，城中忽然出现了很多暗施邪术的妖妇。孩童只要被她们叫了名字，魂就会被立刻摄去，然后成为无梁殿的“梁”。为了防止自家孩子的魂魄被拿去顶梁，家长在小孩肩上缝制红布，在上面写着各种防妖妇的话语，并画着种种荒诞不经的符号。“一叫你魂去，再叫你去当，石叫石和尚，自叫自承当，早早回家转，石匠顶桥梁”这首在南京城里脍炙人口的民谣，就是大人教给小孩，用来防妖妇摄魂的。

不过做侦探的，从来不信这个。王江宁摇了摇头，迈步走进汤包店，打算如往常一样，喝一碗馄饨，吃一屉汤包。这两样东西，也可以说是南京市民的标配了。

“汤包蒸着呢，馄饨要不要辣油啊？”李小妹端着早点走来。

王江宁接过早点，拿起调羹先嘬了一口馄饨汤：“喝两口再加！”

李小妹闻言点了点头，转身去别桌忙活去了。

王江宁专心对付着面前的吃食，不过半碗馄饨的工夫，店门外就排起一条长龙。然而街对面的汤包店却是门可罗雀，看来李寡妇家手艺颇受街坊信赖。

“李大姐哎，最近生意是越来越好了啊，马上发财啦！”王江宁吃完最后一个馄饨，摸了摸肚皮冲着李寡妇喊道。

李寡妇熟练地将馄饨撒到沸汤里，转身将蒸好的汤包送至王江宁面前："发财是没想过，日子顺顺当当就行，客人吃饱喝足我就心满意足咯！"

"哧——哧，好吃，好吃！"王江宁咬破汤包皮，吸溜了一口汤汁儿，烫得直吐白气。

李小妹端盘走过，看王江宁又窘又馋的样子，不禁笑出声。王江宁下意识抬头看，两人目光交错，李小妹的脸倏地红了起来。好在小妹常年操劳，麦色的皮肤根本看不出来这羞红。

"我说李大姐，今儿这火候把控得是真好，汤包皮又薄又筋道，半透明，嚼劲十足，咬开之后满口肉汁，实在过瘾。得亏我师父犯懒不出门，不然光他一人就能把你这吃断货了。"

"还是咱王大侦探会说话，都是熟客了，我特意给李师父留了两屉呢。"

王江宁闻言立刻翻口袋找钱，然而他东翻西翻，却还是露出傻眼的表情："哎呀，李大姐，你瞧我这没得带够钱啊……完了，我师父没吃够，又要拿我是问了。"王江宁边说边偷瞧李寡妇的反应。

小动作没能逃开李小妹的眼，她立刻在一旁捂住嘴偷笑起来。

李寡妇倒也不怕王江宁赊账不还，毕竟是常客，就也乐呵呵地跟着开玩笑："小侦探，你师父的看家本事没学会，光学着油嘴滑舌啦。行了，我赊你一笼便是，记得要还啊！"

"还还还，一定还！接了新生意就还，钱不是问题！"王江宁得了便宜还卖乖。

"新生意？"李小妹当即决定损他几句，"你多久没开张了，还得上吗……"话没说完，只听嘭的一声巨响，汤包店的门板轰然倒地。

王江宁顺势望去，只见几个人站在门口，眉眼中藏着怒意。

来者不善。

二

李寡妇一把把愣在原地的李小妹拉到身后，大步流星迈出店外，朗声说道："诸位要是吃饭，屋里请。要是找事儿，我这一小早餐店，怕是找错了地方！"

王江宁跟上前去，扶起地上的门板，暗暗佩服李寡妇的架势。铺子开了这么多年，料想这李寡妇处理事情有点经验，他决定先静观其变。

只见那带头找事的男子没丝毫退让，反倒上前一步："老子今天就要砸了你这鬼店！我家小子天天在你这儿吃早点，前些日子就开始有点不对劲，昨晚都鬼上身了！肯定是你店里东西不干净！"

王江宁回头看去，只见店里的食客都被吸引了注意力。大部分人下意识放下了手中碗筷，刚要入口的包子也悄然放回笼屉。

李寡妇冷笑一声，从王江宁手里接过门板重新装上："你是说我家包子馄饨不干净了？我家东西不干净，怎么独你家孩子吃出了问题，这么多人都没事呢？"她边说边指了指店里这么多食客。

不等砸门那人说话，他旁边一个妇人就接过了话茬："李大姐，咱们也不是故意要寻你的不是，但是我家的小三子也是经常在你家吃东西的，前些日子也犯了魔怔，和崔大哥家的小子一模一样。还有前巷薛大嫂家的闺女，也是一样的症状。我们三家相隔很远，平时也没怎么走动过，三家孩子也都不在一起玩。昨晚咱们一合计，才发现孩子们都是常在您这铺子吃东西。李大姐，大家都是街坊邻居，谁也不会故意寻谁的不是，但是自家孩子遭了这等罪，总要有个说法不是？"这妇人说话条理清晰，分量十足。

聚在门口围观的人越来越多。围观人士以及前来讨说法的人你一言我一语。王江宁也算听明白了个大概。附近街坊有三四个小孩最近突然都跟中邪了一样，四肢抽搐，口吐白沫，仿佛被鬼上了身。而这几个孩子的共同特点，就是经常来李氏汤包店吃早点。

“李氏汤包店来不得，会被鬼上身的。要我说，这一定是因为李寡妇家阴气太重，他家男人在下面看不得她天天抛头露面……于是来给她提个醒啊。”

“什么阴气太重，她家男人都死了十几年了，要出事儿怎么早没出事儿？要我说啊，是她家那个铺面下面埋了不干净的东西，你没听说吗？她家那铺面原来是太平天国处决犯人的地方……”

围观人士越说越夸张，一个比一个说得邪乎，而且绘声绘色，有鼻子有眼的。

李寡妇虽依旧面不改色，但毕竟单拳难敌四手。对方人多势众，李寡妇很快便落了下风。

眼前的场景，王江宁始料未及。门外这群都是周边的街坊邻居，有些甚至还与王江宁相识。他们都是本分的南京人，不是那些活闹鬼，必然也不是无事生非。难道……这食物真有什么蹊跷？

未等王江宁细想，铺子里也传来了动静。吃早饭的食客们坐不住了，纷纷起身。李小妹急忙拦上去收钱，但他们并不理睬，只管大踏步地往前走。甚至还有个老汉拉住李小妹教训起来：“你家东西不干净，我们没吃坏那是命大，你怎么还问我们要钱？”

眼瞅着李小妹备受欺负，王江宁无法坐视不管，立刻上前呵斥道：“干吗呢？外边那事儿是真是假还不知道呢，你们就想着赖账了？那你们中邪了没啊？没有吧？现在要么把饭钱交了，要么把吃的给吐出来，不然别怪我不客气啊。”说着，他从裤脚里掏出一根枣木拐，抬起一条腿踩凳子上，挡住出门的去路。

他扭了扭脖子，舒展筋骨，枣木拐随着手臂张扬。枣木拐握柄原本与棍身一体，可以开合，连接处缀着几个金属件，略显精巧。

这枣木拐是王江宁刚当侦探时师父送给他用来防身的。不过王江宁更喜欢拿它虚张声势，要是真打起来，王江宁这腿可跑得比谁都快。

现场的这些人显然被唬住了。他们见王江宁不像个善茬，纷纷付钱结账。揪住李小妹的老汉画风突变，立马掏钱付账，找零都不要就溜了。

事情解决，王江宁得意地向李小妹挑眉。李小妹故意别开脑袋，低头放钱，脸却已经红到了耳根。

此时外边李寡妇仍然被一群人围着。南京人不好动手，但嘴里的说辞毫不饶人，问候亲娘的话满天乱飞。王江宁怕局面失控，立刻跳上凳子，用枣木拐敲打着旁边的门柱，想要故技重演，说几句话吓唬吓唬在场人士。

众人闻声暂时安静，王江宁正要开口，就听远处刺耳的警哨声响起。

“都散了，散了啊，警察做事！”只见一个白嫩的胖子气喘吁吁地带着几个警察冲进人群。

胖子将站在高处的王江宁一把拉下，同时示意手下安顿现场。

闲杂人等迅速散开，只留李寡妇和一众家长遥望对峙。

胖子把王江宁拉入店中，还没说话，王江宁率先开口：“哟，韩大探长，大早上见着你可不容易啊。”

“你怎么在这儿？！”胖子一抹头上的汗，出声问道。

“我来吃包子，正巧看到有人闹事。不过韩大探长现在已经要管市民吵架这等事儿了？”王江宁调侃道。

眼前这胖子是他发小，名唤韩平，跟他是熟得不能再熟了，用南京话讲那叫“熟得一匹”。

韩平跟王江宁一起在码头长大。年幼时的韩平身形肥胖，老被别的孩子欺负，幸而王江宁作为小孩子王，心中正气凛然，总护着韩平，还为韩平跟大孩子闹了不少次。虽说最后都以王江宁鼻青脸肿结尾，但是两人却建立起了深厚的革命友谊。

后来，王江宁被李老吹收养，韩平也遇到了他命中注定的“贵人”。一位警察厅高官看韩平憨态可掬，便收养他做义子。韩平在干爹的庇护下做了警察，而王江宁则在李老吹的栽培下当了侦探，两人再次亲密合作起来。

韩平为报当年恩情，给了王江宁不少案子。一个赚钱，一个升官，各取所需，久而久之，革命情谊更加深厚了。

但话说回来，韩平现在已经是小探长了，街坊闹事，怎么也归不到他管。

韩平一脸烦闷，挠了挠后脖颈道：“这一趟，我也不想来啊。还不是因为那什么无梁殿……”

“无梁殿摄魂传说。”王江宁见韩平语塞，立刻接上。

“对，对，无梁殿摄魂传说。前阵子，上面好不容易才压下来，结果现在又搞出孩子中邪这一出，处理不好可麻烦了！”韩平四下打量，随即压低声音，“而且新政府成立，一直没什么政绩。现在上面下死命令了，要太平盛世，全城无案，这案要么快结，要么压下去，拖不得。”

听韩平一说，王江宁恍然大悟：“哦，怪不得我这阵子无事可做，敢情都被兄弟你压下去了啊。你说你是不是要请我吃一顿补偿补偿。”

“现在动静闹这么大，我真是头发都愁没了，你竟然还想着讹我。”韩平扭头看看门外的家长，都是一副誓不罢休的样子，于是痛苦地摇了摇头，叹气出声。

王江宁拍拍韩平的肩膀，安慰道：“中邪肯定是胡扯。”

韩平闻言，忽然想起什么，一双小眼睛里升腾起期待的光：“兄弟，要么……这案子你帮我查查？”

王江宁朝韩平挤眉弄眼，韩平立刻明白过来，急忙道：“等你查好了案子，我就给你报个热心市民奖，奖金嘛，肯定也是少不了的。”

“那可说好了啊，不许耍赖。”王江宁有些不放心。

“这能耍什么赖啊。”韩平略带不满。

王江宁点点头，心中却跟明镜似的。韩平虽是兄弟，但鸡贼得很，遇到案子从不给定金，总是画大饼。这案子真查出来，他就抽一手提成，没查出来，他也一点不亏。

“成吧。”王江宁想了想，还是答应下来。一是当侦探不查案心头痒痒，二是最近手头紧了，吃包子都得赊账，不接活怕是不行了。

“那你赶紧的吧，回头我把这几个小孩家庭情况给你。”韩平撇了撇嘴，接着说道，“这铺子嘛，暂时还是得封起来。你去说还是我来说？”

“我去吧。”王江宁犹豫了片刻回道，“你先让门外闹事的散了。”

“行，那我先去了，这儿交给你。”韩平话毕，出门言语几番，便带着几个家长离开了。

三

此时李小妹正扶着李寡妇在门口坐着。李寡妇显然心力交瘁，站立的力气都没了。

王江宁把李寡妇和李小妹一同扶回铺子，开口道：“李大姐，你别担心，这事儿警察厅已经介入了，现在是我做调查，我肯定给你个说法。但按照他们的规矩，这铺子……可能要歇上几天。”说完，王江宁就急忙看向李寡妇，生怕李寡妇不能接受。

“王侦探，刚你帮我说话我也听到了，真谢谢你，我肯定配合你工作。铺子暂时关两天没关系，你可一定要还我个清白啊！”此时铺子里没了外人，李寡妇再也绷不住，眼泪哗哗流下来。一旁的李小妹安抚着她，却也暗自神伤。

王江宁最受不了女子受委屈哭泣，赶忙安慰，再三保证一定还汤包店清白。等李寡妇平静下来后，这才踱步出去。

去警局拿档案的路上，孩童魔怔的事情一直在王江宁的脑海中盘桓着。他自小在码头长大，妖魔鬼怪的故事伴随了他整个童年。然而对于妖魔鬼怪，他一直是不信的。通常那些传得玄乎其玄的鬼神作乱，到头来都是人祸。

李老吹常对他说，人心可比妖怪可怕多了，世上没有破不了的魑魅魍魉案，要么没想到，要么没发现。而这句话，也成了王江宁的工作信条之一。

所以一说汤包有问题，王江宁直接就想到了有人下毒。但他没想明白的是，为什么中毒的偏偏是孩子。

从韩平那里拿了资料，王江宁直奔出事儿的第一家。一听是来查孩子病状的，孩子父亲二话不说就把王江宁迎进家门。孩子父亲是在船厂干活的，家里的孩子刚八岁。孩子生病后，父亲工都不做了，成天守在孩子身边。

王江宁进屋一瞅，只见那孩子盖着被子躺在床上，闭着眼，嘴里嘟嘟囔囔说着胡话，说是有虫子在身上爬。王江宁上前去摸了摸孩子的额头，也不发烧。

“看过大夫没？”王江宁一边检查孩子，一边问道。

“看过，找了仁和堂的大夫来看的。大夫说什么脉象紊乱，心神俱惊，开了些安神定心的药。虽说孩子今天吃了药确实好了一些，不过你看孩子这样，肯定还有什么脏东西没走。”

又随便聊了些，王江宁得知孩子几乎不出门，都是在家里，经常由母亲教导识字，没多少机会接触外界。然而孩子每天早晨都要去汤包铺吃一屉汤包，父母也觉得这点要求没有什么，哪想竟然出了这样的状况。

第二家的孩子十二岁，状况相比第一家要轻一些，也是经常吃汤包。

倒是第三家情况最严重，孩子七岁不到，是个小胖子，每天要吃两屉汤包，现在躺在床上，已经是边说胡话边乱颤了。

这家家境富裕，已经请了道士作法。道士正在后头准备，趁着空当，王江宁问过家长，并总结了一下此行得到的信息。

出事儿的三个孩子都不爱出门，没有交集，皮肤均未破损，排除外部感染的可能。

那么，他们的症状只可能与李寡妇的汤包店有关，而年龄和吃的包子数量，很可能与症状的轻重有关……

道士开始作法，王江宁的思绪也因此而被打断。

他转头看去，只见这道士个头不高，长着一张看不出年龄的娃娃脸，模样十分机灵。他穿一身黄色道袍，在院子里有模有样地摆了个香案，脚下则踩着八卦踏罡步斗。只见他一边默念真言，一边挥着桃木剑，剑上还叉着黄纸。

剑上的黄纸顷刻间被点着。王江宁立刻躲到远处，因为他知道下一步必然就是道士对着黄纸口喷烈焰，驱魔除妖。这种喷松香玩火的把戏，他小时候和街头卖艺的把式学过了。

不想道士出了个新招。黄纸点着之后，他并未喷火，反而捏了个剑诀，反手把木剑置于身后，用力向上一抛。剑至半空，黄纸火光大盛，木剑整个被罩在了火光中。

围观众人纷纷一惊，道士却始终闭着眼如雕塑般静默。火光淡去，木剑转着圈掉了下来。木质剑身并未损耗分毫。

那道士忽然眼一睁，右手一扬，稳稳接住木剑，转身一戳，举着剑对坐在香案后面的孩子大喝一声："破！"

那孩子被吓得一哆嗦，突然"哇"地哭了起来。道士反手收剑站定了，又端起香案上的一杯清水，用手一蘸。他将手里的水向孩子甩了过去，又喝一声：“净！”

清澈的水滴溅到孩子的脸上，瞬间变成血红色，孩子似乎也被吓住了，止住了哭声。“血水”一道道地从他的脸上流下，气氛极是诡异。

孩子的家人更是吓坏了，站在孩子身边连大气也不敢出。那道士看到孩子脸上的血水，眉头一皱，拿剑指着孩子，用带着江西口音的官话大声说道：“太上台星，应变无停。驱邪缚魅，保命护身。智慧明净，心神安宁。三魂永久，魄无丧倾！清！”这道士的声音听起来如少年一般，清亮悦耳。

那孩子闻言，眼睛一闭立刻倒在了椅子上。孩子的母亲再也按捺不住，扑上来扶着孩子就开始哭喊，孩子的父亲相比之下则要镇定不少，却也十分焦急地问那个道士：“道长，小儿这是？”

那道士又反手收剑，拿腔拿调地说道：“令公子这是被鬼童附体，刚才贫道以北斗玄枢罡破之，又请三清水净之，那鬼童已附在这血水之中，魂魄俱散。但令公子心神俱疲，元神受累，还要把我这符水喝下，把鬼童的残身逼出来。”说着便把木剑上烧成灰的黄纸抖到那杯清水中，众人都瞧得真切，纸灰抖进去之后，那杯水依然十分清澈。

孩子父亲急忙接过符水，捏着孩子的鼻子给他灌下。

这一杯水灌下去，孩子很快转醒，但表情看起来似乎颇为难受。他挣扎着站了起来，突然吐出一大摊黑水。

那小道士十分满意地点了点头，对孩子父亲说道：“还好秽物出来了，令公子再好好休息休息，当无大碍！”

倒是神了，那孩子吐完之后，精神头居然真好了很多，瞪大眼睛叫着自己的父母。

那孩子父亲最先回过神来，十分恭敬地向道士递上一包封好的银钱。道士掂量着那分量十足的银钱，露出了满意的笑容：“贵家心诚，星君定保公子平安，莫要担心。”

刚才那一出，王江宁在一旁看得真切。想来那“血水”多半是时下江湖骗子新研习出的花样，没什么实际用途，为的就是让这家的主人心生敬畏，之后好将钱财乖乖奉上。但那符水可就不简单了，肯定是混了什么不得外传的秘药。这更加印证了王江宁之前的想法，食物有毒。

这世上哪有什么药到病除的神药，除非……在李寡妇店里下毒的就是这个小道士！他下的毒自然有解药，下毒再上门假装作法解毒，还真真是不错的生财之道。

只见那道士躬身作揖，然后收拾好道具离开。他将桃木剑重新负于背部，这桃木剑可与一般木剑不同，尺寸大一圈，剑脊上的纹路也与正统道门不同，更为古朴复杂。

王江宁躲在角落里不动声色地看了一会儿，随即悄声跟上。

四

小道士虽穿着一身鲜亮的黄衣，但毕竟个头瘦小，藏匿在人堆里，隔得远了还挺容易跟丢。王江宁下意识地拉近了跟踪距离。

道士根本没注意到有人跟着。他在巷子里七拐八绕，然后折进另一条小巷子。巷子里没什么人，若是直接跟进去，怕是会被察觉。于是王江宁在巷子口猫了会儿，看到小道士转身拐进下一个巷子，这才快步跟上。

王江宁小心翼翼，屏息凝神，待到拐进第三个巷子，他忽然倒抽一口冷气。

只见小道士正站在巷子另一端，笑嘻嘻地看着他。王江宁心中咯噔一下，自己是什么时候被发现的？

小道士二话不说，迅速将一个“暗器”扔向王江宁。王江宁吓了一大跳，迅速向旁一跳，险险躲过那投掷而来的“暗器”！

他惊魂未定，低头一看，发现那“暗器”竟然是一枚八角！

什么玩意儿？这也能当暗器？

王江宁仔细一看，发现这八角倒是长得蛮奇怪的，比普通八角多了几个角，长得还黑点儿。

他再抬头，发现小道士已然不见踪影！他不死心地再追几步，却依然一无所获，不得已，只能承认自己跟丢人这一事实。

王江宁垂头丧气，决定再回李寡妇铺子里，看看有没有什么下毒的线索。

闷头走路之际，他突然感觉到周围人看自己的眼神有点怪怪的，几个小孩子还在一旁对他指指点点，嘻嘻哈哈。他顿时感到莫名其妙，上下打量了一下自己，裤子也没破啊，这是什么情况？

他装作若无其事的样子，拐进一个小巷子，确定前后都没有人了，这才又仔仔细细地把自己全身上下摸了个遍。果不其然，他在背后摸出一张纸来，这纸不知道是什么时候贴上去的。

只见那纸上面画了一个英姿飒爽的小道士，后面跟了一只摇头晃脑的大乌龟。这纸正是之前那小道士画符用的黄纸。

被耍了。

王江宁气得把纸揉成一团，一脚踢到巷子里。待气稍微消去了些，他才又跑过去把废纸拿起来，丢回路边的垃圾桶里，心道——好你个黄衣小儿，这梁子咱们算结下了，你等着我给你逮起来。

回到汤包店，王江宁发现警察竟然又折返回来了。这次人多了不少，门口还停了辆乌黑锃亮的小汽车。韩平正在和一个西装革履的高个头男子说着话。

那个高个男子二十出头，至少比王江宁高半个头，身形瘦长，长相清秀，玉树临风，跟旁边的矮胖子韩平对比鲜明。

那纸上面画了一个英姿飒爽的小道士，后面跟了一只摇头晃脑的大乌龟。

这是怎么回事，韩平怎么又回来了？

王江宁正迷惑之际，韩平已然发现他，并挥了挥手示意他过去。

“这是警察厅专门招来查办要案的顾问，金陵大学的梅檀教授，留过洋的农学家。梅教授，这是李英雄探事社的王江宁侦探，是我找来帮忙的。”韩平满脸堆笑地给二人互相介绍着。

煤炭？怎么会有人叫这种名字？这看着怎么也不像挖煤的啊。王江宁在心里暗笑。这小子这么年轻，但是韩平却对他格外客气，还尊称“梅教授”，看样子这人来头不小。

“梅教授，幸会幸会。”王江宁笑嘻嘻地说道。

梅檀轻轻点头，面孔上并未做太多反应。他慢条斯理地戴上白手套，然后迈开长腿，径直前往汤包店后头的厨房。

韩平也打算跟着往厨房里走，王江宁眼疾手快，迅速将他拉回身边：“怎么回事？怎么还有别人管？这案子不是说好给我的吗？”这煮熟的金陵板鸭要是飞了，他跟师父又要小白粥加咸菜了。

“兄弟，对不住，这案子……怕是不能给你了。”韩平一脸为难，“不是兄弟我不守信，事已至此，我也就不瞒你了。前段日子有一大批烟土入了南京城，南京城都快翻遍了，也没发现这批烟土到底藏哪儿了。早晨回去报备了案子，上头非觉得汤包店这事儿可能是个转机，喊了农学教授过来看看。这……估计我都快管不了了。”

王江宁伸长脖子往厨房看去，只见梅檀正在一丝不苟地取样，用的尽是些西洋器皿，旁边还有几个人打下手，这阵仗把李寡妇和李小妹都吓呆了。

“这怎么可能跟大烟有关，你们上司过不过脑子啊？大烟多贵啊，怎么可能把大烟往汤包里灌？”王江宁边说边打算往里走，差点儿撞上梅檀，但梅檀一个闪身，躲过了王江宁。

“调料食材我都采样好了，劳烦探长送我回农学院，我好做检

只见梅檀正在一丝不苟地取样，用的尽是些西洋器皿。

验。”梅檀清清淡淡地说道。

韩平连声答应，立刻吩咐手下，手下迅速行动起来。

王江宁怔怔地看着梅檀坐进车中。他注意到梅檀始终跟别人保持着一定距离，清冷的举止和一尘不染的衣物令他显得格外出挑。

“上头让我干啥我就得干啥，兄弟互相理解啊。”警察们大包小包扛着材料出店的同时，韩平拍了拍王江宁的肩膀，“送到大学里，我就真管不了了，你也别管了吧。”

王江宁看着韩平的背影，一声轻叹。在他眼中，离去的不是韩平，而是实打实的奖金。

他扭头看了看李寡妇和李小妹，还是决定说些什么再走。

“没事的王大哥，这事你已经尽力了。”李小妹知道王江宁要说什么，率先挤出一丝笑容道。

王江宁心里顿时更不是滋味了。这一上午基本上都是白忙活，书没买到，还被一小道士戏弄。明明答应帮李家做事，现在事儿没了反倒是李小妹在安慰他。没有早点吃，回去又免不了被师父一顿唠叨……

想着想着，王江宁的眼神就落到了对面的长沙记包子铺上。

干脆，买别家的凑合下吧。王江宁打定主意，就去长沙包子铺买包子去了。

打杂的伙计很快递出一屉。然而这包子单看品相就不行，跟李寡妇家的一比，简直判若云泥。王江宁越发烦躁了，这要是师父不吃可怎么办。

伙计很会察言观色，见王江宁如此神情，便乐呵呵地说道：“咱家包子虽然卖相不好，但东西肯定没问题。”

王江宁点了点头，先行离开。

第二章

梁上君子

一

王江宁回到李英雄探事社时，已经是中午。师父李老吹正躺在后院的躺椅上，晒着温暖的阳光闭目养神。

师父年纪大了，这休息的时间也是越来越长了。想他年轻时，那可是天天往外跑，根本不嫌累。要是有人跟他聊天，那可就更不得了了。他能把他过往的那些“丰功伟绩”吹上一天一夜，不带合眼的，“李老吹”这个外号就是这么来的。

“怎么这么晚才回来啊？”李老吹睁开一只眼瞥着王江宁，显然对他的晚归颇为不满。

“哎，遇上案子了！”王江宁把包子递到李老吹手里。趁着为李老吹倒茶的工夫，他把李寡妇汤包店的遭遇跟李老吹简单说了下。

“你怎么看？”李老吹咬了一口包子，然后从王江宁手里接过茶碗。

“我觉得是有人下了一种十分奇特的毒。”王江宁不假思索道，“而且我觉得肯定和大烟没关系。李寡妇总不会是想用大烟让顾客染上烟瘾，不得不来吃包子吧。包子才几个钱，大烟多贵啊。”

“有道理。”李老吹喝一口茶，然后不疾不徐地放下茶碗，“李寡妇也是可怜啊。一个人辛辛苦苦开店，还把李小妹拉扯大，眼看着苦日子就要熬到头了，结果却出了这档子事……唉，她和李小妹可全指着这个店啊，不知道今后怎么办。”

“师父，那我……”

李老吹像是知道王江宁想说什么一般，先一步竖起手掌，阻止了他：“既然韩平那小子说李寡妇店跟大烟案有关联，那你也就别再管了。”

李老吹见王江宁依然不忍，便又慢悠悠开口道：“还记得你第一天当侦探时，师父是怎么跟你说的吗？”

“您说我们就只碰小案，大案碰不得。”王江宁闷闷地拉了拉衣衫，“不过我就是有些担心李大姐，几日不开张，也不知道她撑不撑得住。”

“你是担心李大姐，还是李家小妹啊？”李老吹咧了咧嘴。

“我……”王江宁正想回答，却忽然瞅见李老吹一脸别有深意的笑容，立刻气急败坏地叫嚷，“师父您想什么呢。”

“你也不必过于担心。”李老吹慢条斯理地把话说了回去，“这新政府要在南京站稳脚跟，总得树立个仁政亲民的形象。如果汤包店真没事，政府也不会拿寡妇一家怎么样。你看，是不是这个理。”

“还是师父厉害。”王江宁仔细琢磨一番，觉得李老吹说得很有道理，“就是这不让有案子不太好，搞得我活儿都不好接了，再这么下去要坐吃山空了啊……”

王江宁话音刚落，就听见哐哐哐的敲门声。

敢情大中午的，居然有生意上门了？

“来啦，稍等！”

王江宁喜气洋洋地拉开探事社的大门，只见门口站着一老一少二人。老的起码五六十了，瘦瘦小小，戴着瓜皮帽，留着算命先生一样的小胡子，不过却已经白了不少。他身上穿着一件不起眼的浅灰色马褂，不是什么值钱的料子。少的那个生得好壮硕，只穿了身粗布短打，立在老头身后，有些过于恭敬，不像子侄亲属，定是下人或保镖无疑。

出门带下人，非富即贵啊。王江宁脑子转得飞快，他再仔细看一看那老头，只见他腰上拴了一对翡翠貔貅，是上等货无疑。定是个商人，王江宁下了定论。要说商人，无论再吝啬，这招财的貔貅也是不能吝啬的。

这位多半是个贵客。王江宁当下就有了判断，于是立刻摆出一副专业姿态，上前恭恭敬敬地拱手行礼。他一边冲这老头微笑，一边把人往屋子里引："这位老爷请了，可是有案子要交给鄙社？"

那老太爷一腔和气，笑呵呵地应了声。王江宁一听，还真是来送钱的，于是立刻把他请到前厅奉茶。老太爷端起茶水，浅抿一点便放下，王江宁见状，知是嫌茶不好，正要道声怠慢，那老太爷道："李英雄可在？烦请通报一声。"

王江宁说："您稍等，我这就去通报师父。"

二

此时后院的李老吹已然听到动静。他见王江宁急急忙忙地跑来，于是悄声问道："这么急，大买卖？"王江宁想了想，低声说："破衣烂衫好玉佩，不知道是抠门的大老爷，还是扮阔的穷酸。"李老吹笑了："管他真阔还是装阔，给师父把架势端起来。敲他个满堂红。"

走进前厅的时候，李老吹已是另一身打扮，黑色暗织花纹的对襟马褂，配上一袭大襟蓝色长袍，卖相十足好。王江宁站在李老吹身后，神情自然也是威严了几分。

“这位爷，怎么称呼？”李老吹拱手行礼，然后也不等对方答话，便有模有样地撩开长袍，坐上主座。这一亮相，洒脱的气度，竟似真当得起“英雄”二字。

“鄙人薛晋，草字修文，在四牌楼安居。”那老太爷答道。

李老吹伸手接过王江宁递过来的旱烟烟杆,心中则暗暗琢磨起来。四牌楼那片住的非富即贵，那儿的商户他大多都认识。然而偏偏眼前这个薛晋，他眼生得很。别说认识不认识，就连听也没听说过，多半是个外来户。

李老吹看着王江宁熟练地划亮火柴，给他点燃烟斗，然后慢条斯理地抽一口烟，这才徐徐道：“不知修文先生，此来有什么指教？我李英雄探事社在南京略有薄名，大小案件，上下打点，都能帮上些忙。”

薛老爷叹道：“实不相瞒，这一个月，老朽家中被梁上君子两次光顾，不仅丢了钱财，女眷更是不敢安睡。闹得没办法，想求李兄赐个安宁。”

李老吹一边抽着烟，一边在心中过着四牌楼一带的小贼，随口道：“不敢当。老兄何不去报警？而今是民国的天下，政府要兴法治，当不会不理。”

“老朽做点小买卖，等闲不敢和官面上的人打交道。”薛老爷笑了笑，随即凑近李老吹，低声道，“而且我听说，近来上头人把得严实，我这也不是大事，就不给官家添麻烦了。”

李老吹点了点头，兀自陷入沉思，气氛一时间有些清冷。王江宁见状，急忙给李老吹和薛老爷的茶杯里倒上热茶，还不忘低声道一句“请用”。

“修文兄是新近来南京安家的？”李老吹喝一口茶，顺势问道。

“老朽是南京生养，本地人士。李兄何故发问？”薛老爷神色不变，轻巧两句话，便把问题避了过去。

是个谨慎小心的人，需要敲打敲打，李老心里已经有了分寸。

“那修文兄是否得罪道上的弟兄了？”这句话问出来，薛老爷许久都没有声音。捧起茶杯的姿势，看起来也有些僵硬。

问到点上了，李老吹这样想道。然而不等他细问，就听薛老爷忽然开口道：“不曾。”

李老吹一时难断此话真伪，不过说到这里，火候也够了。他立刻招呼站在一旁的王江宁，道：“江宁，去修文兄府上照看照看。”

王江宁等的就是这一句，于是立刻躬身道：“是，师父。”

薛老爷犹疑道：“这后生……”

李老吹伸手止住：“修文兄莫要小看。我自码头捡回他，从小养大，这身本事，他已学得不差。南京城里多方关系，他都处理得来，就连警察厅都常常请教他。再过不久啊，这探事社，就得交给他了。”

王江宁听闻李老吹那么说，便下意识地挺起胸膛来。

薛老爷对王江宁又是上下打量一番，这才点头道：“既如此，就劳烦小英雄了。不知酬劳……”

李老吹笑道：“等案子破了，兄台总不会亏待后生。”

等王江宁把他老底摸清楚了，再开价不迟。李老吹有直觉，这老头一定阔，买卖亏不了。

随薛老爷出了探事社，王江宁便看到对街等着一辆人力车。

薛老爷指着人力车，转头对王江宁道：“小英雄，这是来接老朽的人力车。”言下之意，自然是说人力车坐不下两人，让王江宁想别的法子跟着。

一般来说，但凡有点身份的人来委托案子，都会主动叫人力车，甚至小汽车拉着王江宁师徒二人去现场。大多数时候，王江宁并不会真去坐那些车，宁可自己骑自行车。若是小汽车还好，人力车王江宁一直是拒绝的，他从小到大接触的都是社会底层，对人力车这种人压榨人的东西打心底里抵触。不过话说回来，别人请你坐车去和让你自己骑自行车去，面子上显然不一样。

王江宁背起他的棕色小皮挎包，笑道："您老放心，我有自行车，英国货，快着呢。"

"那便好，四牌楼甲 4 号，老朽在家恭候。"薛老爷坐在车上，侧了侧身姿，"张奇，走。"

"是，老爷。"那个一直跟在薛老爷身后的壮硕下人高声一喊，便跟着薛老爷乘坐的人力车跑远了。

三

二十来分钟后，王江宁骑到四牌楼巷口。

他骑车的速度不慢，此时里衣被一层薄汗粘在皮肤上，加之周遭空气湿冷，还真是不怎么舒服。就这样难受地站了十来分钟，他才瞅见一辆人力车往这边奔来。定睛一看，果然是薛老爷主仆，人拉车没骑车快。

到了地方，薛老爷子优哉游哉地下了车。那叫张奇的下人和车夫都是满头大汗，呼呼地往外吐着白气。车夫收钱道谢，也是一句话三句喘。

那张奇忍不住撩起衣摆擦拭头上的汗珠，一身结实的肌肉竟然就这样暴露在冰冷的空气中。王江宁发现张奇身上不少瘀青，想来长得壮硕，出去跟别人斗狠是免不了的。

来到大门口，薛老爷道："小英雄，请。"

王江宁连连拱手："不敢不敢，您叫我江宁就好。"

张奇伸手打开大门，就听得一个女子的尖叫声，紧接着便是一声闷响。

王江宁定睛一看，只见那尖叫的女子正四仰八叉地摔在地上。

“对不起，对不起，我不是故意的。”张奇手足无措，连声道歉，“您没摔坏吧，夫人？”

“怎么不声不响就开门啊，吓死我了。”那摔倒的女子人没爬起来，却已经开始不依不饶地训斥起来。然而她的声音却婉转动听，听得王江宁耳根子都有点软了。

“李妈人呢？快扶夫人起来。”薛老爷在一旁催促道。

张奇脸上满是惶恐和不安，在一旁低着头搓着手，脸上的汗更是滴滴答答地往下落。

一个老妈子迅速走来，搀扶起摔倒的夫人。只见夫人一身旗袍，曲线玲珑，真是青春婀娜。王江宁正在心中赞叹着，却见那女子忽然抬起头，一张脸丑得简直没有道理。

这薛老爷子的品味还真是与众不同啊。王江宁不敢多看，低头看地，只见地上掉着个包裹。薛老爷问：“夫人这是要上哪儿？”

薛夫人还在“哎哟哎哟”地扶着腰，旁边搀着她的李妈接话道：“夫人说要去庙里拜佛。这家里最近是给贼惦记上了，人是指望不上，只能指着佛祖显灵保佑家宅了！”

薛老爷跺脚道：“佛祖有什么用，佛祖能抓盗贼吗？你们这些女人家就知道瞎添乱，看好了，李英雄探事社的王江宁大侦探，我专门请过来抓贼的。城里那些警察破案都得求他呢！”

“薛老爷过誉了，叫我江宁就好，叫我江宁就好。”王江宁心说薛老爷这么大一顶高帽子给自己扣了下来，若是案子破不了那可就丢人了。他点头哈腰地进了院，四处打量。这四合院不小，却异常安静。

王江宁奇道：“薛老爷，这府上就你们四个人吗？”

薛老爷还没答话，夫人抢先一步说：“是啊，就咱们四个住。不然我怎么怕呢。那贼肯定也知道这点，所以才这么大的胆子，一个月来不止一次。进出咱们家简直跟进他自己家一样。”薛夫人说话莺声燕语的，颇为动听。只要不抬头看脸，这薛夫人的“形象”还是很好的。

王江宁想了想，这才彬彬有礼地说道：“还劳烦带我去失窃的屋里看一看，贼人或许会留下些线索。”

夫人抢着说：“这边，就在里屋。也不知道昨晚上什么时候进的贼。你去看看吧。”

王江宁道声得罪，跟着薛夫人进了里屋。他环视四周，立刻就有了骂人的冲动。然而他努力克制住了，酝酿一番措辞才道：“夫人，您这是把屋子都收拾过了？只怕贼人留下的痕迹和线索是难找了。”

薛夫人冷冷地说道：“屋子被贼翻得稀乱，我看着不闹心？不收拾收拾，能散散晦气吗？”

“住口！我之前就说让你不要着急收拾，我找人来看，你也是不听！这家到底是我当家还是你当家？”随后进来的薛老爷听闻夫人的话，登时就有些动怒。

薛夫人听得老爷发火，顿时站在门边一声不敢吭。薛老爷又转头看向王江宁：“江宁小英雄，多有怠慢，还请恕罪则个。家里的情况就是这样，您可以随便查看。”

薛老爷嘴上说得虽然漂亮，但王江宁心里跟明镜似的：说让我随便查看，你们夫妻俩却跟门神一样一左一右杵在旁边，还不是对我不放心吗！

王江宁走到窗前查看。这屋子只有一扇对着院子的窗子，窗户是推窗，合页在上方，只能推开一个很小的角度。王江宁试了试，确定钻不进来。

看来飞贼多半是从门进来的。

屋子唯一的一道门直通客厅。屋子里除了一张架子床，就只有一个大衣柜、一个五斗柜、一个梳妆台。大部分东西看来是都收拾好了，梳妆台上一些胭脂水粉看起来也价值不菲。

王江宁在里屋绕了两圈，然后开口问道：“都丢了什么东西？”

“几块我放在桌子上的银圆，抽屉里的东西都没动。”薛老爷子在一旁皱着眉头捋着胡子。

“昨儿我丢的是一只玉镯。唉，昨晚忘了锁在梳妆台里了。”薛夫人在一旁插嘴道。

王江宁点了点头，从里屋走了出来，穿过客厅进了老爷的书房。薛老爷在后面跟着说：“前次被窃的就是这书房，丢了一块玉。”

“那玉是什么来历？”王江宁顺势问道。

“那玉是很早以前……做生意时顺手留下的。”薛老爷说完，微微一顿，随即摆了摆手，“不值多少钱，就是一块镇纸而已。”

进了书房后，王江宁试着关合了一下房门，很是轻巧，而且没有什么声音。门上挂着个铜锁，上头刻着“裕兴制”三个小字。这“裕兴制”，是南京城最出名的锁，价值不菲。小偷飞贼，就喜欢偷有“裕兴制”锁的宅子、箱子，因为里头必有值钱的东西。所谓树大招风，这锁名头大，研究的人自然也就多，高手自然是开得了的。

王江宁又看了看窗户。这儿的窗户倒是和里屋的一模一样，能从窗户进来的除非是练过缩骨功的。

“平时这门您都锁着的吗？”王江宁见这锁头十分完好，于是转身问薛老爷。

“我若是不在家，都是锁着的，这钥匙也只有我有。贱内不识字，张奇和李妈也就是打扫的时候会进来。当然，若有客来，偶尔也会进这里的。”薛老爷一边说，一边站在书桌边上抚摸着一方砚台。

王江宁在书房中转了一圈，左摸摸右看看，心中更添疑窦。这书房里的家具摆设文房四宝，几乎都是最为普通的货色。寻常中等人家常见的玉器摆件一个都看不到。王江宁此刻不禁微微有点担心，这薛老爷莫非真是个穷鬼？那这查案的委托费岂不是悬了？

王江宁回头看了看价值不菲的锁，一时间还真下不出个定论来。他忽然想起师父总在他耳畔念叨的“探案基本原则”，第一条就是探案必须得赚钱。目前看来，这一次探案，估计是不合格的。

时间过得飞快，转眼就到了该吃中饭的时间。薛老爷留王江宁吃饭，王江宁自然是恭敬不如从命，也乐得在主顾家里混一顿好吃的。

然而等菜上了桌，王江宁整个人都有点儿发蒙。张奇和李妈自然是不上桌的，王江宁和薛老爷夫妇一共三人，桌上居然只摆了三个菜。这样的“待客宴”王江宁也是开了眼界了，当然，薛老爷很可能压根儿没把他当客人。

不过若只是菜样少也就罢了，这菜还出奇地难以下咽。不是酸就是辣，而且辣得离谱。薛老爷专门让张奇去买的盐水鸭倒是南京本帮菜，却愣是用了酸辣味的浇头，又咸又酸又辣。

薛老爷倒是吃得津津有味，还不停地招呼王江宁吃这个吃那个。薛夫人神色郁郁，略吃几口便停了筷。王江宁与薛老爷有一搭没一搭地聊天，问及营生，薛老爷笑笑，答说：“走南闯北，年轻时倒是哪里都去过，现在完全就是吃老本，附近有两三间空宅子收租过日子。”

等薛老爷细嚼慢咽吃完这顿饭，薛夫人说要出门散散步，就在李妈的服侍下出了院子。

王江宁决定再去书房看看，薛老爷自然以“作陪”的名义跟着进来了。张奇给两人上了一壶普洱，便退了下去。薛老爷这才问起：“小英雄，这回可是发现了贼人的线索？”

王江宁道：“薛老爷，您这两次遭贼，一共给偷了多少东西，您有准数吗？”

薛老爷皱了皱眉，低头边思索边说：“第一次就是书房里被偷了一块玉镇纸，倒不是什么值钱的东西。昨晚上那次，卧室里几块银圆。

哦，对了，还有夫人的一只玉镯，不是什么好货也不值钱。”

王江宁点了点头，说道：“这便是怪处，被偷的这些东西都不怎么值钱。您家里断不会只有这么点东西，值钱的物件……估计是被您藏得甚好。”说罢他悄悄抬眼看着薛老爷。

薛老爷倒是十分坦然，摊手说道：“小英雄，不瞒你说，我以前做买卖的时候，是攒了几个钱，可是后来年纪大了，那是只出不进，积蓄花得差不多了。我用剩下的钱买了几个宅子收租，这些年省吃俭用，这才慢慢恢复了一些元气。家里确实没多少钱，要说值钱的物件……也就是那几张地契，但是那些东西别人拿了也没用啊。”说着，他拉开书桌的抽屉，让王江宁看那些地契。

王江宁看着那七八张地契，心中大喜过望，看来佣金是不用愁的了。不过，那贼拿了书桌上的玉镇纸却没翻抽屉，看来应该不是冲着这些地契来的。

踌躇了一下，他这才继续说道：“这书房的锁，我也查看过了，不像是有人撬过的样子。窗户也是断然进不来的。而您的卧室，想必用的也是裕兴制的锁，晚上您和夫人在里面睡觉，是从里面用门闩把门插上的吧？”

薛老爷点了点头。

王江宁走出书房，跟薛老爷来到卧室，指着门闩说道：“您这门闩，我也看过，若是从里面闩上，其实从外面很好开。您这门闩不是横插式的，只要从门缝里插进去一根细铁条，轻松就能把门闩顶开。”

“原来如此。”薛老爷皱着眉头点了点头，随即忽然想起什么，说道，“不过屋子大门的门闩可是横插的，也是裕兴制的好锁，如果要强开，怕是不那么容易。”

王江宁没有说话，只是轻轻点了点头。

王老爷看了看江宁，然后忽然压低了声音：“不瞒你说，其实我一直有点怀疑张奇。”

“哦？此话怎讲？”王江宁微微一惊，随即也十分配合地放低了声音。

“夜里负责锁大门的，就是张奇。晚上他也住在门房里。如果他想偷东西，或是配合外面的人里应外合，那还是很容易的。”薛老爷又补上一句。

“敢问张奇在您家做了多久？”王江宁顺势问道。

“我和张奇是在三年前相遇的。三年前，我偶尔还跑跑云南马帮转码头的生意，那次也是我倒霉，在江边验货的时候也不知道是怎么了，一匹马突然就惊了。张奇那时候就在码头干脚力，正巧在给那匹马卸货，他腿就被缰绳给缠住了。那匹马也是疯得厉害，居然准备往江里跳，我那货可比马值钱多了，我当机立断，抢过马帮的一把土枪，瞄准马头把那匹马给崩了。就这么着，顺手救了张奇的性命。他念叨我是他的救命恩人，非说要当牛做马报答我的救命之恩，于是我就让他跟了我。不过你也知道，这年头，知人知面难知心啊。”薛老爷子说到这里，突然住口不说了。

“我心中已经有了大概，等我去院子里查看查看，再说也不迟。”王江宁沉吟片刻，便往房间外走。他刻意回头瞅眼薛老爷，幸好，这回薛老爷没有一点儿跟上来的意思。

四

薛老爷的小四合院布局有点奇特，院子中间居然是一口井。张奇刚好在井边打好水，往厨房拎过去了两桶。王江宁顺势叫住张奇，讨了杯水来。这水甚凉，一下就冻着了王江宁的指尖。王江宁犹豫了一下，还是小口小口地喝干净了杯中的水。

张奇问：“可有什么发现？”

王江宁沉默片刻，忽然低声道：“五湖四海皆兄弟，龙王好，兄弟好。不知是水涨船高还是脱缰卸锚？”

张奇愣了一下，也很小声地回了一句：“卸锚，卸锚。”

虽然现今已是民国，但千百年跑江湖的规矩，却并没有断档。三教九流都知道跑江湖时要讲究一个“上拜山头，下拜码头”，武侠小说里写得确实夸张，但以码头帮派为代表的江湖，确是真真切切的江湖。各种各样的江湖切口，也一直在山头、码头流传。

王江宁这开头一句“五湖四海皆兄弟”，那是点明自己的身份，意思是我也是跑码头出身。“龙王好，兄弟好”则是告诉对方我知道你也是跑码头出身的，大家都拜龙王，套近乎。这“水涨船高”，则是从跑船的切口糅合进来的，意思是继续保着跑码头的身份，在这儿干活是权宜之计或者另有所图。而“脱缰卸锚”，则是很直白的意思，就是彻底告别码头身份了，老老实实干现在的生计。

王江宁这句话问得虽然很正常，但真实目的是为试探。他想知道，张奇当下人到底是权宜之计还是真打算跟着薛老爷一辈子。

还没等王江宁再接着问，这张奇先说话了：“这位先生，家里遭贼这事儿我挺纳闷的，您可一定要查明白。我给府里守门，出了这档子事儿，肯定有我的责任。我琢磨了很久，这贼若是从外面进来，真不太可能。大门是绝对进不来的，如果翻墙进来，有这身手哪用得着来我们这摸东西，只怕皇宫都拦不住他。”

王江宁心说你还真是榆木脑袋，现在你家老爷最怀疑的人就是你，你还在这儿奇了怪了。“这么说，你是真打算跟着薛老爷了？”王江宁沉吟片刻后，问道。

“我的命就是薛老爷救的，我愿意一直跟着他。”张奇说完，露出朴实的笑容来。

王江宁不由心生感慨，薛老爷明明是心疼自己的货物这才“意外”救了他的命，他却要做牛做马报答人家一辈子，也不知道是真蠢还是假蠢。

“你这儿有梯子吗？”王江宁看了看院墙，随即问道。

等张奇搬来梯子，王江宁便沿着梯子爬上院墙。只见四面院墙墙顶上的青苔，全都没有踩踏的痕迹。这说明贼人并非翻墙而入。从梯子上下来以后，王江宁拍了拍手上的尘土，指着院墙问张奇：“这院墙，是什么时候加高的？”他发现墙砖上有一道很明显的分割线。

“我来之前就有了，不知道具体是什么时候加高的。不过我来的时候肯定砌好没多久，那时候老爷说院墙和井的水泥都没干透，让我别乱动。那时家里的水都要去外面打，过了大半个月后，老爷才让我用家里的井打水。”

等张奇说完，王江宁顺势把视线投向水井。这水井的井壁砌的也是水泥，和加高的院墙一个颜色。现在井壁都高到人的胯部了，而且井口砌成一个向内包的弧形，打水想必是十分不便。

王江宁爬下梯子，恰好碰见散步回来的薛夫人和李妈。

“王侦探，你还在这儿啊。我看八成也查不出什么，你查不出也不用太过意不去。”薛夫人冲着王江宁挤了个笑容出来，简直比哭还难看。

“夫人说得是。不过我会努力查的。”王江宁心说你这丑八怪居然咒我查不出来，真是人丑心黑。

待她俩进去，王江宁才悄悄凑到张奇边上：“这薛夫人，不是薛老爷的原配吧？”张奇迟疑了一下，似乎在思考这个问题是不是家里的隐私。“小的不知道，小的是府上来得最晚的。”半晌后，他轻声说道。

这张奇嘴还挺严实，王江宁寻思着。不过他这么一说，其实也算是变相承认薛夫人不是原配了。

“这案子，我心中已经有谱了。”王江宁冲张奇笑笑，“我们进去说吧。”

五

客厅里，所有人都在。

薛夫人坐在一旁，后面立着给她捶背的李妈，张奇则在一旁端茶倒水伺候着薛老爷。

王江宁呷了一口茶，清了清嗓子道：“薛老爷，案子我已经查明了。您看这委托费……”

薛老爷讨价还价了一番，才小气巴拉地摸出两个银圆递过来。王江宁动作麻利地将银圆揣进兜里，这才重新开口道：“我刚查看过外间的院墙，没发现踩过的痕迹。何况院墙那么高，想进来也不容易，想出去就更难。再加上大门的锁很难打开，所以我认为，宅中失窃，是内贼干的。”

“内贼？”薛夫人不由自主抬高了音量，顺势斜眼看了看站在门口的张奇。薛老爷子也跟着看过去。张奇涨红了脸，却没说什么，只是看着王江宁。

“各位先不要随意下定论，我有个问题，想先问过薛老爷。”王江宁笑了笑，随即目不转睛地看着薛老爷，“敢问薛老爷，以前做的是否是玉石生意？”

薛老爷古怪地看王江宁一眼，沉默片刻才道：“不知小英雄为什么这么说？”

“我别的本事一般，就是路子广，消息灵。我听说云南那一带有不少做玉石生意的老板，不干了之后就来南京城生活，图个安稳。而看您中饭的菜色口味，想来您是习惯了云南那边的伙食了。”

薛老爷没有吭声，但是面色却稍稍变了样。

“薛老爷子，大家都是聪明人。出了事，您不找警察而找我师父，定是因为您不想声张之前的生意。财不外露嘛，可以理解。”王江宁见薛老爷没有说话，面色又有点古怪，就知这回他是猜对了，当下就颇有些得意。

“我刚说到哪儿了？”王江宁想了想，便又继续道，“哦对了，这个内贼，两次下手偷的都不是值钱的东西，因此我想，他的真正目的不是财物，不过是想伪装成家中遭遇偷窃的样子罢了。”

“那你说，他的真正目的是什么？”薛老爷面色阴沉地问道。

“当发现家中遭贼时，您一般会做什么？”王江宁反问，“是不是看看家中值钱的玩意儿还在不在？”

这屋子里除王江宁以外的人都有意无意点了点头，似是很赞同王江宁的说法。

“是的，贼的目的，就是想看薛老爷失窃后的反应，进而知道真正值钱的东西到底藏在哪里。”王江宁笑着继续说道，“薛老爷您打扮朴实，作风节俭，想来奉行的也是财不外露这一套。然而我能猜出您做过玉石生意，其他跟您朝夕相处的人，必然是也能猜出来的。这内贼在猜出这点后，就非常想知道您到底把值钱的东西藏在哪里了，这才有了这出梁上君子的好戏。”

王江宁不再看薛老爷，而是环视屋里其他三人：“你们看，我刚才说了，这贼的目的是为了知道真正值钱的东西藏在哪里，那他必然要看细致了薛老爷在发现家中遭贼后的举动，对吧。特别是薛老爷一发现家里遭贼之后去看的第一个地方，他是一定要认真看好的。我刚才四处看了眼，李妈住在厨房，从她那里是看不到里屋的动静的。张奇住在门房，离得更远了。薛老爷本人我也觉得不会监守自盗，嘿嘿，那么能从一开始就盯紧了薛老爷的动向的，就只剩下一个人了。对吧，薛夫人？”说到最后一句话的时候，王江宁把目光投向了薛夫人。

屋子里一片寂静。

“你个小混混胡说八道什么！你说哪个是贼！”薛夫人愣了半晌，突然回过神来，恼羞成怒拍着桌子站了起来，尖厉的嗓门震得王江宁耳朵阵阵发疼。

“薛老爷，这只是我的推测，依我看，案子就这么结了吧。非要让我拿证据，我暂时还真拿不出来。不过，我想薛老爷你要的也只是真相，而不是证据对吧？”王江宁不动声色地步步后退，生怕薛夫人恼羞成怒地扑过来。

走之前，他还能听见屋里传来薛老爷和薛夫人的叫骂声。

第三章

真相大白

一

王江宁难得起了个大早，便拿着他的枣木拐在院子里晨练。他心情大好，忍不住又从裤子口袋里摸出两块昨天赚的银圆，心中美滋滋的。

“你别得意得太早，依我看，这事儿没那么简单。”师父捧着茶壶慢悠悠地踱进院子里，似笑非笑地看着王江宁。手上拿着本刚到的《侦探》。

“杂志到了？”王江宁看到杂志，眼前一亮，“您去书店了？”

“刚开门想要出去转一圈，没想到就遇到了找上门的熟人。”李老吹意味深长地看江宁一眼，“是那人把杂志给我的。”

“熟人？哪个熟人？”

“你自己出去看看吧。”

王江宁一时间有些迷惑。知道李老吹爱看《侦探》的人也没几个啊，难道是钱老板亲自来送货了？

王江宁走向门口，老远就看到汤包店的李小妹站在那儿。她摩挲着双手，神情看起来十分犹豫。

“小妹，你来了啊。”王江宁笑嘻嘻地跟李小妹打招呼，“刚杂志是你给我师父送来的？”

“嗯，我碰巧路过书店，就帮你买来了。”李小妹低着头，小麦色的面颊有些泛红。

王江宁和李小妹本就熟络，李小妹虽不认字，但总是听王江宁说起《侦探》，也知道帮他盯着点儿书店。

“那可真谢谢你啊。”王江宁道完谢，见李小妹没有要走的意思，于是好奇道，“怎么，有什么事？”

“昨天警察带走了店里的食材，我和嫂子都不知道进展得怎么样了。”李小妹有些焦急地说道，“店被查封了，嫂子嘴上说着不碍事，但是却失眠了一晚上。半夜，我还能听见她的叹息声。我知道她心里是很在意的。王大哥，你能帮我去问问吗？”这李小妹平时不爱说话，此时忽然说了那么多，想来也是实在没有办法了。

“这……”王江宁一脸为难。韩平已经明确交代过，他不能再碰汤包店的案子了。但是李小妹这个样子，他又不能不管。何况人家还特地送了《侦探》过来，这也算是欠了人家一份人情。

“好吧，我去看看。”王江宁心下一横，骑上自行车就向着警察厅进发。

他也算是警局的老熟人了，一路熟门熟路地和众人打着招呼，径直到了韩平的办公室，却发现韩平不在。

“找韩探长啊，他在楼上检验科呢。”办公室里的一个小警察熟络地给他指路。

“好，谢啦。”王江宁谢了一声，便往楼上跑去。

刚上楼，他一眼就看到韩平胖墩墩的身影。

“你怎么来了，我跟你说，没有案子，别给我添乱啊。”韩平瞥王江宁一眼，眼中是显而易见的嫌弃。

“哟，你这黑眼圈，不会是一宿没睡吧。”走近的韩平把王江宁吓了一跳。

“还不是为了昨天那个案子。”韩平打了个大大的哈欠。

“你们把人家的食材尽数打包了一份检验。结果如何，李家的嫌疑能洗脱了吗？”王江宁双手环胸，一副看好戏似的表情。

韩平警惕地看了他一眼：“你怎么还不死心啊，都说了这案子不能给你了。”

王江宁立刻开始打感情牌：“我知道，这不是李小妹托我来问个消息嘛。你能透露就透露点，实在不能说就算了，兄弟也不会让你为难。”

韩平想了想，王江宁也不是个不牢靠的，于是压低声道：“那些食材，米啊面啊，都干净得很。别说大烟了，就连毒物的影子都没见着。不过梅教授刚检查完调料，倒是有新发现。”

梅教授？那个梅檀？王江宁迅速想起在汤包店里见过的那个高挑的身影。

“他发现八角粉里混入了其他东西，说是叫‘莽草’，据说和八角长得可像了，就是角比较多。”

“莽草？这玩意儿有毒？”王江宁一脸惊奇。

“莽草和调料里常用的八角在植物学上是近亲，但八角无毒，莽草却有毒。”一个清冷的声音忽然自身后传来。王江宁迅速转头，来的人正是梅檀梅教授。

毒物在汤包店的调料中发现了，这个消息令王江宁心头一跳。他忙走到梅檀面前道：“你不会凭这个就认为是李婶子下毒吧？你们说了这莽草和八角很像，也许只是不小心混进去了。”

梅檀看了他一眼，继续道：“八角中混入莽草确实正常，但混入这么大量的莽草，却很罕见。此物毒性很大，能直接伤害大脑和神经中枢。中毒症状轻则失眠头晕，重则精神失常，似癫痫或狂犬病，严重可致死，长期摄入会造成严重后果。”

王江宁立刻就回忆起魔怔的孩子们的症状，倒的确和梅檀说的莽草中毒症状相符。他微微一怔，正想再问些什么的时候，却猛然回想起另一件事。

那个神出鬼没的小道士在消失前，曾笑嘻嘻地向他抛来一个“暗器”。

那时他以为，那是个很奇怪的八角。然而现在想来，那肯定就是莽草！小道士早早就给了他线索，然而他并没有在意。

不过好在，现在知道也不算晚。

“韩探长、梅教授，车准备好了。”这时一个小警察走过来道。梅檀对他点点头，下楼去了。

王江宁顿时紧张起来，忙转身拦在韩平前面：“你们该不会要去李氏汤包店拿人吧？你不会也认为是李婶子做的吧？”

“放心吧，我们是去福兴记。李婶子的调料是从那儿进的，我和梅教授正打算去那儿看看。”韩平显然不敢让梅檀久等，匆忙解释一句便连忙追上梅檀。临走前，他不忘把王江宁赶出了警局，并附赠一句：“这事你别掺和了，闹不好就是大案。”

望着两人风尘仆仆的背影，王江宁憋了一肚子话没来得及说出口。

韩平的意思他懂，这福兴记是南京城最大的一家调料行，只卖调料，他家的调料如果出了问题，那全南京城要出大乱子。

那位梅教授能检验出莽草看来有两把刷子，可在破案上却是个彻彻底底的外行。王江宁敢肯定他们跑福兴记一定一无所获，若是福兴记有问题，第一个出事的绝不会是李氏汤包店。但王江宁也知道就算自己这么说了，韩平也不可能将案子给他。

王江宁垂头丧气地离开警察厅，走在路上，看到还没开张的李寡妇汤包店，不由得重重叹息一声。没办法，虽然李氏汤包店关门，但人总还是要吃饭的。他在心中做了番挣扎，然后转身去斜对面的长沙记包子铺吃早点去了。

二

和门庭冷落的李寡妇汤包店不一样，这长沙记包子铺现下可是热闹极了，甚至比之前更加热闹一些。王江宁点完早点后顺嘴问了句，才知这老板叫白长沙，不但名字叫长沙，人还是长沙人。

包子端上来的时候，王江宁刻意看了眼白长沙，发现他正站在窗前，神情有些紧张。王江宁顺着他的视线望去，发觉这白长沙看的正是李寡妇汤包店所在的方向。

王江宁想了想，低头咬一口包子，立刻皱起了眉头："唉，这包子味道比李寡妇家的差远了。"

他说话声音大了点，被正好在旁边忙活的白长沙听到了。白长沙立刻走过来，笑了笑说："老板，话可不能这么说，我家的东西真材实料，新鲜干净。那李寡妇家的包子可吃不得，听说附近好多人家的孩子在她家吃过东西以后都出事儿了呢，也不知道是东西不干净还是店不干净。"

他这么一说，旁边几个食客也跟着附和起来。

王江宁似乎也没料到自己一句随便的感慨能引起那么大反应，忙跟着赔笑道："掌柜说得是，这口味还真是次要的，东西干净才是要紧事，我嘴上没把门，给您赔不是。"

"哈哈哈，老板哪里话，常来照顾生意便是，来，我再送你一盘小菜。"白长沙倒是会做人，又端过来一盘小菜。

"哎呀掌柜的，我昨天也来你店里光顾了，只可惜没跟你说上话。"

王江宁笑着看向白长沙，“要是那会儿跟你说上话，没准能多得一盘小菜呢。”

“要不你明天再来，我再送你一份？”白长沙笑呵呵地说道。

“那倒不用了……哎，对了，您似乎挺关心李寡妇店里的事儿啊。”王江宁说完就抬头仔细看那白长沙的表情，而白长沙慌张地避开了他的视线。

“我能关心什么啊，就随便看看，随便看看。”白长沙说完，便迈着匆忙的步伐走了。

王江宁吃完，一伸懒腰，便溜达到了街上。他寻思着李寡妇这个案子，虽然困难重重，但也不能完全放弃了，毕竟李小妹还在那儿等他消息呢。

眼下已知一条关键线索是莽草，或许可以顺着找找看。这么想着的王江宁，立刻骑车去了夫子庙。

这夫子庙可是南京城最为鱼龙混杂的地方，什么人都能在这儿做买卖，不少乞丐、侦探、苦力也都能在这儿拉到活。

王江宁四下询问莽草的事儿，忽然就见人群中有个熟悉的壮实青年闪过。那人不是别人，正是薛老爷家的下人，张奇。王江宁见张奇一副行色匆匆的模样，脑中突然闪过师父那句没头没尾的“这事儿没这么简单”，隐隐觉得有事发生，便跟了上去。

三

王江宁悄悄跟在张奇身后，拐进一条小巷，却见有两个人忽然出现在巷口那端，堵住了张奇的去路。王江宁躲在黑暗里探头打量，只见对面那两人一胖一瘦，都是一身黑色短衫，腰间都别了家伙。两人都留着很短的小寸头，目露凶光。

王江宁心中一凛，猜那两人八成不是善类。他正想掏藏在裤脚里的枣木拐，张奇却先一步说话了。

“三年前我离开码头时，总把头说了，我张奇既然决定抛钩卸锚，按着规矩交了卸锚钱，就和帮中再无瓜葛。不想今日却劳动二位执杖，不知道二位今日此来，又有何见教？”张奇上前拱了拱手，态度十分客气。

王江宁心中雪亮，这二人必然是张奇之前混迹的帮会中的人物，听张奇叫他们执杖，那八成是类似于执法长老一般的人物。此时突然来找张奇，必然事出有因。下关码头那些大小帮会王江宁多半熟悉，然而眼前这两人他却眼生得很。不过张奇这番话语，倒也令王江宁心中意外。这张奇看着木讷得很，遇到紧要关头说话倒是有条有理。

那二人中的胖子说话了，一开口便是带着云贵口音的官话：“我二人今日是奉了新把头的令，特意来找张兄弟的。我二人不过是奉命问张兄弟一点儿事，张兄弟只要如实相告，我二人定不为难。咱们都是讲礼数的，张兄弟毕竟已经交了卸锚钱，和我们帮中已无瓜葛，所以我们这是有求于张兄弟，还请张兄弟多多包涵。”这人的语气分外客气，最后还拱手致意了一番。

张奇拱手回礼说道：“二位执杖客气。有何事尽管问在下，只要能说的，在下知无不言。”

“那咱们也不和张兄弟客气。张兄弟现在的新东家，以前都是和咱们做生意的，这件事张兄弟也知道。新政府成立前薛老板收山不做了，然而最后一笔买卖却是大手笔。当时虽然是钱物两清，但是彼一时，此一时。最近这些日子，这南边战事紧得很，马道不通水路不畅，就算有货也运不过来，帮中的账目便很是吃紧，毕竟这么多兄弟要吃饭。新把头上来以后打探得清楚，薛老板最后收的那批货，全南京城都没有买家。咱们新把头就寻思，那批货八成还在薛老板手上。

张兄弟，能不能劳烦你请薛老板把那批货再卖还给我们，价格就按现在的市价，薛老板是稳赚不赔的。”那胖子继续说着。

王江宁虽然离得远，但素来耳力甚佳。况且他在一个顺风的方向，胖子那些话便断断续续地飘进了他耳中，倒也听了个八九不离十。

这两个人是为薛老爷曾经的生意而来，之所以找到张奇，是因为之前有过帮派这层关系。只是不知为何，这空气中弥漫着一股紧张的气息。只听张奇耿直的声音再次响起：“承蒙新把头厚爱。不过张奇既然已经不是帮中之人，就断然不会把新东家往帮中的事情上扯。否则我张奇岂不成了吃里爬外的小人了？”

那二人互相对视一眼，瘦的那个突然掏出腰上别的物件，轻轻丢给张奇。只听那瘦子说道：“张奇，你虽然交了卸锚钱，但毕竟是在帮里吃过一碗饭端过一碗水的，新把头愿意再交你这个朋友。若是你真打算和帮里彻底了断，按着江湖规矩，便来个一刀见底吧，看看你到底是嘴硬还是真好汉。”

王江宁心中咯噔一下。这一刀见底是江湖上最重的盟誓，讲究的是用一把将近两寸长的小刀，一刀扎进自己的肉里，部位随便，但必须见底，也就是整个刀刃要在肉里。若是下得了手，不管是脱离帮派还是成交立誓，那对方都会信得过你。天津卫的地痞流氓经常用这种自残的方法混饭吃，两个帮派约架时，双方头目为了防止斗殴规模过大，都会各自选出一个不怕死不怕疼的来拼刀，比谁给自己扎的窟窿眼多，谁撑到最后谁赢。

王江宁打算出言相劝，但是又觉得毕竟是别人的私事，自己一个外人实在是没法插嘴。他在那儿正思想斗争着，张奇已经把刀捡起来了，锃亮的刀口泛着冷光。

“张奇，你……”王江宁正欲劝阻，然而还没等他说出第四个字，张奇已经反手一刀扎进了自己的大腿里。血登时便顺着大腿流了下来，他竟是哼都没哼一声。

对方二人又互相对看一眼，似乎也没想到张奇居然如此痛快。那胖子子悻悻地说道："张兄弟果然是条汉子，是我们小瞧了你。也罢，我们走。"说完，两人转身消失在黑暗中。

王江宁急忙冲到张奇身边，十分熟练地从衣服上扯下一根布条，扎在了张奇的大腿根上。幸好，刀没伤及血管，血很快就止住了。

"王侦探，你怎么在这里啊？"张奇缓过劲儿来，虚弱地问道。

"路过，路过。"王江宁有些心虚，说话时只看着伤口。幸而张奇这人心眼实，也没多问。

"我说你还真是不要命，这刀要是扎歪一点，指不定会出什么事。"王江宁一边包扎，一边抱怨着。

"若不如此，他们肯定还要纠缠。"张奇有气无力地说着，头上开始冒冷汗。

"旁边就有医馆，我扶你过去好好处理一下。"王江宁说完也不管张奇愿不愿意，扯着张奇一条胳膊就把张奇往肩上一担，扶着他去了医馆。

医馆的大夫见了张奇的伤口便说没什么大事，保准能好。大概也是因为医馆许久没来人了，这大夫听闻张奇是薛老爷家的用人，这话匣子立刻就打开了。

"那老杆子我知道，以前是在云南做玉石生意的，之后不做了，但也没立刻回南京。听别人说，他赚了老多钱了，也不知真假。"这大夫一边给张奇上药，一边满不在乎地聊着张奇主人家的"奇闻轶事"，"还有啊，他家那个丑夫人，真是丑人多作怪啊。老杆子的正房夫人老早就死了，认识续弦的丑夫人，是因为他和那丑夫人的娘家有生意上的来往。老杆子有次在外面喝多了，晚上歇在了那丑夫人娘家，第二天丑八怪便给家人讲薛老爷那晚要了她，老杆子迫不得已才娶她

王江宁急忙冲到张奇身边，十分熟练地从衣服上扯下一根布条，
扎在了张奇的大腿根上。

过门。”

王江宁沉默无言地听着，转头一看张奇的脸一阵青一阵白，也不知是因为上药疼，还是因为大夫这番话令他过于尴尬。大夫还要跟王江宁讲下去，王江宁便找了借口，出去溜达去了。他算准了时间，等张奇的伤口彻底处理完后，才到医馆，架着张奇回了薛老爷家。

四

那日被他挑破事情后，薛老爷和薛夫人显然是打了一场惨烈的架，两人的面孔上都有多处挂彩。薛夫人本就不待见王江宁，怨气冲天地瞥他一眼后，便躲进里屋不再出来。而一向节俭的薛老爷得知自己的下人忽然受了腿伤，不能干活了，本就不好看的面色，登时就变得越发难看了。

“王侦探，你还有什么事吗？”薛老爷见王江宁没有要走的意思，于是冷声问道。

“老爷您别急啊。我正好也有要事，想和薛老爷您商量商量。”王江宁拉过身旁一把椅子，大喇喇地坐在院子里，“其实那天我走后就一直在想您会把值钱的东西藏哪里。我想啊想啊，最后还真的琢磨到了。”

薛老爷冷冷看着王江宁，似在等他继续说下去。

“薛夫人是续弦，应该是这几年才嫁过来的，她自然不知道您把东西藏哪儿。而张奇是三年前来的，张奇来的时候这院墙刚加高，这井壁也是刚砌好，连水泥都没干透。而且这井砌得也是非常奇怪，井口这么小，井壁却又高又厚，做工还这么糙，太不合理。”王江宁转头看一眼水井，便又继续道，“这南京城的泥瓦匠，没有哪个能把活做这么烂的，真要做这么烂他就别想接到活了。何况同时砌的墙做工明显好很多。所以这个井壁，八成是薛老爷子您自己砌的。我猜测，那些值钱的东西，就在井里，不是封在井壁里，就是在井底。”

薛老爷听闻王江宁这番话，额头上骤然暴起几根青筋：“我爱把东西藏哪里就藏哪里，又关你屁事。”

“但是我忽然就很好奇这井里的东西。”王江宁换了一个坐姿，慢条斯理地继续说道，“我之前猜测您是做玉石生意的，您没有反驳我。不过我后来一想，这云南可是个风水宝地，不但玉石生意兴旺，贩卖烟土的也多。薛老爷做事这么小心……怕不是两样都沾吧？”

薛老爷没有说话，然而握在腿两侧的拳头，却越发用力起来。

“之前我碰巧听闻帮派里的人对话，说薛老爷您在收手前收了一批货。眼下马道不通畅，他们就很想把这货买回来。什么货值得那么上心呢？多半是烟土吧？哎，也是凑巧了，警察最近也在查这烟土。就不知道他们要的东西，跟您藏在井里的东西，到底有什么关系……”

王江宁话还没说完，薛老爷忽然从怀里摸出手枪，黑洞洞的枪口直直对准了他。

“想要杀我灭口？你不怕事情闹大难以收场吗？”王江宁佯装吃惊。

薛老爷眯了眯眼：“你什么意思？”

砰！

一声枪响，里屋的薛夫人和李妈顿时吓得尖叫起来。

“里面的人别他妈轻举妄动，你们已经被警察包围了，给我老老实实站着！”那示警的枪声过后，外面传来警察的喊话声。

王江宁冲薛老爷嘿嘿一笑：“张奇包扎的时候我去了一趟警察厅。难道你觉得我会什么都不做就跑来送死？”

话音刚落，韩平便带着一众警察破门而入，薛老爷心一横，便想来个鱼死网破。

“小心！”幸好江宁及时发现他眼神不对，当即迅速一躲。然而站在一旁的警察被他这一喊却忽然紧张起来，一个手抖便开了枪。

在薛夫人的尖叫声中，张奇猛地扑向薛老爷，一朵殷红的血花绽开……

一阵混乱之后，事件终于平息。薛老爷被捕，张奇则被送往医院。

剩下的警察在王江宁的指挥下挖开了院中的那口井，果然在井壁里发现了私藏的烟土。

“这不对劲儿啊。”然而这个结果却并不能令韩平满意，他挠着后脑勺，指着井壁里的那一点儿烟土道，“按理说，烟土不该那么点儿啊……”

“这薛老爷八成是察觉到了什么，先一步把烟土转移到别地儿去了。”王江宁有些不耐烦地摆了摆手，“不管不管，烟土查到了就是查到了，管它是多是少。反正我已经帮你了。李氏汤包的案子现在能交给我来办不？”

韩平一愣，只听王江宁又接着说道：“现在你们就应该照着薛老爷这条线索查下去。而且，你们应该已经查明汤包店这案子跟鸦片没有关系，交给我应该不为难你吧？”

听闻这话，韩平立刻流露出为难的表情来。“但是这案子不归我们警察厅管，交不交给你，我做不得主的。倒是那位负责烟土案的顾问……他跟上面的人说得上话，要不，你去问问他？”韩平犹豫着，冲门口努努嘴，“他要是答应你来接手，我这边就没什么问题。”

“顾问？”王江宁觉得这个词有点陌生。他皱着眉头看向门口，只见一个一身白西装的修长男人正挺拔地站在那里，宛如一棵青松。

梅檀。王江宁还记得这个名字。没想到他竟然也来了。

知识分子所散发出来的高贵气场令王江宁有些自惭形秽。他接触过三教九流，擅长与不同的人打交道，但如梅檀这样的知识分子之前却从未接触过。但为了李寡妇和李小妹，他还是咬牙克制住退却的本能，大步迎了上去。

“梅教授，汤包店的案子能不能给我呀？”王江宁努力克制自己的表情，令微笑尽量显得有亲和力一些，“实不相瞒，我已经知道那案子到底是谁干的了。”

原本目不斜视的梅檀，在听闻王江宁这最后一句话后，终于转过头来，将清清淡淡的视线投到他的身上。

“是谁？”他干净简练地问出这两个字。

“这你别管，反正我一定能将下毒者捉拿归案。”王江宁很有自信地拍了拍胸脯。

“你有证据？”梅檀瞥他一眼。

“没证据。但我一定能……”

“没有充分证据，就不能捉拿犯人。”梅檀冷声打断他的话，嗓音听起来似有些严厉。

王江宁怔了怔，莫名就有些上火。“你们读书的怎么就那么死脑筋！”他不顾周遭围观的警察，瞪着梅檀，抬高了音量，“我问你，你一直查证据，查出什么来了？还不是一无所获吗？！”

“至少我不会冤枉无辜的人。”梅檀抿唇，镜片后的细长眉眼，似也带有些许愠怒。

“可李寡妇也很无辜啊！”王江宁气得肝疼，忍不住伸手指着梅檀，“你们的办事效率我又不是不知道！查个一年半载的，就算啥也查不出来，依然可以领工资俸禄，不愁吃穿！然而李寡妇一家可就指着这店吃饭，开不了张，你让她们喝西北风去啊！”

梅檀不再说话，他低头目不转睛地看着王江宁指着他的手。

王江宁忽然觉得有些冒犯，于是立刻收回了手。此时他的理智已经回来了大半，心中暗道一声不妙。他这样得罪人，这案子多半要完。

就在他开始自我反省，琢磨着该如何道歉时，那清清冷冷的梅檀却忽然开口了：“那好，我试试看。”

“你试什么？”王江宁茫然。

“去跟负责人说，把案子给你。”说这话的时候，梅檀的眼里透着颇为明显的不悦。

这是答应了的意思？王江宁怔了怔，刚想开口，就见这梅教授迅速转身离开，径直消失在街道的那端。

“谢谢了啊！”王江宁站在门口，扯着嗓子对着梅檀消失的方向大喊道。

五

次日早上，王江宁哼着小曲，不无得意地骑着自行车穿行在冬日的小巷中。

昨天夜里，韩平忙不迭地跑来李英雄探事社，告诉他汤包店的案子是他的了。临走之前，韩平还不忘给王江宁一块“义勇”的徽章，以嘉奖他协助自己成功破案。

看来那梅檀虽然不爱说话，认死理，却还是有能耐的。

王江宁停下车，抬头看向面前的长沙包子铺。今天，也是不能放松的一天啊。

“老板，一笼包子，一碗馄饨。”王江宁进门找座位坐下，然后冲不远处的白长沙说道。

“您慢吃。”白长沙立刻就把东西送来了，转身就准备走。

“先别急着走啊。”王江宁扯开嗓门，叫住白长沙。

“有什么事？”白长沙瞅瞅王江宁，忽然间恍然大悟，“我想起来了，我缺这位老板一碟小菜。”

白长沙忽然这一句倒把王江宁说蒙了，连原本要说的话都忘得一干二净。王江宁想了想，干脆就把韩平给他的徽章拍在桌上，轻轻敲了敲：“你知道这是什么吗？”

“知道，知道。”白长沙连忙搓了搓手，点头哈腰地说道，“原来您是位官爷，失敬，失敬。”

王江宁见白长沙这副样子，心中当即便有了底，立刻打着官腔道：“说说吧，最近干了什么缺德的事儿？”

“缺德的事儿？没有没有，我就老老实实做生意，开个店面养家糊口。”白老板一脸的无辜。

“白老板，若没有十成的把握，我断不敢来找你。不过既然来了，那我自然是有十成的把握。你家斜后面的李氏汤包店最近出的事儿，是你干的吧？”王江宁说到最后一句，笑容收了起来，直视着白长沙。

白长沙似乎被王江宁吓到了，愣了半晌，突然反应过来，急忙摇头道：“长官您可不能乱说啊！我是老老实实做生意的本分人，她家的东西不干净与我无关啊！”

王江宁闻言一笑，迅速从口袋里掏出早就准备好的莽草，极有气势地拍在桌上：“李寡妇铺子出事儿的那几个孩子，都是中了莽草毒。而这颗莽草，是我刚才趁你不注意时从你店角落里搜出来的。你能解释一下这是怎么回事吗？”

“这……这……”白长沙直直地看着桌上的莽草，忽然神情大变，一滴冷汗慢慢从额头滑落，“这怎么会……”

“怎么，你敢说这莽草不是你店里的？”王江宁冷冷逼问。

“不……不……这是我店里的。”白长沙思索片刻，急忙说道，“这莽草是我放在店里药耗子的……对，莽草在我们家乡那一带，是专门用来药耗子的。我看店里有老鼠，就随便撒了几颗……”

“这就是了。我听夫子庙的鼠药李说，二十多天前，包子铺的白老板在他那儿买了三斤莽草。买莽草的人很少，因此他记得格外清楚。”

“是……是啊。”白长沙点头如捣蒜，“我就是在他那儿买的，买了后放店里……药耗子。”

“不过鼠药李卖的莽草有一点与众不同，他的莽草都加过糖粉或糖浆，目的是为了更好地引诱老鼠。李寡妇调料里的莽草我已经尝过，就是带有甜味的。”王江宁把玩着手里的莽草，随即笑着看向白长沙，“我还没有尝过手里的这一颗。要不你自己先尝一尝……看有没有甜味？”

白长沙闻言，脸色越发难看了。他站在桌前，如雕塑一般纹丝不动，豆大的汗珠自他额头滚落。

“这莽草啊，与一种叫八角的调料长得非常像。李寡妇经常进货的调料店叫福兴记，百年老店，有口皆碑。所以我敢确定，这莽草必然是有人在李寡妇买了调料回来以后，趁着李寡妇不备，偷偷加到调料中的。而那个人，就是你。”王江宁见差不多了，便开始慢慢叙述，“你的包子铺和李寡妇家离得最近，她家生意好你家生意自然不好。所以论作案动机，你是有的。而你恰巧又是长沙人，自然也知道你们那边用来毒鼠毒鱼的莽草，无论是样子还是气味都和八角甚像。更妙的是，这莽草毒和寻常的毒物不同，它没有肠胃反应，吃下去也不会上吐下泻，而是精神出问题，如同吸大烟甚至是鬼上身一般。再说用作调料，客人一次也不会吃太多，非要长期吃才能慢性中毒。我说得对吗？”

王江宁说话期间，已经有不少好事客人围拢过来，其中更不乏一些李寡妇的常客。

“白老板，真是你干的吗？”有人出声询问，但白长沙却始终没有出声。

王江宁笑了笑，便又继续道：“二十多天前，你从鼠药李这儿买了莽草，第二天趁夜翻墙进李寡妇的院子，把莽草混进了八角的袋子里。

你算准了李寡妇调料的用量，知道一袋八角调料差不多一个月吃完，而食客们中的毒，通常需要再潜伏几天才会发作，那时候掺杂有莽草的那袋八角早就用完了。如此一来，证据全无，你自然永远不会被发现。只可惜，你算错了一件事。”

“什……什么事？”白长沙结结巴巴地问道。

“你算好了大人的中毒时间，却忘了算孩子。小孩子对毒物的反应比成年人快，不过二十多天，就有三个小孩子发病，于是才出现了前天发生的那些事情。那些没用完的八角和莽草，都因此留了下来。你一定很想把这些东西毁掉，可惜警察的介入，使得你根本没法下手。这才便宜了我，拿到这些证据，顺利破案。”王江宁说完，缓缓从座位上站了起来，似笑非笑地看着白长沙，“怎么样白老板，我手里这莽草，你是尝，还是不尝呢？”

白长沙张了张嘴，欲言又止。他腿一软，忽然就跪倒在地，痛哭流涕：“是我干的……长官饶命……我都交代。”

王江宁知道这案子已经成了，便带着已经认罪的白长沙去到警察厅，见了韩平。

当初他看白长沙在店中鬼鬼祟祟地观察李寡妇的店面，就知道这人可疑。于是他就想了个法子，用莽草诈白长沙，看白长沙认不认罪。最后一试，果然是白长沙下的毒。

而王江宁手里的这莽草当然不是碰巧从白长沙店里找来的，这是他昨天在夫子庙时，管鼠药李拿的。

六

数日后，李寡妇的汤包店又风风火火地开张了，生意兴隆。至于那恐怖的无梁殿摄魂传说，自然也慢慢地消去了。

王江宁一边啃着热气腾腾的包子，一边低头看着报纸，大踏步地走在街上。报纸上，一个硕大的标题赫然映入眼帘——《探长丁京晖智破毒包子案，寡妇蒙冤昭雪》。

报道通篇没提到王江宁的名字，他倒也是习惯了。韩平那小子果然会拍马屁，把功劳都让给了上司，至于那什么热心市民奖，自然也是不了了之了。

不过李寡妇已经承诺王江宁，让他免费吃一年的包子，所以这案查得也委实不亏。这么想着的王江宁，满意地咂了咂嘴。

又走了一会儿，王江宁终于到了目的地——民生医院。张奇的伤已经好得差不多了，只见他提着个小小的包袱，正从门里走出来。

“下一步你打算怎么做？”王江宁上前，开门见山地问道。

张奇只是低头不言，眼中的神情颇为复杂。王江宁倒是听说那薛老爷被捕后，薛夫人就带着李妈忙不迭地回了娘家，也没把张奇带上。现在想来，那薛夫人没准早就对薛老爷贩售烟土的事起了疑心，才折腾出那么一起滑稽的盗窃案。不过眼下，一切也无从查证了。

王江宁兀自思索了一会儿，便用力拍了拍张奇的肩：“兄弟，你也别太一根筋。薛老爷当年只是为了救他的货物才意外救你。平时他拿你当牛做马，出了事儿还第一个怀疑你。就算有救命之恩，如今你给薛老爷挡了枪子儿，这恩也算是彻底还上了。湖南帮的李舵把子是我干爹，我推荐你去他手下行走，他断不会拒绝，你腿脚这么利索，做人也厚道，必然能混出名堂来。”

“唉，也罢。不用劳烦王兄，不瞒你说，其实我一直想报国参军，这次正好也是个机会，投军挣功名去。”张奇昂首看了看北边。王江宁这才注意到，张奇之前一直低着头缩着背，这会儿昂首挺胸，竟比自己还高半个头。

“有志气！那咱们就青山不改，绿水长流！”王江宁拱手抱拳说道。

“青山不改，绿水长流！”张奇大声说完，便转身离去。

冬日的晨光透过厚重的云层洒落下来，照亮张奇挺拔的身影。

王江宁依靠在墙壁上，笑着看向张奇的背影，竟然很久都没再咬一口手里的包子。

“一叫你魂去，再叫你去当，石叫石和尚，自叫自承当，早早回家转，石匠顶桥梁。”不远处，一群孩童一边念着歌谣，一边奔跑而过，只留下一串异常清亮的笑声，萦绕在一派祥和的街道上。

第四章

烟土再现

一

时光飞逝，转眼间就过了年。

许是托了新政府要办业绩的福，在把薛老爷成功送进牢房后，李英雄探事社就没再接到过生意，因而这年关过得也是尤其清冷。

李老吹倒是乐得清闲，每天中午都在院子里头晒太阳，有余兴的时候就出门泡泡澡。倒是王江宁，闲得浑身不自在，总想找点儿事做。

这天王江宁跟师父知会了一声，就溜达到外头去了。他熟门熟路地来到夫子庙，很快就找到了他想找的人。

“小黑皮！”他冲一个脸上有黑痣的小乞丐招招手。那小乞丐听闻呼唤，忙不迭地跑了过来。

和江湖上所有的帮派一样，乞丐也有自己的地盘。走街串巷乞讨，一天换个地方的游丐是很难生存下去的，毕竟能讨到东西的地盘，早就被各种草头丐帮们占领了。

王江宁所熟知的这个名叫“小黑皮”的小乞丐，就常年跟他的朋党盘踞于夫子庙的一座石板桥边上。虽然只有一座桥，却连接了三个茶楼和一个饭店，加之桥上过往行人也多，简直就是乞丐圈里的“风水宝地”。那丐帮的头头每天守着地盘，把小黑皮他们外放出去讨钱。

王江宁打小在码头混迹，长大后也没断了和江湖的联系。这金陵城大大小小的帮会团伙，他大多都能搭得上话。小黑皮这样的乞丐，那就更不在话下了。

“王大哥，今天怎么想到找我了？是不是决定收我当徒弟啦？”小黑皮眨巴着一双大眼睛，一脸期待地看着王江宁。当上像王江宁这样的侦探，一直都是这个小乞丐的梦想。

“别揣着明白装糊涂，我托你办的事呢？怎么样了？”王江宁在空气中挥了一下手臂，假装打了小黑皮一下。

早在三天前，王江宁便托小黑皮帮他找那个贴他乌龟符的道士。毕竟闲来无事，而他特别想找那道士说道说道，能顺便报个仇什么的自然最好。

“王大哥，你来得正好，我刚得了消息。”小黑皮笑眯眯地说道。这小黑皮讨钱的本事不大，打听消息递送信息却是比谁都厉害，他已经跟王江宁合作过七八回了。

“什么？”王江宁眼睛一亮，“这么快就有消息了？”

“那道士在上峰镇出没。我去找他的时候，他正在一片农田里。”小黑皮说到这里，挠了挠脑袋，仿佛是有点儿不好意思，“他问我干吗找他，我就把你给供了出去……他就说要约你见一面。”

王江宁不由一怔，那道士竟然还约他见面？既然如此，那岂有不迎战的道理。

“好嘞，那我现在就去。”王江宁骑上自行车的同时，不忘从裤兜里掏出一把铜圆，扔给小黑皮。

小黑皮立刻眉开眼笑，连声道谢。打三年前认识王江宁起，他就一直努力向王江宁学习。然而别的本事没学到多少，王江宁这爱钱如命的性子，他倒是分毫不差地学了去。

不久之后，王江宁站在一片广袤的田地边，束手无策。

这就是小黑皮所说的田地，看起来十分普通。田里扎着的几个大草垛，算是附近最大的“建筑物”了。如此一览无余的地方，王江宁却愣是没找到小道士的身影。

难道，这是又被耍了？王江宁憋屈地想着，怎么就那么倒霉呢，想他堂堂一个侦探，竟然被同一个道士接连耍了两回……

他忽然感到背后有些发凉，于是终止了思绪，转过头去。只见一位佃户装扮的老伯正炯炯有神地盯着他看。

“老伯啊，我不是坏人。我就是个南京的侦探，来随便看看。”王江宁自顾自地解释着，也不管老伯听懂没有，“对了，我想问问您，最近这一带有什么怪事发生吗？”

“怪事？”老伯像是没听懂似的，又重复了一遍。

“是啊，怪事。比如最近有没有人装神弄鬼啊，贴符卖药啊……有的话你一定要告诉我，我可是个侦探。”

“哦，有！”老伯忽然一拍大腿，倒是把王江宁吓了一跳，“那吴员外家的田可是奇怪得很！”

王江宁闻言兴致缺缺，他来是想知道那小道士的下落，哪有心思管什么农田。

然而那位老伯却忽然来了劲儿。在得知王江宁是个侦探后，便强行拉着他没完没了地说起来：“这位侦探，我和你说啊，据说那片田地一夜之间突然出现了七八个大洞，大家都说是闹鬼，现在吴家的佃户都疑神疑鬼的。”老伯说完就往旁边指了指，示意那就是吴员外家的田，“你既然是侦探，不如去看看，那吴员外可是前朝的地主，有钱得紧，你要是能解决了这事，钱肯定少不了。”

王江宁瞅着那片田地，眼睛一亮。如果老伯句句属实，那吴员外此刻想必正为此事发愁，这种神神道道的事情又没法报官，自己这个私家侦探肯定有机会赚一笔。没想到追着那个小道士过来竟还能有意外收获。这简直是一石二鸟嘛，王江宁心中的算盘打得噼啪响。

“谢谢老伯指点。”王江宁冲老伯拱了拱手，“我这就去吴员外家的田地查看查看。到底是鬼干的还是人干的，我王江宁一定查个明白。”他放下话头，抬步就走。

然而他人还没在田边站稳，吴员外家一脸凶相的佃户就跑过来赶人。

“我们家老爷说了，这片田地，禁止外人进入。”那佃户生得人高马大，绿豆大的眼睛里盛满凶光，很是可怖。

“我是南京城的大侦探王江宁，想要调查一下田里的怪洞。你跟你们老爷说说……”王江宁摆出架势。

“不许进入就是不许进入，你没听明白？”佃户放大了嗓门，吼得王江宁耳膜嗡嗡作响。

王江宁心想跟这样粗鲁的人没有话好讲，于是就一边打听一边摸到了吴员外府上。吴员外到底是个懂礼节的，听闻有个南京来的侦探有要事求见，便在王江宁苦等半个多时辰后，打开门放他进来。

许是职业病的关系，王江宁一见吴员外，首先就注意到了他拇指上巨大的翡翠扳指。一看就知，这是个特别有钱的主。

王江宁主动问起田中的怪洞。当然，在见识到佃户的反应后，他这次问得很是小心翼翼。

然而没想到吴员外却瞬间变了脸色，恶声恶气地反问：“你为什么那么感兴趣？该不会弄出那些洞的就是你吧？”

王江宁一愣，不知道这吴员外和家里的佃户到底为何这般疑神疑鬼：“员外您误会了，我真的是南京城来的侦探，听说您田里发生的怪事，我可以帮您查出——”

“不需要！”吴员外恶声恶气打断他。

“什么？”王江宁一惊，“我……啊！”

不等他反驳，吴员外便命人将他从府里扔了出去。

王江宁跌坐在地，十分无奈。田里的洞奇怪，这田地的主人更奇怪，像看管财宝一样看管着田地。侦探的直觉告诉他，这吴员外表现这么异常，肯定有问题。

思来想去，他还是决定继续调查下去，看看吴员外家的怪洞，到底是藏着什么样的秘密。或许，那个神神秘秘的小道士约他来此就是为了这个洞？

二

晚上，子时三刻。一轮满月照在黑漆漆的土地上，竟是走路都不用打灯了。

王江宁悄悄猫在草垛，四下张望，见确实无人到来，也无人把守，便悄悄地踏入了白天禁止进入的吴员外家的田地。

他四下寻找，果然见到了老伯说的七八个大小不一、深浅不同的怪洞。他蹲下身，借着月光仔细观察那最浅的洞。土有些湿，土质很新鲜，坑里面倒的确留下了一些铲子、铁锹的痕迹，像极了盗墓者用洛阳铲留下的。想来这不是鬼洞，而是盗墓贼留下的盗洞。

砰！忽然一声枪响，击碎了深夜的宁静。

王江宁猛然回头，只见一个蒙面的黑衣人端着一把老式的火绳枪，慢慢走近。杀人灭口的目的，不言自明。

王江宁在回头的一刹那，也已经想好了对策。几乎在黑衣人再次开枪的同时，他就地一滚，迅速滚进了最深的那个洞里。

两枪不中，黑衣人也不急躁。他把枪托放在地上，枪口朝上，不疾不徐地重新装弹。王江宁扒在洞边，后背冷汗直流。洞中央深不见底，也不知通往哪里，他不敢贸然跳入，然而洞上面就是黑衣人，简直进退两难！

怎么办？难道他这条小命，就要交待在这儿了？

正在这千钧一发之际，突听一个声音自黑黢黢的洞口深处飘出："那个谁，你跳进来！我接着你！"

王江宁微微一怔，这个声音，似乎有些耳熟。脑海中翻飞过无数画面，终于定格在那个人身上。

那个神出鬼没的小道士……他竟然在洞里？

真是有缘洞里来相会。

然而此时王江宁无暇多想，他听闻外面的黑衣人就要装好弹药，于是把心一横，向着洞中央滚去。靠得近了，他才看清，中央是个青砖砌的石壁，看起来似乎是一口深井。几乎是坠入井中的一瞬间，外面的枪声再次响起。

这是王江宁第一次发自内心地感到害怕。他向着井底坠去，心已经提到嗓子眼了。

那个小道士，可别又是在耍他吧？这都第几次了？

说时迟那时快，攀爬在井壁处的小道士，看王江宁坠了下来，一个纵身飞跃，一把将他接住。两人一起下落之际，小道士又飞快地把之前从身上解下的绳扣，挂在王江宁的腰带上，然后放开王江宁，自己则再次用四肢撑住井壁。

继续下坠的王江宁抬眼一看，只见小道士就攀爬在他的正上方，似乎是正在微笑！

突然一股巨大的力量拉住了他的腰，强迫他回过神来。下坠忽然终止，他低头一看，只见腰带上拴了一根绳索。现在，他正被这绳索

说时迟那时快，攀爬在井壁处的小道士，看王江宁坠了下来，一个纵身飞跃，一把将他接住。

挂在半空中，下面依然是空荡荡的，而上面的小道士正在快速地往下坠落。

“赶快走，那家伙还在上面，估计要往下开枪，那可真是神仙也救不了。”小道士对只剩半条命的王江宁说道。

“走哪里去？”王江宁晃了晃脑袋，头晕目眩地问道。

“你用力荡进旁边那个岔口，快。”小道士着急地抬头看了看，这里距离井口并不太远。

砰！

又一声枪响传了过来，子弹在井壁上噼里啪啦地跳跃着。

“快点儿！”小道士这一声是真急了。

王江宁一个激灵，也被这一声震耳欲聋的枪声给震清醒了。他急中生智，看准洞壁上那个岔道，用力荡了过去。

终于脚踩在了实地上，王江宁连忙解开腰带上的绳索，揉揉自己差点儿被拽断的腰。

小道士紧跟着荡了进来。

“你腿受伤啦！”小道士举着蜡烛，突然指着王江宁的腿叫道。

王江宁低头一看，这才发现血已经湿了小半条裤子。这伤多半是黑衣人放第一枪时受的擦伤。只是刚才太紧张，没察觉到。

这会儿被小道士一说，他顿时觉得疼得要命，一连抽了好几口凉气。不等他说话，小道士立刻从自己的绑腿上扯下一段布条，十分熟练地给他包扎起来，一边包还一边念叨着：“哎呀，可惜我没带伤药下来，不然这包一次就能好。”

王江宁忍着疼，心中却越发迷惑起来。看来这怪洞八成和小道士有关，但是他这么晚出没在这里，到底是为什么呢？看他这行为……也不像是坏人啊。

“小道士，咱们这也算是过命的交情了吧。我叫王江宁，你叫什么名字？”王江宁忍不住问道。

“叫我道爷就行。”小道士停下手里的动作，抬头冲王江宁咧嘴一笑。

“你个牛鼻子……啊！”王江宁正想说下去，没想到道士却突然用力将布条打了个结，疼得王江宁一声惨叫。

“算了，不欺负你。我叫吕冲元。吕洞宾的吕，玄白冲虚的冲，元始天尊的元。”名叫吕冲元的道士在王江宁刚绑好的腿上轻轻一拍，看王江宁“嗞嗞”抽着气，笑得那叫一个欠抽。

“欺负病号，算什么本事？”王江宁捂着吕冲元包扎好的伤口，没好气地说道。

“行，那我等你伤好了再欺负你，多给你几道乌龟符。”吕冲元说到这里，似乎又回想起之前戏弄王江宁的样子，忍不住扑哧一声笑出来。

王江宁撇了撇嘴，假装没有听到。眼下形势危急，他也无心反击。

“那放枪的肯定在上面守着，我们出不去了。”王江宁往身后一张望，愁眉苦脸地说道。

“没事儿，前面有路，可以出去，不用担心。”吕冲元重新拿起蜡烛，边往前走边道，“路不好走，你跟紧了。”仿佛是要印证小道士的话一般，路旁忽然滚落下来不少土石。

“你怎么知道前面有出口？”王江宁一脸迷惑。

“废话。我就是从前面过来的。”小道士扭头冲王江宁狡猾地一笑。

王江宁摇了摇头，这小道士看起来年纪不大，但是却格外机灵。平时王江宁总觉得自己才是最滑头的一个，现在是当真碰上对手了。

“你怎么会在这里？”王江宁终于还是问出这个他一直都想问的问题。

“清理门户。”小道士举着蜡烛走在前头，悠然地说出这四个字，“世风日下，人心不古。这世道什么邪魔歪道都出来了，一个个打着我道门的幌子，招摇撞骗。更有甚者，用鸦片控制教徒，委实可恶。我一路顺藤摸瓜，明察暗访，终于找到了这个地方。”

小道士一声冷笑，停住脚步，抬起手中蜡烛照亮前方。王江宁定睛一看，不由倒吸一口凉气。只见前方的空地上，竟然堆满了鸦片。

三

王江宁的心中立刻就有了大概的猜测。吴员外之所以如此紧张这块地，是因为这地下藏着烟土。然而好巧不巧，偏偏有盗墓贼在地里挖了洞，他为了不让烟土被发现，这才严防死守，疑神疑鬼……

一瞬间，无数思绪挤满了王江宁的脑袋。韩平所说的烟土案，薛老爷井壁中不翼而飞的大量鸦片，田地的怪洞……这一切线索，似乎都在冥冥之中被联系到了一起。王江宁隐约觉得自己碰到了一桩不得了的案子，然而要想解开这个案子，还缺少关键一环。

“这鸦片到底是谁的？为什么会在这里？”王江宁仿佛自言自语一般，问出这些问题。然而他心中的问题又何止这些。田里的怪洞到底是怎么回事，持枪的黑衣人又是谁……

他抬起头来，迷惑地望向吕冲元。然而吕冲元只是耸了耸肩，摊开双手，表示自己也不知道：

“道爷我正想摸到上面去查个明白，你就掉下来了。”

王江宁顿时有些不甘心。他一把抢过吕冲元手里的蜡烛，踱步仔细打量眼前的鸦片。

“你要干吗？”吕冲元站在王江宁身后，有些迷惑。

“那是什么？”王江宁忽然像是发觉了什么，开始迅速搬起眼前堆积如山的鸦片来。吕冲元歪头看了他一会儿，也学着他的模样，将鸦片堆到旁边的地上。

顿时，一个有些诡异的青色图腾显现出来。这图腾小小的，之前被鸦片遮挡住了大半，幸亏王江宁眼尖，才令它彻底暴露在视野之中。图腾是一个似龙非龙的动物，很是罕见。

王江宁心中升起一种不怎么好的感觉，他扭头正想问吕冲元是不是知道些什么，却见吕冲元正出神地看着图腾，脸上全然是一副王江宁从未见过的、异常庄重的神情。

王江宁静静地看着吕冲元一步步走近图腾。因着周遭肃穆而寂静的气氛，他没有出声打扰。

“终于找到了……”吕冲元仔细凝望着图腾，呢喃自语着。

半晌，他的神情再次恢复成往日的模样。他看了看王江宁，随即趁王江宁不注意，一把抢过他手里的蜡烛：“这儿鸦片那么多，不如先放把火烧个干净，省得又有人受害。”

“鸦片是不能用火烧的，得泡进海水里再加进石灰才能彻底销毁。而且，销毁了这一处鸦片只是治标不治本，不把这背后的牛鬼蛇神抓出来，受害的人，还是会有的。”王江宁再次把蜡烛抢了回去，“你先不要冲动。可以先说说这图腾是怎么回事吗？你认得？”说完，他顺手指了指墙上的图腾。

“就是个不起眼的符号。我才不认得。”吕冲元撇了撇嘴道。

王江宁没有言语，刚才吕冲元的古怪反应，他可是不会看错的。不过既然吕冲元不愿多说，那他也不便多问，只能默默将那图腾的样式记在心里。

“喂喂，那这些鸦片，到底要怎么办啊？”吕冲元用胳膊肘捅了捅王江宁。

王江宁看一眼一脸好奇的吕冲元，有些无奈地轻叹一声，随即道：

“你先带我离开，我自有办法。”

吕冲元到底还是值得依靠的。没过多久，他就沿着密道，把王江宁带了出来。

走出来的时候，正巧日头刚刚升起。带有暖意的晨光落在身上，令王江宁的眼眶忽然有些湿热。本来以为就要命丧黄泉，还真没想到，竟然可以再次见到早上的太阳。

心中忽然激荡起一股难以言说的情怀，他想好好和小道士道个谢，然而一转头，却发现小道士早已不见。他像是预感到了什么，伸手摸摸自己的后背，果然摸到一张乌龟符。

“臭道士。”王江宁看着手里的乌龟符，忍不住笑骂道。

四

王江宁一刻不敢耽误，去医馆稍作治疗后，就立刻返回南京找了韩平。

“你帮我去一趟报社，让他们登个报道。就说‘上峰一户田里发现神秘墓葬，目前警察不敢妄动，三日后请到考古专家，便能让它们出土’。总之一定要让他们明天把这条消息登出来，但是在明天之前，报馆的人万不可走漏了风声，不然你就把他们抓走！”王江宁一口气交代完后，拿起韩平的茶杯喝了一大口水。

“这个……毕竟是在别人的地头，我不能随便抓人吧。”韩平听完王江宁的话，有些为难。

“不是真让你抓人！只是吓唬他们一下！”王江宁恨铁不成钢地跺脚，“总之你照我说的做就是了，你之前不是一直担忧着你那个烟土大案吗，马上就要有眉目了！”

韩平毕竟是和王江宁穿一条裤子长大的，知道王江宁总有他的法子，于是听话地去办了。

出了警察厅，王江宁又去夫子庙找了小黑皮。

“呐，听清楚了，找人立刻去上峰镇的茶楼酒馆散布消息，就说南边李岗头村的吴员外家地里挖出古墓了，这两天城里的考古队就要来。办妥了之后来找我领钱。”王江宁又发给小黑皮一个任务。

小黑皮一脸懵懂，完全不理解王江宁的做法，但他还是点了点头，招呼身边的小乞丐忙活去了。

深夜，王江宁躲在密道出口附近的灌木丛后。这次他是有备而来，早早就知会了韩平，让他带人守在田地里那个似井非井的洞口处。鸦片的主人必然要带人来此地取鸦片，到时候他以手电打出信号，韩平就带人来支援，定要将他们一网打尽。

果然功夫不负有心人，很快就有一伙黑衣人走了过来。

“今天都抓紧点，明天考古队就要去田里开挖了，不能让他们发现任何蛛丝马迹！”领头的黑衣人对身后的人喊道。这黑衣人手里拿着一杆触目惊心的火绳枪，王江宁觉得，这八成就是昨夜袭击他的人了。

“吴老爷，我们这儿明明没有古墓。然而前有一伙盗墓贼二话不说开挖，这后又有报纸忽然登出报道……这像什么话啊……”

“要你废话！”黑衣人冷声训斥身后说话的人。

王江宁心中微微一惊，他眯眼仔细一看，果然见到黑衣人手指上有一块价值不菲的翡翠扳指。这个黑衣人吴老爷，果然就是吴员外。

在吴员外的指挥下，一群人迅速拨开密道出口遮挡的杂草，鱼贯而入。

王江宁立刻就想明白了前因后果，这地道中的鸦片是吴员外藏匿的。所以田里遭盗墓贼挖出大小怪洞后，他害怕惊动警方查出他藏匿鸦片之事，才要家里的佃户那样严防死守。

见还有两人守在外头，王江宁心急如焚，不敢明目张胆地拿出手电筒给韩平打信号。

很快，鸦片一包包运出来，眼看着已经在平坦的田地上堆起一座小山，韩平却迟迟未到，王江宁心急如热锅上的蚂蚁。他焦急地搓着手，看一看天，又看一看鸦片，觉得实在是不能等了。等这帮人把鸦片都抬走了，那一切就都前功尽弃了！

他咬咬牙，深吸一口气，对着田里叫喊起来："田里的人都听好了，我是首都警察厅的王探长。现在我的人就埋伏在周围，你们已经被我们包围了！我们还带了狗，所以你们别想逃跑！"说完这番话，王江宁还捂住嘴，学几声惟妙惟肖的狗叫。

吴员外以及他的人一时间都如木雕一般，杵在田里一动不动。众人你看我，我看你，一时间不懂这到底是什么路数。

吴员外迅速举起火绳枪，警戒地看着杳无人烟的周围。他的耳力并没好到能分辨声音方向的地步，再者对方似乎有很多人，他也不敢贸然放枪。

"王探长，这怕是个误会。有什么话，你过来跟我说。"吴员外双手端枪，声音和缓，却透着森森冷意。

"吴员外，你一副不肯配合的样子，显然是不想跟我好好谈。"王江宁故作镇静地说道。

这是双方打心理战的时候。

王江宁虽然忐忑不已，但他也知道，此时绝对不能示弱。他必须认真思考自己的言行，努力拖延时间，等韩平到来。

他紧咬牙关，趴在草垛后头，透过缝隙紧盯田里的吴员外等人。

吴员外见自己的身份已经暴露，索性一把拉下面罩，露出生满横肉的面庞。他仔仔细细地环视寂静的四周，忽然露出一个狰狞的笑容："虚张声势！"

他话音刚落，就冲着身旁的一个草垛走去，一边走，一边砰砰砰开枪，吓得王江宁魂飞魄散。

吴员外的人立刻心领神会，拔出腰间明晃晃的大刀，分散开来往周围的草垛走去。

王江宁躲在其中一个草垛后面，眼看着两个持刀大汉向自己走来，后背冷汗直流。他手里只有一根枣木拐，无论是对刀还是对枪，都没有一点儿胜算。此时此刻，他唯一能做的事就是紧握枣木拐，在心里把韩平骂上个百八十遍。

忽然一道黑影从头顶掠过，只听几声砰砰啪啪的拳脚声后，田里忽然没了动静。

王江宁一阵好奇，小心翼翼地探出脑袋，只见吴员外以及他的人都横七竖八地倒在地上，不省人事。

“王江宁，你不是说你自有办法吗？”小道士吕冲元嘴里叼着树叶，盘腿端坐在田地里，冲着王江宁俏皮地眨了眨眼睛，“敢情你的办法，就是回来送死？”

王江宁正欲开口，突然感到背后有灯光打过来。他回头看去，只见远处七八道手电筒光照了过来。韩平这小子总算聪明了一次，没有死等他的信号，担心出事便主动赶来了。

王江宁心中一块大石落地，仰天躺倒在地，长长舒一口气。

五

这是一间一尘不染的办公室。

熹微的晨光照进窗中，掉落进精致的骨瓷茶杯中。办公桌上，文件整齐有序地堆叠着，彰显着主人一丝不苟的性格。

“已经查明白了？”一个军官装束、妆容精致的女人颔首看向站在门口战战兢兢的胖警察。

“是的，吴员外私藏在田里的鸦片，就是薛老爷偷偷找人运过来的。他们两个私下交情颇深。眼下鸦片已经悉数上缴，吴员外和薛老爷也都供认不讳。”韩平双腿笔直地站着，一五一十地汇报，“我们还摸出了其他藏匿鸦片的窝点。不过……”

“不过什么？”年轻的女军官追问下去。

“就是不知道……贩卖鸦片的钱财都被送往了哪里。”韩平低头，有些苦恼地嘀咕道。

“我明白了。”女军官轻轻点了点头，“那这烟土案也可以告一段落了。我刚来南京，对这块的人脉地势也不了解。这案子……也是辛苦你了。”她轻轻挥一挥手，示意韩平离开。

韩平忙不迭地转身，正欲开门，却又被女军官叫住。

“慢着。”女军官悠悠开口，一双漂亮而狭长的眼睛，却像是盯住猎物一般盯着韩平，“这案子，真是你查出来的？”

“是……是……”韩平注视着女军官犀利的眉眼，莫名就有些发怵。豆大的汗水，顺着鬓发缓缓下落。这也真是奇了，平时应付上司的发问，他一向是对答如流的，他兀自在心中犯起了嘀咕。

“是……我将吴员外捉拿归案的。”韩平又补上一句。

“我问的是这案子，是不是你查出来的。”女警官眯一眯眼，加重了语气。

“是……我的发小……王江宁查出来的。”韩平脑袋忽然一阵空白，下意识就把真话说了出来。

“王江宁？”女军官微微蹙眉，怎么又是这个名字？之前的李氏汤包案中，她就听梅檀提过这个名字。

“行了，你走吧。”女军官打发走韩平，活动一下僵硬的肩膀，优雅地靠在椅背上，合眼陷入深思。

王江宁……看来这是位隐匿于南京街头的高人，有空得去会会才是。

她打定主意，慢慢睁开眼睛，低头将视线投向面前的一张照片。照片是查鸦片的警察拍摄的，是鸦片洞内一个不起眼，却又格外诡异的图腾。这个图腾，在薛老爷放鸦片的包裹里也见过。

之前她得到消息，这批鸦片的流通一直由保皇党暗中操作，而查处保皇党这样危害新政府的乱党，却是她的职责所在。只是不知道，这图腾到底和乱党有什么样的关系……

事情似乎并不简单。徐思丽揉一揉太阳穴，最终还是决定不再思考，站起身望向窗外。

目光所及之处，是一道一尘不染的修长身影。

“梅教授！”

梅檀迈步走在大街上，却忽然听见身后有人叫他。他停下脚步，回头望去，就见韩平向着他一路小跑，一身肥肉上下晃荡，看起来颇为吃力。

从女军官办公室出来的时候，他正巧遇到来自警察厅的韩平。韩平要来找女军官汇报，只稍微跟他打了声招呼，便匆匆走进门去。哪想他在街上没走几步，就又被韩平给叫住了。看来韩平这汇报做得极其有效率。

“梅教授，徐长官说了，烟土案告一段落……呼……”韩平跑到梅檀眼前，上气不接下气地说道。梅檀无言，静静看着韩平喘气。

“这案子能有好结果，还是多亏了您呐。”韩平缓过劲儿来，叉着腰抹一把额头上的汗，一边还不忘拍梅檀马屁。毕竟是能跟上面说上话的人，讨好着点儿总没错。

“我刚跟思丽说过，以后我将不再担任顾问一职。”梅檀淡淡道，“我是老师，上课教书，才是我的本职。”

“那……那要是案子再遇到问题怎么办？”

“另请高明。”梅檀说完，头也不回地迈步离去。

韩平张口结舌，只得怔怔地站立在原地，目送着梅檀的身影，彻底消失在街道那头。

第五章

离奇失踪

这是一个阴天。秦淮河被笼罩在一片朦胧的寒雾中，阵阵冷风推动着秦淮河上的波浪。一声汽笛鸣响，一辆双层客船稳稳停在港口。一群黑衣人提着沉甸甸的手提箱陆续走下船只。为首的那人停下脚步，抬头看向眼前的秦淮河畔。

一切，就要开始了。

一

春天就要到了。

王江宁低头看着院子里新冒出的绿苗，这样想道。

“什么时候你开始对植物有兴趣了？”李老吹的声音忽然在身后响起，吓了王江宁一大跳。

“没兴趣。”王江宁嘀咕着，“这不是没事干吗……”他幽怨地看一眼师父，转头继续盯着绿苗看。

“那新政府要天下无案，这几天别说我们私家侦探了，连警察厅啊，也接不到案子了。也罢，多闲几日也好。”李老吹慢悠悠地躺倒在旁边的藤椅上，不忘转头叮嘱王江宁，“别研究植物了，起来练功，天天坐着，肉都松了。虽然暂时没活，但拳脚功夫可不能落下。”

“总是这样也不是个办法啊。”王江宁抓耳挠腮，一脸郁闷。自打新政府的“无案政策”出台后，他就一天比一天清闲，闲得都快长毛了。也不知道这样的日子，何时是个头啊。

“那能怎么办？”李老吹躺在藤椅上闭目养神，“要不我去让那几个政府高官改改主意？”

“那敢情好！”

李老吹睁开眼睛，没好气地瞥王江宁一眼，又继续把眼睛闭上了。

王江宁无声叹息。他是知道的，眼下这事态，他们这样的小人物根本改变不了。能改变的，也就只有自己这平淡无奇的生活了。

江宁想到了那日在洞壁上看到的图腾。时至今日，他依然能清楚回忆起图腾的样式，以及小道士罕见的庄重神情。

侦探的直觉告诉他，那图腾的背后，一定隐藏着什么。然而那图腾自己是不会说话的，除非有高人，能读懂它……

啪！王江宁灵感一来，猛地一拍大腿。

“干什么呢这是？”正在闭目养神的李老吹被他惊得坐了起来，“犯什么病呢？”

“师父，我有活干了。”王江宁别有深意地一笑，随即站起身来，骑着他的自行车前往一个之前他从未去过的地方——金陵大学。

清脆的下课铃声响起，站在讲台上的梅檀低声宣布下课，随即开始从容有序地整理备课资料。他抬眼看一圈教室中的学生，清冷的目光最终停留在那个空着的座位上。他表情一沉，正打算离去，却被学生们团团围住。

班里的学生几乎都是梅檀的崇拜者，他们争先恐后，就上课内容提出各种问题。梅檀逐一解答，等下节课的上课铃声响起的时候，他却依然站在讲台上，没能挪动半步。

他不经意间抬头，只见下节生物课的老师已经站在门口，正饶有兴致地看着他。

“梅老师就是魅力大呀。”生物老师是个年轻而博学的知识女性。此时她看着环绕在梅檀身旁的满眼崇拜的学生们，忍不住发出这样的感慨。

梅檀无意干扰其他教师上课，只好推开意犹未尽的学生们，对女教师轻道一声“抱歉”，然后举步走向自己的办公室。

然而万万没想到的是，他一开门，就见王江宁正坐在他的转椅上左摇右晃，还特别自来熟地把腿搁在他一尘不染的办公桌上。

趁梅檀还没反应过来，王江宁极其敏捷地收起腿，跳了起来。“梅教授啊，好久不见。”王江宁笑嘻嘻地套近乎，然而梅檀面无表情地看着他，完全没有接话的意思，这令办公室内的气氛有些尴尬。

“不愧是大教授，农学家，这满屋的花花草草，看着就气派。”为了缓解尴尬的气氛，王江宁开始没话找话。他环视周围摆放着的各种植物盆栽，继续道：“哎呀，这些草叫什么名字来着？绿油油水汪汪的，一看就特别难伺候，要是换成我，肯定一盆都养不活……”

“你来找我，有什么事？”梅檀忽然出声，打断了王江宁。他不太喜欢别人忽然造访，因此声音比往常更是冷了半分。

“哦哦，有件事我需要你来帮我。”王江宁一拍脑袋，这才想起正事。他低头在梅檀干净的办公桌上迅速搜索一番，然后唰一声从一本笔记本上撕下一张白纸来。梅檀蹙眉看着王江宁，想要出声阻止却已经是来不及了。

王江宁拿笔在白纸上涂涂画画，立刻就凭借着记忆，将墙壁上的诡异图腾画了下来。他放下笔仔细瞅了瞅，很是满意自己的画工。

“这纸上的图案是我无意间看到的，我觉得它肯定隐藏着什么重大的秘密，但我却看不明白。”王江宁一边笑一边将纸递到梅檀眼前，“我平时也不认识什么正经的文化人，脑海里转了一圈，就只想到了梅教授。嘿嘿……梅教授见多识广，一定能帮到我的。”

梅檀看了看画纸，又看了看王江宁奸诈的笑容，最终还是接过了纸。“这是鸱吻。”梅檀仅仅看了一眼，便淡淡说道，“龙头、无爪、鱼尾，这些特征与龙生九子之鸱吻相合。《太平御览》有载，‘唐会要目，汉相梁殿灾后，越巫言，海中有鱼虬，尾似鸱，激浪即降雨’。”

“原来是这样啊……”王江宁一边沉思，一边在办公室中踱步。

这鸱吻……会和烟土有什么关联？毫无头绪之际，他忽然发觉身边一盆红白相间的花煞是好看，想也不想，便抬手去摸。

“别碰。”梅檀冷峻的声音从背后飘了过来。

王江宁吓得一个哆嗦，手便蹭到了叶子上，瞬间被划出一道小口子。这样锋利的叶子，也还是第一次见。王江宁有些狼狈地缩回手，转头却发现梅檀的表情有些不太好看。

“梅教授，我的问题已经问完了，感谢你的解答，那我就不打扰你了。”王江宁是个有眼力见的人，见梅檀神情如此，自然不会久留。他匆匆向门口走去，却忽然想到了什么，于是转头对梅檀道：“啊，对了，这样我就算欠你一个人情。以后你要是有什么破案啊、跟踪啊、找人啊之类的事情，随时可以来李英雄探事社找我，我不收你钱。”

梅檀一听到王江宁这话，略带迟疑地问道：“你还能找人？”

王江宁一愣，心想你不会这么快就想用我这免费服务吧，奈何自己话都说出去了也收不回来，只得点头答应：“找人当然没问题，这南京城上上下下三教九流五行八门，我王江宁都是吃得开的。”说到这里王江宁忍不住有些得意，别的不敢说，但他王江宁在南京那可是人脉颇广，整个南京城的小乞丐几乎都是他的线人。

“那就有劳王侦探了。”梅檀说着，从口袋里掏出一张纸来。

二

王江宁接过一看，是一张寻人启事——

事谕

今有金陵大学农学院大三学生陈婷婷于民国十八年三月二十二日离校至今未归。

凡知陈婷婷去向者，可询金陵大学农学院教授梅檀、教习许正，察哈尔路8号。

有酬谢。

右仰知悉。

金陵大学　农学院

中华民国十八年三月二十六日

“这是你学生？”王江宁沉默半晌，出声问道。他心想寻人启事写成这文绉绉的样，能找到人就有鬼了。

“是的，她叫陈婷婷。就在四天前失踪了。她一贯是个勤奋的学生，却在期中考临近前失踪了。我很担心她。”

梅檀走过来，打开抽屉取出一张很宽的照片，然后递给王江宁。这是一张合照，学生老师都很多，上头还有一行字——中华民国金陵大学农学院十五届。

“就是她。”梅檀指了指第一排中的一个个子不高的姑娘。

王江宁瞪大眼睛看了看，只能勉强看出来是个非常清秀的女学生。

“梅教授，这张照片模糊了点儿。没有其他照片了吗？”王江宁有些为难地挠了挠头。

梅檀摇了摇头。

“这姑娘的家人呢，有找过吗？”王江宁放下照片，心想这照片是指望不上了。

“陈婷婷平时住校，学籍档案没填家庭住址和家人信息。”梅檀顿了顿，一边回忆一边道，“我问过与陈婷婷关系不错的女学生，她说最后见到陈婷婷时，陈婷婷正好和她一同离开图书馆，被一辆插着蓝色小旗子的黑色小轿车接走了。”

“那这个陈婷婷……有没有什么特别之处？”王江宁问话的同时，顺便把梅檀的话逐字记在心里。

梅檀认真思索片刻：“她是个特别有天赋的学生，十分聪明，人缘也很好。”

“呃……梅教授，不是这种特别，”王江宁尴尬地打断梅檀，“我问的是特征，口音，衣服，穿戴……什么都行。”

“短头发，个子不高，有山西口音，家境不错，普通学生装。”梅檀倒是没觉得自己刚才说的有什么不对，依旧慢慢道，“常戴一串十八子碧玺手链。”

梅檀给的信息，有用的太少。然而王江宁毕竟欠梅檀一个人情，这案子他虽然没什么把握，却也是不得不接了。

“我明白了，梅教授，你也别太担心，我回去就开始找人。”王江宁顿了顿，又继续道，“梅教授，那个，我能不能问一下，你刚刚说不能碰的那盆植物，是为什么不能碰啊？”

“有毒。”梅教授轻描淡写地答道。

“什么！”王江宁惊得声调都变了，“有毒你还放在办公室？”

王江宁颤颤巍巍竖起那根划伤的手指头，发现整个手指都肿了。“梅教授，您这儿肯定有药能解毒吧？”他急得汗都出来了。

梅檀摇了摇头，王江宁心便跟着往下一沉。摇头什么意思？不会是没救了吧？王江宁突然觉得手指钻心地疼起来。

“不用，冲洗下就没事了。”梅檀又补上一句。

没见过说话这么大喘气的，这是要吓死谁呢！而且，王江宁敏锐地发觉梅檀说这句话时微不可察地笑了。王江宁心中气结，下意识地往身后的窗台一靠。

“小心仙人掌。”梅檀开口提醒，但已经迟了。

“啊——”只听一声凄厉的惨叫响彻整座办公楼。

三

离开金陵大学后，王江宁便将梅檀给他的信息立刻转达给了小黑皮。本来也不抱希望，怎想小黑皮在天黑以前，就带来了几条特别有用的消息。

这南京城里能开得上小汽车的家庭就那几家，插着蓝色小旗子的黑色小轿车更是少之又少。王江宁拿着小黑皮给他的“有车户”信息，轻而易举就找到了陈婷婷的家。

王江宁立刻前往金陵大学，把查得的结果告诉了梅檀，梅檀当即决定和江宁一同去拜访陈婷婷家。

“我说大教授，一起去就不用了吧，有什么事我会跟你汇报的。难不成你还信不过我？”王江宁嘴上那么说着，心中却有些担心与他作风截然不同的梅檀会干扰到他的判案。

“我是她的老师，找她是我的责任。我带你去，快一点儿。”

“快一点儿？什么意思？”王江宁微微一怔，却还是跟着梅檀快步走出了办公室。

数秒后，王江宁站在一旁看着梅檀把摩托车开出来，眼睛立刻就直了。

这可是摩托车啊！不但价格贵，而且数量少，有钱都未必买得到，是有钱又有权的贵公子的专属品。这种东西，王江宁平时可是连做梦都不敢随意梦见的！

梅檀这个人，可以交流，多多交流！

梅檀见王江宁半天没动静，转过头来用手指指了指后座。王江宁这才如大梦初醒般，立刻跳到后座上坐好。他这一跳，差点儿没把梅檀的车头给翘起来。

梅檀皱眉，回头看一眼王江宁。这土包子却浑然不觉，坐在后座上左看右看。

梅檀无奈地摇了摇头，一捏油门，摩托车立刻绝尘而去。王江宁猝不及防，险些就要被甩下车。他下意识地伸手，想要抱梅檀的腰，手都伸出去了，却突然感觉不对，急忙向下一抓，抓到了后座的把手。

车子开出校门的时候，无数女学生都向梅檀投来热切的目光，甚至有人低声发出一连串的惊呼。王江宁暗下决心，等将来有了钱，也一定要买辆摩托车。

摩托车绕来绕去，钻进了石婆婆巷，不远处，是一户大宅。

王江宁瞧见巷口站着几个装束有些特别的人，他们穿着一袭黑衣，眼神如秃鹫般阴气逼人。侦探的本能，还是让王江宁多看了他们几眼，总觉得这群人身上，有股危险的气息。不过他们倒是并没看王江宁，迅速穿过巷子，从另一个出口走去了。王江宁暗舒一口气，觉得可能是自己想多了。

“就是这家吗？”就在王江宁失神之际，梅檀已经停下了摩托车，扭过头来询问他。

“啊，应该没错。”王江宁点头道。

两人先后下车，来到宅子前。这一看就不是寻常人家的宅子，整扇铁门不但雕工繁复，而且十分严实。王江宁看了看身后面无表情的梅檀，随即伸手咣咣地拍打起铁门来。然而这样一拍，却令他之前受

梅檀无奈地摇了摇头，一捏油门，摩托车立刻绝尘而去。

过伤的手指越发疼了起来。他不由得缩回了手，“嘶嘶”地倒抽起冷气。

“电铃。”就在这时，梅檀伸手指了指墙边的一个小东西。

“不早说！”王江宁气极，于是把气全撒在电铃上，把电铃按得吱吱作响。

没过多久，门上突然开了个小窗，一个佝偻着身子的银发老头站在里面，警觉地看着王江宁。王江宁略一思考，还是决定使出最稳妥的法子。

“我们是首都警察厅的，开门。”王江宁拿出之前韩平给他的义勇徽章，在小窗前晃了晃。

老头盯着徽章看了一会儿，哗啦一声将小窗关上了。

就在王江宁与梅檀面面相觑之时，门忽然开了。银发的老头佝偻着身子站在门口，对王江宁及梅檀深深作了个揖：“请问二位长官，来曲府所为何事？”看他的装扮，应是这府中的管家没错了。

然而王江宁很快发现，这老头佝偻着身子，低着头，似是不敢与人四目相对，当即心中起了一丝迷惑。“这宅子最近出过什么事儿没有？”他顺势问道。

“啊……这……”老头被王江宁问得身形一僵，声音中透着显而易见的紧张。

王江宁越发迷惑，正想再问，却忽然听到一个声音自里屋传来。“原来是长官先生，没有及时迎接，多有得罪了。”出来的是一个五六十的老太太，慈眉善目的，一脸和蔼可亲的笑容。毫无疑问，之前王江宁和老头的对话，她已经听在了耳里。

“没事没事，请问宅子的主人今天在吗？”王江宁见这老头和老太太都是一副用人装扮，于是这样问道。

“我家夫人在的，各位长官请。”老太太转身引着梅檀和王江宁往宅子里面走去。

这宅子从外面看不出什么名堂来，里面却是别有洞天。进门便是一个精致的前院花园，花草树木都是郁郁葱葱。花园后面，是一栋西洋风格的二层小楼，刷着白漆。连楼带院子，都是一尘不染，连一片落叶都看不见。由此可知，这宅子的主人必然对环境的干净程度有着颇为苛刻的要求。

“梅教授，想不到这陈婷婷竟然是个大家闺秀呢。”王江宁趁老太太不注意，凑到梅檀耳畔说悄悄话，“我打听过了，这宅子的主人是个女子，叫作曲文秀，是四大酒楼之一的‘文曲楼’真正的大老板。但文曲楼明面上都是她的管家吴一峰在打理。”王江宁心中暗忖，刚才那个反应古怪的老头，八成就是吴一峰没错了。

梅檀听闻王江宁的话，不发一语，脸上却似覆上了一层冰霜。既然陈婷婷出身富裕，那她就更有被绑架的理由了……

他怀着越发沉重的心情，跟着王江宁一同拾级而上。来到宽敞明亮的客厅中。客厅的地上铺着一大张八仙过海地毯，依然是一派富丽景象。而客厅中央的红木桌边，端坐着的正是曲府的主人，曲文秀。

这位夫人应该也有四十来岁，然而脸上却没有多少岁月留下的痕迹。她粉黛未施，面庞颇为清秀。一头乌发高高地盘在脑后。此时她穿着一身旗袍，身形凹凸有致，很有成熟女性的风韵。不知她年轻的时候，又是何等的风华绝代。

仆从模样的老太太弯身对曲文秀耳语几句，随后便离开上茶去了。

王江宁注意到，老太太说话的时候，曲文秀的表情在一瞬间起了一丝变化。但那变化很快便消失不见。“不知各位长官莅临寒舍有何贵干？”她望着王江宁和梅檀问道。

“我们是来找陈婷婷的。”王江宁开门见山地说道。

“你们认识我的女儿？”曲文秀微微睁大了眼睛。

王江宁看梅檀一眼，索性道：“实话说了吧，站在我身旁的这位是陈婷婷的老师。他说三月二十二日后，陈婷婷离校后就没有再去学校上课，也没有请假。请问是发生了什么事情吗？”

曲文秀闻言露出一丝苦笑：“其实这些天我也一直在找婷婷。三月二十二日……我记得那天，婷婷回家后就和我吵了一架。我们母女关系一直不太好，吵完之后婷婷便摔门走了。我一开始也没当回事，以为她是回学校去了。”

“没有，我敢确定她没在学校里。”梅檀斩钉截铁地答道。

“是，我后来到底不放心，让人去学校看了看，才知道她竟也没回学校，我这才慌了，连忙让人将婷婷平日爱去的地方都找了一遍，可是，找不到……”曲文秀右手紧扣着左手手腕，咬着嘴唇不发一语，似乎还无法接受女儿失踪的事实。

“方便说一下你们为什么吵架吗？”王江宁顺势问道。

曲文秀紧咬嘴唇，垂眸不语。良久之后，才缓缓地摇了摇头：“只是一些琐事……这些阵子，婷婷接触了些新思想，总不爱待在家里，也不喜欢和我说话，一说她就不耐烦。她只喜欢和外面一些有文化的知识分子待在一块儿……唉。”说到最后，曲文秀无声叹息，眼眶也变红了。

王江宁不由得将视线投向身旁的“知识分子”梅檀，梅檀有些尴尬，转头避开了王江宁的视线。

“我不该和婷婷争吵的。”曲文秀抬起一双湿润的眼睛，祈求一般看着王江宁，“长官，你会帮我找到婷婷的对吧？如果有和婷婷有关的消息……能不能请你尽快告诉我？”

“这……”

“如果能找到婷婷，我一定不会亏待您。”曲文秀看出王江宁神情中透出的犹豫，立刻心领神会，如此说道。

王江宁见曲文秀如此上道，当即喜上眉梢。曲府里如此气派，必然是不差钱的。但他很快注意到了身旁的梅檀，于是努力收敛住了表情。

“曲夫人放心，我一定尽力。”他很是庄重地承诺道。

该问的都问了，便也没有继续谈下去的必要。于是王江宁安慰了曲文秀，又去找管家吴一峰聊了聊。吴一峰的说辞和曲文秀大同小异，车子虽然是他们家的，但是他们都不知道陈婷婷去了哪里。

“线索断了。”出了曲府后，王江宁有些无奈地对梅檀说道，“虽然主仆的态度都有些奇怪……但我相信他们是真的不知道陈婷婷的下落。”说这话的时候，他不由回想起曲文秀谈及陈婷婷时的神情，虽然问及吵架的原因时她似乎有所隐瞒，但那种失去女儿的悲伤，怕是无法装出来的。

陈婷婷的杳无音讯，令梅檀的表情看起来有些凝重。然而他终是什么都没说，开着车径直回了金陵大学。

走在前往李英雄探事社的路上，江宁倒也犯起愁来。

在南京城找人这种事，可大可小。如果陈婷婷只是与母亲不合，去投奔她所谓的知识分子朋友的话，那还好说。但如果她是摊了大事，被帮派掳走的话，那就麻烦了。麻烦归麻烦，但也好解，帮派他熟悉，大不了请师父出来卖个面子。但最怕的，就是陈婷婷此时人根本不在南京。如今四处兵荒马乱，找人如同海底捞针。

王江宁回想起临走前梅檀凝重的神情，连步伐也跟着变得沉重起来。

第六章

分尸惨案

一

第二天清晨，王江宁照例去李寡妇的包子铺吃早点。然而一想到陈婷婷的案子，他看着香气腾腾的包子却怎样都提不起食欲了。他忍不住重重放下筷子，用力叹息一声。

“唉！”就在这时，身后一个人忽然也发出一声叹息，声音比王江宁大多了。

王江宁迅速回头，只见韩平正坐在身后的一张桌子上，白胖的脸上是一副愁眉不展的表情。

韩平叼着筷子沉思，不经意间一抬头，却发现王江宁不知何时竟笑嘻嘻地坐在了他的对面。

“韩平啊，遇到什么不开心的事了，说出来让我开心一下？”王江宁一脸期待地看着韩平。能让韩平唉声叹气的案子，多半是棘手的案子。而一般来说，遇上棘手的案子，韩平就只能来找他。总之韩平不开心，他就开心了。

韩平自然知道王江宁打的什么主意。他心情复杂地看了王江宁一眼，随即闷闷地说道：“这件事，说出来你未必会开心。”

“到底是什么事儿？”王江宁越发好奇起来。

“昨天晚上，一个老头来报案了，说在走亲戚的路上发现了尸体。我们依照他说的，在将军山上搜了一整夜，一共发现了六麻袋的尸体。”韩平说完，用手比了个数字“六”。

“六具尸体？”

“不，是一具尸体，分成了六袋。”

王江宁心中一惊。好家伙，刚下令说新政府成立要天下无案，这边就出了个分尸案。这可不是那种小偷小摸的小案子啊，这可是个大案，人命关天啊。

韩平四下瞅了瞅，见无人注意这边，这才凑到王江宁耳畔，刻意压低了声音道：“而且这尸体还有个特别之处，我觉得你会很感兴趣。”

“别卖关子了，到底有什么特别之处？”

“那尸体的背后有个文身。就是这个文身……感觉挺特别的。”

“到底是什么文身，你快说啊！”王江宁快被韩平这吞吞吐吐的口吻给急死了。

“那个文身，很像你跟我说起过的那个图腾。”韩平瞅了瞅王江宁，数秒后，才下定决心一般，一口气告诉了王江宁。

王江宁一阵沉默。

“你是说……吴员外地洞里的那个？”这次换王江宁吞吞吐吐了。他顿了顿，忽然猛地抓住韩平的手，把韩平给吓了一大跳：“你带我去看看？”

“看什么？”

“废话，尸体啊。”

“这哪能行！”韩平条件反射一般大叫。他随即便注意到了自己嗓门太大，于是又立刻压低声音说道：“这可是大案，普通人不能随便插手……”

“韩平啊，这你可就不厚道了。”王江宁眯了眯眼，似笑非笑地看着韩平，“要没有我，你能那么顺利地查到烟土吗？你怎么就敢确定，眼下这个案子……我就插不上手，帮不了忙呢？”

“这……”韩平十分犹豫，但转念一想，就是带王江宁看个尸体，应该也没什么大不了的。

早餐过后，二人做好了完全的心理准备，便动身前往停尸房。

警察厅的停尸房位于地下一楼。在通往停尸房的通道边，正好是个法医的实验室。

“张法医，张法医？”韩平敲了敲实验室的门。

过不多时，门吱呀一声开了。一股奇怪的食物味道顺势飘了出来。

“哦，原来是韩平啊。”一个头发很乱的四五十岁的中年人打开门，把韩平和王江宁迎了进去。而他的手里，则抓着一个大葱味儿的包子。

实验室不大，却堆满了各种仪器设备，看上去十分高端大气。

“韩平啊，这位是？”中年人一口将包子吃下肚子，然后快速瞥一眼王江宁。他年纪不轻，但眼睛却十分有神，如同年轻人一般。

“哦，我介绍一下。这位是法医科的张法医，这位是来自李英雄探事社的侦探王江宁。王侦探在各种案子上助我颇多，所以我让他来看看尸体，没准能查到什么不一样的。”韩平说到最后一句，声音不禁放低了很多。

张法医听闻韩平的话，用一双有神的眼睛又盯了王江宁许久。就在王江宁以为对方要下逐客令的时候，却见对方忽然露出了大大的笑容。

“大侦探啊，欢迎欢迎，叫我老张就行，别什么科长不科长的。”张法医热情地伸出双手和王江宁握手。

“啊……张法医！幸会幸会，真是麻烦您啦！”王江宁措手不及，只得硬着头皮去握张法医那双油手。

“来，我带你们去看尸体，韩平你也一起吧。”张法医说完，便雷厉风行地推门出去。王江宁和韩平急忙跟上。

“张法医……现在那尸体还好吗……不吓人吧？”韩平走在阴森过道的最后面，忍不住开口问道。

“尸体有什么吓人的。”张法医转头奇怪地看韩平一眼，见他白胖的脸上挂着一副显而易见的害怕神情，于是又接着说道，“怎么，你怕诈尸啊？诈不了诈不了，都切成块儿了。哎……我也是好不容易才把尸体拼回去的，可把我累坏了。不过拼起来的皮相总归差点儿，看着人不人鬼不鬼的，你们俩别介意。”张法医说完，这无光的过道就显得更加阴森了。

“江宁，要不你和张法医去看……我，我还有点儿事。”韩平艰难地吞咽一口唾沫，对王江宁耳语道。

“少废话。”王江宁一把推开韩平。

“什么味？”韩平刚站定，突然用力吸起鼻子来。

王江宁立刻也闻到了。一股奇特的味道从下面的停尸房飘了出来，这是他从没闻过的。

张法医稍作停顿，忽然脸色大变，暗叫一声：“不好！”随即大步就往停尸房冲去。

王江宁和韩平也知道肯定出事儿了，于是急急忙忙地跟着张法医奔向停尸房。

二

张法医一把将停尸房的门推开，一股浓烟顿时窜了出来。

这回那股怪味道更明显了。王江宁冲进去一看，只见停尸房的一个停尸台上，一具四分五裂的尸体已经被烧得一塌糊涂。金属制的停尸台倒是完全没被烧坏，台面上到处都是脂肪和体液混合的黄色液体，但却没有多少血液的痕迹。烧成这样，肯定是浇了油或者酒之类的东西。王江宁在心里默默下了判断。

此时火已经灭了，但是尸体还在不断地冒着烟，福尔马林和尸体燃烧混合出的味道弥漫在整个屋子里，让王江宁的胃忍不住翻江倒海起来。

韩平刚跟着进来，只看了一眼，就转头去门口哇的一声吐了出来。

王江宁强行忍住呕吐的欲望，一边捂着口鼻，一边问转着圈查看情况的张法医："张法医，这就是那具尸体？"

"是的。"张法医一脸茫然，"这是怎么回事，怎么会烧成这样？这里一向是严禁烟火的……咦？"张法医忽然站定，像是察觉到了哪里不对。

"怎么了？"王江宁迷惑地看着张法医。

"我有个助手，叫小杨，平时都是他来负责看管这具尸体……但是今天我好像没见到他。"张法医说到这里，忽然有些结巴，"他……不见了。"

怎么又有人不见了？

王江宁下意识地蹙起眉头。他在心中不断安慰自己，小杨应该不会有什么事儿，没准只是身体抱恙，没来上班呢？

"我去找找看，看其他兄弟们见没见着小杨。"韩平早就想出去了，此时更是逮住机会，一溜烟地跑没影了。

王江宁看了看韩平的背影，转头仔细打量那具焦黑的尸体。整个尸体被分成了六块，此时每一块都烧毁得十分严重。尸体的脑袋被烧成了一个黑煤球，手脚也烧变形了，肚子也因为受热破开了个口，肥硕的肚子外翻着。王江宁强忍着腹中的恶心，重新凝神去看尸体。

“抹上。”张法医看出了他的不适，递过来一个圆圆的小铁盒子。王江宁拧开盒子，一股清凉辛辣的味道便扑鼻而来。

“薄荷膏，抹到人中上，舒服点儿。”张法医温声道。

王江宁立刻听话地把薄荷膏抹在了人中上，立刻觉得精神了不少。

“真是活见鬼了。尸体着火，人还没了。”张法医收好薄荷膏，颇为无奈地摇了摇头。

“张法医，这尸体，您检查过了吗？这尸体到底是什么情况啊？”王江宁接过张法医递过来的口罩，戴在脸上。

“死者大概四五十岁左右，具体年龄还要再检测。男性。死因初步推测是勒住喉咙窒息而死，是他杀。”张法医看王江宁一眼，随即再次望向尸体，“想来也是凑巧，我之前正好给尸体拍过照片。照片已经送去洗了，明天就能拿到。你可以明天过来看看照片，也好知道个具体情况。”说着张法医拉开工作台的一个抽屉，取出一台照相机来，“现在这情况我也得拍照留个证据。”

“你要拍照啊？我来拍成不成？”王江宁一直对相机这东西非常感兴趣，这回逮着机会了，肯定不想错过。

“你会拍照吗？”张法医狐疑地问道。

“当然！”王江宁自然而然地说道。

“也行，我调整好，你来拍。”张法医也没想太多，把相机递给了王江宁。

王江宁接过相机，立刻就装模作样地拍起照来。

“哎呀！”忽然一声惨叫响彻停尸房。

“我说老张，这东西怎么会冒火啊！”王江宁右手抓着左胳膊一脸凄惨。

“臭小子，我也没让你抓着闪光灯拍啊。照个相能把自己烧着，我今天也是开眼界了。”张法医一边埋怨，一边给王江宁抹药，“还好烧得不严重，抹点儿药就行。”

张法医的这台照相机，闪光灯是烧镁粉的，拍一下就是冒烟加火花。王江宁没抓对地方，手自然就被火花给燎伤了。

“你给我抹的这是什么药膏啊，一股子怪味。别是尸油吧。”王江宁闻了闻手上的膏药，一股形容不出来的油腻味令他不禁皱起了眉头。

“是尸油。”张法医顺势答道。

“老张，你真逗，哈哈哈。”

“是尸油。”张法医这次抬起头来，一本正经地又说一遍。

看张法医一本正经的样子。王江宁脸都绿了，一句话都说不出来，手也跟着颤抖不止。

“不过是动物尸油。獾的尸体熬出来的獾油，对烧伤有奇效。”张法医又接着说道。

王江宁埋怨地看张法医一眼。这大喘气也不知是不是知识分子的通病。

“对了，拍照的时候我注意到了，尸体的后背，缺了一块皮肤，应该是被人割走了。”王江宁回忆着韩平的话，随即迅速接道，“被割走的是一块文身，对吗？”

张法医没有立刻回答王江宁的话。他忧心忡忡地走到尸体边上，再度打量尸体。尸体本是一片焦黑，被割走皮肤一时半会儿很难发现，还是王江宁看得仔细。“这下子麻烦了，尸体不完整了啊……”他兀自呢喃着，随即回过神来，回答王江宁的话，“你说得没错，被割走的，的确是文身。”

韩平说了，尸体身上的文身和他在存储鸦片的地穴中发现的神秘图腾很相似，此时又有人大费周章割走这块有文身的人皮，到底怎么回事？这个图腾有什么特别之处？一重阴霾迅速笼罩在王江宁头上。

“文身的照片拍下来了吗？”王江宁有些急迫地问道。

“当然，我拍了特写。”张法医点点头，令王江宁暗暗松了一口气。

“看来烧毁尸体的人，应该就是割走文身的人，他企图毁尸灭迹啊。”张法医仰天长叹。

“但这个尸体才发现，外头的人应该是不知道的吧？”王江宁望向张法医，只见张法医一脸忧虑地看着他，像是默认了他的话。

这下，王江宁基本可以下定论了。烧毁尸体并割走文身的，多半是警察厅里的内鬼。

三

王江宁将视线再次投向皮肤被切割的地方。纵然尸体已经被烧焦萎缩，但是刀割的痕迹仍然依稀可见。

那必然是一把很不锋利的刀。不用放大镜，王江宁都能看见皮肉伤上粗糙的锯齿状痕迹。很难想象有心割皮肤的人，会选择这样一把刀。那刀用起来，必然也十分费力。

“我问好了！”就在这时，韩平上气不接下气地跑进停尸房。

然而此时屋内的怪味还未完全散去。他站了几秒，又迅速倒退回门口，一只手紧捂着鼻子。

“快说说，你都问了什么？”张法医有那么点儿迫不及待。

“兄弟们都说，今天没有可疑的外人进过警察厅。”韩平顿了顿，又继续说道，“至于小杨……也是十分奇怪，今天竟然真的没有一个人见过他。”

“小杨平时有没有一把很钝的刀？”王江宁忽然出声问道。

韩平忽然露出有些迷惘的表情，不明白王江宁为什么突然这样问。

“啊，我想起来了。小杨有一把削皮用的水果刀，我之前还用过来着。”张法医这样说道，“他是个孤儿，没什么家底，人又节俭，所以刀钝了，也迟迟不换新的。”

“那刀现在在哪呢？”

“这……我刚才想用的，也没有找到。”张法医说到这里，忽然猛地瞪大眼睛，“你的意思，该不会是……”

“老张，你之前给尸体拍照，小杨知道吗？”王江宁继续问道。

“他不知道，拍照是我自己拍的，洗照片他也不知道。”张法医如实回答。

王江宁若有所思地点点头，稍一停顿，便下了决定：“既然是这样，那我去找找小杨。”

“你知道他在哪儿？”韩平一脸狐疑。

“当然不知道。所以你们要告诉我，他平时喜欢去什么地方。”

据张法医说，小杨为人十分规矩，生活总是警察厅和住宅两点一线。而小杨的家离警察厅也很近，大约是十五分钟的脚程，就在文昌巷。

王江宁二话不说，立刻踩着自行车前往文昌巷。

他非常清楚，眼下小杨的嫌疑最大。他最了解停尸房，也能利用对警察厅的了解，巧妙避开所有同事的视野，令所有人都看不到他。而且，尸体身上的割伤，也很可能是他的水果刀留下的。

但是，他为什么要割文身呢，那文身和洞壁上的图腾到底有什么关系？

必须要找小杨问问清楚，他是一切的关键。

眼看着就要到文昌巷了。王江宁把车往路边一靠，迅速前往小杨的家。

王江宁敲了敲门，没有人开门。他又伸手试了试，发现门没锁。于是他拔出枣木拐，小心翼翼地推开门走了进去。

四下静得可怕，王江宁后背上的汗毛不由得根根竖起。他看一眼客厅桌上未饮尽的茶水，伸手摸摸茶杯，竟然感到些许余温。看来不

只见屋里的大梁上，一个男子被绳索凌空吊起。

久前，这里是有人来过的。

他手持枣木拐慢慢向前走去，然后推开走廊尽头一扇门。

只见屋里的大梁上，一个男子被绳索凌空吊起。

王江宁狠狠吃了一惊，随即一个箭步冲上去，迅速将男人放到地上。然而这男子已经死透了，没了气息。

王江宁叹了口气，从死去的男人口袋里摸出工作证，是张法医的助手小杨没有错。

王江宁站起来，发现一旁的桌子上，放着一张纸和一支笔。王江宁抓起纸一看，发现上面写的字非常潦草。前面几行还能稍微看清楚一些，是类似“对不住齐老师的栽培之类”的字样，然而后面就完全是乱写了，几行字叠在一起，根本看不清。唯一能确定的是，这肯定是同一个人写的。

王江宁环顾四周，满目凄凉。小杨死了，地上有一个被踢倒的凳子，怎么看都像是自杀。但是他的遗书，却十分诡异。

无论如何，先去跟张法医和韩平说一声吧。王江宁一边心事重重地想着，一边推着自行车慢慢走出巷子。

忽然一片阴影，阻挡了面前的光线。王江宁眯着眼睛抬起头来，就见三个身穿黑衣、头戴瓜皮帽的人挡住了他的去路。

侦探的直觉告诉王江宁，来者不善。王江宁稍一停顿，便迅速将自行车摔到一边，掉头就跑。

然而巷子的那一端，被另外三个瓜皮帽给封住了。王江宁心中暗暗打鼓的同时，总觉得这些拦路的人有那么点儿眼熟。

眼看着瓜皮帽冲他蜂拥而上，他立刻大喝一声，抽出早已准备好的枣木拐招架。瓜皮帽们凑上前去，对着王江宁就是一顿老拳。王江宁咬牙顽抗，立刻就回想起这帮可疑之人他在曲府边上也是见过的。

他没有时间多想，找准机会便冲出一条血路，踉踉跄跄地骑上自行车就跑。骑出老远后，他才回头一看，发现没有人追上来，立刻长长舒了一口气。

晌午，李英雄探事社内一片平静。

李老吹躺在院子的躺椅上打盹儿，听闻一阵响动，立刻睁开一只眼睛。

只见脸上挂彩的王江宁精疲力竭地滑过他的眼前，去存储杂物的地方翻找外伤药去了。

王江宁龇牙咧嘴地对着镜子给脸上上药，冷不丁就见师父竖在身后，双眼正直勾勾地望着他。

“哎哟，师父，您可吓死我了！”王江宁也顾不上疼了，赶忙搬来椅子让李老吹坐下，然后还服务周到地将沏好茶水的茶杯塞进李老吹手里。

然而李老吹人是坐下了，但是却不喝茶，也一句话不说。他一双眼睛直勾勾地盯着王江宁，盯得王江宁直发毛。

“师父您有话直说啊，别……别这么看我……我心慌啊。”王江宁下意识地捂了捂胸口，发现自己的心跳还真的有些加速了。

“你记得我在教你本事前，对你说过什么吗？”李老吹又看了江宁一会儿，这才低头喝了口茶道。

“您教我，查案第三，赚钱第二，保命第一。”王江宁说完这话，心中颇有点儿委屈，“我知道的啊……但我……我也不知道今天会出这个事儿啊。”

“你最近到底是查了什么案子？”李老吹犀利地看王江宁一眼，慢悠悠道，“八成是查了什么不该查的吧？”

李老吹这随便一句话，却让王江宁心中咯噔一下。洞壁上的图腾，再次清晰浮现在他眼前。小杨割下了和图腾相仿的文身，然后就十分离奇地自杀了。而他刚出小杨家门，又被一伙奇怪的人围攻……

难不成，那群人是不想让他继续探查那个图腾？那个图腾……到底牵扯了什么？

李老吹见王江宁久久不语，于是轻笑一声，问道："你又在寻思什么呢？"

"师父，您说传说中的御猫会，到底存在吗？"王江宁忽然抬眼，认真看着李老吹。

"御猫会？"李老吹一怔，"为什么忽然问起这个？"

这御猫会可以说是南京本地最著名的传说之一了。据说御猫会中集结着各种奇人异士，能查各种难案大案。但凡无名小侦探搞不定的案子，他们都能搞定。虽说王江宁从不相信这个传说，但是此时此刻，他又非常希望御猫会是真实存在的。

"遇到一些问题，很想知道厉害的侦探会怎么解决。"王江宁露出一副愁眉不展的模样。

"靠人不如靠己。再说那御猫会，本来也就是个传说。"李老吹慢悠悠地说道，"你到底碰上什么问题了，跟师父说说？"

"咳……也没什么，就一个案子帮韩平看看，没有接。"王江宁摆了摆手，还是觉得没必要让师父知道。

李老吹见王江宁不愿细说，于是便开启另一个话题："对了，刚不久有人来找过你，见你不在，就走了。"

"谁？"王江宁一怔。这探事社虽然开了有些时日，但上门者总是不多。来找王江宁的，那就更少了。

"一个姓梅的教授。人长得有模有样，就是精气神不太好。"

"哦！"王江宁立刻做出恍然大悟的表情，"我接了一个找他学生的案子，他八成是来问进展的。他既然没找到我……那我再去找他就是。"

王江宁说完，便急急地往外奔去。

“身体不碍事吧！”李老吹坐在椅子上直起身子，冲已经跑出门看不见身影的王江宁喊道。

“不碍事！”王江宁扯开嗓子回了一句，便踩着自行车径直前往金陵大学。

四

这是王江宁第二次来金陵大学。他熟门熟路地走进一栋看起来还很新的二层红砖楼中，在挂着“农学二室”牌子的办公室前停下脚步。他回想着梅教授衣着考究的模样，下意识地轻咳一声，整了整衣服，然后深吸一口气，用力打开办公室的门。

“梅教授，我听说你去探事社找我了，是为了陈婷婷的事吗？”他迅速说道。只见梅檀的办公室，依然和印象中一样，一尘不染，到处是花花草草。

然而此时房间里却坐着两个人，一个是梅檀，另一个却十分面生。

王江宁情不自禁上上下下打量起这个面生的人来。这人目测四十岁左右，一身长裤西装，身姿挺拔，器宇轩昂。他的头发打理得十分得体，露出光洁的额头，下巴处的胡须是精心修剪过的，与精致的西装相衬。

“这是我在留学时结识的旧友，康闻道，康教授。”梅檀见王江宁一直盯着他的朋友，于是出声介绍道。

“啊……不知梅教授有客人，那我先不打扰了。”王江宁迅速说完，脚跟一转就想走。他一眼就能看出，这个康闻道也是个有钱又有文化的知识分子。两个有钱又有文化的知识分子待在一起的画面实在太协调了，他根本不忍去破坏。

“不急。”梅檀忽然出声叫住王江宁，“闻道兄周游各地，精通风土民俗，我想他对你问起的那个图腾，自有一套独特见解。”

图腾？梅檀的这句话成功唤回王江宁的注意力。他转过头来，就见梅檀十分迅速地将他之前画的图腾递给了康闻道。

“请问这位小兄弟怎么称呼？”康闻道淡淡看一眼图腾，然后便笑着看向王江宁。他笑起来的时候，眉毛斜飞入鬓，双眼神采奕奕，让人看了忍不住想要跟他一起笑。

“鄙人王江宁，是李英雄探事社的侦探。”王江宁微微欠了欠身，不卑不亢地说道。

“王侦探，这个图腾你是在哪儿见到的？”康闻道看着王江宁，将图腾放回梅檀的办公桌上。

“一块墙壁上。”

“墙壁？”康闻道眯了眯眼，笑容颇有深意，“怕不是普通的墙壁吧？”

“嗯……我不小心掉进一个洞里，然后就看见了这个图腾。”这个康闻道似乎知道的挺多。为保险起见，王江宁并不想在不了解这人的情况下透露全部信息。

此时王江宁忽然闻到一股奇异的香气，扭过头去，只见梅檀正舀起一勺黑色粉末，放进装满开水的杯装容器里。

“咖啡，你要吗？”梅檀转头见王江宁怔怔地看着，于是问道。

“啊，这就是咖啡吗？”王江宁的眼中忽然闪过好奇的光芒，“听说有身份的人都喝这东西，给我来杯尝尝。”

梅檀没有言语，将最先泡的这杯咖啡递给康闻道，然后开始泡第二杯。“加糖吗？”他忽然出声问王江宁。

“要加糖吗？喝这东西是有什么特别的规矩吗？”王江宁很有自知之明，反正这屋子里最没文化的就是他自己，他索性也就不介意暴露自己的无知了。

“没什么规矩，看个人口味。”

“那你呢？”

“不加。”梅檀捧起自己的那杯咖啡，转头淡淡看着还在犹豫的王江宁，“我更喜欢清咖啡的味道。”

“嗯……那我也不加好了。”王江宁从梅檀手里接过咖啡后，便又将注意力转到康闻道那边，“康教授，您有什么见解吗？”

康闻道用细长的手指敲了敲咖啡杯，随即慢条斯理道：“在文字体系还不完整的时期，人们喜爱用图腾描述各种场景。而古时的大场景，主要是祭祀以及庆典这样的活动。图腾表达了人们的愿景，以及崇拜之情。我相信……这个图腾表达的也是类似的情绪。”

王江宁若有所思地看着手里热气腾腾的咖啡，没有说话。

“不过，单凭一个鸱吻图腾，我不知道作画者到底崇拜的是什么。”

“或许是一种特殊的崇拜，一种有组织的特殊崇拜……”王江宁顺着康闻道的话，接了下去。

“都是些歪门邪道，不入流的。”康闻道喝一口咖啡，面色变得冷峻起来，“不过，这些组织，最喜欢在世道不太平时出来，借机牟利。最近南京城出现了不少，说不定就跟这图腾有关。”他说完这句话，便向着梅檀转过头去，两人颇有默契地对望一眼。

“学生好奇心强，但也纯真稚嫩，你要小心一些，别让自己的学生被邪教腐蚀。”康闻道一字一顿地说道。

梅檀轻轻点头，眼神有些许沉重。

王江宁在心中琢磨了一下，决定还是不继续顺着图腾查下去。其一他不了解邪教，其二他刚才遭遇了围殴，他可不想在没有酬劳的情况下冒生命风险。

“哇！这东西闻着挺香，怎么比药还苦啊！”王江宁下意识地尝

王江宁下意识地尝了一口咖啡，结果差点儿吐出来。

了一口咖啡，结果差点儿吐出来。

“咖啡要慢慢品尝。”梅檀波澜不惊地说道，眼中却闪过一丝细不可察的笑意。

王江宁皱着眉吐出了舌头。他完全无法理解有钱人的品味，这么难喝的东西，怎么能够咽下去，甚至还慢慢品尝？

“梅教授，那我就先不打扰你了。”王江宁放下杯子，望着梅檀说道，“你放心，陈婷婷的事儿，我跟我的线人说过了，他也在尽力找着呢。”

梅檀微微张嘴，似想说些什么。但他最终还是没有说，沉默半晌后，冲王江宁轻轻点了点头：“那就麻烦你了。”

王江宁转身离开，在金陵大学的林荫道上健步如飞。他抬头望一眼万里无云的晴朗天空，轻轻叹息一声。

希望陈婷婷……安然无恙。

五

入夜，从警察厅内透出的灯光在一片黑暗中显得分外惹眼。

一辆小汽车悄悄停在了警察厅门口，一个面容精致的短发女军官关上车门，风风火火地径直走进厅长的办公室。

刚吃完晚饭，正在剔牙的高厅长看见来人，忙不迭地站起身来，满脸堆笑：“徐小姐，你怎么来了？”

“那起碎尸案，我接手了。”女军官言简意赅，清亮的声音却显得气势十足。

“这……”高厅长怔了怔，随即问道，“难道这案子不是普通的杀人分尸案？”

“这案子跟乱党有关，理应由我中调科负责。相关事务，就不劳高厅长操心了。”

高厅长听闻这番话，脸上的表情慢慢就变得有些难看了。是，它中调科是厉害，身为最高情报机构，总是打着各种名号空降到各个部门调查。一直以来他都跟孙子似的处处忍让，还赔笑脸，可眼前这个女人也真是太不知天高地厚了，竟然连一句客气话都不讲。

“南京的案子，当然是我们警察厅熟悉。”高厅长皮笑肉不笑地说道，“徐小姐这样一句话就要把案子要过去，怕是不太合适吧？”高厅长怎么说也是在官场摸爬滚打过几十年的人，说起话来，自有一番威仪。

“高厅长对之前的大烟案想必也很熟悉吧。”然而女军官没有丝毫示弱的意思。她眯起眼睛，轻轻一笑：“那为什么在我来之前，一点儿动静都没有呢？”

高厅长一时语塞，办公室顿时陷入死寂。韩平站在门口，一脸忐忑。

“韩平，带我去看尸体。”女军官不等高厅长反应过来，转身对韩平下了命令。

然而韩平却没有动作，脸上露出颇有些复杂的神情，仿佛是想吐又不敢吐。

“怎么了？”女军官蹙眉看着韩平。

“没……没什么，我这就带您去看。”韩平嗫嚅着，忽然想起什么，于是赶忙问道，“您之前吃过饭没？”

“没有，怎么了？”

“不……没什么，没吃过就好。哈哈……”

女军官奇怪地看韩平一眼，然后便跟着韩平前往停尸房。高厅长目送着二人离去，紧捏起拳头在空中用力一挥，一抹隐忍不发的愠怒，快速在眼中划过。

又一个寂静安宁的夜晚，就这样过去了。

第七章

迷雾重重

一

中午，明媚的太阳打亮李英雄探事社的窗户。王江宁正平躺在床上，轻轻地打着呼噜。

“臭小子！都多晚了，赶紧起来！”站在床边的李老吹，抄起拐杖把王江宁从睡梦中捅醒。

王江宁迅速爬起来，睁开惺忪的睡眼，有些不满地嘀咕：“又没事，早起做什么？”

“没事你不会去锻炼啊？”李老吹愤愤地咬着牙齿，“今儿早饭还没买呢！”

“哦……对……早饭。”王江宁睡意淡去一些，迅速开始在脑海里过一遍今天要做的事情。

他忽然想起来，之前和张法医约好了今天要去看尸体照片的。只不过昨天发生的事情，令他依然有些心有余悸。

昨天被一群不明身份的黑衣人袭击后，他就急忙去警察厅汇报了小杨在家中自杀的事情。当时张法医的脸色就十分不好看。忽然失去一个得力的助手，这种打击必然很大。

侦探的直觉告诉王江宁，继续调查与图腾有关的线索多半会惹祸上身，但他也有些担心张法医，何况看照片这件事，是提前约好了的。不过转念一想，警察厅里应该没什么危险，就去看个照片，也没什么大不了的。

王江宁给李老吹买好了早饭，立刻就动身前往警察厅。

然而王江宁刚进大门，就被韩平给拦住了。

“王江宁，这分尸案现在不归我们警察厅管了。上头的人特地过来接手了这个案子……闲杂人等不能再插手了。”韩平急急忙忙地说道。

“闲杂人等？你这么说我就不乐意了。”王江宁也无心为难韩平，顺嘴说一句后就开始向他身后张望，“上头来的到底是什么人？你见过？”

“你问了也没用，你还是回去吧。”韩平慌张地用他硕大的身体挡住王江宁的视线。

“到底是什么人？”王江宁越发好奇起来，“为什么人家要来管这个案子啊？是不是被分尸的人身份很特殊啊？我就说嘛，普通人怎么可能会被分尸呢……”

“什么事，这么吵？”

忽然一个清亮的女声传来，中断了王江宁和韩平的争执。

王江宁迅速向声音的源头望去，只见一个军官装扮的清丽女子赫然出现在视野之内。她表情清冷，周身散发出颇为干练的气息。

“徐长官，不好意思，惊扰到你了。”韩平小跑到这位徐长官身旁，点头哈腰地说道。

“这位是？”徐长官眯了眯眼，犀利的视线看向王江宁。

“哦……哦，这是李英雄探事社的侦探王江宁，他是我的发小，正巧过来跟我说说事儿。”韩平慌张地看王江宁一眼，然后介绍道。

徐长官快速打量王江宁一番，眼中闪过一丝罕见的诧异之色：“你就是王江宁？”

这没头没尾的一句话，令王江宁和韩平齐齐一惊。

看来眼前这个漂亮的小姐是听过自己的名号了，但这是为什么呢？王江宁一阵迷惑。他不觉得自己特别有名啊，就连李老吹那开了好多年的探事社，近期生意也是连连走低，实在没有被人知晓的理由啊。

王江宁脑子迅速转了一圈，然后他不管三七二十一，昂首挺胸摆一个帅气的姿势。“如假包换。”他冲徐长官展露出非常自信的笑容。

“你是为分尸案来的吧。”徐长官没再接茬，目不斜视地转过身去，顺便扔下一道命令，“韩平，带他去找张法医。”

“啥……啥？”韩平的脑子一时半会儿转不过弯来。

“带他去找张法医，看看有什么新发现。”徐长官一边走远，一边清清淡淡地说道，“这案子你来负责，如果破不了，我拿你是问。”

王江宁注意到，有一滴冷汗悄无声息地自韩平肥胖的后脖颈上滑落。

“哎，这个徐长官到底是什么人？”王江宁用胳膊肘捅捅韩平的腰窝，小声问道。

“你就少问点儿吧。”韩平推开王江宁，“记得，待会儿一定要挑有用的说。万一我丢了饭碗，我可就赖你探事社里不走了。”

王江宁望着韩平气呼呼的身影，无奈地摇了摇头。

法医室内，寂静无声。王江宁、韩平、张法医以及徐长官都站在办公桌旁，低头看着一整桌刚洗好的尸体照片。

王江宁忽然轻咳一声，于是几道视线齐刷刷地看向了他。“尸体被分割成六块，但没多少血迹。这说明尸体在切割成块之前，先被放过血。死者脖子处有明显勒痕，而左边太阳穴附近，眼眶边上有一片并不致命的瘀青血肿。我猜测凶手先是用利器令死者昏迷，再出手勒死了他。”王江宁用手做了一个勒人的动作，随即又指向其中一张照片，“从照片看，尸体的双脚脚踝处有一道很粗的勒痕，说明死者很可能在死前被人绑过。张法医，我说得对吗？”说完最后一句，王江宁抬眼望向一旁的张法医。

小杨死后，张法医的状态一直不怎么好。此时他听闻王江宁叫他，这才缓缓抬起头来。“你说得没错。”他缓缓点了点头，“不过这些尸块，还有个独特之处，那就是分尸手法。”

“分尸手法？”

“嗯。分尸的手法，或者说刀法，非常专业。每段肢体的分离，几乎都是沿着关节下刀，既不费力，又相当齐整。我从没见过这么专业的刀法。”

张法医的话，令在场的所有人再次陷入沉默。

“那尸体被发现的时候，现场是什么样的状态？”王江宁又转头看向韩平。

“尸块被装在六个麻袋里。现场除了麻袋，什么都没有。”韩平一边回忆，一边说道，“六个麻袋沿着山路一路抛撒，距离路边都有些距离。我们也是费了老大劲儿才找全的。”

“那关于死亡时间有什么推测吗？”徐长官审视的视线扫向王江宁。

王江宁实在答不上这个问题，于是又看向张法医。

“差不多是我们发现尸体的前一天。”张法医的话也是闷闷的，整个人明显没有王江宁第一次见他时精神，“昨天夜里我解剖了尸体，发现尸体的胃部有少许食物残留。我猜测死者在死之前，应该是刚进食了一些东西。”

虽然痛失助手，但是张法医依然坚持工作，委实值得敬佩。王江宁有些难过地看张法医一眼，随即又低头去看那些照片。他的视线十分自然地落在了尸体背部的照片上。韩平果然没有骗他。尸体后背的文身，的确跟他在洞壁上见过的图腾十分相似。只不过洞壁上的图腾没有颜色，而文身五颜六色，线条错综复杂，格外好看。

然而令王江宁有些迷惑的是，这个文身并不是一整个龙子，而仅仅是一个鸱吻的头部。不知这么做，用意到底是什么。

“你还有什么发现？”徐长官的忽然发问，打断了王江宁的思路。

“啊？哦。”王江宁微微一怔，随即立刻反应过来，“我觉得……死者可能是个日本人。”

“日本人？”韩平诧异地瞪大眼睛。

“你们看他的脚。”王江宁指向尸体脚部，“脚趾间留有非常明显的痕迹，我觉得应该是死者常年穿着木屐造成的。不过嘛……到底是不是，我不敢确定。”

“死者的确是从日本来的。”徐长官沉默许久后，低声说道，算是证实了王江宁的猜测。

王江宁还没来得及得意，那边韩平就一脸焦虑地开口了：“可从我们发现尸体到现在，已经过去将近两天了。考虑到张法医的说法，那么死者应该已经死了差不多三天。然而直到现在，日本使馆和日本商会，都没有人报过案。”

王江宁十分能理解韩平的焦虑。接连发生的济南惨案以及皇姑屯事件，让不少人听闻日本人就胆战心惊。在这个节骨眼上，首都居然死了一个日本人，还是被分尸的，简直是雪上加霜。

“所以这个案子，不能声张。”徐长官的声音越发低了，还带了一股冷意。

她见在场众人纷纷点头应和，也就没再说什么。眼下尸体照片的反馈搜集得差不多了，应该去忙别的事情了。她举步向门口走去，然而没走几步，却听王江宁忽然一声轻叫。

“老张，这是什么？”王江宁指着头部的照片，看向张法医。

只见尸体的耳朵边上，是一根细细长长的小东西，就这么透过照片打量，还真是挺难看清楚。

“这是鸡枞，一种菌类。”张法医如实给出答案。

“那装尸体的麻袋在哪里？”

“放在储藏柜里了，稍等。”

张法医将装尸块的六个麻袋拿给王江宁看。这些麻袋异常干净，只是稍微带有些泥土以及尸体留下的体液痕迹。

“这个麻袋我知道，是沈记杂货铺的。”王江宁指着其中一个麻袋底部小小的标识，斩钉截铁地说道，“这个杂货铺贩卖各种杂物，也卖菌菇。我猜凶手很可能去这个杂货铺采购过。”王江宁自从干上侦探这行后，就没少走街串巷地查访过。熟知各种略有名声的店铺，对他而言简直是分内的事。

“沈记杂货铺有一个特点，只批发，不零售。所以我想，应该很容易就能查到近期购买鸡枞的客人。然后只要稍微排查，凶手说不定就能浮出水面。”王江宁顿了顿，随即露出狡黠的笑容，“行了，我话就说到这里。这个案子既然如此敏感，那我就不再碰了。”

“徐长官，后会有期。”王江宁冲徐长官眨了眨眼，随即转身离去。

王江宁出了警察厅，又去买了只盐水鸭，这才骑着自行车晃晃悠悠地向着探事社进发。

“王大哥！”一个稚嫩的嗓音喊住了他。

王江宁定睛一看，迎面跑来的不是小黑皮还能是谁。

“王大哥！煤炭码头的许记船行……有个姓陶的……说他见过你要找的女学生！”小黑皮气喘吁吁地站定，忙不迭地对王江宁说道。

二

“好！多谢！”王江宁大喜过望，顺手扔给小黑皮一把铜圆，便骑车前往煤炭码头。

南京城大大小小二十三座码头，有一多半都在下关，总称下关码头，而下关码头中最大的一座，便是煤炭码头。

这煤炭码头，王江宁是一点儿不陌生的。他是个孤儿，在被李老吹领回去之前，就是在下关码头吃百家饭长大的。码头对他来说，是第二个家。只不过煤炭码头如今是江西帮的地盘了，还是小心些为妙。

为了避免不必要的麻烦，王江宁一到煤炭码头，就熟练地捡了些散煤把脸弄花，用白布把口鼻一裹，然后再把衣服反穿，便和那些搬运工人没什么差别了。他小心翼翼地打听出许记船行的位置，便在心中长舒一口气。还好，不在江西帮的势力范围内。

许记船行的船老大是个黑瘦的汉子，王江宁叙了礼，便向他打听起来。

“掌舵的，敢问贵号可有个姓陶的？”

“你找陶长根？他早上出船还没回来呢。”船老大相当热情。

又和船老大聊了半天，王江宁算是把门路摸明白了。陶长根在船老大这儿租了艘船，在江面上捞尸做死人买卖。若是捞到了尸体，便把寻尸告示往这儿一贴。循着船老大指的方向，王江宁看到了贴在船舱外的七八张寻尸启事。王江宁刻意留意了一下，没找到陈婷婷。

“捞尸也能做成生意？”王江宁一边看寻尸启事，一边问道。

“捞到的尸体若有人来认，那可是不便宜。无人认领的尸体，慈幼院也会花钱收来入土为安。毕竟任由这些尸体浮在江中，闹起瘟疫来可不得了。”船老大说着，突然一指江面，“陶长根回来了。”

王江宁顺势看去，只见一艘小船越来越近，站在船头的粗壮汉子，应该就是他想找的陶长根没错。

“听说你之前看见过一个女学生？”王江宁立刻迎上去，顺便出示了义勇徽章。

“是是是，大概三四天前，我看到江中有一具女尸。”陶长根将船停好，然后忙不迭地回答了江宁。

“女尸？”王江宁心中一沉。

“是的是的。那姑娘短头发，没穿衣服，脸……倒是没看出啥来，被水泡得不成模样儿了。”陶长根有些惋惜地说道。

“尸体呢？带我去看看。”王江宁见陶长根一脸犹豫，于是便接着问道，“怎么回事？”

陶长根沉默许久，才有些吞吞吐吐地说道：“长官……那个……尸体丢了。”

“丢了？”王江宁瞪大了眼睛，“那你怎么敢确定，你捞上来的女尸，就是我要找的女学生？”

“唉……长官……你看，这一带意外落水又无人认领的女尸又不多……我猜那多半就是你要找的人了。”

“口说无凭。我凭什么相信你？”王江宁做出想走的样子，但他很快注意到陶长根一脸心虚，一副想拦他又不敢拦的样子，双手在裤子口袋边徒劳地磨蹭着。

“你是不是隐瞒了什么？”王江宁转过身来，紧盯着陶长根的脸。陶长根迅速回避了他的视线，这样的反应，更是令王江宁坚定了自己的想法。

“不说实话，我让你吃不了兜着走！”他顺势抬高音量，想吓唬陶长根。

陶长根身体一哆嗦，迅速就着了道。他仅是犹豫片刻，便颤颤巍巍地从口袋里掏出了个手串。王江宁见状，立刻把手串夺了过来。

这是一串十八子碧玺手链。一共十八颗珠子，十六颗翠绿的珠子被两颗红色的平均隔开，其中一颗红色珠子下面还挂着块同色的小玉锁，一看就知价值不菲。

“那女尸浑身上下光溜溜的，偏就拽着这串手串……我也是一时贪心，就拿了这条手串……”陶长根断断续续地辩解着，“其实我刚才也想把手串给您的，但一时鬼迷心窍……”

王江宁没有说话。他看着手串，心情越发沉重起来。

如此一来便说得通了。他托小黑皮找个戴有十八子碧玺手串的女学生，陶长根得知后，自然就能推断出捞上来的人很可能就是他要找的人。然而这串手串，到底是不是陈婷婷的，他还是要去验证验证。

如果要找的女学生已然变成一具冰冷的尸体，不知道梅檀会怎么想……

“早给不就好了。”王江宁深吸一口气，正要走，却忽然想到了什么，又问道：“除了刚才你说的那些以外，女尸身上还有什么特别之处吗？”

“有、有、有！”这次陶长根不敢有丝毫隐瞒，竹筒倒豆子一般一口气说道，“那女尸背后文着花花绿绿的线条，可复杂了。整个图案啊，也不知道到底是什么，有点儿像鱼，又有点儿像龙，而且很明显不是完整的图案。”

鸱吻图腾。

王江宁的心中，立刻冒出这个清晰的想法。

一阵阴霾登时将王江宁整个人都笼罩在其中。他明明没打算再深入调查图腾的事，然而这个图腾却像是有意识般地缠绕着他，阴魂不散。

“那尸体又是怎么丢的？”王江宁平复一番思绪，接着问道。

“我……我也不知道怎么回事……反正我刚离开一会儿，那尸体就不见了……长官，你说会不会是诈尸啊？”陶长根一脸祈求地看着王江宁，“按理说新政府刚成立，应该不会出这档子事啊？”

“诈尸肯定是不可能的，应该是有人偷了尸体。”王江宁下了这样的结论。

“是啊，我也这么想过。就是不知道是谁偷的……我也确实知道有些人尤其好这口……”然而陶长根脸上的恐惧，却依然没有消退。他望着河水，犹豫着开口，“但那女尸的脸都泡烂了……估计没人会看中她的皮相……”

“难道说……是因为背后的文身？”王江宁这样猜测道。之前停尸房的尸体被割走了文身，所以女尸失踪，也很可能是因为文身。

“长官也那么觉得？”陶长根愁眉不展地看王江宁一眼，“哎，我猜那文身一定是用特别好的材料文的，泡在水里三四天，图案纹路也还十分清晰。但普通女人……哪会在背后文这个呢。所以我想啊，这尸体，还有尸体丢失这件事，一定不简单。”

王江宁轻轻点头，看来这陶长根还挺有逻辑。

“我越想越觉得这事儿不能我一个人在这儿瞒着。正巧有乞丐在码头上打听女学生的事儿，说是有人在找她，所以我就跟乞丐说了这尸体的事。”陶长根顿了顿，继而又盯着王江宁，满脸愁苦，“长官，你看我该交代的都交代了，应该不会摊上大事吧？我只是捞了个尸体而已啊，你可得保护我啊。”

王江宁沉浸在思考中，良久之后，才深深吸一口气道：“能摊上什么事儿。人不是你杀的，也不是你弄没的，不要那么害怕。”

这一番话，陶长根很是受用，他听完之后显得安心许多。

王江宁掂了掂手里的碧玺串子，“这样，我去找人看看这手串。一会儿可能还会来找你，你别想跑路，知道吗？”

“瞧长官说的，我能跑到哪里去。”陶长根点头哈腰。

三

王江宁也顾不得多想，离开煤炭码头，就直奔金陵大学去找梅檀。也不知是否是命运的暗示，梅檀和这找到尸体的地点，名字也是颇为有缘。

梅檀看到王江宁的手串，没有显露出任何表情，只给出简单的几个字——是陈婷婷的。

然后他二话不说，骑上摩托车就带着王江宁前往煤炭码头，要找发现尸体的人，问更详细的情况。

然而二人还没来得及靠近，大老远就看到码头中火光冲天。滚滚浓烟迎风而散，简直触目惊心。

“糟了，是船行！”王江宁心中一惊，立刻奔向许记船行。

眼所能见的地方，皆是一片火海。大船小船，都被烈火吞没殆尽。码头上的工人都在试图灭火，然而火势太大，他们又没有专业的设备，想靠近都难。

王江宁怔怔地看着眼前景象，忽然发现一艘飘荡在火海中的小船，就是陶长根的捞尸船。他近乎是下意识地想要靠近，却被梅檀一把拽住。

“来不及了。”梅檀在他耳畔，低声喝止。

王江宁陡然回神，心情压抑到了极点。

“煤油。”梅檀又轻声接了一句。

王江宁立刻了然。火这么大，连周围的小船都一艘不剩地烧了，再加上空气中弥漫的煤油味，显然是有人用煤油故意纵火。

但是，这是为什么呢？为什么才来问过话，这船行就烧起来了？这是巧合吗？如果不是，这究竟意味着什么？为什么和文身有关系的人，都会遭遇不幸？

王江宁无法冷静下来思考这些问题，等火势稍小一些后，就加入了救火的队伍中。幸存下来的船老大，看着眼前这片场景，连连叹气。

船工死了五人，其中之一，就是陶长根。火势过后，他焦黑的尸体被人抬了上来。捞了一辈子的尸体，做了一辈子的死人生意，终于连自己也一同死在了这水里。

“梅教授，我忽然发觉事情好像一点儿不简单。”王江宁轻叹一声，对梅檀道，“你还是想开一点。”

梅檀望着手里的碧玺手链，沉默良久，才道：“只要我没亲眼见到陈婷婷的尸体，我就不相信她死了。”

王江宁微微一怔，随即无奈地闭上眼睛。梅檀说得也有道理，眼下尸体不翼而飞，陶长根捞上来的尸体到底是不是陈婷婷还不能百分百确定。只不过眼下再没有可以提供线索的人，而陈婷婷失踪那么多天，只怕也是凶多吉少。

他微微摇了摇头，终于还是什么都没说。只是在心中默默盘算着，陈婷婷的信息还是得让小黑皮继续帮忙盯着。

“这几天辛苦你了。”梅檀望着王江宁的眼睛认真说道，“你要回去吗？”

王江宁微微一怔，不太明白梅檀的问话用意为何。

“我送你。”梅檀伸手，轻轻指了指自己的摩托车。

王江宁没什么心情，此时也只是淡淡点头，然后便麻木着让梅檀把他送到了巷子口。

梅檀也没再多说什么，把人放下，便驱车离开。王江宁本想安慰梅檀几句，然而直到梅檀走后，却依然没想好该怎么说。

王江宁心情低落地走进探事社的大门，刚踏入客厅，人却愣住了。

“怎么是你？”王江宁看着蹲在椅子上嗑瓜子的小道士，一时间颇有些茫然。他环视四周，不见李老吹的身影，忽然有些担心起来。

“我师父呢？”他焦急地问道。

“你师父出去散步了，临走前交代我看好探事社。”吕冲元一边回答，一边悠闲地嗑着瓜子，“你多学学你师父，一看就是个老江湖，哪像你，一惊一乍的。”

王江宁本就心情不好，听闻吕冲元的话，表情越发难看起来。“你有什么事？”他有些不耐烦地问道。

“没事就不能找你啦？”吕冲元抬起一双黝黑发亮的眼睛，笑眯眯地看着王江宁。

“我现在没心情跟你玩闹，你要没事，就请回吧。”王江宁十分直截了当地下了逐客令。

“这么绝情，我明明救过你的命耶。”吕冲元不满地噘起嘴来。他瞅了瞅王江宁的表情，见他是真的不开心了，这才换一副一本正经的表情道：“我来就是想问问你，后来那些烟土都解决好了吗？”他拍了拍手，一下蹿到了王江宁跟前，一脸好奇。

“你很在意？”王江宁不由想起小道士看着图腾露出的反常神情来，于是眼里多了一丝狐疑。“反正我得到的消息是都已经解决了……”

“王江宁！”王江宁还没说完，就听门外一个大嗓门在念他的名字。

“王江宁，你在啊。”门也没锁，韩平就这样风风火火地闯了进来，看到一身道袍的吕冲元也是明显一愣。

“有什么事吗？”王江宁问道。

“沈记杂货铺的排查结果已经出来了，我正巧路过，就想跟你说说。”韩平忙不迭地说道，“在沈记杂货铺这儿买过鸡枞的只有四大酒楼。然后我又跟兄弟们研究了各个酒楼的水牌，发现有个酒楼有点儿奇怪。”

“怎么奇怪了？”吕冲元将桌上的茶杯递给满头是汗的韩平，顺嘴问道。

王江宁蹙眉看了一眼反客为主的小道士，没有说话。

韩平将茶杯里的茶一饮而尽，喘一口气，又接着说道："那酒楼的水牌上明明没有带鸡枞的菜，但是却在最近购买了一批鸡枞。"

"哪家酒楼？"王江宁隐隐有一种不好的预感。

"文曲楼。"

经由韩平提醒，王江宁这才想到，文身女人到底是不是陈婷婷，完全可以找曲文秀确认。

只是没有想到，眼下分尸案和陈婷婷的线索，竟然都指向文曲楼。

"我还没来得及把排查结果报告给徐长官，等报告完后，我就带人去文曲楼。"其实韩平也是在探事社这儿蹭个地歇脚的，等歇息够了，他便忙不迭地前往警察厅。

韩平前脚刚出去，王江宁后脚就想走。但他的胳膊却被吕冲元一把拉住。

"你去哪儿啊？"吕冲元拽着王江宁，大声问。

"用不着你管。"王江宁回头看吕冲元。

"你当真？"吕冲元眯起眼睛，笑得不怀好意，"刚才道爷我偷偷地给你算了一卦，你不带着道爷我，必遭大难。"

"莫名其妙。"王江宁简直要被吕冲元给气笑了。他甩开吕冲元的手臂，大步出门而去。

四

黄昏时分，王江宁抵达了文曲楼。

他决定无论如何也要赶在警察调查分尸案前，找曲文秀问清楚陈婷婷的事儿。不然凭警察厅那帮人的办事效率，之后很可能就没他插足的机会了。

此时正好是饭点，文曲楼内熙熙攘攘的，一派生意兴隆的景象。王江宁迅速回忆起曲府的宏丽模样，心想着眼前这派场景，在文曲楼内必然是屡见不鲜的。

王江宁迅速在饭店里搜索起曲文秀的身影。其实他不敢百分百肯定曲文秀就在这里，只是估摸着到了饭点，身为老板理应是在楼里忙活的。转悠了一圈没找到曲文秀，于是王江宁便找了小二，说有要事跟老板商谈。没过多久，小二就请来了管家吴一峰。

“长官，您有什么事儿吗？”那有点佝偻的老头慢悠悠地踱步到王江宁面前，看上去似乎有些不情愿。而他的眼里，依然难掩一丝紧张的情绪。

“听说你要找我家夫人。她现在在忙，有什么问题，问我就行。”吴管家又补上一句。看来无论是在曲府还是在文曲楼，他掌管的事务都是一样的多。

“那好，我就跟吴管家谈谈吧。”王江宁顿了顿，“这里有没有安静的包间？”他环视一圈周遭，心想着在那么多人面前问起女尸的事情总不太合适。

“长官也看到了，现在正是饭点儿，有什么事儿就在这里说吧。”吴一峰眼中的紧张情绪越发明显起来。

王江宁思索片刻，也只好点头。“吴管家是否见过一个奇怪的图腾？”他低声问道。

“图腾？”

“就是一个文身。也不能说是一个，只是半个，还是半鱼半龙的文身……”王江宁还未说完，只见吴一峰眼中紧张情绪暴涨。他忽然一拉旁边的桌子，抬脚用力将桌子踹向王江宁。

王江宁一惊，迅速向旁一倒，就地打个滚，躲过了这张桌子。只是惨了身后的两个食客，被桌子砸得嗷嗷大叫。

王江宁伏在地上，心中暗暗感慨，竟然是被那臭道士说对了。他咬紧牙关，抽出枣木拐站起身来，就见吴一峰扭头就跑。这老头看着年迈，身形却委实轻快，竟然踏着一张张饭桌飞快地奔向门口。

王江宁赶不上吴一峰的速度，艰难地穿行在尖叫的人群当中，还差点儿被打翻在地的剁椒鱼头绊了个跤。眼看着吴一峰就要逃出门去，一群警察冲了进来。

时间像是忽然静止。吴一峰呆住了，王江宁也呆住了。

“徐长官！”王江宁一眼瞅见一伙警察后的高挑女军官，喜出望外地喊了一声。他往旁一看，果然见到了韩平。这胖小子到底还是及时了一回。

“发生什么事了？”徐长官见王江宁走近，于是出声问道。

王江宁心中转了一圈，还是隐瞒了来查陈婷婷的事，就含糊说在查案过程中，与吴管家发生了冲突。幸而徐长官也没计较王江宁的添乱，雷厉风行地让手下人带上吴一峰，转身就走了。

“你也来吧，坐我的车。”徐长官转头对王江宁说道。王江宁也没法不答应，只能战战兢兢地坐上小汽车。

到了警察厅，韩平直接把吴一峰领到了一间审讯室里。王江宁则有些尴尬地等在外面。

没过多久，门就开了。王江宁转头一看，就见高厅长满面春风地从审讯室出来，后面跟着徐长官以及几个警察厅的头头儿。

“你就是王江宁吧。”高厅长笑着看王江宁，“这个案子能破，你有很大的功劳。最关键的线索，都是你给的啊。”

“什么案子破了？”王江宁忽然有些茫然。

“还能有哪个案子，当然是分尸案。”徐长官蹙眉看着王江宁，似乎不明白他在装什么傻，“吴一峰已经交代了，杀人的就是他。”

“什么？这就交代了？”王江宁愕然一惊。

“你之所以在文曲楼，难道不是因为这个案子？”徐长官眼中闪过一丝迷惑。

“不瞒你说，我之所以在文曲楼，是为另一个案子。”王江宁忍不住露出无奈的苦笑，“有个教授拜托我找他失踪的女学生，而那个女学生，就是文曲楼老板的女儿。”

“哪个教授？”徐长官顺势问道。

“金陵大学，梅檀教授。”王江宁心想应该不会给梅檀造成多大困扰，于是便如实说道。

“我认得他。”徐长官轻声说道。她沉思片刻，又继续问：“你查出那女学生的情况了吗？”

王江宁轻轻摇了摇头，然后请求一般对上徐长官的眼睛：“能让我去见一见吴一峰吗？”

徐长官考虑了一下，同意了。

王江宁跟着徐长官走进审讯室。

惨白的大台灯立在桌子上，灯光打向吴一峰的脸，显得他原本蜡黄的脸上更不见一点儿血色，如同尸体一样。他被铁镣铐铐着，看起来是没挨什么刑，身上还算干净，只是带了点儿菜汤。他眼睛低垂，看着地面，也不知道是嫌灯光太刺眼，还是真的认罪服法了。

坐在他对面的，是一位戴着眼镜的审讯专家，和一个书记员。王江宁十分识趣地挑了最靠门的一把椅子坐下，把中间那把留给了徐长官。

徐长官走到眼镜男身边悄声嘱咐了几句，那眼镜男忙不迭地点头，一副俯首听命的样子。嘱咐完毕，徐长官才慢慢悠悠地在王江宁身边坐下，并示意眼镜男开始。

“听好了，从头说一遍。你叫什么，干什么的；死者叫什么，干什么的；你为什么杀他，怎么杀的，一条一条给我说清楚。”他的声音一字一顿，带着显而易见的威胁意味，一看就知经验十分丰富。

“我叫吴一峰，是文曲楼曲掌柜的管家。人是我杀的，他叫吉田有司，是个日本人。十多天前，我开车把夫人从酒楼送回家，就看到有个人站在宅子门口。夫人和那个人聊了一会儿，挺激动的样子，后来就让我引那人到客房去住。那人五十出头，戴个礼帽，一身西装，留着小撇胡，典型的日本人。不过他中国话说得还挺好，还给我说‘谢谢’。”

“你做管家几年了，曲夫人对你如何？”眼镜男插入话来。

“我做管家三四年了，夫人……”说到这里，吴一峰不知是想起了什么，声音忽然一阵哽咽，“夫人一直对我很好。”

“三月二十二日那天，也就是陈婷婷失踪的那天，吉田有什么怪异的动向没有？”王江宁忽然出声问道。

“那……我不清楚。”吴一峰答道，“之后吉田离开曲府办事，我就没见到他。不过就在三天前，吉田又来曲府吃晚饭了。饭桌上，他和夫人发生了很激烈的争执，两人不欢而散。”

“接着说。”眼镜男冷声道。

“之后，吉田又住在了宅子中。我担心他有什么歹意，于是就没睡实，一直注意着他房间里的动静。后半夜，我忽然听到剧烈的响动，以及人跑出去的声音。于是我立刻带着棍子出门去看，竟然发现夫人倒在客厅里，神情看起来十分痛苦。”吴一峰顿了顿，又继续道，“我吓坏了。试了试夫人的脉搏，还好夫人只是晕了过去。见夫人无恙，于是我带着棍子出门去追吉田，我确信刚才跑出去的，一定是吉田，一定是他让夫人倒下的。还好，我很快就追上了吉田。他转头看我，笑得阴险狡诈。我想起他对夫人做的事情，一时气急，就用棍子打了他的脑袋。他应声倒地，大喊‘救命’。我问他到底对夫人干了什么，他不交代，还是大叫，说我会为我的行为付出代价。我怕有人听到，一着急，就扯下裤腰带勒住他的脖子，下了狠手，没一会儿他的腿就直了。”

吴一峰停下来，审问室登时一片寂静。

“后来呢，你怎么分尸抛尸的？”眼镜男继续问话道。

“我当时就想，反正没人看见我弄死他，那我把尸体扔了也不会有人知道。于是我把人搬到后备厢里，然后打算开车去江边抛尸。然而夜里路太黑，我心里又发慌，结果不知怎的就开到了将军山下。没办法，我只好一路往山上开，找了个空旷点儿的地方，拿出刀来把人给剁了，装进麻袋，扔到路边。然后我把衣服烧了，刀扔了。”

“你想得还挺周到。”眼镜男不无嘲讽地说。

“吴一峰，我之前还没来得及问你，你知道陈婷婷背后的文身具体代表着什么吗？”王江宁终于找到机会插话进来。

“文身？”吴一峰一愣，“我家小姐怎么会有文身？”

“你不知道？那为什么刚才见我那么慌张？”王江宁也是一愣。

“我以为你是来问吉田身上的文身的啊。”

王江宁低头沉思的同时，也接收到了来自徐思丽审视的目光。是啊，他也在想这个问题，为什么疑似陈婷婷的女尸身上，会有与吉田有司相似的文身呢？这看起来不相干的二人，到底有什么联系？

吴一峰看起来的确是对陈婷婷的文身一无所知，那么唯一能问的，怕是只有曲文秀了。

五

王江宁还问了吴一峰其他细节上的问题，但是吴一峰不是闭口不答，就是敷衍了事。见再也问不出什么了，众人便走出了审讯室。

“你有什么看法吗？”徐长官站在审讯室外面，双手环胸，询问王江宁。此时她美丽的眼眸，正被重重阴霾笼罩着。

“我觉得分尸案有些蹊跷。”王江宁如实道，“按吴一峰的说法，他本是想去江边抛尸的，那他哪儿来的刀和麻袋？总不至于是在山上捡的吧？而且尸体脚伤的勒痕，也没有交代。”

徐长官思索片刻，忽然问王江宁：“你觉得吴一峰会有帮手吗？”

“这得看过现场，才能下定论。”

“抛尸的地点就在将军山，我不熟悉那里，让韩平带你去吧。”徐长官说完，转头便对韩平下了命令：“韩平，带王江宁去将军山。”

王江宁微微一怔。他是说要去现场看过才能下定论没错，但可没说他自己要去现场。不过转念一想，如今这个分尸案，他知道得也挺多，如果不麻烦的话，能破就破了吧。

“徐长官，现在我们已经知道了死者的名字。你那边有什么相关情报吗？”王江宁见徐长官对他也比较信任，于是顺势问道。

“已经派人去核对入境记录了，希望能有结果。”徐长官淡淡说道，眼中不无忧虑。

王江宁和韩平赶到将军山的时候，已经是深夜。他们打着手电逐一看过画着白石灰圈的地方，毫无疑问，这些标记过的地方，就是发现尸袋的地方。

离山路最近的白石灰圈最大，抛的应该是最大的躯干，而离山路最远的石灰圈最小，抛得应该是头颅。稍微走近一点儿，王江宁发现地面似乎曾经被人挖过坑，但是没挖多深就停止了。

王江宁似是想到了什么，但是却没法表达出来。他和韩平约好，明天一早就去曲府见曲文秀，然后便打道回府了。

虽然夜已深，但是李英雄探事社门前依然亮着灯。

师父还在等他。这个想法，令王江宁忍不住鼻头一酸。

他信步走进客厅，发现李老吹正在津津有味地吃盐水鸭，肚子立刻就叫了起来。他这才发现他忙活了半天，竟然忘记吃饭。

“吃点儿吧，这根翅给你留的。”李老吹见王江宁垂涎三尺的样子，于是笑眯眯地说道。

王江宁立刻扑上前去，抓住鸭翅就啃了起来。“难怪之前回来时没见着您，您出去买鸭子吃啊？”王江宁一边吃，一边含糊问道。他忽然想起什么，左右一看，果然不见小道士的身影，看来是已经走了。

李老吹把快啃完的鸭腿放下，抹了抹嘴上的油，略不好意思地说道：“这不是师父我买的，是李寡妇家的那小妹送过来的，说是给王大哥打打牙祭。咳……那什么，我本来也没想吃的，但给你留了这么久也没见你回来，还以为你今晚不回来了呢。于是……你看这不是怕坏吗！”李老吹说完，把鸭腿的最后一块肉咽进了肚子里。

王江宁瞪大了眼睛看着闷头苦吃的李老吹，一时半会儿也不知说什么才好。

“对了，你最近怎么这么忙？接了什么案子？怎么也不和师父说说？”李老吹突然话锋一转，突然严肃地问道，眼神也一下子变得犀利起来。

王江宁心头一跳。那日师父问时他还没有接这个案子，所以回答得倒也坦荡。如今却是心虚了，师父再三叮嘱过他不要去碰大案，可他到头来却还是碰了。

“师父，对不起，上次说的那个棘手的案子，我……我还是插手了。”想了想，王江宁还是决定和师父坦白，将分尸案的起因结果都跟师父讲了一遍。

“还不错，还肯跟师父说实话。”李老吹敛了身上那股子气势，“事情师父已经知道了，这事也怪不得你。案子有什么棘手的地方，说出来师父帮你参谋参谋？”

王江宁松了口气，对李老吹的提议求之不得，于是就把案子的细节，以及现场的情况跟李老吹说了。

“你刚才说，凶手抛尸，将头抛得最远，身体抛得最近，抛头的那个地方还挖有个小坑？”李老吹捋着胡子沉吟了一会儿，突然问道。

“没错。身体最近，头最远，头都快到树林深处了。不过都是裹着麻袋抛的。”

“这样的话，师父我倒有个猜测。”李老吹露出一丝神秘的微笑。

第八章

劫后余生

一

第二天清晨，天还没亮，王江宁就动身前往曲府。然而刚进巷子，他却碰上了一个他怎么也没有想到会碰上的人。

“梅教授，你怎么在这里？”王江宁一脸诧异。

“思丽让我过来看看。”梅檀看到王江宁，神情倒是很平静。

“思丽？”王江宁怔了怔，随即立刻反应过来，“难道你说的是徐长官……徐思丽？”他的脑海里迅速回放起昨日的画面，徐长官说她认识梅檀。

梅檀轻轻点头，算是肯定了王江宁的猜测。王江宁暗想，梅檀当过案件顾问，还一直关心着曲文秀的女儿陈婷婷的下落，走这一趟，其实也不稀奇。

“徐长官跟你说过分尸案的事情吗？”王江宁一边走，一边问。

“大致说过一些。”梅檀轻轻点了点头，忽然想起什么，看向王江宁，“这个案子会和陈婷婷的失踪有关吗？”

“那就要看问话结果了。”

说话间，王江宁和梅檀已经到达曲府。此时曲府门口已经围满了警察，徐思丽和韩平，自然也在其中。

虽然吴一峰已经认罪服法，但是按照流程，曲文秀的问话还是不能省去的。众人穿过花园，来到客厅。只见曲文秀端坐在桌边，依然一身旗袍，清秀优雅。她冰雕一般的美丽面孔不见丝毫神情，反而是服侍在她左右的用人显得更加紧张一些。

“吴管家的事，想必曲夫人都知道了。不过我们还有一些事情想要问下曲夫人。”韩平听从徐思丽的命令，一板一眼地开始问话，“吴管家说，他杀了个名叫吉田有司的日本人。对于整个案件，你了解多少？”

“我根本不知道这件事。”曲文秀一手紧捏着另一只手的手腕，嘴唇微微泛白，“那天晚上我和老爷产生争执，我被推倒，头磕到墙上就晕倒了，不知道后来发生了什么。再然后……我总觉得吴管家有些不对劲，但没有多问。”

“老爷？”王江宁忍不住发问，“吉田有司是你家老爷？”

“是的。七年前，他抛弃婷婷和我，独自前往日本，还起了个日本名字。他还在国内时，就一直听从一个奇怪组织的差遣。后来不知怎的，他决定去日本发展，想来也是和那个奇怪的组织有关。”曲文秀一脸哀伤地说道，“他这次突然回国来找我……我念及旧情，让他住在家里。然而他想要我继续跟着他……我哪里愿意，于是就和他起了争执。”

“这些信息，那吴一峰倒是完全没有交代。”王江宁若有所思。

“他是宫里来的太监，不知道这些。”曲文秀接道，“三四年前，我才遇到吴一峰，见他会些拳脚功夫，就收留他做了下人。我和老爷的事……他并不怎么清楚。”

“这样看来，吴一峰杀人完全是为了报答你的恩情？”韩平如此总结道。

曲文秀没有答话，似是默认。

“不过我依然有个疑问。我们查到文曲楼曾在沈记杂货铺买过鸡枞，但文曲楼本身却不卖与鸡枞有关的菜品，这是为什么呢？”韩平询问道。

“老爷喜欢吃鸡枞，所以我就买了一些回来，做给他吃。”

韩平点了点头，没觉得这番回答有什么问题。

“你刚才提到的奇怪组织，有没有更加确切一些的消息？”就在这时，徐思丽忽然发问。

她见曲文秀一脸茫然，便接着说道：“我今早刚得到消息，说吉田有司在去日本之前是中国人，真名叫陈有田。而差遣他的组织，名叫保皇党。那是一群由满清余孽为首的组织，最近在各地兴风作浪，谋财害命。如果你知道更多信息，请务必说出来。”

江宁站在一旁，静静看着一脸肃穆的徐思丽。吉田有司的真实身份是落实了，但是她看起来却没有丝毫懈怠。死者不是日本人，这虽然避免了一次外交纷争，但却似乎牵扯出了更不得了的事情。保皇党，王江宁默默将这个名词记在心底。

“我不知道……我什么都不知道。”曲文秀在短暂的停顿后，匆匆摇起头来，“老爷跟我很久没见，我知道的很少。”

徐思丽陷入沉默，不知为何，她的眼神显露出些许的不甘心来。

“既然是这样，那就结案吧，反正凶手也已经认罪了。”韩平摊开双手，用商量的语调说道。

“不行！”王江宁和徐思丽异口同声道。

王江宁一怔，有些不解地看向徐思丽，而他立刻就发现，徐思丽、韩平甚至梅檀，都用更加不解的眼神看着他。

“我总觉得事情没那么简单。”王江宁沉吟片刻，这样说道。

王江宁凑过去看，只见两把锋利的剔骨刀之间，有个空挂钩。

“我无所谓，吉田有司和我早没有关系了。”曲文秀忽然插话进来，一脸急迫，“倒是各位长官，你们有婷婷的消息吗？”她忽然提及陈婷婷，令在场众人齐齐一怔。

梅檀眼中闪过一丝不忍，他正要开口，却被王江宁用眼神阻止了。

“我相信，吉田有司的死，和婷婷有关。”他闭上眼睛，脑海深处，闪过陶长根惊恐的眼神，以及吉田有司背后的文身。

失踪的女尸，以及死者，他们为什么都有同样的文身，而为什么，现在文身又都不翼而飞了？

“这个案子，必须细查。”王江宁睁开眼睛，直直地望向曲文秀，“不能放过任何疑点。”

曲文秀怔怔地看着王江宁，不知道他下一步要干什么。

“曲夫人，我能去四处看看吗？”他接着问道。

得到肯定的回答后，王江宁便抬步走出客厅。走之前，他发现徐思丽向他投来了赞赏的眼神。

王江宁先后查过花园、里屋和储藏室，都没发现什么异常，最终他来到了厨房。这是王江宁第一次在私宅里看到这么大的后厨。屋里摆了两张长桌，四个火灶，灶上那口大锅简直可以装下一个人。锅上面有一根大铁管横穿整个房顶，吊着几个大滑轮。一根粗绳穿过，垂直拴在地面的铁钩上。

“很精妙的滑轮组，是否产自德国？”梅檀开口，王江宁才知他也跟了过来。

“好眼力。”曲文秀点头赞许道，“这是一个德国朋友从商船上拆下的。牛羊肉是文曲楼的招牌，用这个挂些牲畜，去毛洗净，蒸煮上锅也方便些。”

王江宁点了点头，仔细审视着厨房的布局。厨房十分干净，显然有人经常收拾。

他抬起眼来，只见洗池对面的墙上，挂着各式厨房用具，有菜刀、大勺、锅铲、擀面杖等物件。王江宁凑过去看，只见两把锋利的剔骨刀之间，有个空挂钩。

接着他打开碗柜，发现好几只麻袋整齐堆叠在一起，麻袋的样式和颜色各不相同，而且显然也是被认真清理过。

“曲夫人，这些麻袋是干什么的啊？”他扭过头来，假装毫不在意地询问曲文秀。

“去各家买完东西就顺手储藏起来，也方便装其他东西。”见王江宁对麻袋感兴趣，曲文秀不经意间眉头皱了皱。

“说起来，曲夫人，你可知道，我们为什么要调查鸡枞？”王江宁刻意停顿片刻，才继续道，“尸块被发现的时候，连同一根鸡枞一起被装在沈记杂货铺的麻袋里。这鸡枞那么贵，平常人家可吃不起，那么这是不是可以说明，用来装尸体的袋子，也是从贵府拿的呢？”

王江宁的话，令曲文秀一阵沉默。

“您这儿的刀恰好也少了一把，估计也是吴管家拿的吧。”王江宁摸着下巴，下了这样的定论，“这说明他在杀人后，还专门回府里一趟，拿了分尸所需的工具。但这和他要去江边抛尸，无意识把车开到将军山的说法明显不符合。如果真打算在江里沉尸，没理由带这些东西。”

听闻王江宁的话，曲文秀没有任何反应，只是面无表情地看着他。

“还有，如果照吴一峰所说，他是到了将军山上才动手分尸，那这用刀的本事也未免太好了。黑灯瞎火，沿着尸体的关节将其分成平整光滑的六块……怕是大刀王五都要甘拜下风。”

王江宁顿了顿，又继续说道：“我们验过尸体，发现尸体被放过血，还被清洗过，所以分尸后并没有多少血流出来，甚至没有多少血溅到麻袋里。如果吴一峰真的是在山上分尸装袋的话，必然血溅四处，麻袋也直接变成血袋了。而在野外放血，先不说难度了，根本不可能不留下任何痕迹。”他说完这些话，刻意去看曲文秀的脸，只见曲文秀精美的面庞，终于泛上一层冰霜。

“尸块大大小小，有近有远，起先我想不明白这是为什么，经由师父李老吹指点，我才恍然大悟。”王江宁不紧不慢地说道，“凶手力气不大，在做了这么多事以后，已经快脱力了。所以他把最轻的头颅扔得最远，最重的身体扔得最近。他甚至还在装头颅的麻袋边上挖了个没完成的小坑，估计是想把头颅埋起来，不让人找到。但同理，因为力气小，所以他没有完成这一个行为。”

此时此刻，徐思丽、梅檀以及韩平都围拢在这偌大的后厨中，屏息凝神地听王江宁说话。

“这位长官，你到底是想说什么？”曲文秀板着一张面孔，神情明显变得有些不善。

“不要急啊，曲夫人。”王江宁笑了笑，“也不知您知不知道，昨天我是来过文曲楼的，与吴管家闹了一场误会。吴管家因而朝我扔了一张桌子，那力道真不是盖的。您也说过，吴管家是个有功夫的太监，这我是相信的。想来有功夫的太监，在用棍子打人时，也不可能留下那么轻的瘀痕。”

一片死寂中，王江宁眯眼看着曲文秀，幽幽开口：“我想说的就是，吴一峰，还有你，都在撒谎。”

二

“之前我一直想不通，凶手到底是在哪里杀的人，分的尸，现在我都明白了。而这里……这间厨房，就是真正的杀人分尸现场。”

“你这么说，有什么证据吗？”曲文秀冷冷地看着王江宁。

“让我们还原一下当时的场景吧。”王江宁不再看曲文秀，而是在整个后厨中慢慢踱步。在场人士，都屏息凝神，注意着他的动向。

“法医在解剖尸体后，发现尸体的胃部只有少许食物，这说明死者在被杀前很可能进食过或者正在进食。假设他在进食时被人叫进后厨，然后那人从这里拿了擀面杖，将死者打晕。”他说完，用手指了指挂在墙上的擀面杖，接着继续说道，“我说过了，凶手力量很小，所以他无法将死者一击致命，于是他又勒死了吉田，然后脱光了他的衣服，扔进灶台烧掉。”

“那凶手又是怎么分尸的呢？”徐思丽出声问道。

王江宁怔了怔，随即迅速凑到梅檀耳边，悄声问：“梅教授，你刚才说的……装置，叫什么来着？”

“滑轮组。”梅教授推一推眼镜。

“啊，对，滑轮组。”王江宁尴尬地咳嗽一声，“凶手用这个滑轮组，绑住吉田的脚，轻松地把他拉起来倒吊在了水池上，所以尸体的脚腕上才有一道很宽很浅的勒痕。再然后，凶手用刀划开了吉田的颈部，给他放血，血就流在这池子里。然后，凶手开始给尸体分尸，用的就是厨房里的剔骨刀。至于分尸的原因嘛，也很好理解，凶手力气小，没法搬运整具尸体。再然后，他就顺势将尸块装在后厨的麻袋里，开车运送上山，进行抛尸。等警察发现尸块的时候，发现尸块和麻袋都十分干净，现场也没有任何血迹污秽。种种迹象表明，凶手是个有洁癖的人。”

不知何时，王江宁已经悄悄踱步到了曲文秀的面前，似笑非笑地盯着她看：“这个案子最有意思的地方，就在于分尸的手法。能熟练地肢解一个人，除了法医、屠夫，其实还有一个职业也能做到，就是刀功扎实的厨子。曲夫人，曲掌柜，之前我去文曲楼找你，是吴管家接待的我。那时候您在哪儿呢，怕不是……就在后厨帮忙吧？”

王江宁静静地看着曲文秀。他这一番推理虽然没有特别确凿的证据，但却有十成的把握。眼下，他就在等着曲文秀心理防线崩溃，进而认罪。

“你说了这么多，无非就是想让我承认，是我杀了吉田，对吧？”曲文秀望着王江宁，冰冷的面孔上，渐渐绽放出一丝笑意，“但是很可惜，人不是我杀的。”

“你说什么？”王江宁蹙起眉毛。他没有想到，眼前这个女人的心理素质，竟然如此好。

“吴一峰已经认罪了，他是凶手，跟我没有关系。”曲文秀的脸上看不出丝毫情绪，“该交代的我都交代了，各位长官，如果没有别的事情的话，希望你们能够帮我尽快找到婷婷。”她说完，就往门外走去。

徐思丽看向王江宁，似是在用眼神询问他有什么法子。

“等一下！”王江宁出声喊住曲文秀，“你不想知道陈婷婷的下落吗？”

王江宁的话成功地令曲文秀停住脚步。“婷婷？”她回过头来，却依然是一副波澜不惊的样子，“你有她的消息？”

“眼下杀人过程和分尸现场都明了了，但是还缺关键的一点，杀人动机。”王江宁直视着曲文秀的面庞，“让我大胆猜测一下，你之所以会杀吉田有司，是因为陈婷婷吧？或许陈婷婷和吉田有司想一起干什么你不赞同的事，又或许他们两人之间爆发的冲突，所以你才打算杀他。无论你想隐藏什么，母亲对女儿的深切情意，终归是隐藏不了的。”

曲文秀面无表情，但是王江宁注意到她的手开始轻微地颤抖。也正因如此，她悄悄地把手放到了身后。

王江宁用眼神向韩平示意，并从他手里接过那张文身特写的照片。

“这是吉田有司身后的文身，想来你也是见过的。”他将照片递给曲文秀，淡淡说道，“据一个捞尸人称，他曾见过一个女尸，那女尸身上的文身和吉田有司的文身十分相似。而那女尸，很可能就是失踪的陈婷婷。”

曲文秀淡淡扫了照片几眼，然后又抬头看王江宁，轻声道：“我不相信。”

王江宁又向梅檀看去。梅檀立刻意会，将一串十八子碧玺手串掏了出来。

“这样，你该相信了吧？”王江宁轻声道。

曲文秀果然是认得这串手串的，她望着手串，原本如同蜡雕一般冷漠的面孔立刻就有了变化。“你是说……婷婷已经死了？”她向后踉跄一步，眼中满是茫然。

“陈婷婷的死亡，很可能与吉田有司有关。”王江宁看一眼徐思丽，然后继续说道，“告诉我们关于吉田有司的全部真相，这样我们才能查明陈婷婷的死因。”

“不……不可能！婷婷是不可能死的！”曲文秀忽然回过神来，飞快上前拽住王江宁的手臂，“快，告诉我，这个手串究竟是在哪里发现的！”

“我们当然可以告诉你。”王江宁盯住曲文秀的双眼，一字一顿道，“但前提是，你必须配合。”

“那，我就从头说起吧。”曲文秀沉默半晌，终于妥协，开始讲她自己的故事。

三

光绪三十二年，富商陈有田带着怀有身孕的曲文秀从山西晋城进京。陈有田明面上说是做生意，整日里不着家，实际上则忙着和宫里的几位大人、王爷谋划如何匡扶大清。后来，他干脆把生意全交给了他的双胞胎弟弟陈有地打理。

陈有地将哥哥对曲文秀的冷落看在眼里，时常去大嫂那儿嘘寒问暖。久而久之，陈有地和曲文秀二人便生出了情愫。两人权衡了利弊后，决定来个偷梁换柱。陈有地在曲文秀的帮助下，找到机会杀了兄长，连尸首也一起烧了个干净。自己则摇身一变，成了陈有田。

之后又过几年，皇帝退位，大清亡了。一直冒充兄长和大清遗老略有来往的陈有地害怕革命党追查到他，于是便变卖家产，携带妻子东渡日本。临行前，有人弄来两个箱子交给陈有地，说是皇家的财宝，让他带到日本去暂行保管，等大清复辟时有大用。

“时光飞逝，不知不觉间我和陈有地就在日本待了十年。陈有地入了日籍，改了名字，叫吉田有司。”曲文秀语气平静地说道，“只是可怜了婷婷，我们走时过于匆忙，没带上她。我也是思念婷婷，才毅然决定离开日本，只身来到南京，用之前带去日本的部分财宝开了文曲楼。万事俱备后，我接婷婷来南京，想给婷婷最好的生活，但是婷婷却总是与我不亲。”

“吉田为什么没和你一起回来？”王江宁问道。

“自从去了日本后，他就慢慢变了一个人。他开始和他兄长一样，对那个匡扶清朝的组织分外狂热……对，之前这位女长官说过，那组织就叫保皇党。吉田知道我执意要来南京，却不愿意一同前来，因为他心系保皇党，要为那个组织奉献终生。”

“然后呢？陈婷婷和吉田有司之间发生了什么吗？”王江宁忍不住问道。

“嗯……不知为何，吉田忽然回国找到我。我念及旧情，就让他住在家里。他总想劝我与他一同加入保皇党，我不答应，就与他发生口角冲突。回国这几天，我偶尔会见他外出与各种陌生人接洽，但我也没多问。我以为他住段时间就会走，他也是那么跟我保证的，然而……”曲文秀说到这里，声音明显一滞，一双眼眸充满悲伤。

她从用人手里接过手帕，擦了擦眼角，平复过后，才继续道：“三月二十二日，婷婷难得从学校回家。我忽然听闻她的房间有异常响动，紧接着就看到衣冠不整的吉田匆匆从她房间里出来，离开宅子。我大吃一惊，冲进房间去看婷婷，只见她背对着我，同样也是衣冠不整的样子……然后……她推开我就跑出了房子，此后我再也没有收到她的消息。”

这始料未及的发展，令王江宁与梅檀面面相觑。

“婷婷遭遇了那样的事，一定非常害怕……我无法原谅吉田，于是决定杀了吉田。”曲文秀捏着手帕的手忽然紧捏成拳，“我费了好大力气，才邀他来家里吃饭，然后骗他来后厨。趁他转身之际，我去墙上拿了一根擀面杖，把他打晕了。后面的事情，便和长官猜的一模一样。”

曲文秀看着江宁，眼眶因各种复杂的情绪而变得有些泛红：“是我……杀了吉田。”

徐思丽看了看王江宁，眼中竟带着些许赞许的神色。

“所以三月二十二日，陈婷婷确实是被小汽车接回了家，只不过因为发生了各种意外，比如分尸案，你没有说实话。”王江宁揉了揉鼻梁，终于理清楚事情大概。

“陈婷婷知道吉田的身份吗？”梅檀突然开口。

“应该不知道。我说吉田是一个生意上的老朋友。她也没多问……”

“那吴一峰呢？他是你的帮凶吗？”王江宁有些疲惫地问道。

“他没有插手。只是我后来告诉了他全部，他惦记我的恩情，答应为我顶包。”曲文秀说这话的时候，垂眼看着地下。

“案件经过已经十分清楚，那就请你跟我去警察厅，再录一份口供。”徐思丽淡淡说道，周身散发出一股长官的威仪。

曲文秀却看也不看徐思丽，只是直视着王江宁，慢慢地说道：“我怕是无法答应这样的请求。”

“你的意思是？”王江宁看着曲文秀，眼睛眨也不眨一下。

曲文秀再次换上那副冰冷的面孔，露出有些悲凉的笑容：“这个故事里所有的事，都不可能查实。杀人的刀早已销毁，分尸的池子也清洗干净了。现在吴一峰已经认罪，而你们也不可能找到其他任何证人。何况几十年前的陈有田陈有地，甚至整个陈家，现在都已经从世上消失了。你们有天大的本事，也不可能去核实一件几十年前的命案。”

曲文秀的这一段话，令在场人士纷纷陷入沉默。显然，曲文秀说得很有道理。王江宁有些难过地看向徐思丽，发现徐思丽一张俏丽的面孔紧绷着，眼神寒冷如冰。

“曲夫人，你的话的确令人无可反驳。但你是否想到一点，你所杀之人并非一般人，他所效忠的乱党，很可能会向你复仇。”徐思丽上前一步，颇有气势地看着曲文秀，“你是没办法逍遥太久的。”

“这没有关系。”曲夫人定定地直视着徐思丽，面孔依然有些苍白，“眼下最重要的，是……是我必须尽快找到婷婷。”

“陈婷婷？”王江宁有些茫然地看了看身后的梅檀。

“婷婷是不可能死的。”曲文秀咬一咬牙，看向王江宁的眼神忽然变得异常坚定，近乎偏执，“你刚才说，发现的女尸身上有文身是吧？但我非常肯定，婷婷的背后，根本没有文身。那个女尸绝对不是婷婷。”

王江宁忽然困惑起来，他看得出来曲文秀应该不是在说谎，可是她语气中的笃定却实在叫人生疑。而且若那具女尸不是陈婷婷，那又会是谁呢？为什么她手里会有陈婷婷的手串？又为什么会有和吉田有司相似的文身？

“曲夫人既然如此坚定，那我想陈婷婷应该是还活着的，只是下落不明，依旧疑点重重。”对上王江宁疑惑的眼神，梅檀轻声道出结论。

“吉田曾跟我提及，他要将婷婷献给保皇党。”曲文秀有些失神地望着前方，“婷婷她……她这种时候失踪，一定和保皇党脱不了干系。”

王江宁闻言深吸一口气。假如陈婷婷真的在那什么保皇党的手里，那事情可就复杂了。

梅檀啊梅檀，你第一次拜托我的案子，难度就这样大，看来以后我是得慎重接你的委托了。王江宁不忘幽怨地看梅檀一眼。然而梅檀没有接收到他眼神中的意蕴，只是如往常那样淡淡地与他对视了一会儿。

“曲夫人，你一个人势单力薄，未必能对抗那群乱党，顺利找到女儿。”徐思丽尝试劝说曲文秀，“不如你告诉我们更多信息，我们帮你找到陈婷婷。作为交换，我可以护你周全。”

曲文秀没有立刻回答徐思丽，她双手紧握，似是正在思考。

“既能确保自身安危，还能得到更多资源去找女儿。曲夫人是生意人，应该清楚这笔买卖，并不亏吧？”徐思丽进一步说道。

曲文秀终于被说动。她徐徐抬起双眼，定定地看着徐思丽：“我知道吉田这次回来是受保皇党指使，要找一样原本在陈有田手里的东西。”

“什么东西？”王江宁好奇追问。

“吉田要找的，是一方铜雀印。铜雀印似乎是当年保皇党交由陈有田保管的。吉田当时不知道，所以去日本时没有带走。后来吉田不知从哪儿知道了这个印，觉得印应该还留在陈宅，来和我要。可是这么多年，陈宅的东西能典当的几乎都典当光了，我是真的没见过这印。我知道的就这么多了。”

“铜雀印……”徐思丽默念了一遍，所得的情报中并没提过此物。

“那就先这样。我回去核实信息，麻烦曲夫人准备准备，一会儿我派人来接你。”留下两个警察在曲府看守后，徐思丽便带着众人出了曲府，径自回了警局。

徐思丽办公室中。

“所以这个分尸案，就这样结了？”韩平露出一副罕见的愤愤表情来。

“没办法啊。就算曲文秀愿意把刚才的那番话拿出去跟别人说，别人也未必会相信。相信吴一峰很简单，但要查明曲文秀的话却难如登天。”王江宁双手一摊，“这个案子，最后定的凶手，应该还是吴一峰。”

他说完，凑到一旁的梅檀身边，压低声音感慨道：“没想到陈婷婷的事也跟那保皇党有关，这真是有些棘手。”

“只要她还活着，再棘手我也要将人救回来。”梅檀倒是一脸坚定。

话是那么说，可眼下到底该去哪儿找陈婷婷呢。

王江宁无言地抬头看天花板，不经意间发现徐思丽朝他投来的视线。徐思丽顿了顿，举步走到王江宁和梅檀眼前。

“今天辛苦你们了。”徐思丽说这话的时候，眼睛却一直看着梅檀。

“哪里哪里，顺手帮个忙而已。”王江宁摆了摆手，表情却有些失落。

“梅檀，陈婷婷的事，能跟我讲讲么？”徐思丽转头看向梅檀，“我想我应该也能帮忙。”

王江宁很上道地给徐思丽腾出位置，徐思丽径自坐到梅檀面前的桌上。

梅檀眼神微动，捏着手里那串十八子碧玺手链，将陈婷婷的事情一点儿一点儿告诉了徐思丽。徐思丽和梅檀是老相识，两人很有默契地聊起案情来，你一言我一语，很快就说完了陈婷婷的事。

“我此次来南京，就是为铲除保皇党。这个组织为了复辟大清，四处为非作歹。之前的烟土案，也是他们在暗中操作。”徐思丽顿了顿，转头看向王江宁，“你也注意到了吧，那个组织和特殊的图腾有关系。”

王江宁的脑海里迅速闪过死去的小杨、陶长根、吉田有司，洞壁的图腾以及陈婷婷的照片……

这一桩桩离奇事件，像是被无形的锁链穿在一起，而它们的背后，就是那个王江宁之前都不曾听过的组织——保皇党。

他没有接触过这个组织，但是直觉告诉他，这个组织很危险。

“如果没有你，我们不会知道分尸案的真相。”徐思丽的话令王江宁从众多思绪中回过神来，“我认可你的实力，想请你帮我追寻乱党的下落。毕竟南京这一块，还是你们本地侦探知道得多。”

徐思丽见王江宁许久无言，便又补上一句：“我来自中调科，如果你能查到有用的线索，报酬自然是少不了的。”

要换成平时，王江宁听闻这样的话会高兴得蹦到天上去。然而此时此刻，他却一点儿也不开心。他十分明白，要是再深入调查下去，别说他本人了，就算是他身边的人，也很可能遭遇危险。

“徐长官，感谢你的抬爱，但我不能接受这份委托。”王江宁严肃地说道。他说完，又看向梅檀，继续说：“陈婷婷的失踪我依然会继续调查，毕竟现在也并不确定她就一定被保皇党带走了。但是调查保皇党……还是劳驾另请高明吧。”

他说完便不再逗留，道别徐思丽和梅檀，转身离去。然而他忽然发现巷子口有个面生的小乞丐正在向他招手。他狐疑了一会儿，看了看聊在兴头上的梅檀，便向那小乞丐走去。

徐思丽和梅檀是老相识，两人很有默契地聊起案情来。

四

“这是黑皮哥托我带给你的。”小乞丐笑嘻嘻地递出一张字条。

王江宁一看，这字条上歪七扭八地写着一长串的字，倒的确是出自小黑皮之手。想当初小黑皮的字，也是王江宁教的。或许是他这个老师当得太不合格，小黑皮虽是认了不少字，但一写起来就宛如狗爬，还错字连篇。通常小黑皮写一大段话，王江宁只认得五六个字。

王江宁看了好几遍，才隐隐认出这字条上写着“有线索”“正在跟踪”“一切正常”等文字。

“小黑皮人呢？”王江宁一边看着字条，一边问道。

“他正在跟踪一群人，说是不方便回头来找你，所以让我带个字条。”

王江宁点了点头，却忽然认出字条上的两个字——文身。

心跳陡然慢了两拍，一股不祥的预感，将他整个笼罩住。

“小黑皮、小黑皮他人呢？”他猛地抓住小乞丐的肩膀，死死地瞪着他。小杨的自杀，水里的女尸，被活活烧死的捞尸人……一幅幅触目惊心的画面闪过王江宁的脑海。但凡与文身有牵扯的人，都遇到了意外……

王江宁努力将不祥的想法甩出脑海，向着小乞丐告知的方位狂奔而去。

他跑进一间废弃的空宅。院子里杂草丛生，断壁残垣，显然是没住人好久了。迎面而来的荒凉感，令王江宁登时觉得分外压抑。

动脉跳跃的声音，在耳膜深处越发清晰起来。他深深吸气，努力告诫自己不会有事，然后向着宅子深处行进。

“小黑皮！”

一间布满蛛丝的房间里，小黑皮倒在地上。他唇色惨白，双目紧闭，胸口一片血红。

王江宁匆忙跑过去，抱起小黑皮冰冷的尸体，一脸惊慌。无论他再怎么试探小黑皮的鼻息，再怎么触摸他的脉搏，都不得不承认一个事实，那就是，小黑皮已经死了。

“是、是我害了你。”他语无伦次地呢喃着，用颤抖的双手触摸小黑皮的头发。如果他没让小黑皮帮他查线索，小黑皮断不可能就这样死了。

一股炽热的愤怒忽然在胸腔深处澎湃起来，取代了原先冰冷的悲怆。

小黑皮，我一定要替你报仇。他狠狠咬牙，当即下了这样的决定。

他强迫自己镇定下来，仔细去看小黑皮的伤口，企图找到凶手留下的蛛丝马迹。只见小黑皮染血的伤口上，是两个清晰的、上下排列的细小枪孔。他缓缓抬头，忽然发现面前的墙壁上，印刻着他至死难忘的图腾——鸱吻。

他还来不及继续思考，忽然就觉得眼前一暗。

一个麻袋套在了他的脑袋上。

真是关心则乱。小黑皮的尸体让他方寸大乱，连身为侦探最基本的生存技能都忘记了！这分明是有人故意用小黑皮的尸体做诱饵来引他自投罗网！

王江宁后悔莫及，开始剧烈挣扎，但他感到有人死死按住他的四肢阻止他反抗。来人绝不仅仅只有一个。然而看这群人的架势，似乎是想要抓走他，而不是就此了结了他。

还有机会。王江宁竭力保持镇静，一边挣扎，一边大声呼救，希望能引人过来。

“王江宁！”

忽然，他听见一个熟悉的声音，在呼唤他的名字。

五

紧接着便是一片混乱。

蒙在麻袋里的王江听见一阵接着一阵的打斗声以及吵嚷声。

那麻袋死死地缠在他的脑袋上，他费了好大的力气才将麻袋扯下。视野忽然变得开阔，随即他迅速看见站立在前方的小道士。小道士手握木剑，目视前方，姿态颇有那么点儿仙风道骨。

王江宁又向远处望去，只见一群黑衣人奔跑着从他的视野中消失了。

“你怎么在这儿？”他用力甩掉麻袋，踉跄着冲到吕冲元身边，“你跟踪我？”

“道爷我爱在哪儿在哪儿。”吕冲元将头一撇，轻巧避开王江宁的问题，“倒是你，到底做了什么坏事儿，怎么惹上的这群人？”

“先不说这个，那群挟持我的人，你看清楚长相没有？有没有什么特点？”

“长相哪能看得清楚……”吕冲元有些为难地挠挠后脑勺，“他们共有五个人，还挺能打的，有组织有纪律，发觉打不过道爷我，便都迅速撤退了……哦对了，他们的口音好像是正儿八百的京腔。”

有组织，京腔……王江宁一下就想到了保皇党。是了，若说最近有什么人要对他下手，也只有保皇党了。

小黑皮一定是在追查陈婷婷线索时发现了什么保皇党的线索，才被杀人灭口！

“此地不宜久留。”小道士轻轻搭上王江宁的肩膀，“人死不能复生，节哀吧。”

王江宁点点头，立刻带着小黑皮的尸体离开了。

时局动荡，哪怕高官巨富，死于意外的也比比皆是。这个时候，根本没有人会在意一个无依无靠的小乞丐。

王江宁在附近的山头选一块地，与吕冲元一起挖了个坟，就算是安置小黑皮了。王江宁跪在坟前，心中暗下决心，一定要为小黑皮报仇。毕竟，小黑皮是为他而死。

“王江宁啊，这次要不是道爷我出手及时，恐怕你师父也得亲手给你刨个坟。”吕冲元蹲在王江宁身后，不无感慨地说道，“你看看，道爷我都救你两次了。你说你这到底是什么命数啊，怎么这么邪门，要不要我给你算个命，没准是个天煞孤星……”

“行了，行了。”王江宁有些不耐烦地打断吕冲元。

不过话说回来，这小道士的确是救了他两次，有他陪在身边，本该是他生命中最黑暗的一刻，也显得不那么黑暗了。

不回报些什么，好像确实说不过去。

王江宁站起身，拍了拍裤子，然后看向吕冲元：“我要去找吃的，你来么？”

听闻有吃的，小道士的眼睛立刻就唰地亮了起来。

“吃什么，吃什么？”他兴高采烈地拽住王江宁的胳膊。

“就……吃个牛肉面吧。”

“好啊！我要吃它三大碗！”

从山头上下来，已经是夜晚了，周围一片昏黑。

王江宁带着吕冲元径直前往秦淮河畔。此时河畔灯火斑斓，人来人往，好不热闹。

南京国民政府成立后，秦淮河虽已不再是“青楼女子争相艳，胭脂水粉水中间”，但却依然是南京城上自达官贵人，下至贩夫走卒们首选的休闲之所。

往熟悉的面摊走去的时候，王江宁心中已经有些后悔了。小道士一副很能吃的样子，也不知道口袋里的钱招不招架得住。

他一边带着小道士穿过熙熙攘攘的人群，一边掏湿漉漉的裤子口袋，在心里算够买多少碗面。

“我跟你说王江宁，这次可是你请道爷我的，可千万得付钱啊。”吕冲元抱着后脑勺在后面走着，还不忘顺嘴叮嘱王江宁，“要是敢偷偷溜走，看道爷我怎么收拾你。”

虽然吕冲元的口吻颇为漫不经心，但是王江宁的心中还是小小地惊了一下。

王江宁常吃的这家牛肉面摊开了好几年，回头客颇多，此时更是被人里三层外三层地围着，生意好不红火。

王江宁和吕冲元好不容易等到了座位坐下，没过多久，小二就送两碗面上来。

王江宁还沉浸在小黑皮被害的悲痛情绪中，并没什么胃口，也没动筷子，等他回过神来，只瞧见小道士风卷残云一般，不过一眨眼的工夫一碗面就见了底。

“你吃面不用牙齿的啊？”王江宁一下瞪大了眼睛。

“去去，再拿两碗来！”吕冲元抹了抹嘴，端起他那碗，同时迫不及待地催促小二。

王江宁心中暗暗叫苦，虽说他带的钱还够，但毕竟侦探这行钱不好赚。眼下钱都吃没了，接下来的几天怕是要喝清汤度日了。

“王江宁，我去厨房转会儿，看他们的面做得怎么样了。”迟迟不见自己的东西端上来，吕冲元便蹦跳着往厨房走去了，临走前还不忘叮嘱王江宁千万别不付账走人。

“王侦探。”吕冲元刚走，一个斯文的年轻人便忽然出现在王江宁身后，轻声唤他。

王江宁吓了一跳，转身一看，发现这人他确实是不认识的。之前

“王侦探，我的人正巧看见你在附近，于是就把你请来了，希望没有打扰你。”徐思丽冲王江宁点了点头。

的遭遇令他心中警铃大作，于是他迅速抽出枣木拐，紧紧捏在手里。

“王侦探不用那么紧张，我们长官请你去旁边的有风茶楼一坐。”年轻人见王江宁这个反应，忍不住轻声笑了。

“你们长官？”王江宁蹙眉，“我认识？”

“徐思丽，徐长官。”年轻人这样一说，王江宁便立刻明了了，于是他收好枣木拐，跟着年轻人前往茶楼。

这是一座十分雅致的茶楼，客人无不衣衫考究，说话轻声低语。王江宁站在门口，戒备地左右张望。

不一会儿，徐思丽便从楼梯上下来，亲自将王江宁迎入二楼的包厢。此时的徐思丽一席洋气的便装，更衬得容貌端丽，看起来不像是什么长官，而更像是名门闺秀。

“王侦探，我的人正巧看见你在附近，于是就把你请来了，希望没有打扰你。”徐思丽冲王江宁点了点头。

“倒没什么打扰的……唔，就是我的朋友还在旁边等我……”王江宁皱了皱眉。想也知道，那个小道士在发现他不见后，一定会非常生气，没准还会一口咬定是他不想付钱。

“不会占用太多时间的。”徐思丽顿了顿，伸出纤细的手掌指了指对面的座位，“请坐。”

王江宁稍微犹豫了一下，便在徐思丽的对面落座了。

“我就直说了吧，之前的委托，你真的不再考虑一下吗？”徐思丽朗声问道。

“徐长官说的可是调查保皇党一事？”王江宁蹙起眉毛，“实不相瞒，我的一个重要的线人，在追查陈婷婷的线索时不幸被杀，我也差点被一群人抓住。我有八成把握，抓我的就是保皇党。我不希望这样的事情再发生了，所以……请允许我再次拒绝。”他说完，便向徐思丽深深鞠一个躬，然后起身就走。

“这样撤出，你甘心吗？”徐思丽立刻站了起来，放大音量，叫住王江宁。

王江宁脚步一顿，不知为何竟有些迟疑。

“既然你已经觉察到了保皇党十分危险，那你难道不觉得，铲除这个势力才是万全之策吗？”徐思丽接着说道。

她见王江宁一直犹豫，便走过来将一个小盒子偷偷塞入他的手里。

王江宁将盒子打开，只见一把十分小巧的手枪静静地躺在其中。他还从未见过如此小巧的手枪，看起来也就比一包香烟略大点。

“勃朗宁 M1906——六发弹容，30 米杀伤力——这把枪给你防身。其他的，你再仔细考虑考虑吧。”

第九章

荒野迷踪

一

王江宁揣着小巧的枪支，缓步走在路上。

道别徐思丽后，他的脑海一度有些混沌，因而在街上绕了一大圈，这才朝着探事社迈进。诚然，他想为小黑皮复仇，但却不知从何处下手。难道真要答应徐思丽，继续调查保皇党的下落吗？这真的是一条走得通的路吗？王江宁穿行在深夜的巷子中，只觉眼前一片黑暗，哪里都见不到光。

李英雄探事社就在前方，亮着灯，一片寂静。但似乎有些静得过分了。

王江宁步伐微微一顿，立刻快步上前，只见门口是一片触目惊心的血迹。

不好。他倒抽一口冷气，手握着枪，悄悄迈进屋里。屋中没有动静，却格外凌乱，档案卷宗遍布在地上，抽屉矮柜横七竖八，显然是有歹人来过。

王江宁心中登时七上八下。他不担心别的，唯独担心李老吹。此时不知道师父身在何处，然而闯进门来的歹徒也可能没走，因此他不敢出声呼唤师父。

屋中四处，也可见散落的零星血点，王江宁越发焦虑起来。也不知师父是不是被伤得很严重，握着的枪上慢慢就浸满了冷汗。如果真的有歹人挟持他的师父，他相信，他是一定会开枪的。他跟着密集的血点走进院中，院中树影横斜，却依然没有半个人影。他忽然就有些迷惘。

“喂！王江宁！”一个熟悉的声音忽然如炸雷一般在耳畔响起。王江宁想也不想，立刻冲出门去，就见两个人迎面走来。

“师父！”王江宁看清高个子那个人竟是李老吹，顿时又惊又喜。

“喂喂喂，怎么不叫我？”和李老吹在一起的，不是别人，正是那神出鬼没的吕冲元！王江宁也是奇了怪了，这小道士偏就能在关键时刻登场亮相，此时还和李老吹像好兄弟似的勾肩搭背着。

“我说王江宁，刚才你到底去哪儿了？”吕冲元上前用力一拍王江宁的脑袋，“怎么面钱都不付？你像话吗？”

“师父！你没事吧？”王江宁却不理那吕冲元，上下左右认真地看了一圈李老吹，确定他毫发无损以后，才长出一口气。探事社中的那些血迹，看来不是师父留下的了。

他平复一下心绪，这才狐疑地看向吕冲元：“你们怎么在一起的？”

吕冲元耸了耸肩膀正要接话，李老吹已经先一步教训起王江宁来了：“你这孩子，怎么这么不懂礼数，这位小吕道长刚才可是路见不平拔刀相助，和为师一起击退了刺客。你怎么一句感谢的话都不说，而且这小吕道长年纪轻轻功夫了得，你看看你，不好好学艺，到现在还是三脚猫的功夫。”

吕冲元在一旁重重点头，还颇为感慨地接道：“李老哥说得是。有道是少壮不努力，老大徒伤悲。贫道和王江宁也见过几面，以为他是个文路子侦探。今天得见李老哥这拳脚，方知道什么叫师父领进门，修行在个人。”

“小吕道长实在是过誉，过誉了！”李老吹笑眯眯地捋着胡子。李老吹外号老吹，除了他自己爱吹牛外，他更喜欢听别人吹捧他。吕冲元这番话，真是听得他心花怒放。

王江宁则在一旁抱着胳膊，心情复杂地看着他俩相互吹捧，默不作声。

“刺客是三个人，不知是什么身份，都穿的一身黑。”李老吹尽了兴，就开始和王江宁说起正事来，“他们忽然闯进来，东翻西翻的，被我发现，二话不说就动手，我看啊，多半是跟你最近碰的那大案有关。”李老吹说完，便直直望向王江宁。王江宁低下头去，不由回想起小黑皮的死，心中泛起一片苦涩。到底，他还是连累了师父。这次幸好师父没事，要是师父有个好歹，他可真不知怎么交代了。

“我这不没钱嘛，吃了面没法付钱，就只能逃跑。”吕冲元见王江宁望向自己，于是嬉皮笑脸地说道，“那面摊的伙计不知是从哪儿招来的，腿脚特别好，追我追一路。我正巧就逃到李大哥的探事社门前，察觉有异，于是顺手帮了个忙。”

王江宁没有说话。吕冲元的出现也实在太巧了，但他的说辞，也确实挑不出什么毛病。

“我反正也就是路见不平，拔刀相助。既然没别的事，那我就走啦。”吕冲元一甩衣袖，就准备开溜。王江宁十分迅速地上前扯住了他的袖子。

“干吗？想谢我？”吕冲元看了看袖子，又抬起头来瞪大眼睛看着王江宁，“那个啥，道爷我今天已经吃撑了，你记得下次请我吃饭时别再溜走就行了。别的感谢，就不用啦。”他说完便匆忙摆了摆手，然而王江宁却没有一点儿要松开他的意思。

“你好歹也是当事人，跟我一起去趟警察厅，报个案。”王江宁这样说道。

“报案？有用吗？你去就行啦！”吕冲元不满地抬高了音量。这一晚上他先救王江宁，后救李老吹，中间还被面摊伙计追着跑，他实在是不想再去警察厅折腾了。

王江宁没有说话，只是有意无意地把怀里的勃朗宁露了出来。

“你是在威胁我吗？狗咬吕洞宾啊！”吕冲元哭丧着脸道。但他很快察觉凭这眼下的局势，无论说什么都摆脱不了去警察厅的命运，于是也就只能妥协。“行吧，道爷今天就和你走一遭，你可要记得感恩戴德。”小道士打定主意，十分大气地挥了挥衣袖，转身走在王江宁前面。

王江宁跟吕冲元来到首都警察厅。韩平正巧当值，他听闻探事社出了事，立刻就派了两名警员去探事社把守。

“哪个吃了豹子胆了？害我李叔？老子非扒了他的皮！”韩平义愤填膺，正想多说些什么的时候，从外面跑来一个小警察，小声对韩平耳语了几句。韩平闻言，脸色微变。

“怎么了？”王江宁立刻开口问道。

“也没什么，就是徐长官听闻李英雄探事社的事，想跟你们聊聊。”韩平挠了挠脑袋，这样说道。

徐长官？她也在？

王江宁和小道士忍不住互看一眼，极有默契地陷入沉默。

“你们今晚都还方便吗？”韩平见二人不语，于是忍不住出声问道。

“方便。”王江宁沉默半晌，还是这样说道。

跟随韩平的指引，二人走进警察厅的一间小会议室。

他平复一下心绪，这才狐疑地看向吕冲元：“你们怎么在一起的？”

这间会议室只有一扇窗户，玻璃很厚实，看不清外面的景物。两盏白炽灯在空旷的房间中照着亮，灯下一片惨白。徐思丽穿着军装坐在桌子对面，面前摆着好几本卷宗。纵然现在已是深夜，但她依然一副神采奕奕的样子，看不出丝毫疲态。

王江宁冲徐思丽颔首致意，然后和一身不自在的吕冲元一起坐到徐思丽的对面。

“这么说，多亏了这位小道士，李英雄才有惊无险，躲过一劫。”徐思丽眯起眼睛，冲吕冲元轻轻点头。

“贫道不过是顺手帮忙，没出多少力。”吕冲元轻咳一声，一板一眼地说道。也不知他是不是被徐思丽周身强大的气场震慑到了，此时神态动作，竟然颇为克制。

“韩平把细节都告诉我了。我猜测袭击探事社的，就是保皇党。”徐思丽敛了敛脸上的神情，看向王江宁，“他们这次去探事社，多半是想对你不利。吉田有司这案子他们似乎很重视，而你又一直在调查。”

吕冲元转了转眼珠，似是想到了什么，于是暗暗拿胳膊肘捅王江宁。王江宁知道他想说什么，心想也是时候了，于是把小黑皮的死，自己遭受袭击的事儿都告诉了徐思丽。

徐思丽沉默半晌，江宁仿佛看到她的身形晃了几晃。终于，徐思丽叹息一声，继续说道：“煤炭码头的纵火案，警察厅小杨的死，还有你的小兄弟……都跟保皇党有关。他们的恶行，怕是不会就此止步。”

“小杨的死……你确定吗？”王江宁蹙眉问道。

“他死前曾与保皇党接触过，自杀怕是另有隐情。”徐思丽笃定地说道。

“还有文身。”王江宁接上她的话，“吉田有司的文身跟女尸身上的文身都是相仿的鸱吻图腾。而我在小黑皮死的地方，也见到了鸱吻的图腾。”

会议室陷入一片漫长的沉寂。

“曲夫人现在还好吗？”王江宁忽然想到什么，问道。

“她很好，我把她安置在绝对安全的地方。”徐思丽顿了顿，又道，“曲文秀所指的那方铜雀印，或许就是解开一切谜团的线索。我的人发现保皇党现在正在搜查铜雀印的下落，而目前铜雀印正在一个古董商的手里。”

“那古董商现在在哪里？”

“他叫钟涛，目前在洛阳城中。”徐思丽忽然换了种劝说的语气，“王侦探，种种状况表明，你已身在局中，保皇党已经注意到了你，你已经无法撤出了。既然是这样，为什么不先人一步，把乱党揪出来，一了百了呢？”

王江宁没有回答，但眼神中却显露出他的挣扎。他以为只要他不再查下去，小黑皮的死就会是终结，然而没有料到，那群乱党却找到了探事社，袭击了师父……

“找到铜雀印，也就能知道保皇党的计谋。我可以跟你做个交易，你去洛阳找铜雀印，而我负责确保你师父的安全。”徐思丽不动声色地为这场谈判加上砝码，“当然，该有的酬劳也不会少。”

王江宁犹豫片刻，还是直起上身，望向徐思丽：“什么时候动身？”

“三天后。”

二

三天后，南京火车站。

汹涌的人潮好似蚂蚁一般，正朝着那铁皮车里挤去。吵嚷声以及小孩的哭声不绝于耳，再加上火车喷出的浓重煤烟，使得整个车站显得颇为乌烟瘴气。

与之相比，江宁目前所在的最后一节车厢，简直就如世外桃源一般了。他放眼望去，就见车厢尽头，拦在那儿的警察正在和各路没买到票、吵嚷叫骂的百姓相互角力。前来送行的韩平递来两张票，羡慕地说：“徐小姐真是手眼通天。你俩今儿坐的这车，可只有上等人才能享受，贵族车厢，票价可贵了。”

王江宁小心翼翼地接过车票，把其中一张递给一旁的吕冲元。“好好藏着，别弄丢了。”他这样告诫道。吕冲元显然也是第一次坐火车，他将车票高举过头顶，上上下下看了好几遍。王江宁看他这样，只得轻轻摇了摇头。

三天前，徐思丽请求吕冲元与王江宁同行，毕竟吕冲元在探事社遭受袭击时展现出的拳脚功夫，是大家都认可的，正好可以给王江宁当个护卫。吕冲元听闻路上管吃管住，二话不说便接了这个活。因而此时此刻，他与王江宁一同出现在了前往洛阳的火车上。

“我出去办事，你可得把我师父关照好了。”王江宁再三叮嘱韩平道。

“臭小子，师父我还用你担心！”然而不等韩平回答，李老吹那中气十足的声音便从窗户外头传来，“倒是你自己第一次出远门，可要多多小心。记住，撑不住咱就跑，逃跑不丢人。保命才要紧！”

王江宁转头看向李老吹，却发现李老吹身边还站着一个小巧的身影。

“李小妹，你怎么来了？”王江宁一脸诧异，随即转头去打量李老吹那别有深意的笑容。想来也知道，定是师父将他的行踪告诉这李家小妹的。

“王、王大哥，这是我亲手包的包子，还有两只盐水鸭，够你们吃到洛阳……”李小妹越说声音越小。最后她索性收了声，通红着一张小麦色的脸，把食物递送到了窗口。

“谢谢啊！”吕冲元嬉笑着自窗户接过食物，代替王江宁道了好几声谢谢。

“道长，我这兄弟是个愣子，偶尔会犯傻忘记逃跑，你帮我看好他。”韩平见大家话都说得差不多了，于是又补上一句。

吕冲元微笑着点头：“放心，贫道看不得有人犯傻，只要看见，一定制止。”

“去你的吧！”王江宁踢韩平一脚，把他赶下了车。

“一路平安！”伴随着李老吹这一嗓子，火车鸣起一声悠长的汽笛。

火车就要开了。

王江宁不管那蹦来跳去的小道士，坐在长椅上不动声色地四下打量。这里的座位非常宽敞，车厢内干净整洁，乘客们都衣冠楚楚，面容矜持，鲜少交谈，一副富贵人家的做派。

他不经意间抬头，却忽然愣住了。

“你怎么在这里？”只见一袭雪白西装的梅檀正站在车厢门口。他的神情如此自然，仿佛他本就应该出现在这里似的。

梅檀迈着长腿走来，不疾不徐地从包里掏出一部小巧的相机，放在王江宁面前。王江宁努力克制住扑上去的欲望，冷静打量梅檀：“你要干什么？”

“我听说你很喜欢相机。”

“然后呢？”

“曲夫人之前说过，陈婷婷很可能被保皇党带走了。在调查保皇党的同时，我希望你也能继续调查陈婷婷的案子。”火车启动的轰鸣声中，梅檀异常清冷的嗓音继续道，“王侦探，不知这份酬金可够？”

“够，够！”王江宁抱起相机，左摸右摸，早已顾不上追究是谁给这位教授支的招了。

“一路平安！”伴随着李老吹这一嗓子，火车鸣起一声悠长的汽笛。

站台上，原本汹涌的人潮慢慢变得稀疏起来。这些人大多是没买上票的，以及前来送行的。火车即将开走，他们自然也就散了。

一位一身黑衣的男子站在人群当中，一动不动，直至目送着火车驶出视野。然后他迅速转身，走进火车站的电报室。

“先生，请问您要发电报吗？”电报员看着男子，恭敬地出声问道。

“嗯。”男子点点头，然后一字一顿地说明电报内容，“鸭子三只，不日抵达洛阳。”

三

吕冲元第一次坐火车，显得十分兴奋。纵然是其他乘客都已然昏昏欲睡的深夜，他却依然拉着王江宁要他讲故事。

王江宁被他磨得实在没办法，只能勉为其难地开了口：“这天正午，柳青村的张老五扛着锄头，带着一伙青壮年浩浩荡荡来到池边。灌溉田地的水不够了，他们得赶在太阳下山前，把池塘挖开放水。村民们没挖多久，就不约而同地停下了手中的活。因为池塘里赫然出现一具吓人的尸体。尸体是名中年女子，全身赤裸。一个耕牛用的大铜鼻环，从她两眼中穿过，眼珠不翼而飞，鼻环上还挂了一大块秤砣。尸体四肢严重蜷曲，眼角嘴角都残留着深色的血渍，格外骇人。”

吕冲元手一哆嗦，气得恨不能把手里的瓜子壳都砸到王江宁脸上，“我说王江宁，打瞌睡想让你讲个故事提提神，可你这怎么就三句话不离尸体呢！”

“我一个干侦探的，不说这些事儿，还能说什么？”王江宁耸了耸肩膀，顺带环视了一圈周围。

此时正是深夜，大多数乘客都倚靠在椅背上沉睡，除了王江宁这一桌，几乎没有人在说话。王江宁注意到旁边有一个身形圆润的中年男子大张着嘴，呼噜打得震天响。他手上戴着一枚格外显眼的金表，看起来价值连城。王江宁刻意留意了下，没觉得乘客中有什么可疑的人。然而他没有看到列车员的身影，心想着他或许是去别的车厢休息去了。

“梅教授，有件事还得向你请教请教。唔……你和那位徐小姐是什么关系啊？她私下找我，还托我在路上照顾你呢。”此时吕冲元已经对王江宁完全失去了兴趣，开始和梅檀聊起天来。

毕竟同行，所以王江宁理所当然给梅檀和吕冲元做过简短的互相介绍。两人身份差距悬殊，对彼此的行当都不太了解，因而这一路也算相处和谐。不过此时王江宁一个激灵坐直了身子，他同样十分好奇吕冲元的问题。

只见梅檀皱起眉毛，沉默许久，王江宁估摸着他大概是生气了。听说这些留洋回来的人最讲究什么隐私、人权。他正想着要不要打个哈哈，免得大家尴尬，梅檀却出乎他意料地开口了。

“我们两家是世交，后来也曾一起在日本留过学，关系也算不错。只是她家人都是政府高官，她也一心想要从政，我却不愿踏足官场。回国后我们便渐行渐远，勉强维持着表面上还过得去的交往罢了。”梅檀回答得过于认真正式，反叫一肚子八卦心的两人兴致缺缺。

王江宁百无聊赖地望向窗外，顺口问道：“大教授，现在几点了啊？”

“午夜十二点。”梅檀掏出怀表看了看。

王江宁点点头，看着窗外一片荒野，慢慢就坐直了身体。

“怎么了？”梅檀觉察出他的神情有些异样，于是出声问道。

“我们的火车，好像停了。”

王江宁话音刚落，梅檀和吕冲元便立刻凑到车窗前进行确认。果然，窗外的景物没有一点儿变化。

这是怎么回事？外头并不是站点，车为什么忽然在这荒郊野外停下了？停下了为什么没有人来报告？

王江宁忽然有些后悔，为何现在才发觉不对劲。

“去找列车员。”王江宁当即做了决定，于是三人匆匆离开座位，前往车厢尽头。

然而令人意想不到的一幕发生了。

只见乘务员倒在地上，眼神空洞无物，表情狰狞僵硬。他的背部插着一把刀，身下到处是血。王江宁伸出右手两根手指，先探了探乘务员的鼻息，又探了探他的脖颈，确认他已经死亡。

王江宁与梅檀面面相觑之际，吕冲元凑上前小心翼翼地观察尸体：“啧啧啧，直扎心脏，一刀毙命。杀他的人估计是个熟手，夜深人静之际动手，还不露一点儿声响。”

王江宁赞同地点点头，然后开始回忆刚才观察到的情况。他和吕冲元攀谈之际，就没再见到列车员的身影，想来那个时候，列车员就已经毙命了。再往前的时候，他确实没注意过车里的动静，只知道入夜后车厢里就一直很安静。

凶手估计是在捂住列车员的嘴后下手的，或者说，干脆就在他来不及尖叫时下手，又快又狠。本就是深夜，灯光昏暗，因而没有人发现列车员的惨死也是情理之中。

但是，到底是谁杀了列车员呢，为什么要杀列车员呢？

王江宁的脑子飞快转动着，他忽然有一种非常不好的猜测。他迅速开始摸索列车员的衣服，然而没有找到任何列车员本该随身携带的钥匙。他看了看眼前的通道门，试探一般推了推，车门果然是锁上的。

他立刻冲小道士使了一个眼神，小道士心领神会，二人合力踹开了车厢门。

登时一股冷风便灌了进来。预想中的通往前面车厢的通道没有出现。确切地来说，是什么都没出现。眼前只有一片漆黑，以及空旷的荒野。

“车……车呢？”王江宁身后的小道士张大了嘴，好半天才蹦出两个字来。

“难道记反方向了？”王江宁很快想起他们这节车厢是最后一节，于是迅速冷静下来，冲着车厢那一头狂奔而去。

他踹开另一头的车厢门，然而眼前所见的，依然是一片漆黑。

“我们不是中途停车了。”王江宁竭力保持镇静，“是有人把我们这节车厢给留在这里了。”

“现在怎么办？”吕冲元也意识到了问题的严重性，语气中也不自觉地紧张了起来。

“我们在这里停了多久？”王江宁顺势问道。

“我不知道啊，找你聊天之前，我打了会儿瞌睡。”吕冲元一脸茫然，与王江宁一同扭头看向梅檀。

“你们聊天之前我看过表，是十一点半。”梅檀指了指自己的怀表，“那时车还在跑。看来我们在这儿停留的时间并不久。要扔下这节车厢，不但要解除挂钩，还要配合前面车厢的人切断制动装置。”

王江宁接过石灯，对着列车的挂钩处照了过去。只见小臂粗的铸铁挂钩只剩下一半，断面粗糙，残留有火烧的痕迹。他立刻深吸一口气，随即转身折返。

“诸位都听我说！”王江宁站在车厢中央，大声喊一嗓子。

车上本在沉睡的乘客，大多都被之前踹门的动静震醒了。此时既然王江宁发话，他们便将略带不满的视线投了过来。

“我是来自南京的侦探王江宁。就在刚才，我发现车厢里的列车员，已经被人谋害了。”王江宁一边说着，一边指了指列车员的尸体。车厢里立刻爆发出此起彼伏的惊呼声。

他踹开那一头的车厢门，然而眼所能见的，依然是一片漆黑。

“我们的这节车厢被单独落在这荒野之中，而列车员身上的钥匙不翼而飞。基本可以推测，凶手在杀了列车员后拿钥匙开了车厢门截断火车。现在很可能已经不在这节车厢中了！”王江宁接着说道。

他顺势四下张望一番。剩下的这些乘客，身上并无一丝血迹，以及截断车厢所留下的作业痕迹，因此王江宁敢猜测，凶手应是离开了的。他隐约觉得这节车厢中似乎是少了一两个人，但他对那一两个人并无印象。

“那……那现在该怎么办啊？”出声的是那个很会打呼噜的大金表。

“凶手截断车厢一定有他的目的，然而眼下却什么动静都没有，很是古怪。”王江宁顿了顿，又道，“我现在还猜不透凶手的目的。不过我觉得这节车厢不一定安全，建议大家同我一起下车。”

王江宁说完，车中便又响起一阵骚动。

“我看……我们还是待在车上，等到早上吧。”一个身形瘦削的老太太出言道。

“对对对，早上一定会有人救我们的。”与老太太同行的年轻孙女忙不迭道，“我奶奶腰腿不便，实在不方便下车啊。”

“可是老太太，这节车厢，真的不安全。”王江宁蹙眉劝说。

“哎，你说不安全就不安全了？我们为什么要相信你啊？你说你是侦探，有什么证据吗？”身形富态的大金表烦躁地摆了摆手，“那个凶手悄悄截断列车，然后消失不见，这说明什么？说明他已经得到了他想要的东西嘛。他达成了目的才离开了，所以啊，我们是安全的。”

大金表的发言，得到周围一片应和。王江宁冷冷地看他，心想他必然是懒得动才这么说的。

“深夜里那么冷，又刮着大风，很难找到人的。就算找到了，半条命也没有了。”老太太又继续说话，“万一遇到坏人，那可是叫天天不应，叫地地不灵啊。”

“要下车的下车，反正我们就待在车里！”大金表声音洪亮地说道。

“那好吧。”王江宁见劝说无效，只得看向身旁的吕冲元和梅檀，“我们下车。”

他转身向车厢门走去，半途中，他刻意顿住脚步，只见除了梅檀和吕冲元，再没有其他人跟上来。果然还是温暖的车厢更吸引人一些。

王江宁无声轻叹，转身跳下车去。梅檀面无表情地跟上，吕冲元稍一犹豫，便也就跟上了。

四

“王江宁啊，我们真的要下车啊？这是要去哪里啊……”

王江宁一行没走几步，吕冲元就开始发起了牢骚。然而他也无法作答，毕竟他没有确实证据，只是依凭着侦探的直觉，觉得在车厢上一定不安全。

车厢停靠的位置的确很偏，放眼望去，皆是一片平坦的荒野。不远处有几座巍峨的高山，如黑色的屏障般坚实地耸立着。风越来越大，也越来越冷，明明已是初春时节却冷得王江宁忍不住打起了哆嗦。现在他十分感谢李小妹，至少吃的东西，他是不用愁的。

王江宁正想着要如何回答，却见梅檀面色镇定地从怀里掏出一份地图来。

“这是河南地图，我从学校图书馆里拿来的。”梅檀瞥一眼一脸惊奇的王江宁，淡淡道。

“准备的真充分啊，梅教授。”王江宁立刻凑上前去，借着手电筒的光看那地图。

“这种事前准备，理所应当。”梅檀推一推眼镜，继续道，“如果我没判断错误的话，我们已经来到了河南境内，离洛阳不远。”

“所以只要我们跟着地图走，还是有很大可能进入洛阳的！”吕冲元的眼睛忽然亮了起来。

“如果途中遇到顺路的车马行人之类，自然最好，只是有点儿麻烦的是，这一片似乎是个三不管地带。”梅檀按了按鼻梁，眼中似乎有些无奈。

“三不管地带难道是指……”王江宁犹豫着，接上梅檀的话，“这里强盗马匪横行——”

“趴下！”吕冲元忽然一声大喝，打断王江宁的话。

王江宁一时间有片刻的呆滞，倒是梅檀反应迅速，立刻指了指五米外的一处大石。三人立刻跑了过去，藏身在大石之后。

王江宁正想细问，就听这空旷的荒野上忽然响起一阵异常清晰的马鸣声。

是军队？还是民团？他的思绪在脑海中快速翻飞，然而不等他想明白，便有一阵女子尖细的哭叫声传来，紧接着又是一阵男子粗犷的叫骂声。

他循声望去，只见车厢乘客都被一支骑马的队伍押送下车。那队伍中的人，穿着简便，却都带着刀棍。

这是来劫人的马匪。

“我猜得没错，那劫车的凶徒刚才不在，是去找他的同伙了。”王江宁咬牙说话，一滴冷汗从耳畔悄然坠落，“然而我没有想到，他们的目标竟然是整整一车厢人。”他望着那些被劫持的乘客，心有余悸，要是自己刚才慢了一步，必然也在被劫的人中。

“整整一车厢人？”梅檀轻声重复一遍。

“是的。”王江宁点点头，“大概是想劫财吧，一个都不落下。”

“那他们应该会发现，车厢上，还少了我们三个。”梅檀极为冷静地说道。

“你说他们是不是冲我们来的啊。”吕冲元半天没说话，忽然没头没脑地来了这么一句。

王江宁闻言，心登时凉了大半。就算马匪查不出有人少了，那些乘客未必就不会说。尤其是那个大金表，一看就不老实，自己遭了罪，说不定还想拉王江宁他们下水。

然而人的两条腿怎么快得过马，他们又能藏到哪里去。他苦思冥想之际，抬头却发现那小道士正埋头专心致志地挖一个大土坑。

王江宁微微一怔，随即立刻明白过来，他这是在挖藏身之处。三个人往土坑里这么一躺，再在身上铺一层土，加之月黑风高，没准还真能蒙混过去。想来这小道士也是够机灵的，总能先一步发现危险，又先一步行动。

“傻愣着干吗？”吕冲元见王江宁光看着他不动，于是低声喝道，“快帮我挖！”

王江宁立刻上前，正想加入，却忽然感觉到地面将越来越清晰的震动声传导上来。是马蹄奔跑的声音，马匪越来越近了！

王江宁来不及多想，和梅檀互看一眼，便迅速在大石后躺平，而吕冲元索性就地一滚，滚进土坑里。

王江宁背后一片冷汗。看样子，马匪发觉他们不见了，正在四处搜寻。眼下他只能暗暗祈祷，别才出南京，就被抓走。这要是传回去，多没面子啊。

马匪的马队越来越近，终于来到大石头边上。马行动时发出的喘息声直直撞进耳膜，令王江宁心跳加速。他闭上眼睛，只觉有一匹马，就在头顶上呼吸。

“撤！”马匪头子一声令下，此起彼伏的口哨声迅速响起。紧接着，马蹄声便渐行渐远了。

王江宁重重喘一口气，到底还是没被发现。

只是没有想到，那马匪头子竟然是个女的，声音似乎还挺好听的……

“喂喂，他们走了。”吕冲元见王江宁愣神，于是用胳膊肘捅捅他，“我们既然逃出来了，接下来该怎么办？”

王江宁无奈地瞥吕冲元一眼，这荒郊野外，鸟不拉屎的，他怎么知道该怎么办啊。

“保不齐他们一会儿又要回来巡查，先往前走吧。”王江宁说道，顺手指了指远方，“那儿似乎是一片林地，我们去那里对付一夜，白天再去找人帮忙。”林地里可能也什么都没有，但好在比较隐蔽，万一遇到马匪也不至于像刚才那样惊慌。

三人走在路上难免无聊，于是王江宁便主动开起话头，说起李寡妇的那个汤包店案子。他心想着梅檀和吕冲元都多多少少参与了这个事件，多聊聊也能加深他们对彼此的了解。然而怎知，那两人聊着聊着竟然就争执起来。

“吕道长，你那个治疗方法，是经不起科学检验的。像莽草这类毒物，患者吃下后就会进入血液循环。你用催吐的方法催出的大部分只是胃里的食物残渣，治标不治本。”听完吕冲元在案中的表现，梅檀立刻一本正经地说道。

“你这个大个子，须知救人如救火，我有我治病的方法，难道还放着不用吗？何况这催吐的古方怎么就经不起科学检验了？道家千百年积累的灵丹妙药，你又知道多少？”吕冲元个子虽小，气势上却丝毫不落下风。

“你们不要吵了，要不我讲个案子给你们听？”王江宁忍不住打断了他们。

“不听！”梅檀和小道士异口同声道，于是王江宁乖乖闭嘴。

林地很快就到了，这儿风小了些，温度却依然很低。王江宁打开手电筒，望向树林深处，然而他所能看到的也只是层层叠叠的树木，树木之后，不知又隐藏着什么。三人坐在林地中的石头上，裹紧衣物瑟瑟发抖，虽然又困又乏，却根本睡不着。

“我们生个火吧。”王江宁提议道。他顺手折了两根树枝捏在手里，削尖了其中一根，然后开始尝试着像书里写的那样进行钻木取火。然而无论他如何使劲，却始终是连一簇小火苗都无法见到。

“你这样不行！”吕冲元不屑地看王江宁一眼，劈手夺过他削得十分粗糙的树枝进行再加工，唰唰几下就把一根树枝削成一根笔直的尖刺。然而他也无法立刻钻出火来。

梅檀在旁看了一眼忙碌的两人，沉默无语地站起身来。

“你要干吗？”吕冲元瞪大眼睛，看着梅檀转身走进树林深处。

然而梅檀却没有回答，弯腰像是在寻找着什么。不一会儿，就见他拿了一块石头，重新走到二人眼前。

“还有一种取火方式，叫燧石取火。”梅檀掂了掂手里的石头，慢条斯理地坐下身来，“这是燧石，用金属器具击打它，产生火星点燃易燃物，也能起火。”

王江宁和吕冲元直直看着梅檀，眼中皆是一片敬意。

梅檀接过王江宁手里的刀，用力劈砍燧石，零星的火点子掉落在早已砍好的树枝上，果然是生起了火。一时间，空气中充满了温暖的味道。

为了维护这来之不易的火种，王江宁迅速砍下一捆树枝，扔到火堆里头。然后他拿出李小妹给他的包子分给其他两人。咸水鸭就先不拿出来了，毕竟他们还没找到水源，吃了只会更渴。

荒郊野岭，天气越发的冷起来。围绕着这旺盛的火堆，咬一口美味的肉包子，竟然感受到难以言喻的幸福。王江宁鼓着腮帮子用力

“王江宁，你脑子烧坏了啊？”吕冲元睁大了眼睛。
他顿了顿，便伸手想要探王江宁的额头，被王江宁挡开。

咀嚼，嚼着嚼着忽然笑出声来。吕冲元和梅檀纷纷停下动作，看向他。

“王江宁，你脑子烧坏了啊？”吕冲元睁大了眼睛。他顿了顿，便伸手想要探王江宁的额头，被王江宁挡开。

“我就在想啊，我们还没进洛阳城呢，就先遇上这一劫。真是比西天取经还艰险啊。”王江宁说完，便又无奈地笑了起来

梅檀看着手里的包子，也跟着露出一丝细不可察的笑容。

“道爷我原本以为来这一趟包吃包住，待遇想必不错，哪想这第一夜就是露宿街头，真是有苦无处说啊。”吕冲元一拍大腿，仰天长叹，“临走前我应该给自己算一卦的，真是失策，失策。”

“梅教授，王江宁是去洛阳探案的，那你到底是来干吗的？”吕冲元又好奇起梅檀来。

“我要找我失踪的学生。”梅檀理所当然给了一个十分简洁有力的答案。

“那学生有什么特点？”

“短发，清秀。”王江宁插话进来，不忘注意着小道士的表情，“而且没准和你我二人在洞里看到的图腾有关。”

“喔。”吕冲元应了声，继续低头吃包子。

“你有什么线索？”王江宁追问了一句。

“我哪能有啊。”吕冲元不耐烦地看王江宁一眼。

忽然间，一阵不同寻常的啪嚓声自不远处传来。三人纷纷抬头，只见树林深处，亮起一双幽绿的眼睛。

“狼！”王江宁倒抽一口冷气，迅速拔出怀里的勃朗宁来。

五

狼这种动物，王江宁是没见过活的，不过平时也在《侦探》杂志

上看到过，基本常识也是懂一些的。所以他知道狼这种物种，通常不单独行动，既然眼前有一只，那就说明还有一群埋伏在黑暗中！

王江宁支起脑袋，警惕地环视周围，背上的鸡皮疙瘩都竖起来了。

“别怕，我们有火！狼怕火，只要火不灭我们就安全！”说时迟那时快，吕冲元连忙抱起旁边的枯枝胡乱扔进火堆。

一时间，所有人都不敢大声呼吸。黑暗中，梅檀的眼镜片泛着冷光。他慢慢打开手电筒，照射向那埋伏在树林中的动物。

“梅檀！你别惹怒它！”王江宁一时急迫，连声喊道。

“那不是狼，是狗。”梅檀淡淡看王江宁一眼，面无表情地说道。

空气再次寂静。王江宁和吕冲元都没有出声。

“狼的尾巴是下垂的，狗是上竖的。”仿佛是要让那两人彻底安下心来般，梅檀又接着补充道，“我们眼前的这个，不过是长得像狼的狼狗罢了。”

借着手电筒的光，王江宁仔细打量起眼前那动物来。它的体形很大，比普通的狗大上不少，毛发黑亮，看着就令人害怕。然而它的尾巴，还真是上竖的。

“看它眼神温顺，不惧生人，应是被人圈养的，而非野狗。”梅檀眼看着狼狗一步步走近，这样说道。

“梅教授懂得真多。”王江宁犹豫了片刻，还是选择相信梅檀。

他收起手枪的当口，吕冲元立刻吹一个口哨，向狼狗挥一挥手里的包子。狼狗低了低头，乖顺走近，叼了吕冲元的包子吃起来。吕冲元忍不住伸手摸一把狼狗的毛发，狼狗立刻趴下身来，一副十分享受的样子。

小道士忽然玩心大起，向狗发号施令。没想到狼狗竟然十分听话，如他所愿将狗爪子递到了他手里。小道士握着狗爪子一脸满足，炫耀似的看向王江宁。王江宁见状，便也跟着下了几道“站起”“趴下”

的简单指令，狼狗也照做了。

“这狗受过专业的训练，我觉得它很有可能是养在军队里的军犬。”在王江宁的印象里，也只有军队里的军犬，能够这样听话。

“你的意思是说，这附近有军队！”吕冲元立刻瞪大眼睛，指出了关键所在。

王江宁点点头：“我们跟着狗走，没准能找到军队，请军队里的人帮助我们去洛阳。”

“旺财啊，你从哪儿来的，带我们去呗？”吕冲元也不迟疑，当即丢个包子到狼狗面前，一边摸他毛发，一边苦口婆心地说话，也不管人家到底是不是叫这名字。

狼狗叼起包子，扭头就跑。它跑了几步，还停下来刻意看看吕冲元，仿佛在示意他跟上。三人当即收拾好身上的东西，快步跟到狗的身后。

一小时后，狼狗停下了脚步，目的地到了。

王江宁定睛一看，眼前并非是军营所在，而是一个普普通通的村落。

“看来大侦探的话也不能全信。”吕冲元双手后伸，抱住后脑勺，话语里头别有深意。

“你要不信我，早就在车上被绑架了。”王江宁不满地看吕冲元一眼。

“谁能绑架得了道爷我？”吕冲元轻哼一声，抬脚迈向村口。

虽说不是军营，但能找到个村落也是再好不过。王江宁迫不及待地跟上吕冲元，进了村子。

此时正是三更半夜，村里一片寂静。家家户户都是漆黑一片，只有个别房屋前点着火把。

“你们是谁？”冷不丁一个声音自旁响起，倒把王江宁吓了一跳。

王江宁回头，只见一个只穿背心的健壮青年举着火把向他三人走来，眼神凌厉无比。王江宁不动声色地打量一眼青年壮实的手臂肌肉，心想这个天还敢这么穿的，想必是个狠角色。

“我们是从南京来的平头百姓，要去洛阳找人，不过途中迷路了。”王江宁连忙摆出一副和颜悦色的面孔，笑嘻嘻地对壮实青年说道，“不知大哥可否让我们在村里头住一晚，该给的钱肯定少不了。”

壮实青年直直盯着王江宁，不发一言。他的神情倒是把王江宁吓得心里直发毛。“你说你们是南京来的？”壮实青年问道。

“是的，是的。”王江宁连连点头，生怕眼前这壮实青年不放心，于是又看一眼身旁的梅檀和吕冲元，“这两位是我的朋友，也是从南京来的。”

“那行，你们跟我走。”壮实青年迟疑片刻，转身就走。

王江宁举步跟上，走之前他忽然发现，之前引路的狼狗不见了。然而他也没多在意，毕竟这是狼狗找到的村子，他相信狼狗会是安全的。

“你确定这个人可靠吗？”吕冲元凑到王江宁耳畔，小声问道。

“就算不可靠，他也不可能在这都是人的村子里对我们怎么样吧。”王江宁顺嘴回了一句，继续跟着那壮实青年往村里走。他的余光瞥见旁边房屋的马厩，空空的，并没有马。

他没太注意，走了几步，却忽然放缓了速度。为什么这村子不见牛棚，不见鸡窝，却唯独有马厩？

他再一留神打量，发现村里的各家各户门前，都竖着几把斧头抑或刀剑。

不对劲，很不对劲。

他转头盯向吕冲元，正想发出暗示危险的信号，却忽然听闻一声杀猪一般的叫嚷。

“救命啊！”

王江宁猛地向声源处看去，只见一户房屋内，铁栅栏隔出的窗户里，一名胖乎乎的男子正眼巴巴地看着他们。王江宁眼睛立刻就直了，这名男子不是别人，正是火车上的乘客，大金表。

“快救我！”大金表扒着铁栏杆对着王江宁一伙叫嚷，“救我出去！”

“你们认得？”带路的壮实青年立刻回过头来，似笑非笑地看着王江宁。

“不，不认得。”王江宁连连摇头，眼下自然是自保要紧。

“他在说谎！”大金表费劲地将一只手伸出铁栅栏，直直点住王江宁，“他们三个跟我一样，都是火车上的！你们凭什么抓我不抓他们！”

轰的一声，似有五百个炮仗在脑海深处齐齐作响。王江宁迅速想明白两件事，其一，这村子绝对跟火车乘客遭劫有关，其二，这大金表见逃不出去，大概是想拉他们同归于尽。

“跑！”王江宁一声令下，三个人立刻掉头，拔腿就跑！

然而天不遂人愿。

一伙人就拦在村口，直直挡住他们的去路。在一伙手执武器、孔武有力的青壮年中，一道曼妙的身影吸引住了王江宁全部的注意力。

那是一个一身鲜亮红衣的年轻女人。她看起来也就二十岁上下，一头长发盘在头上，用一根细长的、泛着冷光的金属簪子簪住。而将王江宁一行带入村子的狼狗，此时就蹲坐在女人身旁，吐着舌头，看似十分乖巧。

“三位，这就想走？”她挑一挑眉毛，拔出枪对准王江宁，唇边挂着一丝不屑的笑容。这声音似乎有些耳熟。王江宁看着眼前女人充满力量的举止，忽然回想起躲在大石头后听闻的那句掷地有声的“撤”。

“寨主。”身旁带路的壮实青年恭顺地对眼前这女人抱拳行礼。

王江宁忽然想明白了一切。劫持火车乘客的，就是眼前这拨人，而这个村子，其实一点儿也不普通，它是马匪的匪窝。

他们满以为有惊无险逃过一劫，不料绕这一大圈，却还是自投罗网。

“妈的。”王江宁忍不住低声骂了一句。

“三位，这就想走？”她挑一挑眉毛，拔出枪对准王江宁。

第十章

匪寨惊魂

一

“你们的同行说，你们也是火车上的乘客？”那女寨主冷笑一声，拿枪指着王江宁问道。

王江宁一行极有默契地低头不语。此时他依然不知道女寨主劫车的真正目的，生怕一不小心说错了话，害己方三人都掉了脑袋。

“我的人去劫车，唯独没看见你们三个。很机灵嘛，逃那么快，怕不是心里有鬼吧。”女寨主说到最后一句时，刻意加重了语气。

“这位姑娘说笑了，明知有危险，我们也不可能站在原地干等着。”王江宁不疾不徐地出声，尽可能使自己的话语显得令人信服。

“油嘴滑舌，给我拿下！”不料那女寨主说翻脸就翻脸，她将手轻轻一扬，她那些人高马大的手下便迅速涌向王江宁一行。

说时迟那时快，吕冲元翻身跃起，直取了旁边房屋上悬挂着的铁剑，然后冲向那女寨主。那些人高马大的手下也是第一次见如此迅猛的动作，一时间拿不准主意，不知是该保护女寨主，还是该围捕王江宁。

王江宁看准了机会，取出枣木拐用力击倒拦在眼前的马匪，并用眼神示意梅檀紧紧跟上。

女寨主显然也没料到王江宁这一行里竟然有个练家子，当即便扣动手枪扳机。

砰的一声枪响，王江宁心中一跳。

他定睛一看，只见那小道士竟然用铁剑挡开了子弹，然后迅速将铁剑甩向女寨主，同时一个箭步就冲到女寨主跟前。没想到这姑娘也是反应极快，她看准时机，飞起一脚踢中剑柄，把铁剑踢飞，然后从胸口再次抽出一把枪，登时两个黑洞洞的枪口瞄准了吕冲元冲过来的方向！

然而吕冲元的速度却比她更快。

吕冲元一个飞身，从女寨主的身边划过，紧跟着一招双踢脚，竟是硬生生把她手中的双枪先后踢飞。这一下着实让女寨主大吃一惊，她急忙一个后跃避了开去。

也就在这时，王江宁举着勃朗宁重重突围，及时拦在了吕冲元眼前！

吕冲元立刻抓住机会，跃上屋顶，消失在黑夜之中。

而也就在这时，女寨主抓住了王江宁的破绽，她迅速上前，一脚踢飞他手里的枪！王江宁稍一愣神，便立刻反应过来，另一手拿着枣木拐护在胸前。然而女寨主秀眉一皱，竟又从腰间抽出两把弯刀来。

这两把弯刀样貌甚是奇特，和一般寻常匕首类似，但是弯度很大，刀上还刻着奇特的波浪花纹。王江宁看到这刀之后，脸色竟是微微一变。女寨主嘴角噙笑，挥舞着双刀就冲着王江宁砍了过来！

王江宁微微一惊，但见手中枣木拐立马断成两截。

“寨主，要追吗？”女寨主的几个手下迅速围拢过来，纷纷仰头望向吕冲元离去的方向。

“先不必了。”女寨主似笑非笑地看向王江宁和梅檀，“我看他

那女寨主却不给王江宁任何申辩的机会，径直就拿黑洞洞的枪口对准了他。

们也逃不走。”

王江宁看着女寨主美丽却狠辣的笑容，艰难地吞咽一口唾沫。他相信吕冲元不会丢下他们不管，但他觉得他也不能把宝全押在吕冲元身上，还是得垂死挣扎一下。“这位姑娘，我觉得我们之间怕是有什么误会……”

“老实点，否则老娘一枪崩了你。”然而那女寨主却不给王江宁任何申辩的机会，径直就拿黑洞洞的枪口对准了他。王江宁只得乖乖闭嘴，委屈地看一眼身旁的梅教授，不想就算在这种恶劣环境之下，梅教授却依然一脸风轻云淡，眉眼中不见丝毫愁苦之色。

女寨主拿着两把枪，各指住梅檀和王江宁，示意他们按照她所要求的方向走。王江宁对即将要去的地方毫无概念，也只得老实照做，一颗心在胸腔里，跳得却是越来越快。然而没走几步，他就闻到了空气中一股隐隐的臭味。

王江宁对这种味道毫不陌生，这是死人的味道。

王江宁的心头顿时涌起一阵极其不好的预感，他似乎已被卷入了什么不得了的事件中。

女寨主带着二人走进一座破旧小庙的侧间。轻轻推开门，臭味顿时更浓烈了。

挂在门口的油灯，随着夜风的吹拂而微微晃动着。王江宁借着微弱的灯火，憋气定睛一看，只见这小房间里摆了两张床架，其中一张床架上放着一具尸体。刚才的臭味，毫无疑问就是从这尸体上飘来的。

梅檀向王江宁投去询问的视线，王江宁摇了摇头，表示自己也不知道这是怎么回事。这尸体看起来是个四五十岁的男人，身高体形都很普通，不过以臭味的浓烈程度来看，怕是已经死了有些时候了。

正当王江宁二人一片迷茫之时，女寨主突然一脚踢在王江宁膝盖窝，王江宁腿一软便跪倒在那具尸体面前。下一秒，太阳穴便被冰冷的枪口抵住。

“说，你家主子现在在哪儿？不说实话，我定让你们生不如死！”

王江宁吓出一身冷汗：“姑娘，寨主，咱有话好好说，什么主子？我真的不知道啊，你是不是认错人了。”

“我们寨子地处偏僻，外人寻常找不到，要是没有内奸和你们里应外合，你们怎么能找过来。我看你鬼鬼祟祟，说，明叔的死是不是你干的？”女寨主枪还抵在他脑袋上，只是那双凌厉的大眼睛望向尸体时满是忧伤。

王江宁被枪指得脑仁生疼，不无冤屈地看一眼身旁的梅檀。明明被抓的是他们俩，为什么偏偏是他一个人遭受这样的虐待呢？大概这女寨主也是看人下菜碟，觉得梅檀气度非凡，就不忍对他下手。

“姑娘，有话好好说，你真是找错人了。”王江宁见她神色稍有松动，忙抓住机会，尽可能平心静气地说话，“我叫王江宁，只是个南京来的侦探，要去洛阳办点儿事，不信，你看我文书。”他见女寨主没有特别反对，因此就小心翼翼地从口袋里摸出一封之前徐思丽给他的文书。这封文书上，清楚写明了他的侦探身份。本来这封文书是用来去洛阳疏通关系的，哪想到会用在保命上面。

他本来有些担心，害怕女寨主不识字。然而那女寨主阴沉着脸看完了文书，眼中的愤怒减去了些许，这令他暗暗松一口气。

“那你呢？”女寨主又用枪指了指梅檀。

“我是个教授，有教师证。”梅檀从口袋里摸出一本证书，递到女寨主眼前。

女寨主看着梅檀的证书沉默下来，似乎忽然没了主意。

就在这时，一个青年马匪走了进来，跟女寨主小声低语起来。王江宁竖起耳朵聆听，也能听到个七七八八。大概就是那马匪汇报了审问列车乘客的结果，其中并没有他们想要找的人。

“想不到费了那么大劲，却依然抓不到人。”女寨主望着尸体，眼中盛满悲愤，“难道我明叔就注定要这么不明不白地死去吗！”

她激烈的话音回荡在这房间里，一时间谁都没有说话，四下陷入一片寂静。

“请问寨主，这人到底是惹上了什么事儿？”王江宁找准机会，小心翼翼地开口问道，“他为什么会被人给勒死？”

“被人勒死？”前来汇报的青年马匪愣了愣，忽然有些生气地说道，“你别胡说了，我们明叔可是死于意外……”

他还没说完，就被女寨主伸手制止。“你发现了什么？”女寨主目光沉沉地望向王江宁。

“有一道紫色瘀痕横贯尸体的整个脖子，这通常是被勒死后留下的勒痕。”王江宁顿了顿，迎面对上女寨主的目光，“寨主方便讲一下是怎么发现尸体的吗？”

“三天前，明叔的马受了惊，从寨子后面的一个小山坡上奔了下来。明叔恰好被一根晾衣绳勒住脖子，就这样吊在绳子上死了。”女寨主咬一咬红润的嘴唇，又接着道，“这些都是别人看见的，后来才告诉了我，就说明叔是出意外死的。”

王江宁轻轻点点头，在得到女寨主的默许后，起身走近尸体。他伸手翻转尸体的脖子，露出后脖颈处一大片红色的瘀血来。

“他后脖之前明明没有伤啊！”女寨主看到那一片瘀血，有些诧异。

“这不是伤，这是尸斑。尸体放久了，血就淤积成了尸斑。”王江宁一边解释着，一边继续进行检查，“你刚刚说他是吊在绳子上死的？那么你们发现尸体的时候，尸体是吊在晾衣绳上的？”

得到了肯定的答案后，王江宁直起身道：“这位叫明叔的，绝对不是死于你们所说的意外。”

“他是被人设计杀害的？”梅檀也露出些许诧异的神情来。

“不错。”王江宁点点头，“尸斑这么明显，说明他被人勒死后，一直处于平躺状态。然后他才被挂到晾衣绳上，伪装成意外。”

“如果你想找出凶手的话，就先带我去发现尸体的地方看看。”王江宁顿了顿，见女寨主许久没有说话，便道：“寨主，还没问过该如何称呼呢？”

女寨主上下打量一番王江宁，这才自报家门：“我叫李错。”

李错打发走前来汇报的马匪，然后就带着王江宁和梅檀前往发现尸体的地方。

时间过得飞快，此时再从小庙里出来，已经是雾气氤氲的清晨了。看来这一整夜都折腾在四处奔波中了。

“大教授，我看我们在找到你学生之前，非得先交待在其他奇奇怪怪的案子中不可。”王江宁走在李错身后，不无感慨地对梅檀说道。

“无妨。”梅檀平心静气地说道。

这教授表面上看起来文文静静，不怎么能打，但是骨子倒是挺硬的，还挺不怕死。

王江宁忍不住勾起嘴唇露出一个微笑：“希望最终你能找到你的学生，而我……也能顺利找到钟涛拿到那方铜雀印。”

二

天刚亮，清晨的迷雾还未完全散去，匪寨里的人大多没有醒来，四周静悄悄的，不说话还真有点儿尴尬。

“李寨主，你劫火车，是不是跟明叔的死有关？”王江宁出声问道。

“不错。”李错心烦意乱地拨开眼前的毛竹，径直往前走，“之前有一位姓艾的大人物来我们寨子，说要跟我们合作，控制这一片交通。这人年纪轻轻，手下都恭恭敬敬称他为‘艾大人’，行事作风都让我觉得危险，于是就没有答应。哪想到那人特别固执，屡次派信使来寨子里威胁，我都没有理会。怎想，此后寨子里的人竟然接连死于意外，你们见到的那个，是待我最好的明叔。”说到最后，李错的眼中似有泪花闪烁。

王江宁怔怔地看着李错，不知为何，这下手狠厉的女寨主此时的表情竟然令他移不开视线。他正想着要不要出言安慰几句。李错却忽然瞪住他，逼他转移视线。

“这艾大人似乎是个十分危险的人。”王江宁轻咳一声道，“那些明面上的意外，可能都是有人故意为之。”

“不错。”李错瞥了王江宁一眼，随即轻声叹息，“然而，艾大人开出的条件却十分诱人。寨子里依然有不少想要和艾大人合作的人，其中就包括颇有威信的元老四叔。我觉得艾大人这事儿不解决会出大乱子，于是决定主动邀请艾大人来寨中。我不想惊动寨子里的人，于是思来想去，还是决定令手下人埋伏在车厢里，等待时机截断艾大人所在的车厢，然后将艾大人偷偷抓回来盘问。”原来如此。王江宁当即恍然大悟。

“但现在看来，你抓齐了一车厢的人却依然没有找到你要找的人。”梅檀淡淡说道。

“这就是我最头疼的地方。”李错无奈地点点头。

“李寨主，你确定你手下没截错车？”王江宁有些狐疑地问道。

“车票都是我买好寄去给艾大人的，所以车厢肯定没有弄错。”李错顿了顿，又接着说道，“我猜他压根儿就没上这火车。”

“按你的说法，那艾大人不在寨子里，但是寨子却接二连三地死了人。”王江宁背着手，一步一步往前走着，“你的寨子怕是有了内鬼啊。”

“这么多兄弟里总会有个别抵不住诱惑的，”李错说到这里，忍不住拔出了别在腰间的枪，“等明叔的死因查明，我定会毙了那些个害群之马，给明叔一个交代。”

李错带着二人停在山坡上，然后指着眼前一排清晰的马蹄印道：“看见的人说，明叔的马就是在这里受惊冲下山坡的。此后这儿就没人走过，所以马蹄印还是当时的马蹄印。”

她说完，又指了指不远处的晾衣绳：“我赶来的时候，看见尸体就挂在那根晾衣绳上。这晾衣绳是李迁的，他就住在边上，当时也是他最先发现了尸体。我吩咐过他，在明叔的死因有眉目之前，不要乱动晾衣绳。”

王江宁顺着她手指的方向看去，果然见到一根晾衣绳绑在最靠近山坡的两棵毛竹间。他略一思索，然后蹲下身来检查地上的马蹄印。

“有什么发现没有？”李错见王江宁许久不吱声，于是出声问道。

“之前在路上，我也见到过一些马蹄印。”王江宁不疾不徐地说道，“然而这里的马蹄印，却明显浅了很多。看起来，就像是马上没人一样。”

王江宁话音刚落，李错便立刻倒抽了一口冷气。

“明叔的死，果然有鬼。”她银牙暗咬，一时气急，立刻伸手将王江宁从地上揪起来，“你给我说清楚了，这到底是怎么回事？我明叔到底是被什么样的人害的？！”

“你别急啊！”王江宁急忙劝说道，“到底是怎么回事，还要看过晾衣绳再说。”

怒火在李错的脸上肆意游窜着，但她也知道，此时随意发泄怒气有百害而无一利，毕竟她此时唯一的希望，就都在王江宁这个忽然冒出来的侦探身上了。她努力平复一番心绪，然后松开王江宁，大步向着晾衣绳走去。王江宁急忙跟在后面。

“寨主，你们在这里干什么？”

刚走到晾衣绳前，王江宁就听身后出来一个声音。王江宁扭头，只见发出声音的，是一个矮胖敦实的汉子。他身后还跟着好几个马匪。

“四叔。”李错见到来人，便唤了一声，“明叔和好几位兄弟叔父，都死得不明不白，我定要查个明白。这人是个侦探，既然在我们手上，自然要利用一下。”最后一句话，她显然是看着王江宁说的。

“阿明他们的死就算有问题，那也是寨子里的事情。你却背着大伙带个外人来查案，莫非是信不过寨子里的兄弟？”四叔一开口便是一顶大帽子扣下来。

王江宁一看这气势剑拔弩张的，担心他们闹起来波及自己，于是连忙抢先一步站了出来，笑着打圆场：“诸位好汉，在下南京城侦探王江宁，没别的本事，就是破个案还行。寨主好心留在下性命，便是希望在下能够查明白明叔的死因。诸位难道不想知道吗？”

“阿明是被晾衣绳勒死的，是个意外，此事寨子里已有公论，你想挑拨离间？”四叔大声喝道。

“王江宁，你确定明叔的死不是意外，并且能够找出凶手吗？”李错这时候也冷静下来，拿足了寨主的气势，望着王江宁，一字一顿地问道。

王江宁忙不迭地点头。

“好，你如果真能找出凶手，那就是我李家寨的朋友。走在这一片，你只要报我李错的名号，没人敢为难你。”

王江宁当侦探多年，别的不说，这察言观色的本领还是有几分的，他当即明白李错这是在逼他站队。显然李错这个女寨主，和这个叫四叔的元老不太对付，两人说起话来，言语中锋芒毕露。这样下去，怕是会牵扯进匪寨的内斗里。

王江宁认命地叹了口气，立刻走到李错身边耳语几句。他看得很明白，自己现在只能站在李错这边，但愿最终能谋得一线生机。李错听了他的话后，便招呼人牵了匹马过来。王江宁翻身骑上马，便听得周围一片响亮的拉枪栓的声音。

“我不是要跑，再说，我也不可能一个人跑。”王江宁望一眼周围黑洞洞的枪口，然后再扫一眼身旁如青松一般挺拔的梅檀，“我是想给大家复原一下明叔出事儿的过程。”

四叔轻哼一声，有些不耐烦地招呼手下人把枪先收起。

“这匹马就是明叔出事儿的时候骑的马。”王江宁笑着拍了拍马脖子，“明叔和我差不多高，对吧？”

“是。”李错率先答道。

“你小心。”见王江宁就要骑马前行，梅檀忍不住叮嘱道。

“放心，我又不赶路。”王江宁笑着瞥梅檀一眼，然后骑马慢慢悠悠地来到那根勒死明叔的晾衣绳前面。众人瞧得真切，骑在马上的王江宁抬起胳膊，却根本碰不到那根晾衣绳。

李错神色一变，立刻扭头看向人群中：“李迁！你给我出来！我有没有吩咐过你别动这根绳子！”

人群中响起一阵骚动声，却没有人明确回答李错的话。

“李迁不在这儿。”四叔环视一圈，回答了李错。

“还不赶紧去找人！”李错一声令下，离得最近的那个马匪立马转身离去。

“事实上，根本没有人动这根晾衣绳。”王江宁这时突然出声道，“正是因为他没动，这晾衣绳才会在这个位置。”

“怎么说？”李错问。

“你们这个村寨，地处温暖山坳之中，温度比外面要暖和得多。气候，便是此案最大的漏洞。”王江宁说着，敲了敲绑着晾衣绳的那根竹子，“气候如此温暖湿润，这种毛竹日进一尺毫无问题，所以这晾衣绳才会这么高。”

“所以，三天前这晾衣绳的位置不就刚好在比马头高一点的地方吗？”四叔不耐烦地问。

“绳子的位置没有问题，但绑这根晾衣绳的人却很有问题。”王江宁翻身下马，接着说道，“用这根晾衣绳晾衣服，岂不是要每天来把升高了的晾衣绳往下撸一尺？他怎么就不担心，哪天忘了收衣服，第二天就发现衣服上天了？”

王江宁说完，人群中又响起了嘈杂的议论声。刚才还出声找碴儿的四叔此时却没了动静，他低着头，脸上阴晴不定。

“还有，我刚刚检查了明叔的尸体，他脖子上的勒痕在颈后有交错，而被晾衣绳吊死的吊痕应该是垂直的。显然，明叔的死不是意外，他是被人勒死后移尸此处的。意外，不过是人为制造的假象。而他的尸斑，集中在颈后、背部，那是他死后一直保持着平躺状态的证明。”王江宁深吸一口气后接着说道，“所以现在我觉得，那个率先发现尸体的人，很有问题。”

在场一片死寂。李错和四叔都没有说话。没过多久，那个去找李迁的人匆忙跑了过来，脸上挂满汗珠。

“李迁人呢？”李错见他一个人来，神情登时阴郁了几分。

“回，回寨主……李迁他……他死了。”那人上气不接下气地回答道。

三

一群人迅速来到李迁尸体被发现的地方。

尸体已经冰冷，显然是死透了的。他胸口流出的血，把地面都染红了。他的手指也沾着血，地上胡乱写着几个认不出的文字，似乎是在透露什么信息。

王江宁蹲身查看，发现李迁是胸口中弹而死的，枪伤很有特点，是上下两个并排的弹孔。

小黑皮的尸体身上，也有同样的枪伤。这个发现，令王江宁的双手不由自主地颤抖起来。杀了他们的，很可能同是一伙人，不，很可能是同一个人……

“这个位置很偏僻。”梅檀在王江宁身边低声说道。

梅檀点出了一个很关键的问题。李迁为什么会一个人跑来这种地方？

“如果他是应凶手的约来此，那说明他对凶手很信任。”王江宁这样说道。

如今，首先要查的是杀了李迁的是谁，毕竟明叔之死的所有关键点都集中在李迁身上，然而李迁偏偏也死了，硬是把明叔的死制造成一起悬案。

更重要的是，杀死李迁的人，真的和杀死小黑皮的人会是一伙吗？

王江宁思索之际，李错却已经跟四叔对上了。

“四叔，大家可都知道，这李迁是一直跟在你身边的人。我觉得您需要给我和大家一个解释！”李错冷冷看着四叔，言语中透露出寨主的威严。

“我有什么好解释的，别说还不知道李迁是不是有问题，就算真是他杀了阿明，那和我也没有半分干系。”四叔冷笑一声。

“没有半分干系？鬼才信你的话！”李错不由自主地抬高了音量，“王江宁！”李错转头叫了王江宁的名字，“你在李迁身上看出什么眉目没有？”

“杀李迁的枪比较特别，上下两发子弹。”王江宁轻声答道，“我

李迁趴在地上，显然已经死透了，手指也沾着血，在地上胡乱写了几个认不出的文字。

刚才特意留意过，寨子里没人配备这把枪。杀了李迁的人……也可能不是寨子里的人。”

“呵呵，寨主你听听，你请的这位蹩脚侦探，可是说凶手是外人呐！你这栽赃没有串好供可不行呐。”四叔背起双手，昂起下巴，眼神中不无嘲讽。

此时已是上午。匪寨里不少人听闻动静赶来。一时间围绕在李错和四叔周围的人越来越多了。王江宁跟梅檀戒备地站在一旁，只觉得空气中涌动着一股危险的气息，十分不妙。

“你敢说你和那什么艾大人之间没有勾结？他派人来寨子谈判，就你极力想促成合作，谈崩后，寨子里就不断有人离奇死亡。可巧的是，死的全都是反对和姓艾的合作的人！从明叔的死法来看，那些长辈八成也并非死于意外，一定都是姓艾的在暗中搞鬼！而你……是这一切的实施者！”李错忍无可忍，指着四叔直接把话给彻底挑明了，“现在王侦探就在这儿，我让他一个个查，非查个水落石出不可！”

“也罢，你要是一口咬定我就是凶犯，那我也无话可说。”四叔仿佛也豁出去了，一张脸登时变得阴郁无比，“只是你真的以为，这李家寨，现在还听你的吗？”说完，他抬了抬手。

随着四叔一声令下，在场的所有马匪都端起了枪。他们的枪口，指向的竟然都是李错。

李错顿时露出难以置信的神情，过了半晌，才彻底反应过来。“你们这群白眼狼！”她扯着嗓子骂道，“当初你们没饭吃，是谁带着你们拼出一条生路？现在，你们竟然要和我对着干？”

声嘶力竭的吼叫，在王江宁听来却是徒劳的挣扎。王江宁望着刚才还意气风发的女寨主，眼中竟多了几分同情。

“你这话四叔我就不爱听了。”四叔冷笑一声，见时机已到，索性撕破脸皮，“我们这么多兄弟，刀口舔血，没日没夜，为的还不是干一番大事业？然而你这丫头占着个寨主之位却畏首畏尾，这几年来毫无进账，还把我们困在这么个小地方。跟着你有什么出息？跟着艾大人才有大富贵。之前艾大人还说，一定要留着你的命，他要用你做更重要的事……然而眼下，我却是顾不了那么多了。”

事出突然，王江宁佯装镇定，一边观察着形势，一边飞快地想着各种对策。他忽然感觉到手里被塞了什么冷冰冰的东西，低头一看，原来是李错把那日踢飞的勃朗宁手枪悄悄还给了他。

“看来今天凶多吉少。对不起了，把你们也扯了进来。”李错小声说着，看看王江宁，又看看梅檀，眼中闪烁着隐隐的愧疚。

王江宁微微一怔，没想到这狠厉的女寨主竟然也有跟他道歉的时候。心中有一种难以言明的复杂情绪一闪而逝。

“别灰心，还有机会。”王江宁审视着面前四十来个马匪，飞快地思索脱身的办法。

“丫头，都是自家人，你乖乖投降，四叔我不想见血。”四叔慢悠悠地说道，但话语中却不失力道。

“李寨主，识时务者为俊杰，如今你大势已去，我看不如还是听了四叔的话，老老实实投降吧。”就在这关键时刻，王江宁突然冲李错笑了笑，然后高举双手向四叔那边走了过去。他转头看看梅檀，用眼神示意梅檀也跟上。梅檀虽然不知眼下王江宁葫芦里卖的是什么药，但也还是举起了双手，迈步跟上。

李错愕然一惊，显然没料到王江宁会忽然投降。但转念一想，他也确实没有一直站在她这边的理由。

“这位小侦探，你还真是说变脸就变脸啊。”四叔饶有兴致地看着走过来的王江宁。

“良禽择木而栖。”王江宁的表情显得颇为谄媚。

“真要投降，你且蹲到那边去，不必过来。”四叔顺手指了一处地方，然后用眼神向两个马匪示意，让他们看住王江宁和梅檀。

王江宁十分听话地转身，就往四叔指定的地方走。眼瞅着王江宁慢慢俯身蹲下，四叔便把全部注意力都转到了李错身上。

哪知那两个看守王江宁和梅檀的匪徒，突然大喝起来：“手上拿的什么？”

王江宁也不含糊，闻言猛地站起身来。

四叔定睛一看，发现他在刚才蹲下的一会儿工夫，不知道从哪里掏出来个奇怪的东西。那东西有两截，用黑布裹着，看起来像是爆竹，还拿绳索一头一尾捆扎好了，中间似乎有个突起，不知是干什么的。

“都不要乱动！这是按发天机雷！只要把开关推下去，立马爆炸，谁都活不了！”王江宁冷笑一声，向众人展示着他手中的“按发天机雷”。他喊完这些话后，就有些紧张地看向梅檀，生怕这位只重事实的大教授会开口说些什么让他下不来台，然而幸好，梅檀只是推一推眼镜，并没有说什么。

四叔看着王江宁手里的“炸弹”，不由在心中暗骂一句。他怎么也没想到这看起来不中用的小子竟然会忽然出这一手。什么按发天机雷，他可没听说过。但按那小子的说法，应是很不得了的东西。如果是真的，那可就完蛋了。

此时此刻，李错的脸上却露出了微妙的表情。她看了几眼就明白了，王江宁手里的可不是什么炸弹，而是被她砍成两截的枣木拐。

王江宁估计是太心疼他这件防身武器，在武器被砍断后，还用一块布小心翼翼地包起来，用绳子绑着，真真是和炸弹一样。特别是那块可以开合的握柄，因为有不少金属零件，在这时候反而显得特别有可信度。

眼下王江宁似乎是以一己之力掌控了全场。看到四叔一脸茫然的表情，李错忽然有些想笑，同时又觉得心里暖融融的。

王江宁看了看手背上鲜血淋漓的抓痕，然后抬起头来，只见天空中飞着一只雪白的猫头鹰。

马匪们面面相觑，而四叔也半天不说一句话，似乎是真被唬住了。王江宁看着眼前这一局面，心中暗暗惊喜。其实这完全是一场豪赌，赌的就是四叔看不破这个假炸弹。

王江宁强行压住澎湃起伏的心情，看着四叔，故作镇定地说道："叫你的人都放下武器，退到百步之外。"

这完全是拼心态的时刻。

四叔神情犹豫，他不太相信王江宁手上真有炸弹，却也怕万一。这边王江宁也不敢逼得太狠，生怕玩脱了。

就在场面陷入僵局之际，李错突然一声大喊："当心！"

王江宁急忙回头，却见一道白色的身影忽然自眼前闪过。他下意识地伸手一挡，手背立刻感受到一阵尖锐的刺痛。而手中的"炸弹"，竟然被一股强劲的力道给抢走了！

王江宁看了看手背上鲜血淋漓的抓痕，然后抬起头来，只见天空中飞着一只雪白的猫头鹰。那猫头鹰抓着王江宁的"炸弹"，径直飞落到不远处一个人的身旁。猫头鹰把"炸弹"丢到那人的手里，然后便拍拍翅膀，乖顺地停在那人肩膀上。那人身着长衫，身形瘦长。宽大的帽檐遮住了他的神情。

"艾大人。"在四叔恭敬地喊出这一句时，那被唤作艾大人的瘦长男人摘下帽子，露出阴森的笑容来。

四

艾大人面孔瘦削，鼻梁高挺，眉骨清晰可见，一双细长眼睛里盛着冰冷的笑意。停在他肩膀上的猫头鹰清冽地鸣叫一声，矍铄的金色双眼如同琥珀一般闪烁着光芒。

"艾大人？"李错见到艾大人，登时露出吃惊的神情。她怎么都没有想到，艾大人此时竟然在寨子里。然而很快她就想明白了，估计艾大人在四叔的帮助下提前到了，压根儿没坐她买票的火车。这寨子里大部分的马匪都被四叔收买了，想来也就故意瞒着她艾大人已经抵达寨子的消息。

艾大人的出现，令眼下的场面变得越发危急起来。李错银牙暗咬，一时也想不出应对的法子来。

王江宁看着艾大人，心中登时有一种很不好的想法，然而此时他无暇顾及其他。只见艾大人十分小心地打开包着“炸弹”的黑布。扑通一声，一截断掉的木棒就在众目睽睽之下，掉在了地上。

“天机雷，哈？”艾大人冷笑一声，把剩下的木拐残件丢在了地上。

王江宁根本没想到会有这样的逆转，脑海中忽然有片刻空白。“失败了。”他懊恼地低声说了一句。“不怪你，你尽力了。”梅檀在一旁轻声回道。王江宁怔了怔，转头看向梅檀平静的面孔，暗想这位大教授也真是个神人，死到临头也依然面不改色。

“妈的，拼了。”李错急红了眼，索性掏出别在腰间的两把枪，想要跟四叔和艾大人拼个你死我活。

砰！砰！砰！

响亮的枪声骤然炸裂在耳畔。

王江宁的心跳下意识地停了一拍。此时李错和四叔双方都没动手，枪声是在远处响起的。他还没来得及仔细思索，就听马蹄声和冲锋号的声音迅速传来。

“不好！是官军！”马匪中有人大喊出来。

一时间人群中一阵骚动。李错和四叔此刻也顾不得内讧，他们迅速调集起人马，掉转枪口，对准冲锋号响起的地方。

王江宁见无人注意到他这边，立刻抓住梅檀，猫腰找了个安全的隐蔽处躲藏起来。他偷偷往外看去，只见没过一会儿，不少士兵便骑着马端着枪冲了过来，还有更多的步兵在后面掩护。而匪寨这边，人数明显落了下风。一阵枪林弹雨，不少人中枪倒地。

官兵们显然是有备而来，备足了枪弹，在匪寨中浴血拼搏，势头极猛。饶是如此，四叔和艾大人还是在手下弟兄们的掩护下，跑进密道，逃出生天。

密道尽头，是一片茂密的竹林。这儿环境极是幽静，连寨子里的枪弹声和喊杀声，都不怎么听得见了。

四叔扶着一棵毛竹不停喘息。他转身看向艾大人，只见他一脸平静，正拿着一方手帕擦拭手上的鲜血。那血毫无疑问是掩护他们逃亡的兄弟们留下的，因而四叔看到这幅画面，心中漾起一片微妙的情绪。

不久前这个来头不小的艾大人到寨子里意图合作，他是非常向往的，但无奈李错执意反对，这事也就按下不谈了。此后，艾大人频繁派来信使，信使们不止跟他和李错接触，还悄悄地跟他手底下的人接触。不过毕竟他是想合作的，因此也就对信使们的所作所为睁一只眼闭一只眼。只是此后，寨子里就总是有人死于意外。

死去的大多是反对和艾大人合作的人，这事儿他明白，但他总觉得是自己想多了。然而李迁杀了明叔，却是他始料未及的。他也非常清楚，李迁在死前，曾和艾大人派来的信使密切交流过。

这个艾大人，似乎在暗地里谋划着什么。

其实四叔最初的想法很简单，他只希望寨子能够富强起来，但却没有想到，他没等来财富，却先迎来了成堆的尸体。然而眼下寨子已经不保了，多想也没有任何意义。

他无声叹息，然后恭顺地走到艾大人身边：“大人，你还好吧？”

艾大人没有说话，他肩膀上的猫头鹰却忽然竖起了脑袋。那一双锋芒毕露的琥珀色眼睛看得四叔有些发毛。

“眼下出了这种事，我们李家寨怕是保不住了。”四叔想了想，便笑着继续说道，“以后，小的我就指着大人您了。”

“想跟着我，那就拿我想要的东西来换。”艾大人终于擦干净了手，一扔手帕，抬眼看向四叔。

“东西……什么东西？”四叔一时没反应过来。

“钟涛现在在哪儿？”艾大人呼出一口气，有些不耐烦地说道，“他和你们打过交道的，你应当清楚。”

“哦……哦，我清楚的。”四叔匆忙点头，“他……我好像听说，他现在在白马寺……”

“白马寺？”艾大人重复一遍，似乎是在确认。

“是的，没错。白马寺……”

四叔话音刚落，就见艾大人以极快的速度从怀里掏出一把小巧的手枪，枪口登时就对准了他。四叔定睛一看，只见那手枪造型精巧独特，上下并排两发弹孔。

忽然之间，四叔什么都明白了。艾大人想方设法，除掉了寨子里所有反对与他合作的人。之后，艾大人找准时机悄悄杀了李迁，以此激化他和李错的矛盾。

艾大人是要借他人之手，除掉碍事的李错，进而控制整个李家寨。只是人算不如天算，眼看着计谋就要成功，却有一群官兵杀了进来。现在的李家寨，已经没有利用的价值了。

而他自己，也不再有任何利用的价值了。

四叔认命一般闭上眼睛，嘴角浮起一丝苍凉的苦笑。

一声响亮的枪声，响彻整片竹林。

第十一章

火烧寺庙

一

王江宁猫在隐蔽的地方，一脸忐忑，时不时探出脑袋观望一下外面的情况。

“出去看看吧。”梅檀见王江宁如此不安，忍不住出声说道。

此时外面的枪声和喊杀声已经停止，但是王江宁却依然有些犹豫。他从没见过这种官兵剿匪的宏大场面，心中不停打鼓。只要外面飞来一颗流弹，他就能命丧于此。

“王江宁！梅教授！”忽然一阵异常熟悉的呼唤声传来。

王江宁愕然一惊，站出来一看，竟然发现吕冲元欢天喜地地往这边跑来，身后还跟着几个官兵。

“吕冲元？”王江宁万万没想到，吕冲元竟然跟官兵一起来了。

“哈哈，你看，我到得及时吧。”吕冲元蹦到王江宁跟前，一脸得意。

“这些官兵……难道是你找来的？”王江宁一脸惊奇地猜测道。

“那是自然。可别太佩服道爷我。”吕冲元双手环胸，仰起头把鼻子翘到天上，“当时我离开匪寨，四下查找，果然发现一排马蹄印。之后我跟着马蹄印，找到了附近巡逻的士兵，之后就都好办了。说起来……能这么顺利地冲进马匪内部，还是多亏了你的老朋友呢。”

“老朋友？”王江宁有些莫名其妙，下意识地顺着吕冲元的视线向后看去。

“你，你是……”王江宁看着领头的军官，觉得有点眼熟。

“王大哥，我是张奇啊。”军官憨厚地笑了起来，露出一口大白牙。

“张奇？哦……原来是你！”王江宁迷惘片刻，忽然用力一拍大腿，被猫头鹰抓伤的手立刻就痛了起来。

“哎哟哎哟……真的是张奇啊！”王江宁一张脸扭出个混杂着疼痛和欣喜的怪异表情来，“你这……这变化也太大了，我都认不出来了！”

想当初，王江宁是在薛老爷盗窃案中认识张奇的。那时候张奇只是薛家的一个下人，傻乎乎地把那个奸诈卑鄙的薛老爷当成救命恩人，整日里低着个头，被呼来喝去，也毫不抱怨。

薛家那案子结了之后，张奇就说要去参军报国，没想到这小子竟然说到做到。如今他再次出现在王江宁面前，一身军装，器宇轩昂，与之前相比，简直判若两人。

见王江宁这样欣喜，张奇不好意思地笑了笑，那憨厚的神情倒是和记忆里一模一样。

“王大哥，好久不见，等我把这处马匪剿完，我们再坐下来好好聊聊。”张奇说着，便又带着人继续往前追过去了。

王江宁听到张奇说“马匪”二字，才猛然想起把李错给忘了。他四下张望，哪里还找得到李错的影了。

他忽然间有些不死心，于是在横七竖八的尸体里搜寻起来，但却依然一无所获。

如今他再次出现在王江宁面前，一身军装，器宇轩昂，与之前相比，简直判若两人。

死掉的都是四叔和李错的手下，还有十几人被活捉的，蹲在地上瑟瑟发抖。张奇手下的兵在十分熟练地打扫战场，他们拿走一切值钱的东西，尤其不放过马匪们的枪支。王江宁刻意留意了一下，也没在死尸和活人中见到四叔和艾大人。

他忽然想起那些被马匪困住的火车乘客，于是急忙招呼几个士兵去解救。幸而一车厢乘客都平安无事。那大金表也不客气，冲着来解救他的士兵骂骂咧咧了好一阵。那些士兵也不搭理他，按照张奇的吩咐，分出了一小队人来，护送他们离开。大金表还想要坐车，被两名士兵狠狠一瞪，便也老实了。

火车上的乘客刚走，张奇就回来了。他在村子里找了一间还算干净的屋子，让手下去烧了开水泡茶，便和王江宁三人聊起天来。王江宁刻意问张奇有没有见到一个女马匪，张奇摇头给了否定的答案。吕冲元从王江宁的话中察觉出些许异样来，连忙追问王江宁和梅檀在马匪村一夜都经历了什么，王江宁简明扼要地回答后，就转移了话题。

“张长官，你是怎么到这里来当兵的？”王江宁十分好奇地问道。

“我如今是在冯将军的西北军中效命，不过也纯粹是机缘巧合。”张奇摘下帽子，不好意思地挠了挠头，然后就开始讲述他近乎传奇的经历。

张奇离开南京城后，跟着商队一路北上，哪知道刚到河南地带没多久，就遇到西北军的一支部队和马匪火拼。眼见着西北军的军官就要被偷袭，张奇再次舍身救人，替那军官挡了一发子弹。他救了那军官一命不说，还迅速抢过一杆枪一口气击毙了三个马匪，几乎是凭一己之力扭转了战局。

后来张奇才知道，那军官竟然是西北军冯将军帐下的爱将。因这爱将提携，张奇也就顺理成章地加入了军队。张奇虽然不通谋略，但端的是有一股子狠劲，每次都冲锋在前，悍不畏死，短短时间便在这一带闯下好大的威名。

“张奇啊，你，你这真是用性命搏来的前程啊。”王江宁听完张奇的际遇，不禁感慨连连。张奇只是不好意思地笑笑。事到如今，他依然不知该如何应对别人的赞扬。虽然身份地位变了，但他骨子里依然还是王江宁认识的那个木讷忠厚的小伙子。

“张连长，这些人，你打算怎么办呢？”吕冲元指着外面蹲在地上的马匪问道。

“李家寨这群马匪，我们也盯了很久了，这回能把他们一网打尽，也是多亏了你们。”张奇感激地看一眼王江宁，“这年头，日子不好过，遍地都是马匪，大多也是生活所迫，外面这些人，我会带回去，全部打散编进队伍里。”张奇十分熟练地说着，看来是做过很多次这样的事情了。

王江宁无言地点了点头。这几年军阀一直都在混战，收编各路人马一直是补充兵员的重要来源。

“不知道那个女寨主怎么样了。王江宁，这一夜你竟然一块肉都没少，我看啊，她对你还是挺照顾的。”吕冲元冲王江宁挤眉弄眼地说道。

“她那是没抓到你，要是抓到你肯定更照顾你。”王江宁立刻回嘴，但却明显有点儿底气不足。他的脑海里立刻就出现了李错的身影，他总觉得，这姑娘并不是坏人。

“张连长，这里离洛阳有多远？”梅檀见王江宁和吕冲元斗起嘴来，于是问起了正事。

“洛阳？那可挺远，这里都没到郑州。你们要去洛阳吗？”张奇皱了皱眉头。

“对，对，我们要去洛阳。”王江宁吐了吐舌头，差点把正事儿给忘了。

“那也好办。我们在那一带有营地，附近县城一个物资队正好要过去，可以把你们捎带上。”张奇也没多问，爽快地做出了决定。

休息一夜后，张奇便派五人护送王江宁一行前往县城。此时班长带着两个人在前面开路，后面留两个人断后，而王江宁一行骑着马夹在中间，跟着队伍一同迎着朝阳走着。俗话说，什么样的将带出什么样的兵。张奇手下的这几个兵当真和他一模一样，一路上也是沉默寡言，一句话不多问。

经历这匪村一劫，王江宁三人虽然疲惫，但是精神却依旧饱满。都说大难不死必有后福，王江宁忽然对往后的日子有了信心。

他转头一看，就见梅檀低头骑着马，一副满腹心事的样子。

“你看，大教授好像心事很重啊。”吕冲元显然也注意到了，于是骑马来到王江宁边上，悄声对他耳语。

“毕竟他的学生情况不明。”王江宁一声轻叹，颇有些感慨。

“现在担心也没有意义。再说了，我来之前卜过一卦，咱们这一趟，必有收获！”吕冲元似乎信心满满。

“希望顺利吧。”王江宁轻轻点了点头。

之后吕冲元顺势问起那天晚上，他走以后发生的事情。于是王江宁就把李错让他查验死尸，以及匪寨叛乱的始末都告诉了吕冲元。之前有张奇在，王江宁没能说得很仔细。趁眼下这个机会，他把很多细节都说了出来。

“依你的说法，那女寨主也并非十恶不赦。”吕冲元一边琢磨，一边说道，“李错这个名字吧……倒也挺特别的。只可惜她下手太快，可惜了你的拐。”

“咳……是吧。”王江宁的眼神飘向远处。不知为何，他就是觉得那女寨主并非是大奸大恶之人，然而可惜的是，他并不知道她现在在哪里，到底是死是活。

就在这时，吕冲元忽然勒紧缰绳，让马停了下来。

“有人跟着我们。”吕冲元警觉地对王江宁说道。

“几个人？”王江宁一阵紧张。

“好像只有一个人。”吕冲元不动声色地把手放到了桃木剑上。

“一个人？”王江宁的心放下一大半。

他还没来得及说第二句话，就见一道黑色的身影敏捷地从树林里钻出。他定睛一看，正是那条将他引入匪寨的可恶狼狗！

“王江宁！”一个熟悉的声音接着传了过来。

王江宁顺势望去，只见李错跟着从林地中钻出，同行的士兵纷纷一惊。

二

此时的李错明显是刻意装扮过。只见她一身旗袍衬出玲珑有致的身形，举手投足间都带着一股别样的娇媚。

“各位大哥请先停步！我有话要讲！”不等王江宁开口发问，李错率先扯起嗓门喊道。

王江宁和吕冲元互望一眼，都没有作声，等李错继续讲下去。

“不瞒各位大哥，我名作萱萱，本出生在洛阳。”李错见众人都停下来听她说话，便做出一副忧伤的模样，娇声说话，“我的父母都是洛阳城里的本分人，怎知有天外出竟遭遇恶徒。那群可恶的马匪将我捆进寨子里，强迫我为他们做事……”说到此处，李错顺手拿出一块手帕擦了擦眼角，像是在哭。

“我趁各位士兵大哥剿匪之际逃脱，正巧又碰上了，便想一路跟着，看能不能找到回家的方法……”李错一边擦眼角，一边继续说道。

一时间众人都默不作声地立在原地，像是看傻了。

那群士兵不知情，但是王江宁却是知道真相的。身为寨主的李错哪可能是什么本分人家的女儿，这些话分明就是她信口胡诌出来的。

王江宁一时间心情颇为复杂。他正犹豫着要不要开口说点什么，却见李错忽然投来目光。

“这位大侦探与我熟识，我想单独和他聊聊，不知可不可以？”说话间，李错已经快步走到王江宁身旁，用眼神向他示意。

王江宁有些不放心，于是扭头看了看吕冲元。吕冲元冲他点点头，表示会护他周全，他这才骑马跟着李错来到一旁。

“这是你的狗？”王江宁低头看着蹲在马边上，不停甩尾巴的大黑狗。如果没有这只狗，他大概也不会见到李错。

“他叫月饼，是我在寨子里养大的。”李错弯腰挠了挠月饼的脖子，“多亏它带路，我才侥幸逃过一劫……还遇到了你们。”

王江宁看着月饼一脸享受的样子，忽然间也生起了养狗的想法。

“我之前听你说起过钟涛。你们就是为找钟涛，才上了前往洛阳的火车吧？”李错直起身来，看着王江宁。

“我什么时候提起过钟涛了？”王江宁一脸不解，但他很快就想到，那日他和梅檀跟着李错前往尸体发现的地方时，倒的确提起过钟涛。

“听你的意思，你知道这个叫钟涛的人？”王江宁迷惑地看李错一眼。

“我知道的，远比你想象的多。”李错不屑地看王江宁一眼，“古董商人钟涛一直托庇于我们寨子，之前他在外头做买卖，总会找我们护送他。你们也知道做古董的总会因为什么宝贝惹上事，最近听说他又因为什么烫手的宝贝，躲起来避风头了。”

“是不是铜雀印？”王江宁立刻问道。他是真没想到，马匪村这

王江宁看着月饼一脸享受的样子，忽然间也生起了养狗的想法。

一劫，竟然凭空把一个认识钟涛的女寨主给扔到了他眼前。

“具体是什么我也不知道，不过这个钟涛也是爱财胜过爱命。有人来抢，他就觉得那宝贝越发的金贵，因而无论如何都不肯脱手。”

王江宁眼神无奈，心中却暗松一口气。结合艾梁等人得知铜雀印在钟涛手里的时间，那惹事的宝贝十有八九就是铜雀印。幸好这钟涛嗜财如命，要是他胆小如鼠，一吓就把铜雀印给转手了，那他还真不知道该从何处去找。

“钟涛目前人在洛阳白马寺。”说到此处，李错刻意顿住，“那个姓艾的也要去找钟涛。”

王江宁眉头微微一跳，“这人到底是什么来头？”

“他叫艾梁，到底是个什么来头，我也不是很清楚。只知道他好像是前朝的什么官，听说是有清朝贵族血统。”

“是保皇党无疑。”王江宁当下就有了判断。他轻轻触摸手背上的抓伤，仔细回忆着艾梁的容貌，以及他雪白的猫头鹰。没想到，他与保皇党的人就这样擦肩而过。

然而虽是擦肩而过，他却能从那人身上感受到危险的气息。

“官兵们进寨子后，这个艾梁去了哪里？”

“我跟着月饼从密道里出来，正巧看见艾梁在问四叔钟涛的事情。再然后……我就看到他杀了四叔。”说到此处，李错一双美丽的大眼睛里登时盛满悲愤，“四叔的死令我更加确信，他之前的所作所为，都是艾梁在背后搞鬼！我一定要找到艾梁，为明叔，还有其他兄弟们报仇！”她咬牙将“报仇”二字念得尤其用力。此时她不再有任何顾忌，因而也就不再称艾梁作艾大人，而是跟着王江宁直呼其名。

“既然你知道艾梁要去洛阳，那为什么不自己一个人去，反而找上了我们呢？”王江宁出声问道。他对李错并无反感，然而他们才刚遇上不久，他并不能完全信任她，也有点畏惧她寨主的名号，理所当然就得小心谨慎一些。

“我在明，艾梁在暗。我独自行动，总归比跟着你们要危险，而且也容易暴露。”李错忽然想起了什么，闭了闭眼睛，又继续道，“之前我有个手下潜伏在火车的前一节车厢里，负责配合劫车，关闭火车的制动装置。本来他做完这些后就该跳车下来接应我们，但他没有出现，而且就此失去了联络，我想……估计也跟艾梁有关。”

“那可真是……”王江宁想安慰李错两句，怎知不经意间一抬头，就见小道士和梅檀不知何时已经挪近，此时就站在李错身后，聚精会神地听他们说话。

“我功夫如何你们是见识过的，带上我，万一遇上艾梁，我可以保护你们。”李错也不介意，环视三人，这样说道。她见三人都不作声，便又为自己加一块砝码：“到时候追查到钟涛处，我只管宰了那艾梁，什么钟涛什么宝贝，都归你们。”

“那好，咱们就一起去洛阳吧！”王江宁当即决定带上这位女马匪，顿了顿，他又有些不放心地叮嘱道，“路上要一起行动啊，不要突然消失什么的。”

“你倒还管起我来了。”李错有些不耐烦地蹙眉。

“不然呢？”王江宁一脸诧异，“大家既然目标一致，那就是一个团队。既然是团队，那就要听从指挥，不能一个人擅自行动。”

“听指挥？听谁指挥？你吗？”李错弯唇冷笑一声，“老娘可不是你能指挥得了的。”

“哎，不是，我是担心你……”

“老娘不用你担心！”话音刚落，李错便一拳头捶在王江宁的脑袋上。王江宁发出“嗷”的一声惨叫，捂住头敢怒不敢言。

吕冲元和梅檀沉默半晌，相互看了一眼。扑哧一声，吕冲元没忍住，笑了出来。

“哈哈，王江宁你也有今天……哈哈哈！”小道士肆意的笑声，在林间小径中回荡不绝。

三

张奇的手下办事效率奇高，一顿饭的工夫，就把去洛阳的事情安排好了，让王江宁一行四人顺利搭上了去洛阳的物资马队。

“这一路倒是顺利得很啊。”吕冲元坐在马车上，一摇一晃。他刚问过同行的大兵，得知洛阳马上就要到了。

王江宁没有吱声，他一边啃干粮，一边揉后脑勺。

虽说李错经过一番乔装打扮，现在看起来只是个普通人家的年轻姑娘，但是王江宁却依然有些不自在。之前在探事社，和他朝夕相处的就只有李老吹一人而已。之后出门在外，身旁跟的是梅檀和小道士。虽说这两人性格各异，但相处起来倒也自在。现在同行的小团队里忽然多了一个姑娘，还是个当过寨主的姑娘，莫名就令王江宁拘束起来，就连打哈欠的姿势都要注意一下……

“我出手有那么重吗？”李错看一眼王江宁，“你揉脑袋都揉一路了。”

李错忽然开口，令王江宁结结实实地吓了一跳。他本能地动了动身子，躲到了梅檀身后，嘴上却依然不服输：“当然疼了！还肿着呢！你现在也不是马匪了，就不知道下手得有个轻重……哎哎，我不说，不说了。”他见李错投来刀子一般犀利的目光，立刻识趣地安静下来。

物资马队将他们送到了洛水之南，告诉他们前面就是古都洛阳。

虽说这一路风平浪静，但众人坐了几日马车，虽说行驶速度不快，不算太颠簸，可坐得也是身心俱疲，一下车便立即奔赴夜晚刚搭起的小吃摊去了。

“好吃，真好吃。”王江宁摸了摸肚子，觉得一碗羊肉烩面下去依然没什么感觉，于是又转头要了第二碗。

此时李错和梅檀都在吃第一碗面，而吕冲元的面前已然堆了三个空碗。

“小道长，你们出家人，原来是可以吃荤的啊？”李错好奇地看着吕冲元。比起吃饭，反倒是这小道士更令她感兴趣。

“我这一门吧，和正一派的规矩差不多，不讲那些虚文，酒肉皆不禁，婚配生子都是可以的呢。”吕冲元见王江宁第二碗面送上来，顺手就夹了一块他碗里的羊肉送进嘴里。

“哦？那你有相好的吗？”李错顺势搭上小道士的肩膀，一时间竟又显得格外妩媚。

“没……没有啊。”吕冲元一时间有些无措，差点儿被嘴里的羊肉噎着。

“那你看我怎样？”李错在小道士耳旁轻轻笑着，还不忘看王江宁一眼。

“我说你俩能先吃完了再聊这些吗？”王江宁在旁边听得实在受不了了，于是插话进来。

“哎哟，别吃醋嘛，人家也不会冷落你的。”李错左手一伸，钩住了王江宁的脖子，就这样维持着左拥右抱的姿势。王江宁的脸立刻又涨得通红。

“抓紧时间，今晚就去白马寺，以免夜长梦多。”梅檀低头吃着碗里的面条，不忘出声提醒一句。

“嘁，没劲。”李错看一眼脸红成西红柿的王江宁，玩过瘾了，便又把怀里的二人推了出去。

“白马寺离这里有多远？”王江宁一边喝面汤，一边随口问道。

“三十里左右。”梅檀风轻云淡地说道。

“三十里？”王江宁一口汤差点喷出来。这距离比他想象得远出许多，得亏梅檀那么镇定。

“梅教授，你确定？”王江宁吞咽完后问道。

“我确定。”梅檀唰地掏出洛阳地图来，摆在众人眼前，“洛阳地图，自己看。”

三人立刻凑上前去，仔细看那份地图。

“看样子我们今天是到不了了。”王江宁仰天长叹。

“谁说的。”李错啪的一下搁下筷子，直瞪着王江宁，“你不是有份那个什么文书嘛，给我看过的那个。用那玩意儿从警察厅之类的地方借辆车开呗！”

李错这一番颇为流利的话语，令王江宁听得怔住了。梅檀自旁瞥王江宁一眼，眼神里藏着淡淡的鄙夷，似是在说“马匪都想得到，你看看你自己”。

王江宁回过神，忽然扑哧一声笑出声来。

“笑什么呢？！”李错继续瞪王江宁。

王江宁摇摇头，不说话，只顾笑。一个马匪竟然想到去警察厅借车，这也是世间奇景了。

“王江宁，别傻笑了。我看大家都吃得差不多了，你可赶紧去付钱啊！”吕冲元用力推王江宁，生怕他又忘记付钱。

王江宁点点头，立刻去柜台付钱。怎想掌柜的报价奇高无比，八碗面竟然比吃酒宴还贵。

“怎么这么贵啊？”王江宁一脸困惑。

“客官您不要误会！”掌柜的急忙摆手，憨厚地笑了笑，“小店不贵的，只是您桌上有位客官要的每份面条，都额外加了四份羊肉，那真便宜不了啊。”

“什么时候让加的？”王江宁微微一惊后，立刻换了一副咬牙切齿的神情，“是不是那个矮子让加的？”

“唔……对，就是穿道袍的那位。”

“吕冲元！”

四人离开面摊，然后顺路去警察厅借了一辆车出来，过程竟是也很顺利。

“我有一个问题想问，这里谁会开车啊？”站在车前，吕冲元率先发问道。

“我会。”梅檀推眼镜。

“我也会啊。”李错挺了挺傲人的胸脯，瞥一眼神情复杂的王江宁，妩媚一笑，“怎么，大侦探居然不会开车？”

王江宁顿了顿，便往后一退，躬身对李错做出有请的姿势：“那您来。”

李错自然没有丝毫犹豫，气定神闲地开门上了驾驶座。王江宁见梅檀和吕冲元都十分自然地坐上后座，便识趣地坐上副驾驶座位。

“你是怎么学会开车的？”王江宁见李错娴熟地发动了车子，于是顺势问道。

“我们劫过几批军车。那些当兵的也是饭桶，丢下装备逃命是家常便饭。劫过几次，也就知道怎么开了。倒是这一两年西北军进来了，他们确实不好对付。”李错十分专注地看着路面。

这条路是通往白马寺唯一一条能走汽车的路，但是路面凹凸不平，路况相当糟糕。要是一个不留神，让轮胎陷进大坑里，那可就麻烦了。

“所以说……你是自学的？”王江宁的神情慢慢变得紧张起来，“等等，军车不都是大卡车吗，你开过小汽车？”

李错冷哼一声：“有什么区别，开起来不都一样吗？”

吕冲元和梅檀在后座默不作声，各自抓紧了车顶上的拉手。而李

吕冲元和梅檀在后座默不作声，各自抓紧了车顶上的拉手。而李错似是毫无察觉，以极快的速度驾驶着车辆向前飞驰。

错似是毫无察觉，以极快的速度驾驶着车辆向前飞驰。

“三十里地，以咱们这速度，应该很快就到了吧。”王江宁拿出地图，装模作样地看着，故意做出一点儿不害怕的样子。

“前面转过去就是了。”李错有些不耐烦地回答。

“说起来这白马寺啊，原是中原寺庙祖庭。相传东汉年间，两位天竺高僧以白马驮经来到此地，因而取名白马寺。”吕冲元觉得有些无聊，因而抱着后脑勺开始说起白马寺的历史来，“白马寺也是饱经战乱摧残啊。如今的寺庙虽然仍保有五殿四院，但都破败不堪，年久失修。不过我却从未听说这白马寺里有什么佛家珍宝，这大概也是它得以躲过猖獗匪患的原因所在吧。”

“你不是道士吗，怎么对和尚的住处这般了解？”李错狐疑地问。

“哎，佛道不分家嘛！”

然而李错却没再接话。她忽然放慢了车速，轻声叫一句：“前面好亮啊！”

王江宁立刻抬头看去，只见东北方向泛起了阵阵红光。

不祥的预感让王江宁心头一颤。他急忙摇下车窗，一股刺鼻的气味立刻蔓延了进来。

“不好，着火了！”吕冲元捂着鼻子叫道。

四

一行人匆匆赶到寺庙前，却见那火光已经暗淡了不少。只是焚烧的刺鼻气味以及滚滚烟尘依然萦绕在寺庙周遭。着火的是东侧的一排厢房，此时寺中僧人和附近的百姓都在奋力扑救。然而那厢房已经烧成一片白地，只有一些漆黑的残垣断壁说明这里曾是房屋。

怎么会那么巧，刚赶到白马寺，这儿就起火了。

王江宁一颗心在胸腔里七上八下地跳动着。他不相信这是一场意外。眼下火势还未完全退去，他猜测纵火的人，还在附近。

王江宁扫视了一圈，发现有五个中年人坐在火场附近的地上，他们的穿着打扮和救火的百姓大不一样，像是和尚的僧袍，然而又都蓄着发。

王江宁正觉得奇怪，却见那李错忽然上前，跟其中一个中年人打起招呼来。

“叶老四！”

那叫叶老四的人没料到旁边突然有人叫他，顿时吓了一跳。他立刻站了起来，王江宁这才发现这人很矮，个头只到他的肩膀。这人的脸都被熏黑了，身上的衣服也多有污渍，看着怪可怜的。

“你认识？”王江宁看着李错，满眼惊奇。

“这是钟涛家的下人，我当然认得。”李错瞥王江宁一眼，随即迅速伸手去拽叶老四的衣领，“说，钟涛在哪儿？”

叶老四闻言，轻声叹息道：“钟先生……怕是凶多吉少。”

“什么？”王江宁一行闻言，齐齐一惊。王江宁刚想说话，却听身后响起一声佛号。

“阿弥陀佛。这几位施主，鄙寺不幸遭遇火灾，不能迎接，甚是失礼。不知诸位施主深夜造访鄙寺何为？”王江宁转头一看，发现这说话的和尚年纪不小，脸上褶子甚多，言语间也非常客气。王江宁见状，自然不敢怠慢，有模有样地学着这和尚双手合十回了一礼。

“大师您好。我是首都警察厅的，这次来白马寺是奉命公干。”王江宁装模作样地掏出徐思丽之前给他的文书，拿给这和尚看。

周围的人听闻动静，都围拢过来注意着王江宁和老和尚的交谈。

那老和尚接过文书细细看了看，又递还给了王江宁，语气如常地说道：“原来是从南京来的官爷，贫僧慧芳，是本寺的住持。”

王江宁倒没料到这个不起眼的老和尚就是白马寺的住持，只得又给老和尚行了一礼。“没想到白马寺竟然遭此变故。敢问火势因何而起？”王江宁顺势问道。

“目前大火起因依然不明。”慧芳方丈眼中满是无奈，“火势是从东厢房里发起的。来得甚猛，又是深夜起火，待人发现后去扑救时已经来不及了。也是不幸中的万幸，火势起来之后就集中在东厢房一代，没有蔓延到其他地方。住在东厢房里的大多是一心向佛的居士，每日礼佛不曾间断。”

“这些居士……都是火起后及时逃出来的。”慧芳方丈望向叶老四在内的五个中年男人。

“那钟涛呢？难道他没逃出来？”李错继续去问那叶老四。她显然是担心钟涛烧死在庙里，眉眼间尽是急迫。

“他就住在东丙房间里。我和大家逃出来的时候，没有看见他。”叶老四老实回答。他见李错一脸怒容，生怕她拿他出气，想了想又补充道：“不过钟先生时常外出，神龙见首不见尾，今天我没有看见他……他或许是外出了。”

“你一个下人,都不知道自己主子到底在哪儿？”李错忍不住问道。

“实在是钟先生行踪太难以捉摸了啊。”叶老四一脸委屈。

王江宁聆听着李错和叶老四的话，兀自思索着，一直没有说话。

“阿弥陀佛。官人少安毋躁，我问问详情便是。”慧芳方丈出声唤过来一名小沙弥，耳语几句，那小沙弥便小跑着去喊人了。

没过多久，一位年长的知客僧便走了过来。

“住持，几位师兄都清点过了。东厢房八间已经全部焚毁。火是从东丙房间中冒出来的，眼下火势渐熄，几位师兄正在查看。”知客僧双手合十向住持汇报。

“可有没跑出来的居士？”慧芳方丈有些担心地问道。

“只能等师兄们的查看结果了。”知客僧顿了顿，便转身向王江宁一行，“钟居士我是知道的。早几年前他就经常与本寺来往，近日也确实在本寺挂单，就住在东丙那间。只是钟先生平日行踪不定，尚不知此次是否罹难。佛祖保佑。”那和尚说完，便告了个罪，又小跑着离去了。

王江宁轻呼一口气，这样看来，他们尚有一丝机会。但愿火起时，钟涛没在房间里。

“真是世事难料啊。”耳边传来叶老四的轻声感慨。

王江宁也不再多言，径直跑向东厢房。此时大火已经熄灭，眼前是黑漆漆的一片残骸。王江宁拈起地上的一根茅草看了看，再仔细打量了一番厢房的外观，基本可以确定这是一个并排的八间连顶茅草房。每个厢房就一个单门单间，前后连窗户都没有，结构十分简单。

“这茅草屋顶，最怕着火啊。”王江宁兀自感慨一句。他不经意间回头，就见梅檀、吕冲元和李错都已经跟来了。

他刚想说什么，就见李错那名叫月饼的大狗朝着某个方向狂吠起来。王江宁顺势看去，只见两个和尚从一间屋子里抬出一具焦黑的尸体。“死者的身份清楚吗？”王江宁立刻迈步上前，捂着口鼻问道。只见尸体被烧得焦黑，根本不见丝毫面部特征。

“请问施主是？”其中一个僧人出声问道。

“我是警察局的。刚接到报案说这儿着了火，于是就过来查看一下案情。”王江宁掏出徐思丽给他的文书，递到僧人眼前，说谎说得毫不脸红。他暗想此时消防队和本地警察都没来，他正好打个时间差，赶在那拨人来到前“理直气壮”地检查尸体。

“警察来了便好，毕竟是出了人命。”黑灯瞎火的，那和尚自然也不会细看王江宁的文书。他与同行的和尚将尸体小心放在空地上，然后一齐双手合十，向王江宁躬身行礼。

“已经确认过了，其他房间都无人死伤……只有这位，住在东丙的居士，没能逃过一劫。”那和尚一五一十地向王江宁汇报了情况。

“东丙……”王江宁怔怔呢喃，一时间有些无法回神。

“钟涛。”梅檀淡淡道。

“是的。这位不幸罹难的正是钟居士。”和尚轻声道，“听说他是个商人，经常在外面走动，在本寺居住的时间并非固定……遭此劫难，实在不幸。”

之前王江宁依然抱有一丝侥幸心理。然而听闻和尚笃定地念出钟涛的名字时，他的心跳下意识地慢了一拍。在场众人，纷纷陷入沉默。

“我的妈啊。”半晌，李错轻声叹了一句。

王江宁当然知道她在想什么。他们刚赶到白马寺，钟涛就被火烧死了。这也太巧了，巧得有些不合理。事出反常必有妖。

王江宁看一眼蜷缩的尸体，然后望向和尚：“起火的原因现在知道了吗？”

“也许是起夜的时候需要烛火照明。偏巧这屋子令火烧得飞快……阿弥陀佛。”

正值春季，断不需要点火取暖。然而就算茅草屋有利于燃烧，区区一根用来照明的蜡烛也不太可能引起那么大的火情。这一点，也委实怪异。

“钟涛死了。”梅檀看着尸体，低声说了一句。不知道是无意识的重复，还是想从王江宁那儿得到否定的回答。

虽然他语气听起来很平静，但王江宁知道，此事对他的打击很大。找到保皇党，说不定就能找到陈婷婷的下落。而眼下钟涛是他寻找陈婷婷唯一的线索。如今钟涛一死，想要找到陈婷婷怕是无望了。

“这火起得有问题。别担心，我们会查到真相的。”王江宁犹豫了一下，还是伸手拍了拍梅檀的肩膀。

第十二章

金蝉脱壳

一

“你有发现？”梅檀望向王江宁，往日里不见任何波澜的眼中，似闪过一丝惊喜。

“其一，尸体一般不会被烧得这么彻底，其二，这尸体的姿势也十分诡异。”

听闻王江宁的话，李错和吕冲元一齐望向钟涛的尸体。只见那尸体背部弯成弓形，头则埋在胸口处，两腿弯曲到极点，两只手垂在身旁。

“哪里古怪？”吕冲元作势上前。

“别乱碰尸体啊。”王江宁眼疾手快，伸手把吕冲元揪了回来。

“你接着说啊，钟涛的尸体到底怎么个古怪法啊？”李错急不可耐地催促道。

“发生火情，正常人都会往门口跑，摆出求救的姿态才对。”王江宁顿一顿接着说道，“然而这具尸体双腿这样蜷曲着，你们看如果把他扶起来，这分明就是个跪着的姿势。就好像死者在死前拼命在地上找一线生机似的。”

“你这么说，倒的确挺奇怪的。”李错点点头，然后转头看向之前运送尸体的和尚，“和尚，这具尸体是在房间哪个地方发现的？”

“在床边的空地上。”和尚如实回答了李错的问话。

“我先去对面看看。”王江宁说完，便一路小跑着来到西厢房。

他之前就注意到了，这西厢房与东厢房遥遥相望，但却截然不同。大晚上，黑灯瞎火的。

“请问这西厢房不住人吗？”王江宁拉住一位路过的和尚问道。

“刚建好的时候，西厢房自然也是住人的。但是后来有居士染疾病死在其中，西厢房的几位居士便因此避讳，有的走了，有的则搬到东厢房居住，此后，西厢房就再不住人了。”

“有人病死？”王江宁怔了怔，“这是什么时候的事？”

“就是半年前的事。”

“你认识一个叫钟涛的人吗？以前他住过这西厢房吗？”王江宁追问道。

“这……就不清楚了。”和尚对王江宁行礼后，便转身离开。

大火扑灭，该处理的事情基本也已经处理完毕。几位僧人围拢在一起为罹难的钟涛做完法事后，便跟着其他僧人一同返回住所休息去了。只有两个小沙弥留了下来，打着灯笼在寂静的寺庙中夜巡。刚寂静下来的白马寺，被这两个小沙弥刺破云霄的喊声再次唤醒。

“这……就是这里！”

两个小沙弥引着方丈来到祖师墓前不远处，便是一步也不愿意靠近了。

慧芳方丈面色庄严，在众多举着灯笼火把的和尚簇拥下，向前迈步。只见迦摄摩腾祖师墓前一片寂静，空无一人。墓上只有一臂长的墓碑以及零零散散的杂草。

“你们当真看到这里有人？”慧芳方丈问那两个小沙弥。

“是的方丈，刚才那人便跪在墓前。”一个小沙弥指着墓碑前面的一小块空地，声音颤颤地说道。

慧芳方丈四处打量一番。此时别说是墓前了，就连周围也是一个可疑的人都没有。

“小师傅今晚应该是吓着了，看走了眼吧。”跟着来看情况的叶老四说道。

“方丈，我们断不会看错。”

“发生什么了？”就在这时，王江宁和吕冲元姗姗来迟。

“二位竟还在本寺？”慧芳方丈见到二人，显然也是一愣。

“我们刚在车上，听见尖叫声就来了。”王江宁神态自然地回答着，说完后还像模像样地伸一个懒腰，其实，两人根本没离开过白马寺。

慧芳方丈正要说话，吕冲元却忽然大叫起来：“快看，佛祖显灵了，祖师墓冒烟了！”

几个和尚见这小道士颇为无礼，瞪大了眼睛就要围过来教训他一番，然而小沙弥却在此时爆发出惊恐的叫喊：“祖师墓真的冒烟了！”

众人顺势望去，果然看见迦摄摩腾祖师墓的封土顶上冒出滚滚浓烟，在灯光火把的照耀下分外明显。

在场僧人纷纷色变，甚至还有几个和尚见此异象，竟然跪下去念起经来。叶老四等几位赶来围观的居士，也都你看我我看你，惊疑不定。

“快，过去看看！”慧芳方丈见此情形，立刻指挥身边两个成熟稳重的和尚。

那两和尚上前仔细探查，不久之后便大声冲慧芳方丈道：“方丈，墓碑后有个洞！烟是从洞里冒出来的！”

“有个洞？”慧芳方丈也蒙了。迦摄摩腾祖师墓上居然有个洞，

慧芳方丈正要说话，吕冲元却忽然大叫起来："快看，佛祖显灵了，祖师墓冒烟了！"

而且洞里还在冒黑烟，这是何等怪事？

“方丈！你们听！”查看的和尚忽然又大声喊道。

众人闻言，立刻安静下来。

很快，王江宁也听到一阵轻微的动静。那动静越来越大，由远及近，似乎是什么人咳嗽的声音。而这声音，正是从洞里传来的！

“莫非，真的是迦摄摩腾祖师要显灵了？”叶老四忍不住迷惑出声。

然而没有人敢回答叶老四。

“墓碑在动！”一个小沙弥忽然大声喊道。

慧芳方丈定睛一看，发现那嵌在封石里的墓碑果然在动！仿佛是有一双无形的手在推它。

“何人胆敢在佛门清净之地装神弄鬼！”慧芳面色铁青，盯着墓碑大声喝道。

咣当一声，墓碑倒在地上。一团黑影立刻从黑洞中滚了出来，倒在地上，把众多僧人吓得佛号与叫骂声齐飞。

慧芳方丈定睛一看，滚出来的那人浑身是土，脸上被熏得一片黝黑，嘴里还不停发出响亮的咳嗽声。

“钟居士！你怎么会在此处？”人群中，一位知客僧出声问道。

二

“钟居士？”

围拢在四周的和尚们闻言，纷纷露出诧异的神情来。难道那个死在东丙房间里的不是钟涛？那死掉的人又是谁呢？

“钟先生，幸好你无事！”叶老四出声，言语中满是欣喜。

然而钟涛看起来却一副十分不开心的样子，趴在地上半天没回话。

“原来这位就是钟涛先生啊？”王江宁吹一声口哨，上前一步蹲在地上，似笑非笑地看着还在剧烈咳嗽的钟涛。

这个钟涛是个五短身材的小个子，留着一撮小胡子，身上穿着长袍马褂，倒是颇有点前朝商人的模样。只是他的头发十分独特，竟是棕色的短发，夜间天黑，也不知道到底是土染色还是天生的。他在这墓里想必是吃了一些苦头，被烟气呛得一把鼻涕一把泪，脸上一道黑夹着一道白，真真是狼狈不堪。

钟涛抹一抹脸，抬头看向王江宁，眼神中尽是茫然。

“钟先生，你放心，我们不是坏人，只是想问你点儿事。”王江宁有意无意地摸一下腰间的勃朗宁手枪。眼下他的拐已经牺牲了，能起到震慑作用的就只有这把枪了。

钟涛抹一把脸，费劲地抬起头来，却见眼前有个小道士正牵着一条巨型黑狗，笑嘻嘻地看着他。那黑狗眼神凌厉，牙齿在火光的映衬下显得格外锋利。钟涛低头不语，整个矮胖的身子却已经微微颤抖起来。

“钟先生……”站在一旁的叶老四欲言又止。

钟涛似是没听见叶老四的话，转身偷瞄向洞口，眼下，已经没有烟冒出来了。

“钟先生，你若是还想钻回这洞里去，怕是没指望了。”王江宁猜出了钟涛心中所想，于是这样说道。

仿佛是要证实王江宁的话一般，竟然又有一人噌的一下从迦摄摩腾祖师墓里钻出来，把钟涛和众人都吓了一大跳。

“呸呸呸，早知道不钻这破洞了。又小又脏，弄老娘一头的土。”李错用力拍着身上的土。

“李……李寨主？”钟涛哆嗦着，有些狐疑地看着忽然钻出来的李错。

李错狠狠瞪了他一眼，钟涛立刻识趣地闭嘴。

“梅教授呢？”王江宁见只有李错一个人钻了出来，有些奇怪地

王江宁急忙向黑洞望去，果然看到梅檀从墓碑后面的洞里钻了出来。他动作非常慢，每一步都格外小心谨慎。

问道。

“这破洞这么脏，那个小白脸怕是钻了一半不敢走了吧。”李错冷哼一声，随即望向王江宁勾起嘴角，“还是你更对我胃口一些。”

这没头没脑的一句玩笑话，却令王江宁一时间乱了分寸。他支吾半晌，不知该说什么。

“大教授出来了。”吕冲元插了一句，帮王江宁解了围。

王江宁急忙向黑洞望去，果然看到梅檀从墓碑后面的洞里钻了出来。他动作非常慢，每一步都格外小心谨慎。

“你身上怎么一点儿土都没有啊！”李错上上下下地打量着梅檀，瞪大眼睛，一脸不敢相信。

梅檀没有说话，他直起身来，往李错和钟涛旁边一站。他干净得就像一只一尘不染的白狐，而相比之下，李错和钟涛就是两只狼狈的土拨鼠。

“谁说没沾上土。”梅檀轻叹一声，然后掏出白手套，弯下腰轻轻擦了擦皮鞋上的一小块泥土。

“钟居士可否解释一下，这到底出了什么事？”沉默了许久的慧芳，终于忍不住问道。

“我来说吧。”王江宁清了清嗓子，开始说话，“整件事，还是要从东西厢房修建时说起。我方才查看这东西厢房的布局，发现一件很奇怪的事情。这两排厢房，修得都颇为简陋，木柱泥墙茅草顶，几乎就是怎么快怎么来，而且修了这么多间，似乎只是为了尽快住进去一批人。我当时就想，什么人要如此迫不及待地住到白马寺呢？”

王江宁见众人都将注意力集中到他身上，于是便摸摸鼻子，继续道：“后来我突然想到，去年被军阀一把火烧掉的少林寺，流失了不少珍贵的经书古籍。这白马寺历史悠久，虽然从未听说藏有什么珍奇异宝。然而在有些人眼中，有没有珍奇异宝，总得要挖出来看看才知道。”

“盗墓贼。”慧芳方丈冷声说道。

“正是。然而白马寺一来没有军阀侵扰，二来规矩森严，还有您定下的夜巡制度，盗墓贼要想下手，想必十分困难。”王江宁顿了顿，接着继续说道，“于是盗墓贼想了个法子，得到应允后光明正大建了这东西厢房，紧接着就开始挖密道。西厢房的密道通往竺法兰祖师墓，东厢房的密道则对应着迦摄摩腾祖师墓。”

“我们就是从密道中出来的。”李错适时插话进来，以证明王江宁的说法。

“你们是如何知道密道的存在的？”慧芳方丈蹙眉问道。

“密道的存在，其实是钟先生告诉我的。”王江宁望向钟涛，狡黠地一笑。

钟涛怔怔地看着王江宁，神情也是十分茫然。

“钟居士？”慧芳方丈看了看钟涛，又看了看王江宁，“钟居士又是怎么知道密道的？”

“这就说来话长了。”王江宁深吸一口气，接着说道，“我去问过了解西厢房的和尚，得知半年前钟先生住在西厢房，并且就恰恰住在有密道的房间里。有人死后，他就主动搬去了东丙，而那个房间，也有密道。这就说明钟先生很可能就是挖密道的盗墓贼。我听说钟先生平时也做古董生意，对这古墓什么的想必很感兴趣。”王江宁说完，刻意停下去看钟涛，然而钟涛刻意避开了他的视线，看那心虚的神情，似乎是被说中了。

“而将密道消息传达给我们的，就是那具钟先生留在房中的尸体。”王江宁顿了顿，便又接着说道，“尸体的怪异姿势，让我大胆猜测了一下，他应该是在被火烧之前就已经死了。那跪地寻找什么东西的姿势应该就是他死亡时的状态，于是仔细检查后，我发现了地板下的密道。后面的事情就简单了，我在有密道的房间里做了简单调查，然后让我的朋友查明地道走向。”

“一点儿也不轻松！那个地道上面用铁门封得可严实了，难怪被烧死的人打不开。幸亏老娘这两把弯刀也是削铁如泥，要不然哪有这么快破门。”李错抢着说道。

“查地道走向的时候，我们听到地道里有人声传出。”梅檀推一推眼镜道。

“对对，当时我并不知道藏在地道中的是什么人，只想着先把这人逼出来看看。”王江宁点点头，接着说道，“于是我让这位小道士在墓前装神弄鬼，引大家来到迦摄摩腾祖师墓前，又让梅教授和李姑娘守在密道入口处放烟熏人，费了好大工夫，这才令诸位与钟先生得以一见。”

王江宁语言平静，但望着钟涛的眼神中却满是嘲讽。

“钟居士，你在祖师墓里做了什么？”慧芳方丈望着许久不言的钟涛，冷声问道。

钟涛见方丈发问，便慢慢悠悠地爬起来，依然是一副惊魂未定的样子。“方丈……我……我其实什么都没干。两座古墓……都是空的。”他嗫嚅着说道，“我挖这密道，确实是心怀不轨。但我今次进密道，其实是为逃命……”

“逃命？”此时见多识广的慧芳方丈，也难免露出诧异的神情来。

“那么你屋里的死人，到底是谁？”王江宁定定地望着钟涛，“这一场大火，是不是跟你有关？”

钟涛低着头，一副犹豫模样。

“别磨叽！赶紧说清楚！”李错拿刀指着钟涛，狠狠瞪大眼睛，“不然老娘拿你祭刀！”

慧芳方丈蹙眉看着李错，眼中尽是不赞同。但他终是什么都没说，只是无奈地摇摇头。

“我说，我说……”钟涛举起一双颤抖的胖手，“那个死人……是一个刺客。”

三

“刺客？”吕冲元惊奇地叫了一声，“你一盗墓贼，竟然也会遇到刺客？”

“千真万确啊！”说到这里，钟涛的声音中带上了哭腔，“既然各位老爷都把真相说出来了，那我也没什么好隐瞒的了。其实，最近我总感觉有人在暗中跟着我，像今天这样突然闯进来的也已不是第一次遇到了。我不知道他们要找什么，但我非常清楚，有一伙人，已经盯上我了……”

“继续说。”王江宁见这钟涛说到一半就停下来开始长吁短叹，于是出声催促道。

“如你所说，那人在屋子里找了一遍后，发现了密道入口。他蹲下身专心去打开密道口，我便趁这个时机，突然从后面狠狠砸了他的脑袋。看他倒地死了，我心念一动，想着总这么躲躲藏藏也不是个办法，干脆借此机会来个金蝉脱壳好了。于是便往他脸上泼了火油，点燃后，躲进了密道。”

听闻钟涛说明大火起因后，众人纷纷陷入沉默。钟涛这人虽然做了坏事，但罪不至死，遇到这样的事，也委实令人唏嘘。

钟涛手捂心口，接着说道：“没想到，却还是被你们揪出来了。”说完这番话，钟涛便扭头看向王江宁，眼神中不无幽怨。

“钟先生，你杀了人家派来的刺客，这事儿人家一查就能查明白。你想来个金蝉脱壳，让别人误以为死掉的人是你，怕也不是那么容易的事。”王江宁平心静气地说道。

钟涛轻轻一哼，目光掠过李错，落到王江宁身上：“那你又是谁？”

王江宁果断掏出十分好用的文书递到钟涛眼前：“我是南京侦探王江宁，警察厅派来的。”

趁着钟涛查阅文书的当口，王江宁转身对各位和尚作揖：“我们和这位钟先生还有要事相谈，诸位无事的话，可以先回房休息。”

眼下知晓了祖师墓闹鬼真相，也知道了大火起因，倒也确实没有留下的必要了。慧芳方丈点点头，便领着诸位和尚转身离去了。在钟涛手底下做事的叶老四本想留下，但还是被钟涛用眼神支开了。

“李寨主，你怎么会在这里？”见人都走得差不多了，钟涛率先发问道。

“别提了。”李错摆了摆手，忽然想到什么，又瞪向钟涛，“我已经不是寨主了，以后别在人前寨主寨主的，听到没有！”

“知道知道。”钟涛点头哈腰地说道，他对李错到底还是有些忌惮。

“那李……李姑娘，你为什么和南京侦探在一块儿？”钟涛迷惑地问。

“你话怎么那么多。”李错又有些不耐烦了，“听着，我们是为一样东西来找你的！”

“该不会是铜雀印吧？”钟涛立刻就问。

“可以啊，钟先生，你很上道。”吕冲元立即冲钟涛比了个大拇指。

“自从得到这宝贝后，我就没有一天安稳日子过。今天这一番死里逃生，或许是老天给我的最后一次机会。”钟涛垂头丧气地说道。他怔怔地望着地面，许久后才狠狠叹一口气，仿佛下定决心一般：“看来，是时候把它交出去了。”说着，就要从怀里掏出个什么东西。

王江宁显然没有意料到钟涛那么配合，与李错互相看了看，就没再说话。

没过多久，钟涛把一个正正方方的物件拿了出来。这物件由紫铜打造，在火把的照耀下闪烁着诡谲的光。物件最上方是一个鸟雀造型的手钮，鸟雀翘着尾巴，警觉地站着，周身羽毛根根竖起，一双黑曜石打造的眼睛看起来颇为凶猛。

铜雀印。王江宁默默在心中念出这个名词。他没有想到，竟然就这样见到了保皇党苦苦追寻的铜雀印。虽说这一路上状况频出，但是现在看起来，一切却都是值得的。

“这印是真的？”王江宁留了一个心眼，问梅檀道。

“铜印材质古朴，鸟雀造型独到，瞧着是个古物。”梅檀顿了顿，“但是不是我们要找的那一个，我也不知道。”

王江宁点点头，伸手就要去拿那铜雀印。然而钟涛却似忽然改了主意，迅速将铜印收进了怀里。

李错的火暴脾气顿时发作，噌的一下，一把弯刀就架在了钟涛的脖子上。“姓钟的，之前对你和颜悦色，并不意味着老娘我就好欺负。”李错咬着牙说道，“你赶紧把印给老娘交出来。要不然，老娘就拿你练刀工，一刀一刀把你身上的肥肉切下来！”

钟涛闻言，吓得面如土色，双腿也跟着哆嗦起来。然而他却强撑着一口气，紧紧护着怀里的铜印道：“把铜印给你们可以……但我、我有一个要求！”

“你求着老娘护了你这么久，一个破印你还跟老娘讲条件，信不信老娘一刀下去，你半个要求都说不出来！”

“我、我的要求就是，你们……要护我周全！”

“保护你？那简单啊。”王江宁笑了笑，向李错使个眼色，李错犹豫一下，还是拿开了放在钟涛脖子处的弯刀。

“此地向东，是冯将军西北军的一个营地。我和西北军的张奇张连长是故交。你交出铜雀印，我们就连夜送你到营地避难。刺杀你的人本事再大，也不可能敢往军队里闯。”在与张奇道别之前，王江宁确实问过张奇这边营地的位置，以备不时之需，哪里知道现在就用上了。

“张连长？九命虎张奇？”钟涛有些意外地瞪大了眼。

“唔……对，九命虎张奇。”王江宁忙不迭地点了点头。没想到这钟涛也认得张奇。看来张奇在这一带的威名非同小可。

“你说张连长是你朋友，可有证据？”钟涛小心谨慎地问道。

“这……”王江宁忽然为难起来，然而就在这时，梅檀忽然掏出一份文件来。

“这是？”王江宁一阵迷惑。

“张连长给的介绍信。”梅檀目不斜视地回答完后，把信递给了钟涛，“如果要去军营，就需要这个。”

王江宁虽然面不改色，但心中还是好生敬佩了梅檀一番。要不是梅檀准备充分，钟涛这一关还真不知道该怎么过去。

钟涛展开信的同时，王江宁立刻凑上去看。整封信写得工工整整，唯独这信末尾签的名字歪歪扭扭，如同狗爬。想来张奇不太会写字，整封信都是由人代写，只有签名是他自己完成的。签名后还有一个鲜红的大印，自然是造不来假的。

“那好，你们把我送到军营里，然后我就把印给你们。”钟涛当即下了决定。

“那印总可以给我们看看了吧？”吕冲元迫不及待地说道。

然而钟涛却没有回答。他摸着怀里的铜雀印，似乎十分不舍。

“我们总要看一看到底是真是假吧。”王江宁耐着性子说道。

然而钟涛却依然没有动作。

“磨叽什么！老娘一言九鼎，还能诓你不成！”李错实在看不下去了，立刻挥舞双刀，作势要把钟涛削成肉片，钟涛顿时吓得魂飞魄散，立刻把铜雀印抛向王江宁。

王江宁险险接过，然后和梅檀一起仔细打量起来。这印做得确实精致，尤其是铜雀身上的羽毛，每一根都是精雕细琢，层次分明，一般工匠断然没有这样的手艺。王江宁将印翻过来，发现这印的纹路格外繁复，似有些门道。

梅檀见王江宁向他投来求助的目光，于是轻轻摇了摇头，示意自己也不怎么清楚。“是个古物，不是现代仿造的。”他只简明扼要地说了句。

“之前听你们说，艾梁很想要这玩意儿。可我瞧着也没什么稀奇啊？”李错抢过印仔细瞅了瞅，依然没瞅出什么门道来。

“兴许就是想放在家里摆着看吧。谁知道呢。”吕冲元见众人都不吱声，于是随口说道。

“这印是我从个山西人手里收来的，有一段时间了，不过之前一直都风平浪静，最近却接连遇到怪事。”众人查看铜雀印的当口，钟涛自顾自地说道，“原本这印和其他宝贝一起都由我手下老许保管着。但忽然有一天，一个人和老许打听了这印。结果当晚老许便意外暴毙，死因不明。幸而铜雀印他并未贴身放着，所以铜雀印终归还是到了我手上。再然后，我就发现总有人跟着我，我遇了好几次险，没办法，只得藏身于这白马寺避祸。”

王江宁抬起头来，仔细聆听钟涛的话。

“我原本想，抢宝贝的人越是丧心病狂，就越能证明宝贝的价值。何况已经死了那么多人，我再把宝物交出去也不划算。怎知出了今天的事，我差一点儿，就要交待在这儿了。”说到此处，钟涛兀自摇摇头，仿佛是要说服自己一般道，“跟宝贝比起来，还是命要紧。也罢，我就当破财消灾了。”

为了挖白马寺里的宝贝，这钟涛煞费苦心挖了两条密道，江宁深知，这钟涛确实是有点为财宝古董走火入魔了。然而再走火入魔，也还是知道保命的。

“钟先生放心，等我们送你到军营，你再把这灾祸之源铜雀印交给我们，自然就不会有任何后顾之忧了。”王江宁笑了笑，把铜雀印抛回给钟涛。

“就这么还回去了啊？”李错有些不满地叫了一声，随即狠狠瞪钟涛一眼，“别耍花招，听到没。”

第十三章
柳暗花明

一

刺杀钟涛的刺客，江宁不用猜也知道肯定和保皇党有关了。王江宁还不明白保皇党千方百计要这铜雀印做什么，但他十分清楚，这印当中一定暗藏玄机，还有就是，他们是怎么找到钟涛的，怎么知道铜雀印就在钟涛身上？凭李错寨子里那几个马匪，江宁觉得不像。眼下最重要的，就是护送钟涛去军营，然后拿到这铜雀印，交给徐思丽。

一夜过去，王江宁一行知会过慧芳方丈后，就带着钟涛和他的下人叶老四离开了。毕竟钟涛也没真盗走什么东西，因而慧芳方丈没有刻意为难钟涛，最后也只是好言相劝几句，便不再追究了。

王江宁站在寺庙门口，看见金色的朝阳打亮古老的寺庙，不由肃然起敬。经历过朝代更迭，重重磨难，而寺庙却依然在这乱世中傲然挺立，超脱却也伟大。

“我们六个人，再加一条狗，怕是挤不上一辆车。”吕冲元的话，令王江宁回过神来。

王江宁立刻皱起眉毛。他之前倒是忘记考虑小汽车超载的问题了。

“要不……狗就别带了？”王江宁嬉笑着问李错。月饼似乎是听懂了他的话，原本摇得欢快的尾巴，忽然间就不摇了。

“姓钟的都带他的下人了，我凭什么不能带我的狗？”李错瞪着王江宁，理直气壮地问道。

叶老四在一旁有点尴尬，不确定自己是不是被骂了。

“李姑娘，我没别的意思，你看，眼下车上位置不够坐了……”

“就算没有狗，也不够坐。”梅檀淡淡打断王江宁的话。

“我当然知道啦，但是挤挤说不定可以呢。”王江宁低声说道。

“谁要挤啊！”李错轻嗤一声，扭头就走，“你们先走，我稍后找匹马跟上。”

“你一个人找马？”王江宁莫名就有些焦急，于是快步跟上，“我帮你吧！”

“别给老娘添乱！”

王江宁想了想，觉得自己对马这种动物确实不怎么熟悉，于是乖乖停下脚步，扭头看向小道士。

“行行行，道爷我跟着去。”吕冲元挤眉弄眼地说道，“放心吧，保准把李姑娘完完整整地带回来。”

王江宁作势要打人，吕冲元先一步避开，带着月饼嘻嘻哈哈哈地追着李错离开的方向跑远了。

一行人中，只有叶老四会开车。身材比较宽大的钟涛毫无疑问得坐在副驾驶座上，梅檀和王江宁则坐在后排。

这一路上少了吕冲元和李错，当真是安静了不少，王江宁忽然就有点儿不适应。他正在思考着要跟大教授聊些什么，怎知梅檀却先一步开口了。

“拿到印后，你打算怎么办？”梅檀低声问道。

“回南京，把印交给徐长官。如果那群人跟着找来，就可以一网打尽。到时问询起来，你学生的下落，自然也会有眉目。”王江宁十分迅速地说道。

“追查保皇党这件事，值得你如此用心吗？”

王江宁没有料到，梅檀这第二个问题，竟然如此出乎意料。

“就像徐长官说的，我已经深陷其中，无法撤出。”王江宁苦笑着摇摇头，“在查案过程中我目击了各种离奇死亡，其中也包括我的线人，小黑皮的死。如果不让这个事情有个了结，我总归是良心不安。”

“而且，现在又多了个李姑娘。她寨子里的惨事你也是见了的……我知道继续追查下去，肯定会有危险，但是我就是无法坐视不管。我师父常跟我说，保命第一，赚钱第二，然而总有些人有些事……令我顾不上这些本该谨记心头的原则。”王江宁见梅檀一副认真倾听的模样，索性一股脑儿将心中的话全部说了出来。他不需要回应，只想要倾诉，如今都说出来，忽然觉得畅快多了。

“王江宁，你是个好侦探。”梅檀沉默良久，这样说道。

“你才觉得？”王江宁顿时瞪大了眼睛。

“嗯。”梅檀毫不客气地点了点头。可想而知之前他对王江宁的印象有多差。

王江宁登时气不打一处来。他正想争辩，忽然听副驾驶座传来一阵响亮的呼噜声。想来这钟涛又挖地道又逃命的，必然是累坏了，上车没多久这就睡着了。

王江宁见状，立刻伏在驾驶座的椅背上，跟专注开车的叶老四说话：“叶老四，你听说过铜雀印的事情吗？”

“听说过一些。但钟先生比较谨慎，透露的不多。”叶老四有些不太好意思地回答着，“我对钟先生的营生一向不怎么了解。像这一次……我就不知道钟先生竟然会在密道里。”

“那你现在应该知道，钟先生正在被一伙人追杀。”王江宁警惕地看一眼熟睡的钟涛，尽可能压低声音，“尽管如此，你还要跟着他吗？”

“不跟着他我还能去哪儿呢。”叶老四轻声叹息，“为一口饭吃，谁还不是这样呢。”

“说得是啊……”王江宁一时间颇为感慨。

咯吱，小汽车忽然发出一阵刺耳的声音，然后停下了。

“怎么回事？出什么事了？”钟涛忽然惊醒，竖起脑袋四下张望着。

“汽车忽然停了，大概是坏了。”叶老四忍不住苦笑。

“就知道不会那么顺利。”王江宁无奈地摇摇头，果断下车打开汽车前盖，装模作样地检查起来。

“能修好吗？”梅檀走过来问。

“你问我做什么，我又不会修！”王江宁望着梅檀，“倒是你，大学教授，见多识广，修个汽车想必不在话下吧？”

梅檀推了推眼镜，淡淡说道：“我只会修摩托车。汽车和摩托车虽然在工作原理上有相似之处，但毕竟还是有所不同。”

王江宁满怀希望地看向走下车的叶老四，然而叶老四也是摇摇头：“没有工具，我修不了。”

“怎么会这样呢？为什么偏偏在这里报废呢？”钟涛此时更是急得崩溃，他刚死里逃生，神经尚处于紧绷状态，根本承受不了这样的折腾。

王江宁环视四周。这车就停在一条茂密林地中的小道上，前不着村后不着店，真是想呼救都未必能有人听到。

“那我试试看吧。先去看看车上有什么趁手的工具没有。”王江宁正要上车，梅檀却忽然伸手拽住了他胳膊。

王江宁奇怪地看他一眼，但是很快，他就感觉到了些许不对劲。

有轻微的脚步声，由远及近。那似乎，是脚步声。

王江宁屏住呼吸，下意识地向梅檀靠了靠。只见茂密的树林中，忽然钻出好几个身穿黑衣的大汉。他们的手里，都拿着寒光闪烁的大刀。

带刀大汉们向王江宁一行围拢过来，形成一道密不透风的人墙。一个一身长袍的消瘦男人，穿过人墙，伫立在王江宁眼前。

“钟老板，别来无恙。”那人拿下遮住大半张脸的宽檐帽，棱角分明的眉骨下，一双眼睛里闪烁着寒冷的笑意。雪白的猫头鹰站在他肩头，示威一般发出尖厉的叫声。

是艾梁。

二

“王侦探，梅教授，你们一路追到这里，想必收获颇丰吧。”艾梁咬着牙，从鼻子里发出一声轻嗤。

王江宁忍不住与梅檀对望一眼，二人眼中都装满惊异。没想到与这艾梁第一次见面，他就熟门熟路地打起了招呼，仿佛认识二人许久。

“王侦探一定好奇我为什么知道你的名字吧。其实我也不想记得的，在我的印象里，你早该沉尸秦淮河了。”艾梁见二人不言，于是又漫不经心地继续说道，“你命是硬，但这么不长记性，再硬的命也逃不过一死。”

王江宁盯住艾梁，身体里的血液在一点点变得冰冷。他无法不想起小黑皮的死以及那可疑的图腾。而眼前的人，是能连接起一切的源头。

“梅教授，您这样的一个人，竟然跟着这么个市井侦探跑来跑去，倒也的确出乎我的意料。”艾梁不在意王江宁的神情，又转头看向梅檀。

“你到底是什么人？”王江宁忍不住大声问道，“保皇党可是你一手组织起的？你们到底想干什么？”他浑身的怒火都已被点燃，情不自禁地就向着艾梁走去，然而艾梁手下立刻抽出泛着冷光的大刀阻住了他的去路。

“废话少说，先把铜雀印交出来。”艾梁冰冷的目光扫过眼前众人。

“若是不交呢？”王江宁话音刚落，就利落地从怀中抽出手枪。

艾梁的手下齐齐一惊。他们看起来似有些顾虑，举刀的架势也不像刚才那样杀气腾腾了。王江宁一时间有了底气，立刻用手枪指住艾梁。

艾梁怔了怔，刚想开口说些什么，忽闻一声响亮的枪响在耳畔炸裂开来。

一时间寂静无声。

梅檀抬头，发现有个东西从空中掉了下来，定睛一看，竟然是一只通体灰羽的大鸟。

“糟糕，走火了。”王江宁低喊一句，梅檀的心跟着抖了三抖。

艾梁望着掉在地上的鸟，有半秒钟的迟疑，而也就是这半秒钟，却令钟涛下了决定。

钟涛忽然就迈开两条短腿，向无人的林地狂奔而去。这几天的遭遇令他深刻认识到了眼前这些杀手们的手段，他非常明白，无论他交印还是不交印，到头来都是个死。他没有选择，也没有退路，只能抓住机会逃命。因而他非常感谢王江宁的擦枪走火，这为他争取到了一些时间。

王江宁见状，立刻拉着梅檀跟上钟涛。此时逃生的欲念胜过一切，他不能站在此处等死。

然而他却忽然感到背后一丝冷气闪过。他微微一惊，心想艾梁的人怎么可能那么快跑来，更何况，他还一点儿动静都没听到呢！他用余光小心翼翼地一瞥，见到的却是叶老四的脸！

然而此时叶老四的面容，全然不像往常那样温文尔雅，一双沧桑的眼眸里，暗含冷光。

“叶老四，你……”钟涛显然也发现了叶老四的异样，但是他却没有机会把话讲完。

叶老四迅速抽出袖子里的刀刺入钟涛的后背，钟涛惨叫一声，立刻跌倒在地。叶老四见钟涛没有立刻毙命，于是又凶狠地补上三刀，直到那钟涛断气为止。

一切发生得太快。王江宁下意识地顿住脚步，看着钟涛在眼前直挺挺地倒下，大脑有片刻空白。他木然地望向面无表情的叶老四，回忆的画面在脑海深处快速翻飞着。他忽然想明白了，车是叶老四开的，也是叶老四第一个发现车坏的。那或许，这车其实没有坏呢？叶老四会不会是故意让他们在保皇党埋伏的地方下车的呢？

现在想这些已经没必要了。

只见叶老四立刻蹲下身来，从钟涛身旁捡起滚落的铜雀印，然后递给艾梁。“大人，这就是铜雀印。”他恭敬地说道。

“辛苦你了。”艾梁接过染着血的印，眼睛一眨不眨，“要不是这钟涛狡猾得像泥鳅一样，我们本不用那么辛苦。”

王江宁冷冷望着躬身献印的叶老四，心想他必然是被艾梁买通的人无疑。也不知艾梁是用了什么法子收买了这些人的，南京有，马匪寨子里也有，看样子，艾梁似乎是个用人的好手。然而这些人到最后，真的能获得他们想要的吗？

“梅教授，你的命就先留一留吧。”艾梁掂着手里的印，转头看向王江宁，似笑非笑，“至于这位侦探，真是不巧。你要还有什么遗言要讲，现在就都说出来吧。”

“遗言？哦，我倒是有很多话要讲的。首先是希望师父能安度晚年，没啥风湿病痛的，每个月给我烧本《侦探》……哦，对了，还不能忘记李寡妇家的包子。希望李姑娘能开开心心的，还有梅教授……”王江宁一边絮絮叨叨地说着，一边在心中快速地想着对策。然而眼看着叶老四就要凑过来抢手枪，他却一点儿对策都没有。他环视四周，心想这次或许是真的躲不过了。

不经意间，他看向梅檀，发现梅檀的眼眸深处，涌动着前所未有的焦虑。看来这位冷面大教授也不是没有感情，还是会担心他的。也好，自己死在这里也不算太凄凉……

“王江宁！”就在这时，一阵清冽的叫声响起，还伴有几声洪亮的狗叫。

王江宁登时感觉一股热血汇聚到心脏处。他立刻循声望去，只见李错和吕冲元骑着马飞驰而来，身旁还有那只大黑狗月饼。

“吕冲元，李姑娘，你们来了！”王江宁也顾不得那么多了，此时立刻扯开嗓子欣喜地喊了出来。

李错用双腿夹紧马匹，身子往后一伏，挥舞着两把波斯弯刀奔驰而来，率先冲入密集的人墙。艾粱的手下人见状纷纷往旁退去，躲闪不及的登时就被凌厉刀锋斩成两截。一时间刀光剑影，血雾弥漫。

“上来！”李错飞驰到王江宁身边，一声娇喝。王江宁毫不犹豫，迅速翻身上了李错的马。

他回头一看，就见吕冲元伸手将梅檀拉到马上。艾粱的猫头鹰飞来，企图袭击众人，然而却被月饼喝退。

两匹马一前一后，迅速飞奔进茂密的林地中，将艾粱的人马狠狠甩在身后。

“印呢？”李错问王江宁。虽然艾粱的人马已然不见踪影，但是李错却一点儿不敢怠慢，驾着马依然一路小跑。

“被艾粱拿走了。”王江宁随即简短说了下钟涛的遭遇。这一

王江宁登时感觉一股热血汇聚到心脏处。他立刻循声望去，只见李错和吕冲元骑着马飞驰而来。

路上，他都用手死死地捏着李错背上的衣服，马的速度不慢，他又不总骑马，生怕一不小心直接摔下去，与钟涛做伴。

“你干什么呢，老娘的衣服都要被你拽破了！”李错忽然出声，倒是吓了王江宁一跳。王江宁想也不想，立刻就松开了手，结果人忽然重心不稳，险些就要摔下马去！

就在这紧要关头，李错忽然拉住了他的手，牵引着他紧紧扣住她的腰。“不要瞎动，听到没有。”李错低声叮嘱王江宁。王江宁怔了怔，脸登时就红了起来。他忽然感受身旁有奇异的视线投来，转头看去，果然发现吕冲元正冲着他扮鬼脸。

“干什么你！”王江宁不甘示弱地瞪了回去。

“有道是英雄救美，今儿个却是见识到了什么叫美救英雄……啊，不对，也不是什么英雄嘛。”吕冲元不顾王江宁近乎要喷出火来的目光，自顾自地说下去。他顿了顿，又忽然转了话题：“我和李姑娘听闻枪声响起，心想肯定是你们出了事，于是循声追来，幸好是赶上了。哎，照你那么说，那钟涛死得可真有点儿惨啊。”

“钟涛固然可怜，他应该也没想到竟然会被信任的手下背叛……然而眼下我们的处境也很不妙就是了。”王江宁见吕冲元忽然提起正事，忍不住叹息一声

“是啊，好不容易逮着了钟涛，眼看印就要到手了，结果还是功亏一篑。”吕冲元也跟着叹了口气。

“对了梅教授，为什么那个叫艾梁的，会知道你的名字？”王江宁忽然想到什么，直直地看向梅檀。

“我不知道。之前我并未见过他。”梅檀轻轻摇了摇头，“眼下，我们要怎么办？”

是啊，怎么办。面对着梅檀充满信任的眼神，王江宁却怎样都回答不上来。现在他们身处洛阳，又丢失了铜雀印，接下来该怎么走，

往哪儿走，倒的确是个问题了。

“等等，你们停一停。”吕冲元忽然伸手招呼李错。

“怎么了？”李错当即勒马，一脸警觉。

吕冲元仔细瞅了瞅不远处的地面，然后跳下马去，弯腰仔细打量着。

“这是……马蹄印？”李错定睛看了看地面上几排交错有序的马蹄印，迅速将怀里的双刀抽出，“艾梁的人？”

“马缓步而行，应只是恰巧路过……这蹄印的马铁还留下了字。”吕冲元顿了顿，“写着‘民团’二字。”

“河南民团的总司令韩多峰，是冯将军座下十三太保之一。那个张奇张连长，肯定就是他的部下。”李错毕竟匪寨出生，对这一带的军队也是极其熟悉的。她略一思索，双眼忽然一亮：“这里离张连长的驻地不远了，说不定这支骑兵队伍，就是他的。”

“原来如此。艾梁他们不敢放枪，想来也是因为有军队在附近，不敢招惹。”王江宁恍然大悟。

“时候也不早了，我们就追着马蹄印，寻张奇的营地住下吧。”王江宁当即下了决定。

吕冲元作势上马，为了方便，他把挂在马侧面的一只大鸟给提了起来，交给梅檀。王江宁定睛一看，发现那大鸟就是他走火打下来的！

“吕冲元！你怎么捡了这只鸟！”王江宁无法掩饰嗓音中的诧异。

“这叫褐马鸡。”梅檀沉默片刻，却还是忍不住插话进来，“清朝官人爱用它的毛做顶戴花翎，现在已经很少见了。”

“不是……大教授，我不好奇它到底是个啥，我好奇的是它为什么被捡来了！”

“我看这鸟躺在地上，就带来咯。还可以做汤呢。”吕冲元一副理所当然的样子。天知道在刚才那种混乱情形中，他是如何在保全自己性命、拉梅檀上马的同时又捡了只鸡回来的。

王江宁撇了撇嘴，便也没再多说。去张奇营地空着手也不怎么好，索性就把这只鸡当见面礼吧。

三

洛阳这一行，几乎可以说是毫无进展。铜雀印没有拿到，也没有丝毫陈婷婷的消息。梅檀一路上都没什么话，可想而知他的心情必然十分低落。王江宁立刻就想，真该在遇见艾梁的时候好好问问陈婷婷的事情的，然而在那个命悬一线的时刻，他又怎么可能想得那么周到呢。

追着马蹄印，加之月饼的指引，众人终于赶在太阳落山前来到张奇的营地。

“王大哥！又见面了！”张奇听闻小兵的汇报，立刻热情地迎了出来。

“你们这一路……看起来并不太平啊。”张奇见王江宁一伙身上不是泥土就是血污，还带点儿烟熏火燎的痕迹，登时就皱起了眉毛，眼中满是关切。

“说来话长啊。”王江宁叹息一声，随即四下打量起来，“你这营地看起来不错啊。”

“此地本来是一座寺庙，遭逢战乱，也就荒废了。我看这里房屋还能将就着用，就把营房扎在这里了。”张奇一边往里走着，一边简单地介绍着。这山间小庙小得可怜，院子里也就只供着观音菩萨这一尊佛像。如今寺庙里的和尚早就跑光了，连泥塑的观音菩萨都只剩下了半身残像。

王江宁一行跟着张奇往里走着。李错一直黑着脸不说话，梅檀是一直沉默惯了，唯有吕冲元自打进这寺庙后就东张西望的，精神得很。

只见他大步上前，双手合十，冲着观音菩萨的残像深深鞠了个躬。

这一下倒把李错的兴趣吊起来了，她饶有兴致地转到吕冲元身边，问道："小道士，你改信佛啦？"

"非也非也。我只是在想，这小庙以前必然不像如今这般破败，说不定香火甚旺。如今到处兵荒马乱，无论是佛家还是道家，都不过是这乱世中的一叶孤舟罢了，说没也就没了。"吕冲元这一席话说出来，与他平时的言辞话风截然不同，竟是透出了一股子出家人的超脱之气。

"这位小道长说得甚是。"张奇赞许地点了点头。

说话间，他们已经步入了观音殿内。此地虽然是供着观音菩萨的观音殿，但其实地方甚小，总共也就只能摆下一张桌子几把椅子。王江宁一伙跟着张奇坐下来，顿时便把这地方填满了。

众人刚坐下没多久，张奇手下的大兵就小跑着进来给众人递茶。几盏茶杯都是正儿八经的上好瓷器，与张奇手里漆黑的茶碗形成鲜明对比，王江宁见状，不禁露出惊奇的神色。

"这些瓷器是上官送的。我不大懂，平时也不敢用，生怕给打坏了。这不王大哥你们来了，我这套东西才有点儿用武之地。"张奇知道王江宁在想什么，于是不好意思地笑笑，"不过可惜了，河南这地方不怎么产茶叶，就这些散茶还是从郑州带过来的存货，喝一口少一口。"

王江宁点点头，当即就对这好瓷器里的茶没了多少期待，喝上一口，的确不怎么样。

"对了，王大哥，你们这次到底情况如何？"张奇关切地问道。

王江宁知道这次是绕不过去了，于是便把白马寺之行一五一十地说了出来，重点强调了艾梁和追着铜雀印的那群人。

张奇听得也是频频皱眉，待王江宁讲完，才沉声说道："王大哥，我部受命在此地剿匪，收拾乱党是我的职责。没想到本地竟然还有如此嚣张的乱党，我这就给上官汇报这些情况，再多调些人来，力求将这些乱党一网打尽，扫除后患。”

“多谢你，不过依我之见，这些人八成已经跑了，天知道他们到底想干什么。”王江宁叹了口气，下意识看了眼李错。

此时的李错显得颇有些焦躁难耐，她到底是和张奇这种身份的人格格不入的。更何况张奇的手下，还抓了李家寨不少人。

“这位姑娘之前没有见过，是王大哥的朋友？”张奇此时也注意到了李错，于是顺势问道。

王江宁立刻明白张奇并没有识破李错身份，在张奇眼中，普通装扮的李错不过是与王江宁同行的普通女子，不是什么马匪寨主。“路上认识的，叫阿错。”王江宁立刻笑嘻嘻地说道，生怕报李错的真名会露馅儿。

“阿错姑娘，你跟着王大哥这一路想必吃了不少苦吧。是为了什么呢？”张奇顺势问道。

“我在寻找失散已久的父母。”李错一边微笑着扯谎，一边悄悄地掐了一把王江宁。王江宁吃痛，忍不住大叫一声。

吕冲元将李错的小动作看得一清二楚，登时露出幸灾乐祸的笑容来。而张奇则一脸迷惑，正想问些什么，忽然一阵敲门声传来。

“进来。”张奇中气十足地喊道。

“报告连长，韩司令来电！”一个小个子兵推门进来，啪地敬了个礼，给张奇递上一封电报。

王江宁见状，立刻站起来，拱了拱手道：“你这军务要紧，我们先去外面坐坐。路上我打到一只鸡，等会儿交给炊事兵，炖了给大家当下酒菜。”

然而话音刚落，张奇就冲他挥挥手，示意他坐下：“不着急，王大哥。我还有点儿事要和你单独说一下。”

梅檀立刻心领神会，大步迈出房间，不妨碍张奇和王江宁私下说话。

吕冲元十分好奇，迟疑着想偷听个一句半句，却被李错强行拉走了。

“这是韩司令刚才发来的电报，王大哥，我只能给你看。”待其他人走远，张奇面色凝重地把刚才那封电报递给了王江宁。

王江宁早已料到那封电报定然不简单，然而接过来一看，却还是傻了眼。

那封电报上只有十个字：

即往洛阳寻古董商钟涛。

“这……韩司令为何也要寻他？”王江宁倒吸一口凉气。

“我也不知道，王大哥，你来之前，我都不知道钟涛是谁。但是既然韩司令下命令要寻他，那就说明他一定不简单。”张奇说到这里顿了一顿，似是在斟酌接下来的措辞，“钟涛已经死了，我却担心，杀死钟涛找你们麻烦的那帮人，和韩司令的命令会不会有什么联系。你告诉我的这些事，我只能装作不知道，还是按命令去洛阳一圈。然而眼下，我只能尽快送你们走，不管是回南京，还是去你们想去的其他地方，免得节外生枝。”

“我明白，张奇，有你这样的朋友，是我的福气。”王江宁发自肺腑地轻叹一句。若换作个没良心的，知道钟涛已经死了，而王江宁他们是近在眼前的知情人，那必然是要带着王江宁他们去交差，卖友求荣的。然而张奇现在决定装作什么都不知道，送王江宁他们走，想必是担了很大风险的。

与张奇聊完之后，王江宁便走出了房间。此时天空已经完全暗了下来，军营之中点起篝火。然而李错他们三个却没有一点儿疲态，站在一起十分激烈地讨论着什么。就连梅大教授也是眉头紧锁，一副全神贯注的样子。这幅场面倒是难得一见。

“发生了什么？”江宁快速迈步到三人中间。

“你看你看！”李错指着梅檀的裤子，示意王江宁去看。

只见梅檀一尘不染的裤脚上，竟然印着一个方方正正的血红大印。梅檀的裤子是白色的，因而更衬得这印戳清晰规整，仿佛是裤子上的刺绣一样。

四

“这个印戳是怎么回事？”王江宁沉默片刻后出声问道。此时他的心里已经猜出了大概，但是他仍然想要得到别人的回答，以证实心里的猜测。

“印戳的纹路我有些印象，是铜雀印印下的，不会有错。”梅檀十分冷静地回答道。

“我们刚才就在讨论，这印戳到底是什么时候印上去的。”吕冲元忙不迭地接道，“不过我们都认为是钟涛在死前印上的。”

“沾着血印的。”李错顿了顿道，“带着一股血腥味。”

王江宁仔细回忆钟涛的死亡过程。叶老四忽然抽刀刺中钟涛，钟涛伏地挣扎，之后叶老四又上来补了三刀，这才要了钟涛的命。当叶老四刺第一刀的时候，王江宁并没怎么留心钟涛的动作，他完全沉浸在叶老四忽然背叛的震惊之中。

不过如果只考虑时间的话，钟涛在死前把印戳留在梅檀裤子上是完全有可能的。钟涛倒下的时候，王江宁正好和梅檀跑到钟涛身边。

“那个时候，钟涛知道铜印和生命都已经不保，所以在死前把印戳留了下来。但他为什么要这样做呢？”王江宁沉吟着说道。他从一开始，就觉得这印暗藏玄机，但时至今日，他依然无法窥探到这印隐含的秘密。就如同那个鸱吻图腾，他永远只能看到表象，却无法领略其中深意。

“钟涛一定知道这个印戳代表着什么。曾经我以为我能拿到印，能有充分的时间研究印，所以也没有多问钟涛关于铜雀印的事情……现在，一切都迟了。”怀着复杂的心情，王江宁慢慢蹲下身，再次仔细审视那印的纹路。印戳样式离奇，数条弯弯曲曲、有粗有细的线相互交错在一起，看似毫无规律、毫无章法可循。

王江宁掏出相机，为印戳照了张相。然后他抬起头，发现李错和吕冲元不知何时竟然蹲在他身边，一同仔细打量着那印。

“眼下我们这么看是看不出结果的。不如回南京找懂行的人好好看一看。”王江宁这样说道。

“我可以去图书馆查阅相应资料。”梅檀推一推眼镜，回应王江宁的话。

王江宁点点头，竟然觉得心中一块大石落地了。带着一个印戳回去，总比无功而返的好。到时候见到徐思丽，也不会觉得羞愧。

王江宁思索片刻，便将询问的视线投向吕冲元，吕冲元看懂他的眼神，蛮无所谓地耸了耸肩：“反正道爷也没什么事，再跟你们回去就是了。”

王江宁这才把目光转向李错。两人四目相交，王江宁顿时感觉被一口气噎住，有些闷得慌。他想问她愿不愿意跟他一起回南京，如果愿意，他会安排好她的饮食起居，然而不知为何，这样一个简单的问题，他偏偏无法开口问出。

就在这时，一个士兵跑来说开饭了。吕冲元率先响应，立刻欢呼着跑远了。梅檀缓步跟上，李错看看王江宁一眼，便也转身走了。

王江宁忽然有些失落，但也只能快速跟上大部队。

张奇的手下腾出庙宇的一片空地当成用餐地点。王江宁一行围着一张小桌子坐下，张奇自然和他们一同用餐。

这一桌菜虽然不少，但却都是凉菜。张奇见吕冲元有些失望，于是笑着说道：“小道长不要着急，我让他们去烤了几个苞谷，也专门准备了素斋。”

吕冲元愣了一下，立刻明白张奇误会他了，于是急忙摆手：“张连长你不要误会，我们道家门派众多，我这一门不禁酒肉，能吃能喝！”说完他抓起筷子，夹了一块冷切兔子肉扔进嘴里，津津有味地嚼起来。

“哈哈，能吃能喝就好。我这军营是临时搭的，战士们和咱们同锅同灶，炉子不够用，鸡汤又要慢慢熬，只能来一桌凉菜了。诸位都是王大哥的好朋友，那也就是我张奇的好朋友。菜简单了点，我这儿可是备了一坛好酒。”张奇这一席话颇得众人好感。当他把脚边一坛子酒搬到桌上，吕冲元更是高兴得跳了起来，指着酒坛子大喊：“杜康啊！我一直想试试这正宗杜康！张连长好本事啊，这兵荒马乱的时候，还能搞到杜康！”

王江宁斜眼一看，发现李错盯着那坛酒也是两眼放光。

“不瞒诸位，这坛杜康啊，我本来是准备凯旋拔寨的时候再和弟兄们喝的。不过今天接了上面的命令，要拔寨北上，凯旋不凯旋的，也就无所谓了。今天咱们就来他个不醉不归！”张奇豪迈地说着，一把打开了酒坛的木塞子。

一股浓郁的香气顿时蔓延开来。吕冲元闭着眼睛深吸一口，回味了半天，才悠悠说道：“对酒当歌，人生几何。何以解忧，唯有杜康。今天才明白，为何曹孟德这等豪杰喝了杜康，就能写出《短歌行》这样的绝唱。”

“小道士，看不出你还知道些古诗词。”李错斜睨了吕冲元一眼。

“我只能喝一碗。”梅檀看看面前的酒碗，提前汇报了一下酒量。

“一碗不错啦，我还以为大教授你滴酒不沾呢。”王江宁趁着张奇给众人倒酒的间隙说道。

“我先给各位赔个不是，这第一碗，不敬诸位，敬我西北军战死在中原大地上的诸位将士。”张奇慷慨激昂地说完，把一碗酒洒在了地上。

然后他又给自己倒上一碗，这才捧起来敬众人：“王大哥，诸位朋友，来，干！”

“干！”吕冲元喊得最是响亮，一碗下肚，他又“嗷嗷”地叫了起来。

“这个酒怎么这么辣，烈得很啊！”小道士不停挥手，在舌头前扇着风。

“哈哈哈，如今的杜康不比古时，现在这酒可是烈得多了。都说李太白千杯不醉，他喝的那酒怕是掺过水的，若是喝这个，我保证他三碗就得倒。”张奇一碗酒下肚，顿时话更多了起来。

梅檀则是一口一口慢慢地喝着酒。这酒毕竟烈，没过多久，他白皙的脸上便泛起了红晕。

除了梅檀之外，众人都是一碗一轮这么喝着，兴致正高，连端上来的鸡汤都顾不得了。吕冲元和张奇喝得兴起，竟然互相搂着肩膀，划起拳来。

“哥俩好啊，为国家啊，五魁首啊，军旗抖啊！”

“太白星啊，两天听啊，紫微君啊，镇三清啊！”

王江宁已经喝得两眼蒙眬。他听着那一军一道的奇怪组合牛头不对马嘴地划着拳，也只得无奈地摇了摇头。他下意识地望向李错。李错今晚也喝了不少酒。她不说话，谁敬她都闷头喝，一双大眼睛在篝火的照耀下，也没有了平日的杀气。

发现王江宁的目光，李错干脆大大方方地端着酒碗坐到他身边。原本坐在王江宁身旁的梅檀十分自然地让开座位。

王江宁见李错过来，立刻努力坐直身体。可惜这杜康威力甚大，

梅檀则是一口一口慢慢地喝着酒。这酒毕竟烈，没过多久，他白皙的脸上便泛起了红晕。

令他浑身的肌肉都提不起劲儿来。

“王江宁，我不想再待在这儿了，我在这里拥有的一切，已经没有了。”李错晃着酒碗，悠悠地说道。

“啊？那、那要不你……你和我一起回南京？”王江宁也不知道是真喝多了，还是心里发颤，每说三个字就要抖一抖。

李错犹豫了一下，小声说了句话，但到底说了什么，王江宁却是没有听清。

之后他又强撑着跟李错聊了几句，然后便醉了过去，失去意识，陷入一片黑暗中。

第十四章

河中燃尸

一

民国十八年，仲春，空气中弥漫着一股温暖的气息。

这时的气温倒没有多高，然而南京的火车站中人挨着人，却是令空气越发闷热起来。韩平站在接站的重重人群中，不顾额头上细密的汗水，焦急地看着火车驶来的方向。纵然他脖子短，却依然不信命一般努力拉长了脖子。他身边几个小警察个个都有些烦躁，不是摇头晃脑，就是左右张望，然而徐思丽却截然不同。她头戴一顶女式小毡帽，穿着薄风衣，身姿挺拔地站立着，脸上不见丝毫不耐之色。

“来啦来啦！”韩平忽然欣喜地大喊出来。

徐思丽顺势望去，果然见到一列火车在响亮的汽笛声中驶进车站。

回来了，她在心里默念了一句。之前她接到王江宁从洛阳军营发来的电报，说查到了新的线索。她在万分期待的同时，也在心底长舒一口气。幸好，还是平安回来了。

“徐小姐！徐小姐！”吕冲元从车窗里探出头来，兴高采烈地冲徐思丽挥着手。

车进站后便停下了。众人鱼贯下车，倒把徐思丽结结实实地吓了一跳。王江宁自不必说，一脸胡楂简直像从山里跑出来的一般。吕冲元本来个子就矮，再加上这一身脏兮兮的破袍子，整个就是一小叫花，哪里还有半点儿仙风道骨的样子。梅檀倒是比他俩都好得多，但徐思丽也能从他白皙俊逸的面庞中看出些许疲态来。

虽然面色不怎么好，但到底是完整地回来了。徐思丽那么想着，然后看向三人身后的姑娘。这姑娘模样也有些狼狈，但眉宇间的英气却是尘泥掩盖不了的。徐思丽忍不住多打量了她几眼。

“徐小姐，好久不见。”王江宁正想多客套几句，却发现徐思丽目不转睛地盯着李错。此时经过一番跋涉，李错身上衣物略显凌乱，与生俱来的匪气更是浓郁了几分。王江宁怕有闪失，忙不迭地向徐思丽介绍：“徐小姐，这位李姑娘是我在路上认识的，她帮了我好多次，她没地方可去，就……”

“我是李错，王江宁他姑奶奶。”李错一把拍开王江宁，大步上前，眯起晶亮的眼眸打量徐思丽，“你是哪位？”

李错从来没有看见过徐思丽这样漂亮的姑娘。这姑娘不但身高腿长，气质夺人，一身的打扮也是非富即贵。她直直地看着徐思丽，忍不住就想主动和她搭话。

“我是徐思丽，王江宁的上司。”徐思丽言简意赅地介绍道。她毫不避讳地与面前的李错对视，有些惊奇这姑娘非同一般的胆识。

两个姑娘周身都散布着强大的气场，王江宁生怕她们一个擦枪走火打起来，于是眼珠一转，急忙冲李错说话：“对对，李姑奶奶，这位是徐姑奶奶。你们可千万要好好相处……”

“原来女人真的也能当官，王江宁都听你的，那你一定很厉害！”李错眼中写满佩服。

王江宁担心李错的话冒犯到徐思丽，正想开口说些什么，却听身

两个姑娘周身都散布着强大的气场，王江宁生怕她们一个擦枪走火打起来。

旁的徐思丽淡淡道："李小姐怕是不常来南京城吧。待哪天有空，我可以带你四处转转。"说完，徐思丽弯起嘴唇，露出一个带有欣赏意味的微笑。

"徐小姐，你看……李姑娘在南京没什么熟人，总不好让她住在我那儿……"王江宁有些忐忑。他正好在愁李错的安置问题。

那天他酒喝多了，不知道为什么就说出带李错来南京的话，为此还犯愁了一整路。如今把她的安置问题交给徐思丽，应该是没什么问题的吧……

哪知话还没说完，徐思丽就打断了他。

"李姑娘去我那儿住。"徐思丽说着，伸手指向前面那辆车，"我跟李姑娘坐那辆车，你们三个坐后面那辆。你们要去哪里直接和司机说。明天上午，来找我汇报铜雀印的事。"然后不等王江宁反应，她就雷厉风行地指挥几个小警察把李错的行李搬上车。

"我说你身上什么味啊，多久没洗澡了？都能养蘑菇了吧！"韩平在帮王江宁他们搬行李的同时，还不忘捂住鼻子嘲讽王江宁几句。之前王江宁他们一直在和徐思丽交流，韩平都没插上话，这回有了机会，他可不能轻易放过。

"行啊王江宁，去了趟洛阳，还带了个姑娘回来。"韩平嬉皮笑脸地凑近王江宁，"你跟我说实话，李错那姑娘……是不是鼻子不灵光？"

"你找死啊！"王江宁作势要打，韩平十分机灵地抖着一身肥肉躲开了。

"梅教授，您坐前面。小道长也请上车。"韩平转头去找梅檀和吕冲元，恭恭敬敬地请了二人上车。

三人陆续上车，前往各自的目的地。早在火车上，众人便已商量过彼此的打算。梅檀去大学图书馆查印戳相关的资料，王江宁先回探事社，打点一番后也去打探打探印戳的事儿。至于吕冲元，则要去南京本地的道观挂个单。

没过多久，王江宁就来到了熟悉的小巷口。这毕竟是他第一次出远门，也是他第一次离开师父李老吹这么长时间。他抬头打量那块“李英雄探事社”的金字招牌，心中难免有些激动。

“师父，我回来啦！”王江宁大声喊着，推门冲了进去。

“小杆子还知道回来呢？”李老吹中气十足的声音从屋里飘了出来。

听见师父的声音，王江宁的眼角立刻就热了起来。他忙不迭地冲进院子里，在真正见到李老吹的时候，却还是吃了一惊。“师父，你这腿怎么了？”他诧异地问道。

此时李老吹正握着一根手杖，腿脚看起来比以前更不利索了些。

“没事儿，人老啦，不服不行。这根杖子还是韩平弄来的，英国货，轻得很。”仿佛是要验证自己的话一般，李老吹单手拿着杖子，在空中轻巧地画了一个圆。

“师父……”藏在心底的思念忽然就澎湃起来。王江宁冲着李老吹扑了过去，一把将年迈的师父搂在怀里。

李老吹拍了拍王江宁的背，沉默半晌，才语重心长地说道：“江宁啊，你先跟师父去隔壁澡堂子泡泡汤搓搓吧。你……你都快馊了。”

“哦……”王江宁讪讪地缩回手去。

稍微准备一番，师徒二人便动身前往碑亭巷泉汤池。

南京边上有个著名的汤山，不少南京人不惜长途跋涉，也要跑到汤山去泡温泉。久而久之，这“泡汤”便逐渐成了南京人对泡澡堂子的称呼。

王江宁他们去的这个澡堂子自然没有什么温泉，就是寻常百姓能泡得起的普通澡堂，却也取了“泉汤池”这么个讨巧的名字。

浴室里的休息厅被称作“堂口”。一流的澡堂通常有十个堂口，而王江宁他们去的这种二流澡堂，通常只有七个堂口。每个堂口配备领班，这领班手下有递毛巾的堂倌，也有捶背捏筋的工人。

王江宁和李老吹泡过澡后，便都找大师傅好好搓过了背。他们身上都是一片红连着一片红，李老吹当即嘲笑王江宁，搓下来的谷坑都能种一块地。

此时王江宁感觉自己仿佛重生了一般。他跟李老吹简单谈起了这洛阳之行，然后理所当然的，话题就引向了铜雀印。

“师父，南京城里最懂这些印戳古玩的，是谁呀？”王江宁心想着这玩意儿可能老一辈更懂一些，于是怀抱着一丝希望问道。

“玄一阁的掌柜，金安仁金老板，知道吧？”李老吹沉默半晌，问道。

“自然是知道的。”王江宁点点头。金安仁外号“半手金”，在这南京城中算是一号人物。他白手起家，把玄一阁的当铺生意做到五省八地，号称不管什么样的物件，过手就知居价几何，绝不走眼。

“怎么，他能知道这印戳的来头？”王江宁凑近李老吹，悄声问道。

“谁知道呢，你去问问就是了。”李老吹看着王江宁，别有深意地笑了。

二

同一时间，李错正在徐思丽的私宅泡着澡。

她转头打量起卫浴间来。房间不大，却处处透着精致。面盆是纯银的，光可鉴人。毛巾架子是由昂贵的木料制成的，完全看不出木纹来，水溅上去都挂不住。镂空银边的大镜子亦是华美至极。

李错不禁就回想起徐思丽领她进屋时看到的场面：两层的小洋楼，四五个下人，到处悬挂的价值不菲的字画。这个徐长官，家里当真是殷实得很。

“李小姐。”就在这时，从小跟在徐思丽身边的姆妈在外头敲了敲门，然后将一叠衣服递了进来，“小姐说不知道李小姐平时习惯穿什么样的衣服，让我给您多准备了几套。我看李小姐和我家小姐身材也差不多，当是合身的。”

“好，谢谢您。”

姆妈客套地应了声，便退了出去。

过了片刻，李错洗好了走出浴盆，擦净身体，便要换衣服。只见盥洗架上搁了一叠衣服，用料都是极好的。李错不禁心里赞叹一声这位徐长官当真是个精细人。她的目光在几套衣服上转了一圈，最终落在一套利落的男装上。

“李小姐到底是贵客，看着就和普通人不一样呀。”姆妈见李错换了男装走出来，眼里盛满赞叹。

“可别这么说，我不是什么贵客。”李错冲她微微一笑，有些许局促。

“衣服合身吗？”徐思丽的声音从楼梯口传了过来。

“小姐。”姆妈听到徐思丽上来，立刻小跑着到楼梯口迎接。

此时徐思丽穿着一身白色连衣裙，头发随意地披散在脑后，显然是一副大家闺秀的样子，与工作时英姿飒爽的打扮截然不同。

徐思丽望向李错，露出了然的笑容。果然是选了这套，这人倒是表里如一。她冲李错迈近一步，两人站在一起，竟是十分和谐，美得各有千秋。

李错随徐思丽下了楼，来到中厅。一股子酒菜香气登时扑面而来。果然，中厅的一张大桌子上，已经摆满了色泽鲜丽的菜肴。

徐思丽招呼李错坐下，身边两个下人悉心服侍着。

“李小姐，能喝酒吧？”徐思丽笑吟吟地问道。

“能。”李错点点头，略一停顿，还是忍不住问道，“这么多菜，就我们两个人吃？”

“家里难得来人，姆妈就多做了些。平时我一个人吃饭，不会弄这么多。”徐思丽给李错倒了一杯酒，又给自己也满上。

“一个人吃？你爹娘呢？”李错有些好奇。

徐思丽垂眸晃了晃杯中的酒，轻声答道：“我一直是自己一个人住。”

“这样啊……”

徐思丽的话令李错不禁想起了寨子中的往事。身为一寨之主，很多事情，她都需要独自决断。在其他姑娘不谙世事的年纪里，她便已经一个人扛起了整个寨子。

“徐小姐是个厉害人，我敬你一杯。”李错说着端起酒杯，一仰脖子干了。

徐思丽笑笑，心说这李错倒当真性格豪爽，看起来也是个练家子，若能收为己用，定是个不错的助力。

“李小姐，你是做什么的，怎么认识的王江宁，又为什么会想到来南京？”酒过三巡，徐思丽脸上微红，也放开了，索性一股脑问起了自己一直好奇的问题。

李错几杯酒下肚，话也变得多了起来。她给徐思丽讲起了火车上的事情，还有在洛阳白马寺的曲折遭遇。只是在谈及自己的身份时，她有意地隐藏了下，只说自己是李家寨人，却没提自己是寨主。

待李错一口气讲完，徐思丽抓着酒杯的手才放回桌上。徐思丽挥了挥手，示意两个下人都下去，这才若有所思地继续之前的话题。

“李小姐经历此番遭遇，也算有惊无险，真是再好不过。”徐思丽顿了顿，望向李错放在中厅的行李。除了两把弯刀，还有两把手枪显眼得很。“李小姐的枪法如何？”徐思丽顺口问道。

“还行吧。”李错轻描淡写地回答，又补充了句，“没打歪过。”

李错的话，瞬间就激起了徐思丽的好胜心。她借着酒劲站起身，推开中厅的大门，指着远处院子门上用以防盗的倒刺，冲李错说道：“不如咱们比比枪法。大门上六根倒刺，咱们一人三枪，看谁打得准，如何？”

李错被灌进门的风一吹，酒意也醒了几分。她顺着徐思丽手指的方向望去，只见五十步开外的大门上，果然有六根长矛状的倒刺。每根刺头也就只有两指粗细，从这里望去真是细若发丝一般。

李错到底也是好胜心强的人，再加上几分酒意，一口便答应下来。

二人各执了自己的手枪。徐思丽开口比枪，自然要先发头筹，她略微瞄准了一下，便砰砰砰连发三枪。大门处连闪两下火星，传回来两声清脆的金属撞击声。

徐、李二人心中都明白，这是有两枪击中，有一枪却没中。不过这样的距离，这样小的目标，能打中两枪便已经是绝佳的枪法了。紧接着，几声响亮的狗叫声传来，卧在院子里睡觉的月饼显然是被吓醒了。

徐思丽摇了摇头，略微自嘲地说道：“到底是喝了酒，漏了一枪。”

李错微微一笑，竟也不怎么瞄准，两只手左右开弓砰砰砰连开三枪。大门上顿时火星连闪三下，三发三中。李错扬了扬下巴，瞥一眼徐思丽，神情中不无得意之色。

徐思丽心服口服，端起酒杯又敬了李错一杯。“李小姐，我很好奇，你身手这般好，人长得又精致，为什么单单起名一个‘错’字呢？”放下酒杯，徐思丽出声问道。

微醺的李错摇了摇头，笑容竟有些落寞：“这不是明摆着的吗……我的出生，就是错误的……”

徐思丽怔了怔："你这般优秀，怎么可能是错误的呢？我倒是觉得你大有可为。你如今算是在南京城落脚了，以后想好做什么了吗？"

"那倒还没有想好，走一步看一步吧。"李错不以为意地笑笑，"听说南京城有不少富家太太身边需要会点拳脚的女保镖，我这身手总归能找到活。"

"既然还没想好，不如你先跟着我，最近这南京城不太平，我正需要人。"徐思丽看着李错的眼睛，语气十分认真。

"我可没兴趣跟官府玩。"李错轻轻摆了摆手，"不过你有什么忙要我帮，尽管开口就是。"

"好！来，干！"徐思丽高举酒杯道。她知道人各有志，也强求不得。不过李错没完全拒绝她的提议，也是不错了。

第二天一大早，王江宁去跟徐思丽汇报了洛阳之行的情况，这是江宁第一次出去查案，却没有特别大的收获，如今他们手里，只剩下那个血印戳了。他顺便打听了一下曲文秀的近况，徐思丽告诉他一切都好，只是曲文秀一直坚信陈婷婷还活着，时不时就询问他们调查的进度。王江宁不敢怠慢，汇报完毕，离开警察厅就骑着自行车风风火火地去了玄一阁。

玄一阁中，一个三十岁左右的伙计接待了王江宁。这伙计的眼中透着一股子倨傲，他见王江宁拿着一张照片来问，身上打扮也不像是个有钱人，就轻描淡写地说掌柜的有事外出，不知何时回来，打发人的意思格外明显。

王江宁没有办法，只得搬出自己侦探的身份故意诳了这伙计几句，说这印戳人命关天，乃是政府高度重视的紧要证据，如果延误，上头说不定会派人过来问责。伙计虽然听不出王江宁说的是真是假，但他也明白了王江宁不是个好忽悠的主，于是他耐下性子，放缓了声调说他确实不知掌柜的去处，不过倒是可以帮王江宁寄存着这张照片，等掌柜的回来查看。

约定好再次过来的时间后，王江宁便骑车离开了。其实在给出照片的时候他是有点儿犹豫的，毕竟之前跟保皇党有所牵扯的人，基本都没什么好下场。不知这半手金金掌柜，查了这印戳后会不会也遭遇不测……王江宁一路上不停地胡思乱想，但他最后还是努力劝服了自己，心道只查一个印戳也没什么大不了的，说不定这印戳根本就是个普通印戳，什么秘密也没有呢。

但现在也没别的线索，他王江宁，也只能等着。

清晨，王江宁一大早出门去李寡妇家吃汤包，正打算吃饱了去玄一阁问问印戳的事，却忽然听闻周遭人都在议论一件昨晚发生的大事——半手金死了。

三

“你听说了吗？玄一阁掌柜半手金死了，据说是昨晚死的。”李寡妇店里的食客凑在一起，说得眉飞色舞，“据说啊，那尸体漂在河里，浑身都烧着了火。”

“漂在河里？怎么着火？”有食客惊奇地问道。

正在一旁忙碌的李小妹闻言，也转过头来往这边打量着。

“奇怪的就是这点。据看见的人说，他掉入水中，整个人就烧得越来越猛，像是火球一般，简直是要把身边的河水都烧开了，真是闻所未闻。”起了话头的人见越来越多的人围拢过来聆听，于是说得越发起劲了，“那火只烧了短短一阵子，就把人给烧得焦透……唉，惨不忍睹！”

王江宁也不多想，迅速挤进人群，一把抓住那人的衣领急迫问道：

“你确定死的是半手金？”

“千真万确。玄一阁的伙计去现场确认过，那尸体被发现的时候手里正握着一个什么镜子……哎，我不清楚，反正只有玄一阁老板半手金能用那玩意儿。”那人见王江宁面色阴沉，不敢耍嘴皮子，竹筒倒豆子般把知道的都说了。

“半手金的尸体是在哪儿发现的？”王江宁接着问道，手里的力道又加重了几分。

“武定桥边，秦淮河上……”

王江宁不等那人说完，就冲出李寡妇汤包店，跌跌撞撞地骑上车。

仲春的暖风吹拂到王江宁脸上，却令他浑身打了一个寒战。事情怎么会那么巧，自己昨天刚把印戳的照片递交给玄一阁，今天玄一阁的掌柜就死了？他的死，会和印戳有关系吗？如果有的话……如果有的话……

王江宁越想越心慌，只顾麻木地驱动双腿，以最快速度骑到了武定桥。他顾不得其他，把车往旁一扔，就往桥边走去。他忙不迭地探出脑袋，却发现河上什么都没有，更别提一具烧焦的尸体。倒是有几个警察站在河畔边，不知在忙碌着什么。

此时此刻，他无比希望刚才他所听到的半手金之死，不过是一则子虚乌有的谣言。

“你是来看死人的吧？”忽然从旁边传来一个声音。

王江宁回头一看，发现一位老大爷正站在旁边，背着手向远处眺望着：“看你慌慌张张的样子，想来也不是为了别的。”

“那具尸体怎么样了，您知道吗？”王江宁顺带看一眼周围。此时武定桥人来人往，却都是各忙各的，没几个人停下来驻足观望，就仿佛这儿真的没有事情发生过一般。

“已经被送去警察厅了。我也是第一次见那帮警察动作那么麻利，估计是因为半手金是个大人物吧。”

“那您知道第一个发现尸体的是谁吗？”王江宁留心多问了一句。

“据说是个小孩子。”老大爷轻轻摇了摇头，“具体的，不清楚。”

王江宁点点头，谢过老大爷，就急忙向警察厅赶去。

“老张啊，可有些日子没见了吧！”

王江宁风风火火地闯进张法医的办公室。正在啃包子的张法医被吓了一大跳，嘴里的包子立刻掉在了地上。“干什么大呼小叫的，害我的包子没了。”张法医蹲下身捡起包子，心疼地用衣摆擦了擦。

“改天赔你十个，李寡妇家的，可好吃了。”王江宁顺口说道，“老张，我找你是有件事想问，据说今天警察厅在秦淮河边收了具烧焦的尸体，有这事儿不？”话一出口，王江宁才想到，他这已经不是第一次探查烧焦的尸体了。以后看见老张，他第一个念头估计就是焦黑的尸体。

“啊？啊……尸体啊……”张法医慢慢反应过来，刻意拉长了声调。

“怎样，可以让我见见尸体不？”王江宁急迫地问道。

张法医一听，立刻跑过去把门给关严实了，这才小声道：“你怎么还操心上这个案子了？”

“怎么，这案子不能提？”张法医的行为倒令王江宁颇感意外。

“江宁，你也不是外人，我就不和你藏着掖着了。河里的焦尸，也就是半手金这案子，徐长官特别下了指示，说所有人都不能碰。别说你了，其他人，哪怕是大官大侦探，都不能见。”张法医刻意压低了声音，“停尸房现在有徐长官的人守着，就连苍蝇也进不去。”

“这么邪门？”王江宁怔了怔，却依然有些不服气，“徐长官有没有说为什么要这样？”

“没说。”张法医摇了摇头，“我就知道这半手金平日里生意兴旺，交际甚广，可能他的死，另有隐情吧。”

王江宁兀自陷入沉思。他没有想到，就连查印戳这件事也会横生枝节，而且还是这样诡异的意外死亡。他忽然就觉得自己像在摸着石头过河一样，眼前是一大片迷雾，令他看不到尽头。但是他不能放弃，更不能有丝毫懈怠，陈婷婷的失踪，小黑皮的死，还有那诡异迷离的图腾……这一桩一桩事情，他都要查清楚。

所以，他绝不能放过任何一个细枝末节。

“徐长官我还是很熟的，我去通报一下，他们应该会让我看尸体。”王江宁打定主意，大步出门向着停尸房走去。

“江宁……江宁！”张法医见无法阻止，便快步跟上王江宁。

王江宁走近一看，果然见到一左一右两个警察正稳稳地守在停尸房前。他正在斟酌着如何开口让这俩警察放他进去，忽然就听见一阵清脆的脚步声从不远处传来。

王江宁和张法医不约而同地回头，见一身军装的徐思丽出现在眼前。

“徐长官！”张法医和那俩守门警卫齐声叫道。

“你怎么来了？”徐思丽的目光率先落在王江宁身上。

“我……我来看看。”徐思丽的忽然出现，令王江宁有些无措，“听说这玄一阁的掌柜半手金金安仁很擅长古玩古董，我本想让他看看那铜雀印的印戳有什么玄机没有，哪知我刚把照片递交到玄一阁那里，半手金就出了这事儿。所以我想……来看看他的尸体，看有什么奇怪的地方没有……要不然，怎么会这么巧呢。”

王江宁说完，空气中有片刻的寂静。

张法医看看徐思丽，又看看王江宁，还是决定说些什么以推脱自己的责任：“徐长官，我都让他不要进去了，可他偏不信……”

“王江宁。”徐思丽忽然喊了王江宁的名字，王江宁悚然一惊。

“你进去吧。”接下来的一句，令在场的两个警察和张法医都有些回不过神来。

王江宁也有片刻的迷惘，但他很快反应过来，并起脚尖回一句“遵命”，然后便打开停尸房的门走了进去。进去之前，他还不忘得意地看张法医一眼。

张法医摇摇头，也跟王江宁走了进去。

空气中弥漫着一股奇异的味道，有些刺鼻。之前王江宁也闻过焦尸的味道，那味道和现在的截然不同。

“张法医，你这隔三岔五地就有焦尸送进来。敢情你这儿不是停尸房，而是烧伤科吧。”王江宁捂住鼻子看了眼后面走进来的张法医，不忘揶揄他几句。他注意到徐思丽没有进来，应该是还站在停尸房外面。

“臭小子，我来帮你鉴定尸体，你可别不识好人心啊。”张法医瞪王江宁一眼，“要不，你自己一个人看？”

“别啊，张法医，您有什么发现赶紧说说呀。”王江宁赶紧顺坡下驴。

眼前这具尸体的烧焦程度，比起之前吉田有司尸体的烧焦程度（吉田有司是被分尸而后烧的）有过之而无不及，整个脑袋都看不出人形了，身体也是烟成一片。王江宁几乎可以确定，他自己一个人是无法查出什么来的。

“这人气管被烧穿，死于溺水。”张法医摇摇头，轻声叹息，“唉……这人也真是可怜。在气管被烧穿，彻底溺水之前，还得忍受好一阵子的焚烧之苦。”

王江宁听闻张法医的话，也有些不忍细想。眼看着自己的身体被烧焦，最后再死于溺水，这该是多么难受的一件事……

“我听说这人是掉进水里后再燃烧的……这是怎么做到的？”王

江宁一阵迷惑。他从来没有见过能在水里燃烧的东西，简直就跟变魔术的戏法一样。

“你闻到这满屋子的怪味儿没有？”张法医没有回答，而是先问了王江宁一个问题。

王江宁小心翼翼地放开捂住鼻子的手，吸了一下赶紧再次捂住鼻子：“这什么怪味，越闻越觉得呛人！”

“刚捞上来的时候啊，那怪味儿还要刺鼻。我刚刚做过尸检，这人是因为身上都沾了腐蚀性化学品，才燃烧成这样的。”

“化学品能让人在水里燃烧？”王江宁一阵惊讶。

“一些碱性化学品确实能做到。它们能与水反应，引起燃烧。”张法医顿了顿，便又接着说道，“这些碱性化学品通常不容易保存，所以我觉得，应该是来自南京本地的工厂才是……不过到底是什么物质引发的燃烧，我还要进一步检测。”

王江宁点点头，然后将视线投向尸体蜷缩的一条腿上：“半手金生前有腿疾？”

“是的。他的右腿有疾，平时走路也是一高一低。玄一阁店里的伙计，也是凭着这点，认出了尸体的。”张法医说完，又是一声长叹。

这时，门口传来一阵骚动。王江宁见这尸体也查得差不多了，于是想出门去。

此时门口又多了几个警察，其中一人手里拿着一个透明小袋子，正在和徐思丽交流着什么。他们见王江宁走出来，于是立刻不再说话。

徐思丽从警察手里接过小袋子看了看，然后把袋子递给王江宁。“从河里打捞上来的，应是死者的遗物。”徐思丽淡淡道。

王江宁应了声，然后拎着小袋子仔细打量着里面的物件。这是一把放大镜。粗看之下，和梅檀用的倒没有多大区别，就是材料明显金贵许多。镜把和镜箍的连接处套了金环，镜把则是用象牙玉石一类的东西制作的，手感很沉，倒的确像是半手金这类有头有脸的当铺老板会用的物件。

只是，为什么半手金在死的时候会带着放大镜呢？难道他在查看什么值钱的东西吗？

“你现在有什么判断？”徐思丽忽然发问。王江宁怔了一会儿，才反应过来她是在问尸体的事情。

“半手金死于气管烧穿后的溺水，这说明他在入水前还是活着的。然而一个活人，为什么会好端端的沾满了足以在水中引燃的化学品呢？我猜测，这一定是场谋杀，有人在半手金生前，向他撒了一些化学品，然后才令他入水。”王江宁讲完后才想到，这当真是一个残酷至极的谋杀手法。想要杀半手金的人，似乎并不想让他痛痛快快地死。

“你现在有时间吗？”徐思丽忽然打断了王江宁的思绪。

“啊？有。”

“那进屋聊聊。”

四

王江宁跟着徐思丽进了办公室。

徐思丽这间办公室干净敞亮，环境明明不错，但不知为何总给王江宁一种压迫感。

“你对金安仁了解多少？”徐思丽开门见山地问道。

“是个当铺老板，经验丰富，商铺众多。”王江宁如实回答。

“看来确实是什么都不知道。”徐思丽轻轻一笑，随即露出有些凝重的面色来，“金安仁表面上做着当铺生意，但私底下却一直与政府有联系，为政府提供一些人的信息。”

“他一般会提供什么人的信息？”

“各式各样，有普通百姓的，也有政府高官的。”

王江宁低头沉思起来。看来半手金得罪的人可能还挺多，那凶手的嫌疑范围可就大了去了。

“王江宁，你也一定听张法医说了，半手金死于一种奇怪的化学品。我想杀他的人，一定不是普通人。然而眼下，我却猜不出到底是什么人动的手。”说到这里，徐思丽警觉地看了看四周，这才接下去道，“警察厅里的人我是信不过的。所以，我想把这个案子交给你。你意下如何？”

面对着徐思丽暗含期盼的眼神，王江宁沉默数秒，才轻轻叹一口气道：“我原本是想让半手金帮我查铜雀印戳的，结果刚给照片，人就死了。我总觉得，他出事，是因为我。”

“你不要多想。”徐思丽急忙说道。她看出王江宁眼中的失落，很想安慰他几句，但又不知从何开口。

正在斟酌措辞之时，王江宁却先一步开口了：“徐长官，我确实是很想查这个案子，只是按您的说法，嫌疑人的范围实在是有点儿广。所以查这个案子，可能需要一点儿时间。”

“这你不用担心，我也会一起查。”徐思丽顿了顿，“我刚刚得到一些线索，不出意外的话，马上就会找到那个亲眼看到半手金死在水里的目击证人。等问过他后，很多问题都将迎刃而解。”

“好，那我就去玄一阁再问问看。”王江宁起身离开的同时，不无忧虑地想：调查印戳之事，怕是只能指望梅檀了。

第十五章

夜雾行船

一

“你亲眼看见掌柜出去，却没看见喊他出去的那个人？”

从警察厅出来，王江宁就来到了玄一阁。此时，他就坐在玄一阁的后院里，对面是那个之前见过一面的伙计。伙计再次见到王江宁，已经没有了那一脸不耐烦的模样。看到王江宁亮出徐思丽给他的警徽，伙计恭恭敬敬地把王江宁迎进后院，还奉了南京特产的雨花茶。

正值春季，是不少茶叶的采摘季节。此时喝一杯芬芳碧绿的雨花茶，自是再好不过。更何况玄一阁的茶叶素来不差，然而此时此刻，王江宁却没有一点儿饮茶的心思。

“昨晚掌柜的刚从外面忙完回来，正在账房盘账，忽然有人敲门说要找掌柜的。掌柜的似乎是听那声音耳熟，就自己去开门，然后就在外面聊了几句。我没看见那人的模样，至于聊了什么，也没有仔细听。”伙计说到这里，忽然想起什么，掏出王江宁给他的那张照片摆到桌上，“您给我的这张照片，昨晚掌柜的回来后就看了，不过他忙着盘账……也没多看……我就记得他看着照片小声嘀咕了一句……”

“嘀咕了什么？”王江宁的心忽然就被悬起。

“好像是……好像是……”伙计苦思冥想，支吾了许久，简直是要把王江宁给急死，“好像说是地图什么的……”

“地图什么？”

“我不记得了。就记得他清楚说了地图二字……”伙计嗫嚅着，有些惶恐地看了一眼王江宁。

王江宁狠狠咬牙，眼下半手金死了，线索偏偏又断在最关键的地方。无奈之下，他拿起照片仔细端详。印戳上面纹路交错，曲折繁复，跟普通的地图全然不一样。倘若这真是一张地图，那么以他的推测来看，这应该是一张经过特殊处理的地图。无法勘破这种特殊处理，也就无法破解这张地图，更别提知道这地图具体指的是哪里了。

而对这种特殊处理有所了解的人……王江宁理所当然就想到了梅檀。等解决完半手金这案子，他必须去找梅檀一趟。

“照片的事先放一放。刚才你说到半手金出门和那人谈话，之后呢？”王江宁没好气地问道。线索断了，他自然就有点儿迁怒于眼前这个不牢靠的伙计。

“然后掌柜的回来拿了西洋放大镜和大衣，说要出门，让我不用等他，有人招待。”伙计顿了顿，又继续说道，“我当时也挺纳闷儿的，这大半夜的，掌柜的自己迎客也就罢了，居然还要出门。”

“这种情况平时发生得多吗？”王江宁蹙眉，“平时他一般会主动接待什么样的客人？”

“深夜见人，发生得不多，出门就更没有了，至少这次以外我没有见过。”伙计迅速摇了摇头，“至于主动接待的客人，那就多了去了。掌柜的朋友多，交情好的也多……”

“然后他就一个人出去了？”王江宁打断伙计的话，追问道。

“是的。我问要不要喊几个人一同去，掌柜的说不要了，还让我别瞎操心。那我也只能照做……您想必也知道，外面有不少人惦记着掌柜。他平时也很注意，出门都是车接车送，武伴当不离身。然而这次，不知道为什么他就一个人出去了。然后第二天就出事儿了……唉。”

“早上是你去认的尸体？”

“是的。因为掌柜一夜未归我就去看了，虽然那尸体烧得惨不忍睹，但是身形和掌柜的十分相符，右腿也与掌柜一样有疾，而且那尸体手里还有掌柜的特别定制的西洋放大镜……所以我就立刻认了。”

王江宁点点头，基本情况，他差不多已经了解了。伙计能提供的信息不多，但至少可以说明，半手金这个案子，熟人作案的可能性很大。那人一定与半手金交情甚好，深得半手金信赖，所以才能够在深夜把半手金约出去。此外，既然半手金是带着放大镜出去的，那就说明他出去多半也是查个什么物件。说不定就是因为这物件特别珍奇，特别隐蔽，所以他才不带手下的。那么，这个物件到底是什么呢？

王江宁看了看桌上的照片，又看了看一脸茫然的伙计。既然半手金如此保密，不让人跟着，那么那个物件，眼前的这个伙计多半也是不知道的。

“对了，你们掌柜带出去的放大镜是什么样子的？”王江宁又问道。

“店铺里还有个备用的，我拿给您看看。”伙计立刻起身离开了。

趁着伙计去拿东西的当口，王江宁又仔细打量起这玄一阁来。

不看不知道，一看还真是有些门道。这当铺的院子足足有三进三出，在南京城也算是规格很高的了。院子的院墙明显被加高过，墙垛上还埋了铁蒺藜，从外面完全看不出来，可是从里面看出去，就能看到隐隐的闪闪发光的刺头。院子的角落里到处都摆着钢叉和铁矛，每扇大门都装着撞铃，连屋顶的砖瓦都有玄机。王江宁可以通过阳光反射程度的不同推测出屋顶上随机摆放着不少走猫瓦。这种瓦片十分轻薄，造价高昂，构造奇巧，平日里遮风挡雨没有问题，可是一旦有人踩上去，则立刻断裂且发出巨大的脆响，既能困住飞贼，还能示警。由此可见，玄一阁的防盗措施简直就是滴水不漏，而掌柜半手金，想必也是个十分谨慎的人。

王江宁端起茶杯喝一口茶，忍不住就想，如此谨慎的人却忽然遭了这一劫，那么能杀他的人，想必是非常不简单的了。

“您看，这个就是掌柜的放大镜了。”没过多久，伙计就拿了一把放大镜出来，“此物是我们掌柜找英国公司定制的，全铺子一共有五把，掌柜的带走了一把，现在还有四把。”

王江宁接过看了看，倒的确和他在警察厅看到的一模一样。

“早上第一个发现尸体的是谁，你知道吗？”王江宁把放大镜还给伙计，然后问道。

“听说是一个小孩子，具体我也不知道。”

王江宁点点头，走之前还有些不死心地问道：“叫你们掌柜出去的人，你当真没有一点儿猜测？”

伙计闻言，陷入沉默。他张了张嘴，却没有立刻说话，神情似乎有些犹豫。

“你要说什么就说吧。”王江宁道。

“早几天有几个警察过来找掌柜的问事情，但我不知道具体是什么事情，他们也相当保密。我在想着，他们问的事情会不会和掌柜的死有关。”

“警察？”江宁想到了徐思丽的话。那警察过来想必不会是请半手金鉴定点古玩那么简单，更可能是来找各种线报。

“掌柜的平时虽然忙，但对我还是极好的，希望杀他的人，能早点儿被捉拿归案……”伙计眼看着王江宁就要离去，忽然出声说了句。他似是动了真情，还用袖子擦了擦眼角的泪水。

“放心吧，一定会的。”王江宁安慰伙计一句，便径直出了门去。

纵然断定这案子是熟人所为，然而伙计说与半手金往来的人众多，一时半会儿也缩小不了嫌疑人的范围。

于是王江宁就决定从令尸体燃烧的碱性化学品入手。他招呼武定桥边的一众乞丐，调查这南京城里城外可能制造化学品的工厂。乞丐们自然是对化学品一知半解，看见个工厂就先不管三七二十一地记下方位和名字，然后告诉给王江宁。

王江宁拿着写了各种化工厂名字和地址的小册子，绕着南京城一阵转悠，然后便在小册子上划掉了不少已经废弃的工厂名字。忙活完这一阵，就已经接近黄昏了。

接下来该怎么做，王江宁倒是也不很肯定。他精疲力竭地骑着车，在被阳光晕染成金色的大街上晃晃悠悠地前行着，心想着还是去找梅檀一趟，也好问问梅檀关于印戳有什么新发现没有。

然而就在他驶进一条暗巷的时候，忽然一只大黑布袋从天而降，罩在了他的脑袋上。

“又来。”

二

布袋很快就摘了下来。

眼前的场景倒是令王江宁有些出乎意料。他所在的地方不是暗室，也不是行刑的地方，而是一个普通的大堂。大堂极为宽敞，墙面上挂着几幅画像，都是或佩刀或执矛的武士。这里应该是二楼或三楼，向下的木质楼梯清晰可见，然而窗户都被窗帘遮住了，因而不知道这到底是哪儿。

来的路上王江宁倒是没吃什么苦头，就是被蒙着脑袋挟持着过来。

想来挟持他的人并不想伤害他，而只是不想他知道这儿的具体地址。这也就说明，事态并非像他想象的那样糟糕。

此时他被安置在一张宽敞的椅子上，没被任何东西束缚着手脚。坐在他对面的是一个白发老者。这老者面上的纹路虽然明显，但是身形却依然如年轻人一般壮硕有力。他直挺挺地坐着，满头蓬乱的白发被一根简易的发绳尽数扎在脑后。他身旁的手台上，蹲着一只大黑猫。那黑猫拿一双黄色的眼珠子盯着王江宁，把王江宁看得心里直发毛。

王江宁知道，这个白发老者必然是不好对付的。他跟在李老吹身边那么多年，就算学艺不精，也还是学了点儿皮毛，普通人若想从背后靠近他，给他罩个布袋而不被他发现，那根本是不可能的。

“你一定好奇，这里是哪儿。”就在王江宁斟酌措辞的时候，白发老者开口了。他嗓音浑厚，听起来颇有威仪。然而他却伸出一只手抚摸着那黑猫的脑袋，温柔的动作和严肃的神情形成一种微妙的反差。

“这位老先生，我们之前可曾结过仇怨？”王江宁忙不迭地问道，“若有得罪，还请指点一二。”他竭力使自己的声音听起来恭敬有礼，希望眼前的这位老者能告诉他到底发生了什么。

白发老者闻言，并不急着答话，他先是露出一个颇有深意的笑容，这才缓缓道：“小子，听说你当侦探有些时日了，可曾听说过御猫会？”

“御猫会？”王江宁愕然一惊，万没料到会在这种情况下听到这个名词，“御猫会……不是传说中的侦探联盟吗？”

“如果我告诉你，御猫会不是传说，而是确有其事，你会如何？”白发老者笑意更深，眼角的皱纹也跟着明显起来。

王江宁怔怔地望着眼前的白发老者，一时间不知如何开口。这位老者看起来身手不凡，但说出来的话却格外匪夷所思。

“那……您是？”他想了想，还是决定先问问老者的身份。

“我是御猫会的会首，姓张。”白发老者轻咳一声。

“张会首？幸会。那这儿想来就是御猫会的地界了？”王江宁一脸狐疑。在得到张会首的肯定答案后，他又犹豫着开口问道：“那敢问张会首，您绑……带我来这儿，究竟是为何事？”

“你近日曾多次到访玄一阁，那玄一阁掌柜半手金之死，你想必是知道的吧。”张会首倒是十分直白，一点儿不避讳监视了王江宁这个事实。

“唔……”这番话倒是令王江宁有些迷惘。他一时半会儿不知张会首是个什么路数，犹豫了一会儿，才简明扼要地说道：“晚辈曾想拜托金掌柜帮个忙，不巧金掌柜不幸身亡，晚辈就想再进这玄一阁查探查探金掌柜身亡的个中玄机。”

“那是正好。我带你来这儿，就是想请你调查此案。”张会首人倒是爽快，说起话来，一点儿不拖泥带水。

“这么说，张会首知道我？”

“李英雄探事社的王江宁。自然是知道的。”张会首望着王江宁，露出似笑非笑的表情来。

王江宁一阵沉默，兀自琢磨自己什么时候竟然这样出名起来。

“你查这个案子，若有什么需要帮助的地方，尽管开口。毕竟……半手金与我们御猫会瓜葛颇深，是我们御猫会的庇护人。”

“庇护人？”王江宁忍不住露出惊奇的表情。看来这半手金真的不简单，不但跟政府有联系，还跟御猫会有关。当然，眼前这个自称张会首的白发老者说出来的话是真是假还未可知。

“这几年局势动荡，御猫会迫不得已从地上转入地下，低调从事，以图自保。庇护人半手金时常奔波在外，通过各种渠道为御猫会找来各种案子，以维持御猫会的生计。”张会首耐着性子介绍起来。他眼中透着点点阴沉，看起来不像是假的。

“看来半手金对于御猫会而言，委实是一位不可或缺的人物。”

王江宁顺着张会首的话道，“他的死，对御猫会打击很大吧。”

张会首没有立刻接上王江宁的话，只是用手指敲了敲扶手，若有所思道：“半手金金安仁，跟各种富豪高官、帮派头目都有来往。这些人找半手金，不仅仅是因为需要半手金的当铺周转资金，更重要的是，他们有不少把柄捏在半手金的手里。半手金除了有过手知价的本事以外，尤其擅长搜集情报。黑白两道的消息，就没有他打探不到的，大小案件的发生及进展，他也是十分清楚。”

看来之前是真的小看这半手金了，原来他非但是当铺老板，还是个黑白通吃、有头有脸的人物。这案子，很可能也并非一桩普通的谋财害命案。

“这个案子，就算您不拜托，晚辈也是要查下去的。”王江宁对那张会首拱了拱手，才继续道，“我并非想要对您不敬，然而您说的话，也的确无从证实。晚辈不才，只想请教一点，既然御猫会是个侦探联盟，内部能人异士想必是济济一堂，为何会首会要劳烦晚辈一介外人呢？”

张会首定定地看着王江宁，正要开口，王江宁却抢先一步道：“晚辈斗胆猜测，这御猫会中也有内鬼，令张会首难以心安？”

“小子，果然机灵。看来我是没看错人。”张会首嗓音清亮地笑了一声，随后道，“的确，我怀疑御猫会中有内鬼，并且很可能与这半手金的案子有关。然而我却没有真凭实据，也不确定这内鬼到底是哪一个。”

“敢问御猫会中，与半手金有密切来往的都是哪几个，有什么特征没有？”王江宁似是终于发现了突破口，眼睛一下子就亮了起来。

“御猫会中，除我以外，还有五名探首，我们六人分管鼓楼、秦淮、建邺、下关、玄武、白下这六片区域。我们六人都与半手金交往颇深。”张会首一边抚摸着黑猫的脑袋，一边若有所思道，“不过探首中却有两名有前科，即是秦淮区的吴掌柜，以及鼓楼区的荆掌柜。”

“他们都有什么前科？”

“那吴掌柜在加入御猫会前，是南京城内数一数二的大盗，而荆掌柜则是前朝的太监，以前仗着有点权势，偷杀抢劫也是干了些的。”

“太监……”王江宁立刻就联想到了那群作恶多端的保皇党，一时间脸上蒙上一层阴霾。

“你有什么发现？”张会首敏锐地注意到了王江宁眉眼中的异样。

王江宁轻轻摇头，只道：“张会首，可否把这两个人的详细信息告诉我，没准能用得上。”

在告知完王江宁详细信息后，张会首便起身招呼来两个看起来身手不凡的手下，作势送客。那俩手下虽生得膀大腰圆，却格外礼貌，恭敬地问王江宁要去哪里。王江宁想了想，立刻报上金陵大学的地址。那俩手下也不含糊，将黑布袋子套在王江宁的脑袋上后，就将王江宁送到了地方。

此时已是深夜，王江宁抱着试一试的心态，走向梅檀所在的办公室。他刚到楼下，就发现农学二室里亮着灯，于是十分放心地上楼敲开了门。

“你觉得，这案子会和保皇党有关吗？”将追查半手金案子的大致经过告知梅檀后，王江宁顺口问道。

“并不敢肯定。”梅檀淡淡道。

“我也是那么觉得的。”王江宁点点头，然后将一本记录得密密麻麻的小册子递给梅檀，“尸体在水中燃烧，很可能是碱性化学品所致。然而我对化学品什么的不太懂，所以就把城里城外大大小小的厂子都记录了下来。这些厂都是还在运作的，你看看其中有哪几家能生产碱性化学品的。”

梅檀接过破破烂烂的小册子，快速从头翻到尾，才道：“我倒是能排除一些，然而到底哪几家生产碱性化学品，却还是要问问别人。”

“这样啊……”王江宁忽然有些失落。他可不知道该去问谁，他唯一认识的有知识的人，就只有梅檀了。

梅檀将王江宁的表情看在眼里，他轻轻起身，拿着小册子迈步走向门口：“隔壁办公室相关专业的教授还没下班。他做实验所需的化学品，也需要相关厂家提供，我去帮你问问。”

王江宁一阵欣喜，然而他还未来得及道谢，梅檀就已经关上门走了。

他有些无趣地收回视线，看向梅檀办公桌上整齐堆叠的七八本书，都是河流调查，地理探索之类的资料书。

没过一会儿，梅檀就回来了。他将小册子递还给王江宁道：“这三家化工厂在生产碱性化学品，你可以去查查看。”

王江宁定睛一看，只见小册子上有三个厂子被红笔圈了起来。他连连道谢，收起小册子的同时顺带问道：“那印戳的调查有什么进展没有？”

“倒是有些进展。”梅檀顿一顿道，“我发现，那印戳可能是一幅水文图。”

“水文图？”王江宁一阵迷惑，“那是什么？”

“你可以理解成，通过河流记载方位地址的地图。”

“地图？”

王江宁立刻就想到白天时伙计说的话，登时就拍案而起，有些激动地看着梅檀：“不错，就是这个方向，你查的肯定没错！”

梅檀静静地坐在位子上，看着王江宁的目光带有那么点儿不理解。

王江宁自知失态，于是有些不好意思地挠了挠头：“总之……我觉得应该就是你说的，那什么水文图吧。不过这水文图……到底是什么地方的水文图呢？”

“还需进一步研究。”梅檀简明扼要地说道。

“好，那就有劳你了。”王江宁说完，便风风火火地出了办公室。他忽然感到眼前充满了希望。

三

清晨，王江宁骑着自行车赶往红笔圈出的第一家化学厂。厂长礼貌地接待了王江宁，告知王江宁这一周之内都没有生产碱性化学品，而库存中的化学品都保存完好，没有丢失现象。

于是王江宁立刻赶往第二家化学厂，旭昇化工厂。

他人还没到门口，就听到厂里传出颇为嘈杂的人语声，进门一看，才发现是三四个人围拢在一起激烈地讨论。他们神情焦躁，像是随时都能打起来。

有情况。

王江宁当即走进工厂，四下张望。这工厂似乎才建不久，不少仪器设备都是新的。厂里没多少工人，此时都一脸茫然地站在设备旁，也不知是在等着什么。地上到处是废纸和箱子，被沾满污泥的脚印踩得一片狼藉。

就在王江宁想着该找谁好好问一问时，一个似乎有些眼熟的人影晃至王江宁眼前。

“王侦探！”

王江宁还没想起那人是谁，那人就率先喊了出来，看到王江宁似乎还很激动，三步并作两步来到王江宁眼前。

王江宁眯着眼上下打量一番眼前这人笔挺的西装长裤，再看他一双神采奕奕的眉眼，忽然就有了印象。

“康教授！”他想起来了，这位康闻道康教授，曾经在梅檀的办公室里与他见过。那时还帮着他解读鸱吻图腾来着。

他顺势握住康闻道伸过来的手，然后问道："康教授怎么会在这儿？"

"不瞒王侦探，这个化工厂是我朋友刚建的。他请我过来当总工程师，帮着把把关。"康闻道慢条斯理地说道。

"想不到康教授还精通化学。"王江宁一阵诧异。

"精通倒是不敢当。只是当初在日本留了几年学，正巧学了些相关知识罢了。"

康闻道的这番话，王江宁是相信的。如若不是在日本留过学，他跟梅檀那样的木头脸也不可能混得那样熟。

"王侦探怎么会忽然到这里来？"康闻道问道。

"发生了桩案子，过来查看查看。"王江宁说完，刻意去观察康闻道脸上的神情，却见对方一脸茫然，似乎毫不知情。想来这些搞学术研究的，多少都有点儿两耳不闻窗外事。

"贵厂是不是发生了什么？"王江宁看一眼正在议论的人群，这样问道。

"有整整一箱的化学品丢失了，大家都是焦头烂额。"说到这里，康闻道忍不住露出焦虑的神色来。

"一整箱？"王江宁怔了怔，急忙问道，"那有没有遇水可燃的碱性化学品？"

"有的，其中有几份连二亚硝酸钠，也跟着一并丢了。"

"那其他丢失的还有什么？"

"这我不太清楚。"康闻道看一眼一脸急迫的王江宁，"看来王侦探是来调查案情的，那我叫仓库管理员来跟你核实吧。"

康闻道说完，便立刻找来了化工厂的仓库管理员。仓库管理员脸上的焦虑之色显而易见，他似乎颇为紧张，连话都说不利索。王江宁一问才知，丢失的不仅仅有碱性化学品，还有一些爆炸品。

听闻这个消息，王江宁的心跟着抖了三抖。也不知那些爆炸品被偷去干什么了，只怕半手金的死亡，不过是一系列可怖灾难的引信。

“两天前，化学品被运过来后，就锁在……仓库里……没人动……今天早上我去清点，才发现少了一箱……”仓库管理员战战兢兢地说着，面色不比病入膏肓的老人好看多少。

“为什么两天前化学品刚运到时没有清点？”王江宁忽然有些烦躁。他真是没有想到，半手金这个案子竟有那么多横生的枝节。

“那天我身体不舒服……没在厂里，是让临时工运进仓库的……他也就……就没有清点。”

答案已经很明显，化学品是在运输过程中丢失的。王江宁顺势问了那天运送工人的情况，得知负责把化学品从码头搬运过来的人叫赵全。赵全常年混迹于码头一带，虽然不是帮派中人，但是江湖上的规矩该懂的自然也懂。他一直踏踏实实、老老实实地接一些搬运跑腿的活，倒是从来没出过岔子。

找一个混迹码头的人，对于王江宁来说根本不在话下。更何况那赵全脸上有一大块红色胎记，很有辨识度，跟他打过交道的人，基本都记得他。王江宁四下打探一圈，立刻就得知了赵全的所在地——万福赌场。

王江宁进了赌场，只见昏暗的光线下人头攒动，人声嘈杂。四周弥漫着一股汗味和食物腐坏味混杂在一起的味道，简直难以描述。他刻意压低了鸭舌帽，一边在人群中缓慢移动，一边留意着每个人的脸。

很快，他找到了赵全。此人正围在赌桌前，一双绿豆大小的眼睛直直地盯着桌上的骰子，仿佛犯了魔怔。

王江宁悄悄凑近，一手捅了捅赵全的腰窝，然后伏在赵全的耳畔轻声道：“警察，要找你问点儿事。”

赵全悚然一惊，低头看了看王江宁递出的警徽，仅断片儿了一秒，立刻跳上赌桌，夺路而逃。

王江宁迅速反应过来，也跟着跳上赌桌。慌乱之中，他不小心踩着了一个赌徒的手，那赌徒立刻发出耗子般凄厉的叫声。

“站住！”王江宁一声大吼，哪知不喊还好，一喊赵全跑得更快了。

眼看着一条暗巷就要跑到尽头，这要一拐进大街人非得跟丢不可。王江宁索性心一横，拔出手枪就放了一枪。

他知道自己打不准，因而也就没瞄准，为的是吓唬吓唬那姓赵的。怎知枪声一响，眼前的赵全立刻应声倒地。

王江宁登时吓出一身冷汗，匆忙上前一看，只见这赵全浑身上下不见丝毫血迹，更别提伤口了。

“怎么回事啊你？明明没打着啊！”王江宁用力一拍赵全的后脑勺。

感觉到疼，赵全一个哆嗦就爬了起来，一双小眼睛滴溜溜地转着，一脸的害怕。就算他不说，王江宁也能猜到个七八分，这赵全，刚才八成是吓瘫在地上的。

“你跑什么啊？是不是犯事了？”王江宁蹲在赵全身旁，有意无意地掂着手里的枪。

“没……没有……”赵全连连摇头，还下意识地往后爬了几步，“我什么都没做！”

“没做你跑什么？”

“我什么……什么都没做……”赵全艰难地吞咽一口唾沫，仿佛是预感到自己在劫难逃，他忽然挺直了腰板，佯装镇静道：“我警告你，你不要乱来啊！不然我在码头的那帮兄弟……可不会放过你！”

“你们能拿我怎样啊。”王江宁冷笑一声，“你可能还不知道吧，现在全首都的警察几乎都在关心一桩案子。一位有头有脸的当铺掌柜死了，到处都在缉拿凶手。而已有的证据表明，你，就是凶手！”

王江宁这一番虚张声势，果然是把赵全给唬住了。他静静地趴在地上，半天没有动静。

“说，你为什么杀人！”王江宁趁机大吼一声。

“我……我没杀人……”赵全哆哆嗦嗦地回答着，光亮的脑门上布满细细密密的冷汗。

“那为什么要偷化学品！”

“长官，请你一定要明察啊！”赵全忽然四肢伏地，打着哭腔道，“化学品是我偷的没错……可我并没用它杀人啊！”

王江宁看着赵全这一副丢盔弃甲的模样，知道时机已经成熟，于是耐着性子道：“老实交代，但凡有一句假话，就要你好看。”

“大约是三四天前的深夜……有个人忽然潜入我家中，让我在干活的时候偷一箱那什么……旭昇化工厂的材料，搬运到指定地点。他说只要我照做……就给我一笔钱……我就答应了。我也不知道那箱材料是什么，干什么用的，更没想过要杀人啊。”

“那你怎么知道那人要你偷的材料是哪箱？”王江宁仔细琢磨着赵全的话。

“他说他要的箱子上会做标记……而我也的确看到了那个标记。”

看来，这化工厂里也有内鬼。

王江宁摸一摸下巴，又接着问道：“让你偷东西的人有什么特征没有？”

“那天夜深，而他蒙着面，我什么都看不到。”赵全摇摇脑袋，忽然想到了什么，沉默片刻，又道，“但是他功夫了得，走起路来不声不响。那天要不是他开口说话，我根本不知道有人潜入家中。”

“后来他给你钱了？”

“给了，完事之后……我在家里找到一笔钱。”

王江宁掂着手里的枪，脑海里回忆着张会首的话。

六区探首之一的吴掌柜，曾经是个数一数二的大盗。

不声不响地潜入住宅当中，对曾经当过大盗的人来说，想必是家常便饭。

“吴掌柜这个人，你听过没有？”王江宁想过一遍，又低头看趴在地上直打哆嗦的赵全。

赵全一脸茫然，显然是没听过这个人。

四

王江宁曾经问过张会首有关吴掌柜的资料，因而他十分顺利地摸到了吴掌柜开的船行。此时黄昏刚过，船行已然关门。虽说关门的时间稍显早了些，但也并非特别不妥。

既然无法找到吴掌柜，那便只能打道回府了。

打定主意的王江宁刚骑上车，就听闻不远处传来一声刺耳的枪响。

王江宁脚步一顿，也就是那么一瞬间，又有好几声枪响接连响起。

这绝非寻常。

王江宁立刻掉转车头，向着枪响处飞驰而去。

枪声来自坐落于秦淮河畔的石园。

王江宁从未进过石园，然而石园的名号，他却是听说过的。

虽然国民政府前段时间大力实行了废娼运动，但是那古老的行当并没被彻底斩草除根。普通青楼中只有姑娘，而这石园独具一格，里面的都是些年轻男孩子。找上门的客人有男有女，据说不少大家族的富太太大小姐，也是这里的熟客。

这样的地方，理所当然会藏着些见不得光的阴暗。

王江宁握着枪小心翼翼地靠近石园虚掩的门，却忽然听闻里头传出命令的声音。

那声音竟然十分耳熟。

王江宁立刻推门而入，果然见到守在门口的韩平。

“怎么回事？”王江宁看了眼韩平手里握着的枪，连忙问道。

“徐小姐来这儿找半手金案的目击证人，结果遭到埋伏。”韩平胖乎乎的脸上浸满了汗水，“我和兄弟们听闻动静赶过来，但还是晚了一步。”

“这么说……目击证人……”

“死了。”韩平肯定了王江宁的猜测，一脸痛惜，“暗杀的人也逃走了。”

王江宁将焦虑的目光投射向石园内。只见地上七七八八地躺着一些装扮好似护卫的男子，走道处一个明丽的女子正半蹲在地，似乎是徐思丽。

他快步走近，才发现徐思丽的膝上正躺着李错。

李错腹部一片鲜红，显然是中了枪。

“李错！”王江宁大叫一声，大脑顿时一片空白。他本能地走上前，用双手捂住李错的伤口，手还抖个不停。

“中了一枪而已，姑奶奶可没那么容易死。”李错虽然脸色煞白，但是嘴上却依然不饶人。她看着一脸惊慌的王江宁，忍不住露出不屑的笑容。

然而王江宁却笑不出来。他竭力克制住自己的情绪，撕扯下衣摆，用那尚存的理智，在李错的腹部扎了个绷带。

“子弹穿过去了，要赶快送医院，不然很危险。”徐思丽话音刚落，王江宁便抱起李错，向着门口飞奔而去。

深夜，南京民生医院。

王江宁看着李错被推进手术室，依然有些六神无主。他的手上还沾着她的血，而那些血，依然带有些许温度。

韩平留在石园处理遗留问题，一时半会儿抽不开身，因此此时站在过道上的就只有王江宁和徐思丽二人。

徐思丽静静地靠着墙壁，没有言语，然而隐藏在身后的纤细手指却在轻轻颤抖着。

“为什么李错会在石园？”王江宁忽然发问。他的声音低低的，却暗藏怒火。

“我让她跟我一起来找目击证人。”徐思丽细长的眉眼中盛着显而易见的愧疚，“是我错了，我不该让她来的。她……是为了保护我才受的伤。”

印象中，徐思丽还是第一次用这样认错一般的口吻说话。然而这番话，却令王江宁的心中莫名生出一股怒气。要不是徐思丽，李错怎会被牵扯进这个案子里？

他正想说话，却见一个穿着白大褂的医生从手术室走了出来。他和徐思丽急忙迎了上去。

“幸亏送来得及时，患者现在已无大碍。不过患者失血量大，需要静养，你们不要让她太劳累了。”医生的双眼中带着丝丝疲惫，但话语依然彬彬有礼。

“谢谢医生！”王江宁心里的一块石头总算落了地。

徐思丽也是长出了一口气。李错毕竟是为了保护她才中的这一枪。要是李错有个好歹，她还真不知该如何是好了。

两个护士将李错推出了手术室，王江宁和徐思丽立刻跟上，直到一间安置普通病人的病房。

“徐姐姐，你看，我没事儿。”李错躺在病床上，看着王江宁和徐思丽，一脸满不在乎地笑道。她的面色依然苍白，但是一双眼睛却有神了不少。像是要印证自己的话一般，她作势要撑着床坐起身来，护士们见状吓了一跳，立刻阻止了她。

“嗨，真没事儿，这医生是比我们那儿强多了。我现在都不觉得疼，就是感觉麻得很。”被推进病房后，李错的嘴却依然没闲着。

“那是因为你打了麻药。当时情况多危险你知不知道，医生说幸亏送得及时，要不然便是大罗神仙都救不了！”王江宁忍不住大声叫喊起来，这份失态，就连他自己也能明显感受得到。但是他顾不得那么多了。

等他说完，病房里一下子就都安静下来。徐思丽诧异地看他一眼，但终是什么话都没说。

“你就这么担心我啊？”半晌，李错看着王江宁，俏皮地眨了眨眼。

王江宁欲言又止，怅然数秒后，才小声嘀咕一句：“废话。”

而站在一边的徐思丽，却久久没有说话。她太习惯在别人面前掩饰真实的情绪，因而在真正需要表达情绪的时候，却不知该从何说起。

李错转头望向徐思丽，仿佛看穿了她的为难与自责一般，李错咧开嘴，冲她安慰般地笑笑。

徐思丽的喉咙像是忽然被什么堵住了。她怔了怔，这才以极低的声音道一句“谢谢”。

眼看着李错并无大碍，王江宁心中的怒气也消去了大半。

他和徐思丽出了病房，肩并肩行走在医院寂静无人的过道里。他沉思良久，终于还是决定略过李错负伤的话题，问道：“听说你们去石园，是为了找目击证人。”

徐思丽四下张望，见确实没有外人，才慎重地点头道：“是的。我得到可靠消息，就拉着李错去石园里找半手金案的目击者，没想到竟然还真被我们找到了。目击者叫叶鹏，是石园里长大的孩子，经常做些跑腿打杂的活儿。那天晚上，他正巧应了客人的要求，到武定桥边买糖烟。于是就什么都看见了。”

“这么说，这个叶鹏在死前还是说了些什么的？”王江宁停住脚步，专注地聆听着徐思丽接下来要说的话。

“是的。”徐思丽深吸一口气，眼眸中晦暗不明，“他说那天晚上，他看到一艘鬼船，在一片迷雾之中慢慢驶过。”

“鬼船？”王江宁愕然一惊。

“叶鹏说，那船会自己开动。上面还立着一只鬼，依我看，那不过是一尊造型有些古怪的雕像。”徐思丽一边回忆，一边说道。

“怎么个古怪法？”

“那雕像是个盘腿而坐的道士，却有六条手臂。叶鹏离那船有点儿距离，因此他看不清雕塑的五官。可叶鹏说他一看到那雕像，便觉得浑身发冷，想逃却根本动不了。”

“那然后呢？”王江宁追问。

“然后他就看见，岸边走来了两个人，其中一个走路有点不稳的人靠近船，并从怀里掏出一个镜子一样的东西，仔细查看那雕像。查过一阵后，那船又自己开动了起来。就在这时，另一个一直站在旁边的人突然出手，他一手甩出绳索，困住了查雕像的人，紧接着又拿出一把粉末撒了出去。查雕像的人惨叫着掉进水里，烧成一团火球，只叫喊了几声，就没了动静。而那鬼船则慢慢地驶进迷雾之中，不见踪影。”徐思丽说完，便陷入沉默。

“西洋放大镜……原来如此。”王江宁背负起双手，缓缓叙述道，“当天晚上发生的事情，可能是这样的：半手金熟悉的人深夜造访，叫半手金查一尊雕像。这雕像重量不轻，搬运不便，因此只能半手金出去查。半手金信任这人，于是就随他来到岸边查看那雕像。他把查得的结果说出来后，就被那人杀了。”王江宁没有太在意那无人自动的船，做侦探这么多年，他早看透了，根本没有什么鬼怪犯案，都是人在装神弄鬼。

“应该是这样。”徐思丽点头赞同王江宁的话。

“天那么黑，距离又远，所以叶鹏多半不会看清凶手的长相。但凶手却不知道，所以他潜入石园杀人灭口。”王江宁一边琢磨，一边道。

叶鹏的证词至少证明了凶手是能够随意调动一艘船的人，再加上之前指使赵全的行为，王江宁已经能够锁定凶手了。

“后来我才想到，其实我之前见过类似的杀人手法。”徐思丽忽然说道，“之所以不直接杀人，而是用化学粉末令死者燃烧，很可能是一种惩戒的行为。”

“惩戒？”

“嗯，由于某种原因，凶手想要处罚死者。”说到这里，徐思丽便陷入沉思。

王江宁点点头，道：“眼下我大概知道疑犯是谁了。至于为什么杀人，又为什么想要处罚死者，等审问过就知道了。”他说完便道别徐思丽，向吴掌柜的船行飞奔而去。

五

他向附近的船工打听，得知这吴掌柜为人谨慎得很，从不跟人说家里的地址。然而有位船工却告诉他，吴掌柜经常会去码头边的一个仓库，在那儿跟人谈事交接。

王江宁得了消息，就立刻奔往码头仓库。

夜深人静，身后却传来时断时续的脚步声，每一下都像是踩在他的心坎上。江边的风阵阵吹来，激起他一胳膊的鸡皮疙瘩。

他忽然停步，回头看去，竟然发现吕冲元跟在后面，正对着他做鬼脸。

王江宁心中大松一口气的同时，又是一阵迷惑："你怎么在这儿？"

"闲来无事，四处逛逛。你呢？也是来闲逛的吗？"吕冲元双手在脑后抱臂，百无聊赖地问道。

"你……"王江宁想了想，也懒得跟吕冲元废话，"我在查案，你爱跟着就跟着。"他说完便继续向前奔去，余光一瞥，果然见到小道士依然跟在身后，不知为何，心头竟然一阵暗喜。

不过一会儿，两人就来到了吴掌柜的仓库。

两人站在仓库外向着里头看去，只见仓库里黑黢黢的。

"怎样，要直接进去吗？"吕冲元忍不住开口问道。

"小心点儿就是。"王江宁径直走了进去。

借着从窗口透进来的月光，王江宁仔细打量着仓库里的东西。地上堆叠着不少木料，看起来没什么问题。

"以防万一，我们贴墙走。"王江宁叮嘱了一声吕冲元。

"我看是不用了。"吕冲元站定，顺带抓了一把王江宁，"你看。"

王江宁顺着吕冲元手指的方向看去。只见一片黑暗中，赫然站着一个蒙面人。

那人就这样定定地站着，一动不动，好似没有丝毫气息。要不是吕冲元提醒，王江宁根本不会发现这人。那人只露一双眼睛在外面，看着王江宁和吕冲元，眼神中是露骨的嘲讽。

"有没有办法打倒他？"王江宁悄声询问吕冲元。眼前这人似乎很难对付。不论他是不是吴掌柜，将其制服再询问绝对是上策。

"三拳的事儿。"吕冲元话音未落，人便迅速地冲了上去。

然而意想不到的一幕却发生了。

蒙面人看着扑上来的吕冲元却并不惊慌，他微微一个侧步，右手则摆出一条长长的绳索来。

"小心！"王江宁忽然想起了徐思丽的话。

杀死半手金的，就是个擅长使绳索的人！

说时迟那时快，一个绳套从蒙面人的手里飞出，竟然不偏不倚地将飞身跃起的吕冲元扎了进去！

那蒙面人见一击得手，立刻飞身跃起，蹿上木梁把绳索一挂。吕冲元还没反应过来，就被倒挂在了房梁上，立刻丧失了战斗力。

第十六章

江岸对决

一

形势急转直下。

往常最有战斗力的吕冲元没来得及出手一下，就被挂在了房梁上，这是王江宁始料未及的。吕冲元可能确实有些轻敌，然而对方的路数也确实邪门，不是个好对付的角色。

绳子紧紧捆着吕冲元的双手和上半身，令其动弹不得。他拼命挣扎，也不过是加快了身子凌空摇摆的速度罢了。“快放开道爷！不然有你受的！”吕冲元显然也是第一次吃这样的亏，见逃跑无门，便气急败坏地叫嚷起来。

王江宁咬了咬牙，从地上捡起一根木棒，准备来个鱼死网破。

那蒙面人又从腰间重新摸出个绳套，捏在手里有一下没一下地甩动着。他的动作极是漫不经心，但是却一下又一下地敲打在王江宁的心上。王江宁不知道对方何时会行动，只得收紧了身体，眼睛一眨不眨地盯着那绵软无比却又诡异莫测的绳索。

忽然之间，绳索飞速甩来，王江宁屏住呼吸，就地往旁一滚。而也就在这个时候，一道冷光嗖地刺破黑暗，一下斩断了飞来的绳索。

紧接着，叮——叮——两声金属碰撞的轻响传来，拴着小道士的绳索登时被斩成四段，小道士立刻就从房梁上摔了下来。

“老吴，这样欺负后生，你还真是有出息得很啊。”一个洪亮的声音自门口传来。

王江宁迅速回头。说话的是一个白发老者。他满头蓬乱的白发被一根简易的发绳尽数扎在脑后，左手则提着一口阴气森森的鬼头刀，好不威风。而他不是别人，正是曾经“绑”过王江宁的张会首。

此时张会首身后还跟着几个穿着奇特黑衣的人，其中一个手持飞刀，想来刚才就是他为王江宁解的围。

“哼！都已经是半只脚踏进棺材的人了，还逞什么威风。”蒙面人见状，立刻尖酸地嘲讽一句。

说时迟那时快，一根手杖不知从哪儿飞了出来，结结实实地打在蒙面人的膝盖上。蒙面人顿时失去了平衡，一声闷哼之后，倒在了地上。

眼疾手快的吕冲元立刻冲上去，用那断了的绳索把蒙面人捆成了粽子。“让你吊我！让你吊我！”他一边使劲，一边在用力踩着那蒙面人的后背。

王江宁迅速上前，一把拽开蒙面人的面罩。看着面罩下的这张脸，联系张会首刚才的话，王江宁立刻断定，眼前的便是吴掌柜了。

王江宁不经意间低头，却发现躺在地上的手杖似曾相识。他忽然意识到了什么，迅速转头，目光在张会首身后的黑衣人队伍中搜寻起来。

“师父！”他立刻找到了熟悉的身影，欣喜地大喊出来。没想到师父腿脚不便，却依然有这样厉害的身手。

“王小兄弟，看来你的确是有两下子。跟着你走这一趟果然很有收获，我们御猫会的叛徒，就是这吴掌柜了。”白发老者不给王江宁师徒说话的时间，径直上前，点了点地上的吴掌柜。

“我调查过，暗中指使偷盗化学品的是个手脚轻快的蒙面人。而用化学品杀了半手金的，是个会使绳索的人，这一切线索都指向眼前的这个吴掌柜。”王江宁迅速说道，“然而，我却不明白吴掌柜为什么要杀人，他的杀人动机又是什么。”

“王小兄弟有所不知，这叛徒常年勾结乱党，做出来的事儿也是伤天害理，匪夷所思……”张会首的话被一阵刺耳的刹车声打断。

王江宁迅速扭头，便见一阵刺眼的车灯光照射进来，来的可不就是梅檀那辆摩托车！

然而梅檀不是一个人来的，他的身后还跟着徐思丽。二人齐齐跑进仓库，一脸匆忙。

“怎么了？”王江宁心中隐隐有了不好的预感。

“李错……李错被绑走了！”徐思丽深喘一口气道，“绑架他的人，就是往这个地方走的！”

吴掌柜闻言，发出一声细不可闻的冷笑。

王江宁抬头，立刻看到仓库紧闭的后门。

“去后门！”王江宁话音刚落，徐思丽和小道士就已经顺着他指的方向，一前一后追了出去。

众人闯到后面，登时见到滚滚长江。夹着水汽的夜风扑面而来，带着隐隐的冷意。

“那儿有艘船！”吕冲元眼尖，立刻就看到不远处停泊着的一艘大船。

王江宁也不细想，立刻拽着五花大绑的吴掌柜向船跑去。

“你们还真是阴魂不散啊。”

就在这时，一个令人熟悉却又无比令人胆寒的声音慢悠悠地从船上飘来。

“艾梁！”王江宁步伐一顿。也不知此时此刻，到底是谁更加阴魂不散。

王江宁忽然有一种预感，这半手金案子的幕后策划者，八成就是艾梁！而吴掌柜背叛御猫会投靠的不是别人，正是这保皇党！

“王江宁，你也算是有几分本事的，我是个惜才之人，不想杀你，可你总这样追着我咬，也不是个办法啊。”艾梁穿一身风衣，身姿挺拔地伫立在两层高的船上。他的肩膀处依然立着那只雪白的猫头鹰。猫头鹰张开巨大的翅膀，冲着王江宁尖厉地鸣叫，仿佛是在耀武扬威。

“若你愿意投靠我，我也可以不计较你的行为，放你一条生路。”艾梁悠然接上下一句话。

“艾梁！是不是你抓了李错！赶紧把李姑娘放回来！不然今晚就是你的死期！”王江宁咬牙切齿地喊道。他虽然想明白了整个半手金案的缘由，却不明白艾梁要抓李错做什么。此时一颗心高悬在胸口，令他血脉偾张。

“艾梁，你放了李错，一切都好说。”一旁的徐思丽接上话来。多年的工作生涯教会她越是在紧急关头，就越是要冷静下来。艾梁的这艘船随时能走，因此眼下唯一可行的办法，就是想办法拖住他，等更多的人手赶来。

“久闻中调科的徐科长足智多谋，今日一见，也不过尔尔。”夜风送来艾梁清晰的声音，“李寨主确实是在我手上，不过，我要用她换个人。”

“你要吴掌柜吗？”王江宁立刻就问。

“王江宁，你果然是个聪明人。”艾梁嗓音清脆地笑了两声，“没错，你把吴掌柜放了，我便将李寨主还给你。”

徐思丽上前几步。此时王江宁的心态已经有些不稳，饶是如此，她就更应该镇静下来。“交换人质当然没问题，可你打算怎么换？你该知道，你的信用并不在我的考虑范围之内。”她仰起头，大声喝问。

“真巧，徐科长的信用也不在我的考虑之内。不过你放心，既然是交换人质，我当然是讲信用的。”艾梁挥了挥手，他的手下立刻抬着一个被被子裹得严严实实的东西放在了跳板上。

那跳板一头架在船上，一头架在岸上，只要船一离岸，或者被子里裹的人稍微挣扎一下，立刻就会掉在水里。

千万不要乱动，王江宁在心里暗暗想道。

二

“规矩很简单，你把吴掌柜送过来，我就让你把李寨主平安接回去。如果你敢耍花招，那我不介意用李寨主当靶子练练手。”艾梁举起一把小巧的手枪，对准了跳板上的被子包。

“老老实实换人吧，能换回来就是胜利。”徐思丽叹了口气，一副无奈又不甘的模样。她见王江宁转头看她，于是便飞速使了个眼色。王江宁立刻会意，徐思丽是想让他再拖延一点儿时间。

于是他转身向站在后面的张会首抱一个拳：“张会首，虽说这吴掌柜是御猫会的叛徒，他的去留不该由我一人擅作决定。然而现在人命关天，救人要紧，希望您能体谅。”

张会首捋了捋胡须，正欲回答，忽然听闻远处传来了警笛声。眨眼的工夫，大批荷枪实弹的警察便包围了码头。

“人多也没用。谁敢乱动，我就打死李寨主。”站在船顶上的艾梁一声冷哼，手中的枪依然稳稳地对准被子包裹，“王江宁，你送吴掌柜上跳板，接李寨主回去。只要你们不耍花样，我就可以守信用。”

王江宁望向徐思丽，只见徐思丽轻轻点了点头。于是王江宁便粗暴地提着捆住吴老板的绳子，拖着他慢慢走向了跳板。

“停！”就在王江宁走到跳板前时，艾梁大声喝道，“解开绳子，让吴掌柜自己走上来！”

王江宁闻言，只得照做。当吴老板踏过跳板走到船上的同时，船便迅速开动了。王江宁迅速稳住衔接船和江岸的跳板，此刻只要他一松手，李错肯定会掉到江里。

“王江宁，看样子你是不会跟随我了。不过留着你这么个隐患我也不是太安心。不如就让今日成为你的忌日吧！”艾梁的声音忽然变得冷酷起来。

王江宁猛一抬头，发现艾梁手里那支原本指着李错的枪，已经缓缓地指向了他。也就是同一时间，他猛然发现，这小巧的手枪与其他手枪构造居然全然不同，竟然有两个枪口，上下排列着！

小黑皮，还有匪寨里的李迁，都是死于这把手枪之下！

艾梁……好个艾梁！

王江宁气得发抖，但却什么都做不了。他没有想到，知道真相的时候，亦是他面对死亡的时候。

他睁大一双布满血丝的双眼，死死地瞪着枪口。然而此时此刻，他亦十分清楚，再如何愤怒，都改变不了眼下的局势。他只求自己死了之后，李错能平安获救。希望一切，都能平安结束。

念及此，他认命一般闭上双眼。

砰！一声枪响划破长空。

与枪声同时响起的，还有一声清脆的金属撞击声。

王江宁猛地睁开眼睛，随即便看到一把被打碎的手枪应声落下，扑通一声，掉进水里。

他迅速转头，只见梅檀正半蹲在一辆警车顶上，修长的双手稳稳地握着一把长枪。长枪枪口，有一缕白烟悄然飘出。想不到梅檀竟然有这样的好枪法，能直接打碎艾梁的枪！他沉浸在错愕之中，久久无法回神。

砰！一声枪响划破长空。与枪声同时响起的，还有一声清脆的金属撞击声。

梅檀迅速注意到王江宁的视线，于是冲他露出一个微不可察的笑容。梅檀也是没有想到，留洋练就的枪法，竟然真的能派上用场。

王江宁迅速反应过来，立刻拽着被子包回到岸上。总算安全了。他长舒一口气。

此时艾梁的船已经离岸，但船速并不快。徐思丽见有机可乘，立刻大喝道："全体注意，瞄准那艘船！"

岸边的警察听令，立刻动作一致地举起手里的枪，瞄准了那艘船。子弹上膛的拉栓声此起彼伏。

"预备！"徐思丽高高举起右手。只要她的手落下来，艾梁的这艘船，能瞬间被打成筛子。

这样一来，一切就都结束了。

"我还真是低估了你们，不过你们也低估了我。"艾梁冷笑一声，指使着一个手下来到他身边，"看看这是谁！"

那手下手里扛着的，不是别人，正是昏迷中的李错。

那手下故意站在艾梁面前，用李错的身子，遮住了艾梁的身子。

王江宁以及岸上的所有人，都被眼前的变故惊得目瞪口呆。

那么，抢回来的会是谁？王江宁的脑海嗡嗡作响。他在抓被子包的时候，感觉到里面沉甸甸的，不可能是空的！

他蹲下身来，急忙扯开被子。出现在他眼前的，是一个有些面熟的西装男子。这人显然也是昏迷了许久，因王江宁的动作苏醒，这才艰难地睁开眼睛。

是康闻道。

三

王江宁真的没有想到，竟然会在这种时候遇到康闻道。那个艾梁，到底在搞什么把戏？

“都不要开枪！都不要开枪！”形势陡然变化，徐思丽急忙挥手制止，生怕警察擦枪走火伤及艾梁身旁的李错。

“艾梁，有种别走！”王江宁再也按捺不住，站起来大声嘶吼。

“王江宁，不要生气，我们还会再见的，下一次，一定杀了你。”艾梁的身影随着船只离去，然而他森冷的声音却依然萦绕在江面上，迟迟不肯消散。

原本喧闹的江面，再次恢复宁静。

徐思丽不敢有片刻犹豫，搭上警车就前往长江水警部，虽然拦住艾梁的希望很小，但是她仍然要试一试。

“康兄，怎么是你？”梅檀和吕冲元快步来到王江宁身旁。梅檀看到被子里的人后，显然也是一惊。

“这是在哪儿？”康闻道好半天才清醒过来，一脸茫然地看着围拢在眼前的身影，“你们救了我？”

“他救了你。”梅檀用下巴向康闻道示意了一下在一旁怅然失神的王江宁。

康闻道闻言，便冲王江宁微微颔首：“多谢救命之恩。”

然而王江宁此时根本没心情答复康闻道。他只知道李错还在艾梁手里，不知道艾梁到底想拿她干什么。

“到底怎么回事，你为什么会在那群人手中？”梅檀扶起康闻道，帮他拍去裤管上的尘埃。

“一言难尽！”康闻道忍不住叹一口气，然后捂住疼得几欲裂开的脑袋，“王侦探是知道的，我的工厂有一批十分重要的化学品被偷走了。我焦急得很，就自己去找，结果遇到一群可疑的人……他们敲晕了我，等我醒来，就在这里了。”

梅檀有些茫然，于是知晓前因后果的王江宁将半手金案子的始末简要说了一遍。

“出了那么大的事，康兄应该跟我说才是，怎可独自冒险。”梅檀蹙起眉毛，用格外认真的语气说话，似乎是有些生气了。

“哎，我就是太着急了。而且我以为偷化学品的应该就是些贪小便宜的工人，哪想到……”康闻道没再说下去，只是无比无奈地摇了摇头。

“眼下时局纷乱，康兄再遇到这样的事，万不可随意行动。”梅檀不放心地再三告诫。

“我知道，我知道。”康闻道深吸一口气，有些缓过劲儿来，目光变得越发坚毅，“然而丢失的化学品中，也有爆炸品一类非常危险的东西，我不能就这样坐视不管，任由科学被坏人利用，我必须赶紧将这些丢失的化学品找回来。”

梅檀正想再说些什么劝阻的话，但是康闻道却迅速转向王江宁：“这整桩事，康某也有责任。康某必然尽自己的一份力，帮王侦探救回朋友。”

“你帮不上忙的。”王江宁消极地摇摇头。

“王侦探，话可不能说得这样武断。”此时康闻道完全恢复了过来。他略显沧桑的面容上，浮现出一个高深莫测的笑容：“被他们敲晕之前，我碰巧听到了他们接下来要去的地方。”

“什么？”王江宁猛地抬起头来，愣愣地望着眼前这个满身儒雅的男子。死水般的眼里，瞬间燃起希望之光。

然而数日的操劳以及打击，已经令王江宁的身体游走在透支边缘。此时此刻，他紧绷的那根神经终于再也支撑不住了。他没等到康闻道的回答，视野率先模糊起来。他不受控制地摔倒在地，失去意识前最后看到的一幕，便是李老吹惊慌地向他跑来。

“江宁！”

第十七章

整装待发

一

“王江宁！王江宁！”一片黑暗中，李错嗔怒的喊声显得极具穿透力。

睡在床上的王江宁一时间脑袋都要炸了。他忙不迭起床，奔向探事社门口。

“你要死啊？还不赶快过来！”李错的声音再次清晰地传入脑海。

“来了来了！”王江宁以最快速度推开大门迈了出去。

然而外面一片漆黑，空无一人。一股冷风迎面吹来，刺得王江宁胸口发疼。

“王江宁！”李错忽然再次大喊起来，然而这次她的声音和之前都不一样，透着一股惊恐，像是正在经历什么恐怖的事情。王江宁一阵心焦，但是他却无法判断出声音到底是从哪个方向传来的。

身后传来一阵脚步声。王江宁回头一看，是李老吹和那位在仓库中见到的白发老者，他们身后，跟着一群黑衣人。

“快，你们去那边，我去这边！”王江宁来不及细想为什么他们都在探事社中，直接下了指令，力求尽快找到李错。

李老吹和白发老者听了王江宁的指令，迅速跑向左边，而王江宁则一人向着右边跑去。

他不停跑，不停跑，忽然砰的一声枪响，强行令他顿住了脚步。

他定睛一看，只见小巷尽头，李错倒在地上，一动不动。满地的鲜血不断向外蔓延，触目惊心。

王江宁猛地坐起身子，才知刚才的所见所闻，不过是大梦一场。他伸手摸了摸冷汗浸透的后背，一片濡湿。

“你可算醒了。”坐在王江宁床边的李老吹悠然地抽着旱烟。

王江宁不由一怔，印象中，李老吹很少在与他单独相处的时候抽这旱烟，除非是遇到了什么特别难解的大案子。

“我睡了很久？”王江宁顺势问道。

“也就一天多一点儿，不算久。”

王江宁仔细打量着李老吹疲惫的面容，猜测师父一定在床边守了一阵子了。

“师父，您要不要去休息一下？”王江宁忍不住问道。

“不碍事。”李老吹长长嘘了口气，“人虽然老了，但也不至于一点儿不中用。”

“对了，师父，御猫会到底是怎么回事？”王江宁忽然想到什么，于是忙不迭问道，“那个张会首，真的是御猫会的会首吗？当天为什么您也跟着他们一起？”

李老吹闻言并没有迅速答话，而是慢慢吸了口旱烟。

“您当初让我拿着照片找半手金，是不是有什么深意？”王江宁又追问道。

李老吹眯了眯眼：“这倒没有，之前我让你去寻半手金看那印戳的照片，是因为他确实有这个本事。他开了那么多家店铺，摸过那么多的宝贝，阅历丰富，且有着过目不忘的本事。然而，我却是万万没有料到他会死。”

王江宁微微蹙起了眉头。纵然经历过那么多曲折，但是关于铜雀印的印戳，他却依然没有多少收获。

“不过，”李老吹拍了拍他，露出有些许得意的神情来，“想不到，你这小子还真给师父我长脸啊。”

“长脸？”王江宁依旧有些茫然。

“你师父我当年可是御猫会的得力干将，现在虽然老了，但是嘛，瘦死的骆驼比马大。”李老吹半真半假地吹嘘起来，“杀死半手金的这个吴掌柜，也是御猫会的主要成员。之前我们就怀疑会中有人勾结乱党，背叛组织，但是没有确凿证据。半手金死后，师父我便和张会首提议找你这个外人来查案试试，没想到你还真查到了。只是想不到这家伙竟胆大包天，和乱党沆瀣一气，合谋杀了半手金。这个，就是整个事情的经过。”

王江宁点点头，心情却依然有些沉重。虽说知道了保皇党是幕后黑手，但是他们指使吴掌柜杀半手金的目的，却依然很不明晰。还有那尊神秘雕塑，到底有何来头……

“可惜乱党就这样在我眼皮底下逃走了，还带着那吴掌柜以及李姑娘。”王江宁在脑海里快速回想了一番半手金案子的来龙去脉，不禁摇了摇脑袋，“我是真真没出上力。”

“在这么短的时间里查出了叛徒，也不是所有侦探都能做到的。”李老吹拍拍王江宁的肩膀。他见王江宁的神情丝毫没有缓和的迹象，便急着道：“人生不如意之事，十有八九。你既然是侦探，就应该对这种场面习以为常。沉得住气，事情早晚会有转机。”

王江宁轻轻点头，目光却定定地望着面前的墙壁：“师父，我能求您一件事吗？”

“什么？”

王江宁深深吸气，又徐徐吐出，仿佛说话需要费很大劲儿一般。“我想加入御猫会。”他沉默数秒，才咬牙说道，“虽然我资历尚浅，但我希望能加入组织，跟更多的前辈学习，这样……这样也能帮到更多的人……”

王江宁还未说完，就听门外响起一阵叫喊声。

“王江宁！”

那声音清脆灵动，充满生气，显然不是李错的。王江宁其实有些失望。

“还是先忙完你手头的事再说吧。”李老吹笑着抽一口旱烟，拄着手杖转身离开了。

“王江宁，就差你了！”李老吹前脚刚迈出去，吕冲元后脚就踏进了屋子。他也不管王江宁是不是刚醒，肚子饿不饿，径直上前，伸手就拉他的胳膊。“快一点儿！徐小姐派来的小汽车就在外面！”他见王江宁衣服还没穿齐，于是就抱来一叠衣服，作势要给王江宁穿上。

“行了行了，你去外面等着。”王江宁立刻把吕冲元赶了出去，随即穿戴整齐，出门坐上小汽车。

不久之后，二人来到了瞻园附近。

“哇，这位徐科长到底是什么大官啊，住这么大的园子？”吕冲元见车子畅通无阻地驶入重兵把守的门口，忍不住大声说道。

瞻园的名头，王江宁自然是听过的。瞻园门前的牌匾，就是前朝乾隆皇帝御笔所题。“这里是瞻园，挺有名气，然而我也从未来过。以前只听说被政府收去公用了，也不知道到底是归了哪里。”

车子进了园子后，速度就明显慢了下来。仲春之际，园中一片绿意。时不时有人快步从车旁穿过，手中带着文件抑或皮包。

汽车在一栋二层的小楼前停了下来。

“徐科长交代了，您二位直接上楼就行，左转第二个房间。”司机交代道。

王江宁轻声道谢，随即扯着吕冲元直奔目的地。

这是一间标准的会客厅。梅檀正坐在沙发上，与康闻道攀谈着什么。康闻道抬头见是王江宁，立刻站起身来，与他握手致意。

“还是要多谢王侦探的救命之恩。”康闻道的眼中盛满真挚。

然而王江宁却心知肚明这救命之恩并非他有意为之，康闻道的感谢更是承担不起，于是只是轻轻点头敷衍着。

“怎么就你们俩，徐科长呢？”吕冲元进了屋子以后就没闲下来，一会儿抓起茶杯仔细端详着，一会儿又研究起了桌子上的台灯。

“徐科长一会儿就到。”梅檀双腿交错，换一个坐姿，“在她来之前，我们可以先聊聊。”

二

梅檀的话，迅速吸引了王江宁和吕冲元的注意力。

“我查阅诸多资料，又问过一些专家，确定铜雀印的印戳是一张南京附近的水文图。”梅檀递出一张照片。

这张照片的主角依然是铜雀印的印戳，但却是放大了好几倍的。这样一来，原先看起来无比繁复的线条，都变得清晰规整起来。

“这是长江，这是巢湖，这是高邮湖，这是洪泽湖。这印戳就是以南京周围的江河湖泊为主体，制作而成的。”梅檀指着放大的印戳详细解释着。

“等等，这个点是什么！”吕冲元忽然指着印戳放大图大声叫了起来。

王江宁仔细一看，果然发现吕冲元手指的地方是一个小小的点。这点夹杂在一片江湖之中，还真不那么容易被发现。

“这里是凤阳。”梅檀注视着王江宁的眼睛道，“那天康兄在码头上也说了，他听见那歹徒的头子说，他们下一步要去的，就是凤阳。”

一切的线索，都直指凤阳。

王江宁怔怔地看着印戳放大图。他本来以为线索断了，然而此时此刻，所有线索似乎又都拼到了一起。

凤阳，到底会有什么呢？

当然这些都不重要，重要的是，李错很可能就在那里！

“王江宁，你们要尽快出发去凤阳。”这时，徐思丽雷厉风行地踏入房间，她环视一圈众人，纤细的双手忽然捏紧成拳，“半手金之死，必然是那群乱党谋划的。之前我曾让半手金帮我搜集过乱党的情报，他们必然也是因此才记恨上他。我们断不能让他们就这么继续嚣张下去。”

王江宁微微一怔，不承想到半手金竟然为徐思丽提供过保皇党的情报。

“康闻道教授也会跟你们一起去。”徐思丽不等王江宁开口，便又补上一句。

听闻这句话，梅檀一脸平静，似是早就知道这样的安排。吕冲元则一直是蛮无所谓的样子，唯独王江宁有些坐立不安。

“徐长官，既然已经知道乱党的行踪，那我势必要去凤阳找乱党要人。然而此行危险，有目共睹，康教授一起去，是不是不太合适？”王江宁直视着徐思丽，不看康闻道一眼。言语之间，自然是有觉得康闻道累赘的意思。

“就是啊，这个康教授明明才捡回一命，万一又被抓了怎么办啊？”吕冲元插嘴附和王江宁。

“化学品丢失一事，康某有责任承担，因此申请同去凤阳。如此一来，也算了结一桩心事，弥补一场过失。”康闻道向众人拱了拱手，彬彬有礼地说道，“这回康某会照顾好自己，不再劳烦诸位。”

“康兄既然已经决定，那便一同去吧。”梅檀顿了顿，然后望向王江宁，“康兄在化学方面颇有建树，能为我们提供帮助。”

话说到这个份儿上，王江宁也不便继续反对。他们一行同去凤阳，他找李错，梅教授找学生的线索，而康教授则要追回工厂的化学品，倒也算是各有所图。

王江宁思索片刻，再次将视线投向徐思丽：“关于凤阳，有什么情报吗？”

“凤阳，虽离南京极近，却正好是中央政府和各路军阀交错之地。这次凤阳之行，不但要救回李姑娘，更要一举消灭艾梁为首的保皇党。而这样的行动，没有当地官军的支援是万万不行的。”徐思丽顿了顿，便又接下去道，“眼下这瞻园是我们中调科的总办事处。我要在这里等着上头发文件下来。届时我会以中调科特派员的身份，直接前往安庆，向省政府借兵。”说着，她从包里掏出一份公文，放在了桌子上。

“这似乎不是个简单的任务。”王江宁低头看着公文，若有所思。

“那么便说定了。你们立刻就去凤阳打探乱党的下落，而我等批文下来，立刻就出发去安庆。”徐思丽做了最后总结。

一时间没有人吱声，似是默认了这样的决定。

王江宁偷偷打量吕冲元，这一行中，只有他依然没什么目的，也不知他是否愿意再冒一次危险，入一次虎穴。

“可别再碰到什么马匪了。”吕冲元小声嘀咕了一句。

王江宁闻言，心中微微舒了一口气。这个意思，应是愿意同去了吧。老实说，如果这个小道士不一起去，他还真的有点儿不太习惯。

“给个平安符辟辟邪吧。”他望着吕冲元道。

“你这人怎么这么迷信。”吕冲元闻言，立刻瞪王江宁一眼，从鼻子里轻轻哼了一声，却拍了张符给他，拂袖而去。

第十八章

世外桃源

一

三天后，王江宁一行抵达凤阳附近。

每个人都做了十足的准备，王江宁还从李老吹处得了一支一模一样的新拐。他本想带上李错的狗月饼，然而自从李错出事后，月饼就一直郁郁寡欢，甚至一病不起。王江宁没有办法，只得把它留在南京，让徐思丽照顾着。

“印戳上标记的位置，距离我们只有两三里，我们再走近一些，然后找人问问就是。”梅檀手捧地图，这样说道。那铜雀印留下的水文图，显然已经清晰印在了他的脑海里。

王江宁点点头，顺手拍了拍身下的骡子。从南京城出来之前，徐思丽曾经给王江宁一行一大笔路费。手头宽裕不少的王江宁在租用骡马方面倒是一点儿都没省着，眼下四个人租了五头骡子，除了各人骑一头之外，还有一头专门用来驮运行李。

“我们需要统一口径，以防旁人问起。”王江宁轻咳一声道，“既然梅教授和康教授都是有学问的人，那不如说此行的目的就是大学考察吧。对了……我们要考察什么？”

“考察昆虫。”梅檀顺口接道，“如此一来，进入深山也不会引起怀疑。”

“啊，为什么是昆虫？”王江宁一向讨厌昆虫，此时忍不住搓了搓胳膊。

梅檀却没回答他，王江宁顺着他的目光望向前方，不远处，就是一大片山丘。

“要进山了，大家小心脚下。”王江宁嘱咐一声，跟进手捧地图的梅檀。山中只有一条勉强可以走人的路，然而地势高低起伏，众人都走得格外吃力。

梅檀突然一把扯住缰绳，让骡子停了下来。

“前面没路了。”他蹙眉说道。

只见前面是一片丈高的山崖，如锯齿一般参差不齐地横亘着，硬是将众人走的那条路给生生截断了。举目四望，也看不到周围哪里还有其他路可走。

“真是奇怪。我们刚才走的路虽然难走，但勉强可以看出是一条有人走的路。怎么到这儿路就断了，难道会有人经常闲得没事跑到这边看风景吗？”王江宁兀自嘀咕着，随即转头看向梅檀，“这里距离标记的点还有多远？”王江宁望向梅檀。

“地图上，凤阳周围这一带，也是一片空白。”梅檀推一推眼镜，眼神似有些为难，“如果把误差考虑在内，那么印戳上所示的点，应该就是这里了。”

梅檀的话，令众人纷纷陷入沉默。眼下这一片山地荒林，悬崖峭壁，完全没有一点儿“目的地”应该有的样子。

“找路绕过去？”康闻道看着眼前的山崖，迟疑着说道。

“不知道要绕多远。”王江宁叹了口气。眼下他们似乎陷入了一场迷局，但却不知道解密的方法。他正想着怎么没听见小道士说话，四下一看，却发现小道士早没了踪影。

“吕冲元！”他忍不住大声喊了一句。

“我在这里！”吕冲元的声音竟然是从山壁下面传出来的。

三人把骡子拴好，这才循着声音来到了一处石壁下面。只见吕冲元正半蹲着，身子几乎全贴在了石壁上，样子十分滑稽。

“快过来听！”吕冲元压低了声音，还向王江宁招了招手。

王江宁心中一动，便学着吕冲元的样子把耳朵贴在了山壁上。

很快，一阵窸窸窣窣的声音便传入了王江宁的耳朵里，如同无数蜈蚣在山壁里爬动一般。

“是水。”吕冲元胸有成竹地说道。

“山壁里面有水？”

“不错。而且这水流声还有变化，往这边走，水声会越来越大。”吕冲元如同大蛤蟆一样，贴着山壁向一个方向快步挪去。

王江宁若有所思地看梅檀一眼，心想着那印上刻的既然是水文图，没准水才是引向真正目的地的关键。

“吕道长好像每次都能率先找到突破口。”梅檀轻描淡写地说一句。

“是啊，这个小道士，怕是不简单。”王江宁无奈地笑了笑，然后便快步跟上吕冲元的步伐。

没过一会儿，众人便遇上了一处水潭。水潭本身不大，而且就紧挨在石壁边上，不走到近前，根本无法看见。只见这水绿得发黑，仿佛深不见底一般。

“这水里也不像是有路的样子。”吕冲元摇了摇头，扔一颗石子进去，然而石子在扑通一声后便沉底了。

梅檀在水潭边认真观察了一会儿，便取出一个随身带的小杯子，从水潭里舀一杯水出来。“康兄，你来看看。”随后，他转头招呼康闻道。

此时康闻道正走在最后面，牵着几头骡子。这一路上，他一直负责照顾着行李物品，还处理各种琐事，比王江宁他们三个人加起来都可靠。

康闻道接过梅檀的杯子闻了闻，又试了试杯子里的水，才道：“水是温的，而且有一股硫化物的味道。”

“这应该是温泉。”梅檀点点头，望着康闻道的眼神带着些许期盼，“康兄有什么想法？”

“我确实有个想法，却不知如何验证……”

“有人来了！”吕冲元忽然号了一嗓子，打断康闻道的话。

王江宁一个激灵，迅速从怀里掏出一支全新的勃朗宁手枪，用以护身。突发状况随时可能出现，而他可不想在见到李错之前，就交待在这鸟不拉屎的深山里。

“火器也要打得着才行啊。”吕冲元意味深长地看王江宁一眼，却被王江宁狠狠瞪了回去。

来人越走越近，声音也越来越大。王江宁侧耳细听，判断对方只有一个人，牵着一头不知是驴还是骡子的动物。

很快，那人就走到了水潭边上。他看到王江宁三人，立刻露出颇为吃惊的神情，张大了嘴愣了半天。此人看起来三四十岁，一张国字脸，生得十分方正。他穿着一身极其常见的灰色粗布衫，左手拄着一根木杖，右手则牵着一头小毛驴。那毛驴的背上驮满了东西，都是些生活用品，锅碗瓢盆一大堆，还有一些好像是小孩子的玩具。毛驴两侧则挂了好几个口袋，也不知装的是米还是面。

王江宁一行都没有反应过来，反而倒是对方先开口说话了：“吓我一跳，竟然有人……你们是干什么的？”

王江宁略一思索，不动声色地藏好枪支，随即快步上前作了个揖，满脸堆笑地说道："这位老哥请了。我们是南京金陵大学的科考队，来这里考察昆虫。我是科考队的领队，您叫我小江就行。"

"昆虫？考察？不懂不懂。"中年人摇摇头，眼中带有丝丝戒备。

"老哥，我们就是教书的先生，来这里看看山水地势。不过走到这里，却忽然发现没路了。"王江宁立刻换了一种说法。

"哦……你这么说我就懂了嘛。"中年人缓缓露出笑容。

"请问老哥如何称呼？"

"叫我老鹿就可以啦。"名作老鹿的中年人见王江宁如此客气，有些不习惯地摆了摆手。

"鹿先生，还请您帮我们几个指个路。"王江宁继续恭恭敬敬地说道。

"天就要黑了，现在再往回走，怕是要给狼叼了去。我们村子就在下面，不如到村上歇歇再走吧。"

老鹿这一席话，让众人喜出望外。王江宁立刻接过话头："那可真要辛苦老哥让我们借宿一晚上了。这深山老林的，走夜路也确实不方便啊。"

"敢问老先生，你的村子在哪儿？"康闻道也向老鹿作了个揖，然后问道。

"你们外人当然找不到啦。"老鹿嘿嘿一笑，伸手指了指前面的水潭，"村子就在这下面。"

"还真有路？"吕冲元顿时瞪大了眼睛。

"这下面……怎么走？"康闻道也迷惑地问一句。

"等会儿你们就知道了。"老鹿抬头看了看天，一副不着急的样子。

于是众人只得跟着等在水潭边，顺便和老鹿有一搭没一搭地聊起天来。老鹿确定王江宁一行不是坏人后，便也放下心防。他热情地告诉众人，他是村上的采办，隔三岔五就要去城里置办点村民所用的必需品。

说着说着，吕冲元突然抬起手指向水潭，一脸诧异地喊道：“水没了！”

水潭里原先满满的水，不知何时竟然退去了，水面几乎下降了一丈的深度。水潭边上显露出很多整齐的台阶，通向一个原本隐藏在水面下的漆黑山洞。

二

“各位，跟我走吧。别害怕，这水降下去要过一会儿才会再涨上来。”在众人惊愕的目光下，老鹿牵着驴子率先走下台阶，脸上不无得意之色。

王江宁微微一怔，随后便招呼大家牵上各自的骡子，赶紧跟上老鹿。

“间歇泉。”康闻道的声音忽然从队伍的最后面传来。

“什么泉？”王江宁一边走一边问。

“间歇泉，是一种十分罕见的泉水现象。泉水会根据地下水的活动情况产生间歇性的变化。我也是第一次亲眼看到这种间歇泉。”康闻道继续解释道。

“就是说这个水潭会像大海一样涨潮落潮？”王江宁立刻明白过来。

“差不多，但是原理不同。绝大多数间歇泉都是有地下热源的，这里应该也是。”跟着大部队走到潭底的洞口前，康闻道不禁慢下了脚步，“只是这个山洞，像是天然形成后，再经人工雕凿的，真是巧夺天工。”说着，他伸手摸了摸光滑的洞壁。

“难道印戳上的那个点，指的就是老鹿的村子？”王江宁求证一般，看向梅檀。

梅檀却没立刻回答王江宁的话。山洞有些低，因此他不得不弯着身子，小心进入。“那印面是水文图。”他一边费劲地走在山洞里，一边缓缓回答王江宁的话，“而这里，正好也有一处奇特的水文现象，与水文图相呼应。所以，我觉得你猜得没有错。”

“老鹿，这水是每天都会这样起伏一次吗？”王江宁想了想，开口问道。

“早晚各一次，我们称它作龙吐水。”此时老鹿已经走出了另一个洞口，但闻其声，不见其人了。

“快点快点，跟上来！”吕冲元蹦跳着催促走在后面的王江宁，然后快速钻出山洞。

这洞穴里的路并不长，但是走起来也并不轻松。先上坡又下坡，而且颇为湿滑，王江宁一行带的骡子都差点儿崴了脚。

从洞穴出来的那一刻，王江宁半天说不出话来。

一处山坳之中，高低交错的白墙青瓦小楼鳞次栉比，竟有数十栋之多。房屋周围矗立着几座隐约可见的高塔。一条小河从山上蜿蜒而下，流淌过数幢小楼，一直流进一大片绿意盎然的农田。几缕炊烟袅袅升空，整个村子都笼罩在一片温暖的晚霞之中。

“真是不可多见的美景啊。”康闻道忍不住赞叹道。

王江宁沉浸在这忽然出现的美景之中，一时间忘记了回应康闻道的话。

“快走吧，还来得及去吃晚饭。”老鹿站在不远处，催促众人道。

“老鹿啊，你们这村子，叫什么名字？”王江宁忽然想起还没问村子的名字。

“盘虬村。”老鹿笑了笑，然后便拉着毛驴，径直往前走去。

“梅檀，你有什么发现没有？”王江宁故意跟老鹿拉开些距离，然后悄悄跟梅檀咬耳朵，“先不说那群保皇党。既然铜雀印指向的是这个村子，那么这个村子，想必另有玄机。”

“我暂时没有什么发现。”梅檀如实说道，“不过，万事小心。”

“虬，似龙而无角，盘虬预示着封闭。这村子藏在这样一个地方，如此封闭，是条盘虬无疑。”康闻道听闻二人耳语，于是插话进来，“康某平日里略读一些史书，知道凤阳乃是明朝开国皇帝朱元璋的祖地。倒是不知这盘虬村，会不会和这明太祖有什么关系。”

“康教授知道得不少嘛，又是化学又是历史的。”吕冲元忍不住凑过来道。

“诸位，天色可晚了，别赶不上吃饭。”老鹿见四人扎堆攀谈着，忍不住停下脚步催促。

王江宁闻言，立刻跟上。心中回想着梅檀的话，忍不住加深了几分警惕。

众人赶到村口的时候，天已经黑了。几个刚干完农活的村民从田里出来，一路上有说有笑。然而他们碰见王江宁一行，便立刻安静下来，目不转睛地盯着他们。

王江宁顿时一阵迷惑。这些村民的眼神和表情都十分微妙，似乎不仅仅是因为对陌生人的好奇。吕冲元向他们打招呼，可他们都没有任何反应，只是静静地看着王江宁一行。

再一看，会发现这些村民的装扮都十分古朴，男子穿着十分少见的圆领袍子，腿上绑着绑腿，留长发，不过不太明显，被帽子遮住了。而女子则穿着褶裙，盘着头发，盘发样式也颇为古典。

“大伙有日子没见过外人了，诸位不要见怪。”老鹿在一旁笑着解释道。他这样一说，那几个村民这才如梦初醒一般，头也不回地离去了。

王江宁想了想，终是没有多问什么，跟着老鹿走到一栋小楼前。

“诸位，这里就是我家了。快进来吃个饭，休息休息。”老鹿热情地招呼着众人。

“爹！”一个脆生生的声音从房子里传了出来。

紧接着，一个七八岁的小孩子兴高采烈地跑了出来。他看到王江宁一行之后，明显愣了一下，随即立刻躲到一棵树的后面。

王江宁心中又是一阵奇怪。这孩子的发型也是十分独特，只有耳朵两侧和头顶上有扎着的头发，其他地方都像是刚剃过，才长出了一点点。

“躲什么，过来和客人打个招呼！”老鹿有些恨铁不成钢地冲那孩子叫嚷道。

然而那孩子似乎颇为怕生，依然躲在树后面，半天没有反应。

“我家鹿儿，没见过世面，让各位见笑了。”老鹿见状，冲王江宁一行不好意思地笑了笑。

“你家孩子就叫鹿儿？”这省事的起名方式令王江宁有些诧异。

“贱名好养活。”老鹿乐呵呵地说道。

“看我的。”吕冲元看着鹿儿躲起来的那棵树，却并不想认输。他冲王江宁眨了眨眼，顺手从老鹿的毛驴身上取下来一个铜盆，轻轻一顶，就把那铜盆顶在了脑门上。那铜盆左右晃动，可就是掉不下来。吕冲元顶着这盆也跟着左摇右晃，看起来颇为滑稽。

那名作鹿儿的孩子起先只是躲在树后，听闻动静，便偷偷露出个脑袋打量吕冲元。王江宁在心里暗暗叫好，想不到吕冲元这身功夫，还能哄得了小孩。

吕冲元猛一甩头，把铜盆直接给甩飞到了天上，然后他右脚一抬，居然直接用脚把落下的铜盆接住了。他显然也对自己完成的这套动作颇为满意，一脸得意地看向鹿儿。

此时鹿儿已经被吕冲元的把戏彻底迷住了，不知不觉就走了出来，认真地看着王江宁一行。

“你叫鹿儿？这些给你吃，甜的。”王江宁从小就是孩子王，自然知道如何迅速和小孩子拉近关系。他从怀里掏出一小捧糖果，递给鹿儿。这些糖原本是王江宁带在路上，解馋用的。

鹿儿盯住糖果许久，这才小心翼翼地接过一块，放进嘴里。刚吃下片刻，他的眼睛里就放出光来。

王江宁笑了笑，把手里的所有糖果都倒进他手里。

“这看起来是压根儿就没吃过糖啊。”吕冲元在一旁笑道。

“得多没见过世面，才能连糖都没吃过呢？”王江宁若有所思。

吕冲元却忽然用胳膊肘捅了他一下，刻意压低声音道：“你觉得那个康教授，可信吗？”

王江宁微微一惊，立刻支起脑袋，发现康闻道正在和梅檀聊着什么，根本没有注意他们这边。

“怎么了？你怀疑他？”王江宁诧异地看吕冲元一眼，“他是徐思丽安排来的，又是梅教授的好友，目前看来也没有任何可疑之举。”

“他好像什么都能聊两句，挑不出毛病，因此才觉得有些不对劲。”吕冲元道。显然他也知道自己的这番推论缺乏真凭实据，因此声音变得越发小了下去。

不过王江宁却非常理解吕冲元的意思。十全十美的人总归是异常难得的，然而眼下康闻道和梅檀这两个十全十美的人却凑在了一起，因此显得尤其不对劲。

“这村子里的建筑风格，还有村民的穿衣打扮，都与外界截然不同，仿佛一个与世隔绝的世外桃源。”康闻道注意到王江宁在看自己，于是便用所有人都能听到的音量说道，“村子名为盘虬，又是大明朝龙兴之地，想来龙气汇聚，必然是一方宝地。”

然而王江宁对历史地理并不那么了解，因此根本接不上康闻道的话。

康闻道有些尴尬，便转向老鹿："鹿先生，我说得是否正确呢？"

老鹿却茫然地摇了摇头："什么龙什么地，我根本不知道。我们世居此地，只是贪图地利之优，免受盗贼乱兵之扰。"说完，老鹿便转身去整理毛驴背上的东西去了。

王江宁眯了眯眼。他注意到老鹿的眼神有些异样，明显在避讳着众人。

三

"你们是哪里来的？"一个怯生生的声音忽然自身旁响起。

王江宁转头一看，果然是鹿儿。"我们是从南京来的。"他蹲下身，笑眯眯地看着鹿儿。

"南京？是在山外面吗？山外面是不是在打仗，很危险？"鹿儿顿时瞪大了眼睛。

"南京可是首都啊。以前叫金陵，也叫江宁。你不知道的吗？"吕冲元笑着插话进来。

然而鹿儿看着吕冲元，却是一副十分茫然的样子。

"这孩子年龄太小，八成没出过远门，不知道南京也正常。我在山里的时候还不知道外面出来过一个袁皇帝呢。"吕冲元对王江宁摊了摊手。

"刚才那个……还有吗？"鹿儿咬着手指，有些不好意思地看着王江宁。

王江宁知道他问的是糖果，只得遗憾地笑了笑："没了，哥哥就带那么多。你要喜欢吃，可以让你爹买给你啊，也不贵，凤阳城里就有卖的。”

“凤阳城？那又是哪里？”鹿儿的大眼睛一眨一眨的，似乎还在回味糖果的味道。

王江宁顿时皱起了眉头。

“没听过南京也就罢了，这孩子连近在咫尺的凤阳都不知道？”吕冲元道出了王江宁心底的疑惑。

“那，下次我再给你带点儿来，或者带你出去玩玩也行。”王江宁蹲得脚有些麻，便站起身来活动了一下腿脚。

那孩子听闻王江宁的话，忽然拨浪鼓般用力摇了摇头，声音里透着一股显而易见的害怕：“不能的，不能出去的。”

“什么不能？我们又不是坏人，你要是不放心啊，就让你爹陪你出去，外面可好玩了。”吕冲元道。他自认为他哄小孩的功夫，还是很有一套的。

然而鹿儿却猛地倒退一步。他看看王江宁，又看看吕冲元，眼中的害怕越发明显起来。王江宁见状，心中一阵奇怪，正要再多问两句，老鹿的声音却从背后传来了。

“鹿儿，过来帮爹送东西！”

“来了！”

孩子闻言，立刻从王江宁和吕冲元两人的中间硬插过去，径直跑到老鹿身边。

王江宁故作漫不经心地扫了老鹿一眼，正好发现老鹿也在看着他。两人四目相交，神情如常。

直觉告诉王江宁，老鹿一定有事瞒着他。他倒不怕老鹿有什么坏心思，毕竟他这边有枪在手，就怕这老鹿跟艾梁抑或是李错的失踪有所关联，那就不妙了。

王江宁胡思乱想的同时，老鹿已经交代鹿儿牵上毛驴出门送货去了。

“诸位，歇脚差不多啦，咱们一起去祠堂吃饭吧？”老鹿送走了鹿儿，然后再次望向众人。

“去祠堂吃饭？”王江宁微微一怔。之前老鹿一个劲儿地催他们进村吃饭，他还以为是在老鹿家里吃呢，没想到还要跑下一场。

“食堂？什么食堂？这儿吃饭还有食堂啊？”吕冲元惊奇地插话进来。

“老鹿说的是祠堂，不是食堂。”王江宁的白眼都要翻到天上去了。

“对对，祠堂。村里专门在祠堂开了百家灶，专门给我们这种家里没人做饭的提供饭食。我们只要每个月固定给祠堂提供其他一些东西就好。”老鹿认真解释着，随即又露出一副笑脸，“各位还可以顺便见见村长。村长可有日子没见过外客了，想必欢迎得很呢。”

“那可就真要打扰了。”王江宁此时也是饿得够呛。

此时天色已经很暗，村子里几乎没人走动，只有点点微光，从一些屋子里透出来。

王江宁一行跟着老鹿走着，没过多久，就到了目的地。祠堂被一面丈高的白墙围着，总共有三扇门，中间那一扇甚是宽大，不过只有左侧的门是开着的。每扇门上都挂了两盏灯笼，也只有左门的两盏灯笼里面点了蜡烛。

王江宁闷头往前走着，康闻道却停下步子，盯着那院墙看了半天。

“康教授，怎么啦？”王江宁见状，出声问道。

“这地方怎么会有鸱吻的浮雕？”康闻道一脸疑虑，看向王江宁，“王侦探，这图腾……你拿给我看过吧？”

王江宁愕然一惊，立刻抬起头来，只见门旁的白墙上，赫然刻着清晰的鸱吻浮雕！

这鸱吻浮雕和他之前见过的图腾并不全然相同，形似却神不似。

然而这天底下，为什么偏就有那么巧的事呢？为什么，他总是能见到这诡异的鸱吻呢？

“不知有贵客远道而来，失礼了。专门给诸位备了晚饭，乡野简餐，请勿见怪。”一个浑厚的男声打断王江宁的思绪。

众人循声望去，只见一个穿着蓝色长袍、头戴纱帽的白发老者从门里面走了出来。

四

“这位就是村长。”老鹿笑笑，出声介绍道。

眼前的村长虽然头发斑白，但是身体看起来委实硬朗，神态举止中透着一股子威严。

“那就劳烦村长了。”王江宁兀自思忖的当口，康闻道已经迈近一步，向村长作了个揖。

那村长也不多问，引着众人往祠堂里走去。这祠堂规格甚大，进门之后还有个丈长的照壁。

“这村子似乎有点古怪，但说不出哪里古怪。”吕冲元以村长和老鹿绝对听不到的音量小声嘀咕着，“尤其是村长这身装扮，委实怪异。”

“如果我没记错的话，那村长穿的大约是明朝官服。”康闻道低声解释道。

要说这明朝，距现在也有几百年了，因此对王江宁这种不是很懂历史的人来说，就显得尤其陌生。

王江宁没有说话，只是亦步亦趋地跟着村长来到客堂。这客堂也甚是宽大，然而此刻却只有一张桌子摆在一侧，还配有六把椅子。

“哇，村长，你怎么知道我们来了四个人啊，正好备了五副碗筷。”

吕冲元有意无意地赞叹着。

“鹿儿刚才来这儿送东西，顺便把你们的情况都告诉我了。”村长微笑着伸了伸手，“来来来，先吃饭，哪有站在饭桌边上聊天的道理？”

王江宁往桌上看去。这饭菜倒是平常，不过是青菜豆腐、萝卜笋丝之类的东西，唯一勉强算是荤菜的，是一盘韭菜炒蛋。

老鹿似乎真是饿狠了，坐下来便开始埋头苦吃。不过他的举动在王江宁看来却有几分刻意，仿佛是故意做出来给外人看似的。

怀疑归怀疑，王江宁也确实是饿坏了。虽然不知道这老鹿和村长到底有什么底细，不过眼前这饭菜好歹是安全的。于是他坐下来，一边不停往嘴里扒拉着饭，一边含混不清地问村长：“还没请教村长怎么称呼？”

“老夫姓蓝，单名一个途字。”村长不吃饭，只坐在一旁喝茶。

“蓝村长，你们这村子为何这般隐蔽？像我们这样的外人来得应该不多吧？”王江宁头也不抬地问着。他话一出口，吕冲元便立刻放慢了吃饭的速度，留神倾听着。

“还不是为了躲避战乱。幸好有这么一处世外桃源，能庇佑我们祖祖辈辈无性命之忧。”蓝村长轻轻一叹，“至于外人嘛，只要不是凶徒歹人，我们也都是非常欢迎的。不过最近这些年都没什么人来过了，村里的人也都不乐意出去。所以我们每一代村长，都会任命一个像老鹿这样的人，负责出门采买一些生活必需品，其他人在村里随便种种地，就可以了。”

“没多少人来？”王江宁的动作微微一顿，试探般地问道：“那这儿大可有其他人来过？”

“除了你们就没有了。”蓝村长摆了摆手道。王江宁正想继续问些什么，蓝村长却话题一转，问道：“我听老鹿说外面一直在打仗？”

蓝村长如此生硬地转移了话题，这令王江宁觉得有些可疑。直觉告诉他，蓝村长在说谎。他很想继续追问艾粱和李错的下落，但理智告诉他，在没摸清村子以及蓝村长的底细之前，继续追问很是不妥。思来想去，他还是决定先忍耐一下，潜心观察一番。

于是，王江宁点头，接着蓝村长的话道：“外面这些年，军阀混战不止。您这村子虽然偏僻了点，但也确实安全，能免遭战火侵扰。”

“兴，百姓苦，亡，百姓苦。好在外面再怎么乱，我们还是过我们的日子。”像是被王江宁的话触动到一般，蓝村长兀自感慨了一番。他喝一口茶，平复一番心情，方才接着说道：“诸位来得也是巧了，后天就是村里重要的节日，登龙节。每年登龙节，村中男女老幼都要祭天祭祖，祈福安康。诸位远来是客，在外面见惯了战火纷飞，不妨多留几日，看看我们这登龙节的大典，沾沾喜气。”

“那可真是要叨扰了。”王江宁轻轻点了点头。眼下他可没兴致去看什么登龙节。不过能找到借口在村子里多待几日，也不算坏事。

众人快要吃完饭的时候，鹿儿从外面跑了进来。他看到王江宁等人，咧开嘴笑了笑，然后跑到蓝村长跟前有模有样地作了个揖。待蓝村长微微点了点头，他才到老鹿面前大声嚷了一句：“爹！东西都送完啦！”

“那正好。你带几位客人到咱们家去休息。家里你再好好收拾一下，别怠慢了客人。”不等老鹿叮嘱完，鹿儿便机灵地跳到了吕冲元身后。吕冲元见状，立刻刮了刮鹿儿的鼻子。鹿儿登时眉开眼笑，和吕冲元玩闹起来。

“我还要和村长盘一下今天的账目，就让犬子带诸位先回去休息。”老鹿冲王江宁点点头道。

“好说好说。”王江宁与老鹿及蓝村长道别后，便起身打算离开。

临走之前，他不忘向客堂后面的小院子打量一眼。后面似乎就是祠堂的祭祖之地，此时烛火通明，摆满了大大小小的各种牌位，一股香薰之气飘然而来。

王江宁只匆匆看一眼，就追上了大部队的步伐，出了大门，又忍不住驻足看了看那鸱吻图腾。

“你看到那个没？”吕冲元冷不丁在王江宁身后出声。

王江宁顺着吕冲元手指的方向抬起头来，看向飞檐上的四个走兽。

“这动物有什么问题吗？”王江宁问道。

“飞檐走兽，自古以来就有严格规定。按清代的规矩，走兽必须得是单数的，一三五七九，数量越多规格越高，到了九那就只有皇宫才能用了。而这地方的走兽却是偶数，说明是按着更早些的规制来的。而且关键是那四只走兽中，还有一只十分特殊。”

“其中一个，好像是个人？”王江宁眯着眼睛打量着那飞檐走兽。

“那个小人，叫作仙官驭凤，明代才开始代替嫔伽出现。你仔细看，这里的仙人是侧身骑凤，”吕冲元点了点头道，“这种规制只在明朝初期出现，明后期便改为了顺身骑凤。”

“小道士，没想到你也懂得挺多。”王江宁看一眼走在前面的梅檀和康闻道。敢情这四人当中，只有他对历史一无所知。

“这本来就是我们道家的东西。”吕冲元顺嘴说道，“武当山道观上的金顶，就有和这一模一样的仙官驭凤，那也是明初期修建的。”

王江宁若有所思地点了点头。

“你怎么看？”

王江宁一行走后，祠堂里顿时清冷了不少。蓝村长捧着茶杯，脸上依然挂着笑容，说话的语气却仿佛换了一个人一般，冷峻非常。

“这四人居然能直接摸到通天潭边上，绝不简单。然而，他们却对村寨一无所知，委实蹊跷。”老鹿十分恭敬地低着头说道，“依小人之见，还是先看看再说。”

“嗯。这两天你且看住他们。”蓝村长微微点了点头，犀利的眼神突然扫向老鹿。老鹿正巧偷偷抬头，与蓝村长目光一接，顿时吓得腿都抖了一下。

“看好你儿子，不要让他乱说话。”蓝村长冷笑一声，起身离去。

“请大人放心。”老鹿连忙作了个揖，身子几乎弯成了九十度。

直到蓝村长的脚步声消失在远处，老鹿也没敢直起身来。

第十九章

古村疑云

一

“鹿儿，你们这里外人来得多吗？”吕冲元叼着一根狗尾巴草，百无聊赖地问道。

“不多的。”经过之前的相处，鹿儿和吕冲元熟络了很多，说话也不再拘谨了。然而他这句话，却还是令一直暗中留神的王江宁脚下一顿。鹿儿说的是不多，而不是没有。

然而这个盘虬村格外不好找，要是没有老鹿带领，他们只怕根本摸不进来。因此想误打误撞进到这个村的可能性非常低，那么外人进村就只有两种可能。一是进村之人有目的地寻找盘虬村，二是老鹿这些年经常有意识地带一些人进来。而有目的寻找盘虬村的人，很可能与铜雀印有着一些关联。

王江宁陷入沉思之中，一路无话。他跟着众人往前走着，很快就返回了老鹿的家中。出乎众人意料，老鹿的厢房配置得十分完善，不但有好几张床铺，而且生活用品一应俱全。

王江宁凑近床铺闻了闻，并无南方常见的霉臭味，甚至隐约有一丝皂荚香。他见其他人都在闷头整理行李，便径直走到院子里。此时鹿儿正在院子的井边打水，那水桶几乎有他半个人高，他打得十分吃力，整张脸都憋红了。王江宁见状，立刻跑过去帮忙。

“爹说了，你们是客人，不能让你们动手。”鹿儿怯生生地说着，想要阻止王江宁。

“什么客人不客人的，再说他又不在。”王江宁满不在乎地拎起水桶，抬脚就往伙房走去。

“你们家经常接待客人吗？我看那厢房打扫得十分干净啊。”王江宁按着鹿儿的要求，把水倒进大铁锅里，然后熟练地捣鼓起炉灶来。这种炉灶与南方常见的柴火炉子没有任何区别，王江宁还是十分熟悉的。

鹿儿站在一旁帮着烧火，头不抬，也不吭声。

“你这般小，没有娘，要担起这个家，一定很辛苦吧？我知道这种感觉，不过我从小就不知道爹娘是谁，说起来比你还要惨一些。”王江宁也并不为难，自顾自地说下去，“现在啊，我终于遇到一伙朋友，比亲人还亲，然而其中一个人，却被坏人抓走了。其实我们这次来，就是想找到她，我们听说她很可能会在这个村子……”王江宁刻意令语速慢下来，一边说一边留神鹿儿的神情。

鹿儿沉默许久，就在王江宁不抱希望的时候，他却忽然吞吞吐吐地说道：“我……我不能说，爹爹不让我说……”

王江宁的心跳漏了半拍。看来他的直觉是对的，这个村子，果然有点古怪。

“鹿儿，你放心，我对天发誓，无论你说什么，我都绝不会让你爹知道。你就悄悄告诉我，是不是看见一个姑娘来你们村了。她是我非常重要的人，她现在很危险，我得救她。”王江宁凝视着鹿儿的眸子，有些急迫地说道。

鹿儿清澈的眼神，竟让他想起了惨死在艾梁手下的小黑皮。他心中一动，立刻掏出随身携带的指南针递到鹿儿眼前，半诱哄半诚恳地说道："鹿儿，这叫指南针。指针会一直指向南方，哪天你去了外面，带着它也不会迷路。你就悄悄告诉我，是不是见过一个姐姐。然后我把这东西送你，好不好？"

鹿儿果然被指南针吸引了目光。他凝望指南针许久，随即低垂下头，非常小声地说道："三天前，爹爹带来过几个人，其中就有个大姐姐，好像是被抓住的，手脚都被捆住了。那几人都没有头发，带着刀棍在身上，对爹爹还凶得很，感觉不是好人。"

鹿儿的声音轻如蚊蚋，但在王江宁听来，却如雷鸣一般。当听到"没有头发"这几个字时，他的一颗心简直就要从嗓子眼里蹦出来。

没错，是李错，李错就在这个村子里！

王江宁努力稳住自己的情绪，职业习惯般戒备地环视一圈四周，确定无人偷听后，才继续问道："后来呢？怎么你爹完全没提过这事儿？"

"他们只在我家住了一晚上。第二日爹爹就带他们出去了，然后我就再也没见他们回来。后来爹爹嘱咐我，不可再提起这事。"

"村里其他人见过那群没头发的人吗？"王江宁回想起进村时被村民们直直打量的画面，忍不住问道。

"应是有人见过的，不过他们也都不提。"鹿儿顿了顿，随即仿佛下定决心一般道，"爹爹还趁你们不注意时，偷偷跟我说，让我不要告诉你们这件事，不然他就打死我。"鹿儿说完，全身都轻颤了一下。

"放心，今天你跟我说的这些话，我绝对不会让你爹知道。"王江宁怜惜地摸摸鹿儿的脑袋，见伙房再没有要他帮忙的事，便转身回到厢房中。

四人整理完行李，都是精疲力竭，立刻就躺到了床上。然而四人却都睡不着觉，在一片漆黑中悄悄谈着话。

“老鹿这人，远没有看上去那般忠厚老实。如果鹿儿说的是真的，那艾梁那伙人肯定就在村子里的某处，还带着李姑娘一起。然而老鹿和村长却隐瞒不提，甚至说谎，这里面必有原因。”王江宁将鹿儿的那番话简要概括给众人后，便做了这番总结。

“然而眼下艾梁他们和这村子里的人到底是什么关系，我们却还不知道。”吕冲元时不时瞥一眼窗外，确保外头无人监听，“而且，他们又是怎么进到这个村子里来的呢？难道是和我们一样，碰巧遇到了采办的老鹿？”

“哪会有那么多巧合。”王江宁轻轻摇了摇头，“他们有铜雀印原件在手，得到的关于这个村子的有效信息，可能也比我们多。”

“艾梁他们人多势众，现在不知藏在哪里。我们必须要小心些。”梅檀说这句话的时候，刻意看着王江宁。

王江宁迅速回想起艾梁在离开前对他说起的话——“王江宁，我们还会再见的，下一次，一定杀了你。”

他想，他们应该马上就要相见了。

“小道士，以防万一，今晚我们轮流守夜，明天见机行事。”王江宁立刻对吕冲元说道。

“何必等明日，夜长梦多的，不如我今晚就出去查探查探。”吕冲元透过窗户看一眼天空。今晚月色明亮，正适合夜间行动。

“不好。”王江宁轻轻摇了摇头，“老鹿对我们有戒心，今天第一晚，必然有所防范。再者这村子人生地不熟的，还是不要鲁莽行事比较好。”

吕冲元思考片刻后，便轻轻点了点头。王江宁说得有道理，这村子里到底有多少人会给老鹿通风报信还未可知。

“你们说，老鹿和村长，会不会和艾梁是一伙的？”就在这时，康闻道忽然插话进来。

“不会。”王江宁十分笃定。

“为什么这么肯定？”康闻道有些不解。

“如果他们是一伙的，刚才祠堂那顿饭就该解决我们了。”王江宁顿了顿，继而转向梅檀，“对了，梅教授，吃饭时我见你特意用上了随身带的银筷子，是在试毒吗？”

“我用我自己的筷子，只是为了卫生。银筷子根本试不了毒。”梅檀冷冷地说道。

“你不要诓我，我虽然读书少，但银筷子试砒霜，一碰就发黑的说法我还是知道的。”王江宁不满地撇了撇嘴。

“过去砒霜不纯净，含有不少硫化物，银和硫化物发生化学反应，才会发黑。”康闻道听闻王、梅二人忽然聊起他擅长的领域，立刻插话进来，温文尔雅地继续道，“现在工业进步，生产出来的砒霜都很纯净，没有硫化物，也就不存在能令银筷子发黑的反应了。”

王江宁被梅檀和康闻道这两位博学多识之才夹攻得好生没趣，幸而现在天黑，没人看得出他的尴尬。

“好了好了，反正我们现在还没事不是？”吕冲元难得出声解围，“你们赶紧睡觉吧，我守夜。”

“康教授，之前忘记问了，为什么你说丢掉的化学品都很危险呢？”王江宁缓过劲儿来，于是问道，“你的化学厂，都生产些什么呢？”

“一个制碱厂，为其他化工品提供原料的，本身并没什么。”康闻道顿了顿，又继续道，“不过，一般来讲，化学原料都具有危险性。我们工厂用到的一些碱性药品，甚至能成为制造炸弹的原料。若不能成功找回，只怕会有大麻烦。”说到最后，康闻道显得忧心忡忡起来。

“我们已经成功找到了这个村了，姑且算是一个好的开端。先什么都别想，休息一晚，明天再尽力找就是。”王江宁这一番话，是安慰康闻道，也是在安慰自己。

他说完便背过身去，努力进入睡眠状态。

二

清晨，王江宁一行醒来没交流几句，就听老鹿在外面叫唤开饭了。

众人闻声走去，只见院子的小石桌上正摆着一锅热气腾腾的粥，老鹿和鹿儿各自拿了一筐烧饼和碗筷摆到桌上。

见到有吃的，众人的肚子立刻不争气地叫了起来，吕冲元更是跑得飞快，第一个上桌，拿一个烧饼就啃了起来。

“这烧饼真香啊。”吕冲元一边吃一边发出满足的感慨。

王江宁见状，也忙不迭地落座，啃起烧饼来。“这烧饼是不错。”王江宁舔了舔嘴唇，随即求证一般望向鹿儿，“鹿儿，这是你昨天用你爹采买回来的东西换的吗？”

然而鹿儿却没有反应。他坐在老鹿身旁闷头喝着粥，眼中盛放着显而易见的不安，似是依然在为昨夜本不该发生的谈话担忧着。王江宁顿了顿，腾出一只手，安慰般摸了摸鹿儿的脑袋，随口道：“哎，这烧饼要是拿出去卖钱，肯定能发大财。”

“自己村子都不够吃，哪有富余去卖钱啊。再说钱在这村子里也没啥用。”老鹿轻轻摇了摇头。

吕冲元闻言，悄无声息地缩回了正想拿第三个烧饼的手。

“没什么用？”王江宁则轻声重复了一句。那么老鹿是拿什么外出采办物品的呢？这个疑惑深深盘踞在王江宁心头，但是他却没有问出来。毕竟以老鹿对他们的信任程度来看，问了老鹿也未必会回答真话。

王江宁在心中琢磨着，吃饭的速度就跟着慢了下来。他忽然察觉到了什么，抬头一看，发现梅檀和康闻道都在有意无意地对他使眼色。

“啊，对了，老鹿啊，今天也没有什么事儿，我们能四处转转吗？

你们这村子风景秀美，环境独特，我们在城里可好久看不见这样的景色了。”王江宁望着老鹿，满脸嬉笑地说道。

刚起床时，王江宁一行就打过商量，今天无论如何也要好好查探一番村子。王江宁思来想去，还是决定先说随意转转，如果老鹿不答应，再好好和他讲一讲“大学教授”和“昆虫考察”。

然而出乎王江宁的意料，老鹿竟然很干脆地答应了。“没问题，我今天正好没什么事，可以给你们带路。”

看来老鹿是要跟着了。王江宁有些不情愿地看看梅檀和康闻道，指望他们能有摆脱老鹿的办法。

“我素来对民俗文化颇感兴趣。敢问鹿先生，之前村长提起过的登龙节，到底是个什么样的节日呢？”康闻道放下碗筷，彬彬有礼地问道。

“祭祖的节日，也没什么特别的。”老鹿摆了摆手，“我学识不多，形容不出来。不如你自己去登龙台看看，登龙节就是在那儿举办的。”

“那自然好。”康闻道笑了笑，举起筷子继续吃饭。

“我也要去看。”吕冲元高高举起了手。

“那老鹿，麻烦你带这两个去看登龙台吧。我和梅教授去别的地方。”王江宁见状，忙不迭地把老鹿甩给康闻道和吕冲元，以争取自由行动的机会。

“梅教授，你想去哪里？”他转头问梅檀。

“我想去看看农田。”梅檀取下眼镜，擦拭了一下眼镜上的雾气。

“没问题，让鹿儿带你们去。”老鹿抹了抹嘴，收起碗筷便站了起来，根本不给王江宁一点儿反驳的机会。

王江宁怔了怔，但转念一想，被鹿儿监视着，终归是比被老鹿监视着要好很多。

“那就这么说定了，中午回来会合。”王江宁打定主意，拍了拍吕冲元的肩膀，也跟着站起来收拾碗筷。

“我说大教授，你想去看农田，怎么不提前跟我说一声？”

两组人马分开后，鹿儿便很乖巧地走在前头，为王江宁和梅檀带路。此时王江宁用胳膊肘捅了捅身旁的梅檀，刻意压低了声音说话。

梅檀淡淡瞥王江宁一眼，一边走一边面无表情道：“难不成要直接说，我们在找艾梁一伙的行踪？”

“嘘，小声点儿。”王江宁被惊出一身冷汗。

“这个村子到处是秘密，在知道艾梁他们的动向之前，我们必须小心谨慎。”

王江宁点点头，非常赞同梅檀的话。

不远处，一大片氤氲的雾气中，农田若隐若现。几个身影正在农田中卖力地劳作着。矗立在农田旁的修长高塔此时也显得越发清晰起来。

王江宁心底忽然产生一种异样的感觉，于是他匆忙追上鹿儿的脚步，道：“鹿儿，那些塔是干什么用的呀？”

然而鹿儿只是低着头，一声不吭，小小的身子还轻轻地瑟缩了一下。

鹿儿的反应令王江宁微微一怔。他心想必然是老鹿在临行前叮嘱了鹿儿什么。他正想追问，梅檀却轻轻碰了碰他的手臂。

“别逼孩子，我们先办正事。”梅檀低声在他耳畔说道。

此时他们已经走到了农田。王江宁看看梅檀，然后转头叮嘱鹿儿：“我们去田里看看，你就在这里等我们吧。”

鹿儿迟疑了一下，还是点了点头。这个反应倒是令王江宁大松一口气，看来小孩子还是很好说话的。

王江宁望一眼在农田中耕作的村民，忽然想起什么，随即又对鹿儿道："等会儿村民可能会问我们一些事情。我冲你挥手，你就点头回应一下，说明我们是跟着你来的，明白吗？"见鹿儿默然地点了点头，他才跟梅檀迈步往农田里走去。

正在田里忙碌的村民，见有陌生人走来，都不约而同地停下了手里的动作，静静地看着他们。

"大哥大姐，有礼了！"王江宁笑呵呵地冲村民们作了个揖。

然而村民们却依然默默地看着他们，眼神中夹杂着几分戒备。

"爹，他们也是从外面来的。"村民中有一个孩子忽然出声。

孩子身边的中年人闻言，立刻狠狠瞪了那孩子一眼，孩子立刻低下头不再说话了。

然而王江宁闻言，心底却是一阵狂喜。孩子话语中无意的一个"也"字，已经说明一切，这些村民，显然也见过其他"外乡人"！

"初来乍到，人生地不熟，还请多担待。"王江宁努力不让心底的喜悦漫过眉梢，依然保持着一副十分克制的模样，"昨夜与村长在祠堂用餐，听闻此村历史悠久，委实敬佩。"

王江宁隐约感到，蓝村长在这村里的权威很可能比他印象中的村长高得多。因而他故意将蓝村长搬出来，想探探眼前这些人的口风。

果然一听这话，眼前这些人的神态立刻就起了变化。"失敬失敬，原来是村长大人的客人。"那带着孩子的中年人向着王江宁和梅檀作揖，言行举止都格外敬重，"诸位随意就好，我等还要耕作，若是误了农时，那可麻烦得紧。"他话音刚落，其他几人，包括中年人的孩子，便都转过身，继续忙碌去了。

"无妨，我们只随便问些问题，耽误不了多久。"一直不言语的梅檀忽然开口问话，"你们这村中的农田，便只有这一处吗？"

"是。此地在河边，取水方便些。北边是林地，还养了些鸡鸭。"中年人顿了顿，一脸迷惑，"有什么问题吗？"

“自是没什么问题。”梅檀微微点了点头，又接着问道，“你们种的稻米，是一年两熟的吗？”

那中年人却是被问得愣住了。半晌后，他才笑着露出泛黄的牙齿，道：“客人说笑了。哪有一年两熟的稻米？春耕秋收，一年就指着这一季的粮食。”

梅檀再次点点头，不再说话，似乎是问完了。

“大哥，我们是外面来的，你若是想置办些什么东西，可以随时告诉我，我能帮你带进来。或者你想带着家人出去转转，我们也可以当向导。”王江宁赶紧接过话茬，热情地说道。

那中年人闻言，急忙摆手：“那却不必，那却不必。”

中年人的反应，倒是在王江宁的意料之中。王江宁装作略微遗憾的样子摇了摇头，随即又问一句：“大哥，我们还有些朋友早几日来了村子，你可曾见到过？”

王江宁这漫不经心的一句话，直接将话题引到了关键处。梅檀有些诧异地快速看他一眼，知道他在走一步险棋。如果不成，不但得不到想要的信息，反而会加深村民们对他们的戒备，说不定，会直接引来杀身之祸。

“实不相瞒，蓝村长说见过他们，然而却不知道他们跑到哪里去了。今日他让我们跟着鹿儿来找人，不信可以问问鹿儿。”王江宁面不改色地说道，随即向着农田边的鹿儿用力挥了挥手，“鹿儿，你说对吧？”

鹿儿站在远处，压根儿没留神王江宁说了什么。此时看见王江宁挥手，立刻就像之前约定好的那样，迅速点了点头。

中年人的表情一时间变得有些复杂。王江宁的话真假难辨，他一时间也识破不了王江宁使用的小伎俩。

“大哥不必为难，若是确实不知，我们回去告诉蓝村长便好。到时候还要麻烦他发动全村帮我们找找人呢。”王江宁不给中年人思考的时间，再次把蓝村长搬了出来。

他此时完全就是在赌，看“蓝村长的客人”这一身份，到底在这些村民眼中有多大分量。

“前几日，确实有几个外人来过村子。我也只是在他们进村的时候远远打量了一眼，实在不知道他们后来去了哪里。”中年人把心一横，索性把知道的都说了出来。

看来，是他赌赢了。

王江宁强行按捺住心中的激动，装作若无其事的样子问道：“那些人中，是否有一个女子？”

三

然而令王江宁倍感失望的是，中年人闻言只是轻轻摇了摇头，说了句：“没看清楚。”

“之后也没见着人了，按说村长不会让他们乱跑才是。”中年人又补上一句。

王江宁并不死心，接着问道：“当时你看见他们时，他们在哪里？”

“就走在农田边上。不知去了哪儿。”中年人老实说道。

看样子是没法得到更多信息了。王江宁也怕多问有失，随便客套了两句，便道别了中年人，和梅檀一起走向农田里没有人的地方。

“你不怕他找村长告密吗？”梅檀见四下无人，于是直截了当地问道。

“我看这村里的村民对蓝村长很是敬畏，应该不敢直接找村长对质。”王江宁一边说，一边装模作样地低着头，假装在考察，“至少可以明确一点，除我们以外确实有外人来过村子，而那些外人，很可能就是艾梁他们。之前我还担心这整个村子都是一个巨大的陷阱，但现在看来，无论村长和老鹿，还有艾梁他们各自打着什么主意，村民们应该是不知情的。这样一来，我们四人的胜算就高了很多。”

梅檀闻言，却没有答话，蹙着眉，一副十分苦恼的模样。

“怎么了？”王江宁很少见梅檀露出这种表情。

“如果刚才那人所言非虚，那按亩产量计算，这里的粮食最多只能满足三百个成年男子的需求，这还是在没有任何病虫灾害和天气影响的情况下。”梅檀深吸一口气道，“在粮食产量这样低的情况下，他们这村子居然能存活几百年，简直匪夷所思。”

“什么意思？”王江宁一阵迷惑，但心中却隐隐有一种不祥的预感。

“除非他们有意识地控制生育，不然不可能令一个村子独立存活那么久。”梅檀淡淡说道，“然而我不觉得他们先进到采用控制生育的制度。或许他们还有别的生产粮食的方法。”

“这一点的确奇怪。”王江宁点点头，“我也有一个发现。不过，更确切地说，是一种猜测。”

“什么猜测？”

“我觉得这些塔，很像是瞭望塔。”王江宁指了指矗立在附近的几座高塔，“然而这些塔却是立在山脚上的，视野很窄，要是外人或是野兽进村，很容易进入高塔的盲区。”

“所以这些塔不是用来看有没有人进来的。”梅檀目光阴沉地接上王江宁的话。

“而是用来监视有没有人跑出去的。”王江宁顺势接上，说完只觉得身体里的血液也凉了几分。

他还清晰记得他建议出去时鹿儿脸上的惊恐表情，如此一来，也就说得通了。

“我大概明白，为什么蓝村长会如此热情地迎接我们，还留我们参加那什么登龙节了。”王江宁搓了搓身上的鸡皮疙瘩，“村子处于长期封闭的状态，近亲繁衍总不大好，需要新鲜的血液。”

“如果你的推测是对的，那我们恐怕是没法轻易离开了。”梅檀推了推眼镜。

王江宁微微一怔，隐隐看见一道光在梅檀的镜片上一晃而过。

王江宁迅速掉转视线，果然看到杂草丛中有一点奇异的亮光。他屏住呼吸，慢慢伸手拨开杂草，随即猛地睁大了眼睛。

反光的是一支裹在蓝布中的发簪。发簪仅仅是露出了一点儿，但是王江宁却立刻认出了它。这是李错的那支狼头发簪。

同一时间，盘虬村北侧，登龙台附近。

“这里就是登龙台了吗？”吕冲元兴冲冲地问老鹿。

“不错。不过非节日期间，只能在下面看看。”老鹿连忙伸手阻挡吕冲元，生怕他忽然就冲上台子。

“果真是蔚为壮观啊。”走了许久，康闻道的脸上带有些许疲态，然而他却依然拄着手杖站得笔直，眼中满是惊艳之色。

此地地势颇高，站在这登龙台下面的土坡上，就已经足以俯瞰全村了。然而此时此刻，吕冲元和康闻道都没什么兴致去看脚下的村子，他们的注意力全都在眼前的这座登龙台上。

这登龙台是依山开凿而成的，约有八丈高，整个山石被雕琢成半龙身的样子。黑黢黢的石龙沿着山体盘延而上，一半是台阶，另一半则隐没在山体中，一股威压之气扑面而来。龙鳞和龙爪都清晰可见，足见雕工之精细。只是站在这登龙台下，却无法看到龙首。

“你想办法拖住老鹿。”吕冲元凑到康闻道身边飞快地说了一句，而后便假装四下打量，实则查探起来。

康闻道闻言，面不改色地和老鹿攀谈起来：“我原以为机器定能胜过人力，却不想今日竟有缘见到如此巧夺天工的技艺。”

老鹿闻言，露出略显得意的笑容来。

“敢问这登龙台是你们的祖先开凿的吗？我看这山壁上根本没有可以借力的点，这究竟是如何做到的？”康闻道一副虚心求教的模样，看起来完全不是装的。

吕冲元见老鹿完全没有注意到他，于是便快步向登龙台走去。然而没走两步，他就立刻停了下来。

只见通往登龙台的台阶入口处，赫然站着两个壮硕的村民。那二人都举着长刀，凶神恶煞地看着吕冲元，声如洪钟地呵斥道：“来者何人？”

老鹿立刻注意到了这边的动静，急忙三步并作两步地赶来，简单解释了几句，就把吕冲元给拖远了。

“刚刚我没说清楚，这登龙台是村子里重要的祭天场所。为了保证对天地的敬畏，平时是绝不允许人走到台上的。登龙节以外的日子，这里都有人看守，连猫狗都不放进去。”老鹿有些为难地笑着。

“我懂了，我懂了，刚才真是对不住了。”吕冲元已经挑战了一次老鹿的底线，这下便立马做出一副乖顺模样，“不过我是真的好奇，这登龙节到底是个什么节日，节日当天你们都会干什么？”

“这登龙节是我们村最盛大的节日，比过年还盛大。每年四月十七日，全村都要沐浴更衣，由村长带领着村中长老，一起上登龙台焚香祭天，祈福一年风调雨顺。到时登龙台下，也会燃起火堆，大家一起载歌载舞，热闹得紧。”老鹿摇头晃脑地说着，整个人似乎都陶醉在节日的喜悦里。

“看来这登龙节是一定要亲眼见识一下的。”吕冲元喜气洋洋地说道，顺便冲身旁的康闻道挤了挤眼睛，“你说是吧，康教授？”

“四月十七日……”康闻道却在一旁轻声呢喃着，仿佛根本没听见吕冲元的话。

“这登龙台能有今日的模样，也不是一朝一夕的事情。历代村中的能工巧匠们，都花费了不少心血在这上面。几百年来，我们村子也确实没遭遇过什么天灾人祸，大概冥冥之中，祖先一直在庇佑着我们。”老鹿站在登龙台脚下，忍不住发出一番感慨，“我经常在外间走动，看到的都是兵荒马乱。这人啊，心中不敬天地，老天自然不会给他们好脸啦。”

“此言甚是。如今人心浮躁，满眼钱权，对自然没有半分尊重。”康闻道神情认真地接道，仿佛真是心有所感。

“出来这么久，也该回去了。”老鹿又站了一会儿，这样说道。

康闻道和吕冲元都没有意见，于是三人打道回府。

康闻道好像是真的累了，下山时速度极慢，很快就和走在前面的老鹿拉开了距离。吕冲元自觉担起了搀扶的任务，老老实实地走在康闻道身旁。

“吕道长，关于登龙台和登龙节，你有什么看法？”康闻道突然出声，悄声问起了吕冲元。

吕冲元愣了一下，随即反问道：“莫非，康教授是看出了什么？”

“我总觉得有些不对劲。”康闻道斟酌片刻，才缓缓开口道，“这登龙台按理说应当是处福地，不该是寸草不生的模样。”他说完便向后打量一眼，果然走过之处，皆是寸草不生。

“这个村子古怪的地方可多了去了。”吕冲元摊开双手，耸耸肩，“不过，你说得不错。按风水命理之说，这登龙台的位置应当是在这凸虬村的龙眼之处，乃是大吉之地。会寸草不生，我只能想到一种解释。”吕冲元迅速看一眼老鹿，见他没注意到这里，于是迅速从地上捞起一把土，凑到鼻子前闻了闻。

“吕道长，你这是……”康闻道看不懂吕冲元在做什么。

“这土是烧过的熟土，所以不长植物。”吕冲元沉下目光，吐字清晰地说道，“这个地方……很可能是一座坟地。”

第二十章

突破重围

一

中午，两队人马在老鹿家顺利会合。

当时在农田里，王江宁和梅檀拿了李错的簪子正打算返回，一抬头却发现鹿儿不见了。两人四处寻找不得，便立刻赶回老鹿家，却也没有见到鹿儿的身影。

然而当王江宁问起鹿儿的去向，老鹿却是一副格外平静的模样，说鹿儿应是去邻居家玩儿了。王江宁听了这话非但没有释然，反而更觉奇怪。印象里，鹿儿可不会招呼不打一声就跑去玩耍。

但既然孩子的父亲这么说了，王江宁也不好再多问。一顿压抑的午饭后，他趁老鹿去洗碗的当口，快速与众人交换了一下彼此得到的信息。

“我怀疑，那个登龙台很可能就是关押李错的地方，因此才有人执刀看守！”王江宁听闻吕冲元和康闻道的发现，立刻就坐不住了。

“我觉得王江宁的猜测有道理，看来我们有必要再探一次登龙台。”吕冲元低声说一句。

“可这老鹿一直看着我们，实在有点儿麻烦。”王江宁刚说完，却忽然听闻一阵开门声，紧接着一阵脚步声渐行渐远。

“老鹿出门了！”耳力奇佳的吕冲元低叫一声。

“怎么出去了？”康闻道一阵迷惑。

“也许是去找鹿儿了？”王江宁想了想。

“没准有别的目的。”康闻道却比较谨慎，“他留我们在这儿，会不会是有什么陷阱？”

“管不了那么多了，眼下可是个千载难逢的好机会。”吕冲元语速飞快地说着，不忘看王江宁一眼，“王江宁，到底怎么说？”

“我们一起去吧。”

话音刚落，吕冲元便如闪电一般嗖地钻出屋子。王江宁无暇多想，迅速追了上去。

然而他的体力到底比不上吕冲元，还没到登龙台，就已经有些气喘吁吁了。

“那登龙台还有多远？”王江宁忍不住出声问前面的吕冲元。

“不远了。”吕冲元头也不回，伸手指指不远处，“你真觉得李姑娘被关在登龙台？”

“查查看，总不会有错。”王江宁深深喘一口气，继续道，“这村子里最怪异的地方，也就是那个登龙台了。”

吕冲元没有回话，却忽然停下了脚步。他蹲下身，拨开路边的杂草，从里面找出个手掌大小的东西。

“怎么了？”王江宁预感到有些许不对劲，三步并作两步地上前。只见吕冲元手里的，不是别的，正是他送给鹿儿的指南针！

“这是我送给鹿儿的！”王江宁劈手夺过指南针，反复确认。

“怎么会在这里？”吕冲元怔了怔，“此地离老鹿他们家可是有点远。”

王江宁没有答话。他折了根枯树枝抓在手里，然后低头走到吕冲元发现指南针的那片草地边上，仔细观察。

“这里有新印上的脚印。”他用枯树枝探着路，向着草丛深处走去。

“鹿儿的？”吕冲元没有贸然跟上，只停在草丛边，打量着王江宁的身影。

“有几个小孩子的脚印，方向是向着我们这边的。但是另外几个脚印，明显是成年人的，方向是反着的。孩子的脚印忽然就消失了，只剩下两个成年人的，一左一右，往那边去了。”王江宁停下来，抬头望向远方。

“鹿儿是被抓走的。”吕冲元略一思索，便立刻明白了王江宁的话。孩子的脚印不可能凭空消失，那只有一个可能，他是被人抱走，或是架走的。而鹿儿这么大的孩子，估计也不会有人善意抱走他。

“会是老鹿干的吗？”吕冲元依然决定先往好处想。

“这条路似乎并不通往老鹿家。”王江宁用枯树枝指着脚印延伸出去的一条崎岖小路，这样说道，“而且鹿儿从上午一直失踪到现在，老鹿没理由那么做。”

吕冲元掐着指头辨了辨东西南北，神情微微一沉：“脚印是往祠堂方向去的。”

“祠堂？”王江宁皱起了眉头，祠堂和登龙台完全是两个方向。

忽然一个两难的选择摆到了眼前。是去登龙台找李错，还是去祠堂找鹿儿？李错未必在登龙台上，但是鹿儿却一定是被带去了祠堂所在的方向。

而且，鹿儿为什么会带着他给的指南针来这里？鹿儿知道他要找李错，鹿儿也见过李错进村，那……鹿儿会不会是想要帮他找到李错？

王江宁一个激灵回过神来，当即一声低喝：“去祠堂！”

吕冲元一愣：“那，李姑娘……”

王江宁紧紧捏住双拳指节泛白："艾梁千里迢迢将她绑来此地，一定有什么目的，绝不会轻易杀了她。但是，鹿儿的生命安危却未可知。他很可能是因为我才遭此一劫，我不能不管。"他自己都没有意识到，他说这话时，声音带着轻微的颤抖。

吕冲元将他的言行举止看在眼里，轻轻点了点头道："既然你这么说，那我们就赶紧去祠堂吧。"

王江宁立刻快步向祠堂走去，然而在离开之前，他还是不自觉地转头向登龙台望了一眼。

李错，你可千万要等到我来救你啊。

二

深夜中的祠堂大门紧闭，静寂无声。

"带泥土的脚印就到这里，除了进祠堂，怕是不会去别的地方。"王江宁站在祠堂门外的石板路上，这样说道。

吕冲元猫起腰来，蹑手蹑脚地摸到祠堂大门口，屏息凝神听了一会儿，才向王江宁招了招手。

王江宁点点头，与吕冲元一同悄悄推开祠堂门，迈步走进。

客堂里空无一人，但却点着蜡烛。四周弥漫着若有若无的烛香，安静的氛围里，有一种说不出的诡异。

"二位怎么来了？"忽然一个声音传来。

王江宁抬头一看，只见蓝村长从小院子里迈步走来，他的身后还跟着两个从未见过的中年人。这二人都穿着短衫，裹着绑腿，扎着束腰，模样令王江宁想起师父时常说起的清朝捕快。

纵然蓝村长掩藏得很好，但是王江宁依然能从他的眼里读出几分不善的气息。

“村长，二位老哥，有礼了。”王江宁作揖，语气恭敬地说道，“老鹿家的孩子鹿儿似乎丢了，上午开始就不见踪影，我们就想着帮忙四处找找。”

“这村里的娃娃们四处散跑，倒也是平常事。鹿儿现在指不定在谁家玩耍呢，二位不必担心。”蓝村长一边捋着胡子，一边缓缓说道。他的脸上波澜不惊，和老鹿一样，看不出丝毫端倪。

“如果真是这样便好了。”王江宁略一思索，觉得脚印之说未必能说服村长，于是便不疾不徐道，“方才我们问过一个村民，他说看见鹿儿来了祠堂……”

“这祠堂从来不是想来就来，想进就进的。那个村民应是故意诓你们这些外乡人的。”不料蓝村长迅速打断了王江宁的话，口吻和眼神都变得凌厉许多，“明天鹿儿兴许就回来了，二位贵客就别劳心了，先回老鹿家休息吧。”

然后不等王江宁回话，蓝村长便挥了挥手，二位手下迅速上前一步，显然是要押送王江宁和吕冲元回去。王江宁兀自琢磨，觉得眼下实在不是撕破脸的好时机。鹿儿和李错下落未知，而梅檀和康闻道还在老鹿家中。没有办法，他只得和吕冲元老老实实地打道回府。

也是凑巧，王江宁和吕冲元刚被押送进屋，老鹿就回来了。只见他一身尘土，鞋子上和绑腿上都沾着不少的泥水，脸上的表情也颇为憔悴，像是经历了好一番长途跋涉。

“老鹿，你这是去哪儿了，怎么搞得这么狼狈？”王江宁急忙上前，假装关心地问道。他可不会放过这样一个打探消息的好机会。

“家里没柴了，就想上山砍些柴火。哪知这山坡滑得厉害，一不留神就摔了一跤，不但没砍到柴火，还把斧子摔没了。”老鹿干巴巴地回道。

这番说辞听似天衣无缝，然而王江宁却一个字都不信。

“你是不是去找鹿儿了？”王江宁迈近一步，盯住老鹿的眼睛。

“没……没有的事。”怎料老鹿却慌张地避开了他的视线，“哪儿的话，鹿儿好着呢。”

这样的对话，这样的场景，实在过于熟悉。每当王江宁想打探什么的时候，却总能碰上软钉子。而鹿儿这个唯一给他希望的孩子，此时更是不知去向。王江宁感觉自己被无形的阴霾围绕着，那阴霾压得他喘不过气来。

王江宁只得和吕冲元回到厢房里。老鹿刻意过来跟众人道了声晚安，见四人都安安静静地待着，这才安心离去。

“蓝村长在祠堂里的反应很是古怪，我想他和鹿儿的失踪一定有着某种关联。”王江宁将他和吕冲元的发现告诉屋里其他二人后，这样说道。

“但是为什么要绑鹿儿？鹿先生应当是村长的人吧？”康闻道蹙眉问道。

“也许是因为鹿儿想帮我们吧。”王江宁的情绪有些低落。

“他们怎么想的我不知道，但我肯定蓝村长那老家伙绝对心里有鬼。”吕冲元无比笃定。

“然而眼下，老鹿也很是棘手啊。”王江宁坐在窗旁，看着端坐在院子里扎草席的老鹿，心情复杂无比。蓝村长的那两个手下在临走前跟老鹿耳语了几句，然后老鹿就开始了这样的“看守”。

“搞得这般明目张胆，怎么不干脆把我们绑了？”吕冲元凑过来看着窗外，颇为愤愤不平。

“他们或许有他们的打算。”梅檀淡淡说道。

“眼下到底怎么办？问他们他们不说真话，出去查探又总是被监视。”吕冲元双手环胸，一脸不耐烦。

“之前是太顾忌他们了。”王江宁摇摇头，“就眼下的情形来看……

我们必须摆脱束缚，一起逃出去找人。”

“你有什么想法？”梅檀望着王江宁，淡淡问道。

“金蝉脱壳。”王江宁故意卖了个关子。

“敢问王探长，你打算怎么脱壳啊？”吕冲元嚷嚷着问道，“这屋子三面都是密不透风的墙，门窗则正对着院子。就算一只耗子溜出去，老鹿也能看得见啊。”

说完，屋里三人的目光纷纷落到王江宁身上。不得不说，这种被重视的感觉令王江宁颇为受用。他不急着说话，缓步走到墙边上，伸手抓下一小块硬邦邦的土来。

“我之前就注意到了，这种房子，叫作‘干打垒’。墙脚是用石块石板堆砌起来的，作用是防止雨水冲刷，十分坚固。但是墙壁的上半部分，却是用泥土混着烧砖和草木垒起来的，并不怎么牢靠。如果想要逃出去，也不是没有办法。”说完，王江宁用力一搓手里的墙土，墙土瞬间化成了粉末。

“你是说……用水冲？”吕冲元立刻转过弯来，兴奋地睁大眼睛。

“不错。只要用水冲刷一下，墙壁多半就会瓦解，届时我们就都可以破墙而出。”王江宁说到这里，露出了狡黠的笑容。

“可是现在老鹿正在看守我们。我们突然问他要很多水，他会不会起疑心？”康闻道思虑得比较周全。

“这个嘛，也好办。”王江宁笑了笑，转身离开屋子，去院子里找老鹿去了。

三

“大盥洗？”老鹿听闻王江宁的话，不禁皱起了眉头。

“是啊，老鹿你有所不知。我们这位梅教授啊，是显宦世家，祖上做过巡抚的，所以规矩大得很呢。”王江宁郑重其事地说道，“平时他在家沐浴，都需要一个大盥洗，小盥洗，大搓背，小搓背，大洗面，小洗面，流程繁复，往往需要八人伺候。不过出门在外，讲究不了这么多，眼下他就只要个大盥洗就可以了。”

“可是……”老鹿一时也不知该如何应对王江宁。他犹豫半晌，这才有些为难地开口：“我家柴火没了，怕是烧不了热水。”

“不碍事不碍事！”王江宁满不在乎地一挥手，“眼下天也不冷，井水都是温的，完全可以。你操劳了一整天，也是够累的，我自己来就行。”然后不等老鹿反应，他便卷起袖子，开始从井里打水，一桶桶地往厢房里运。

老鹿好半天才反应过来，支起头往窗户里头张望着。然而窗户拉上了帘子，他看了半天，也只是看到模糊的人影而已。

“哎呀，老鹿，梅先生规矩大得很，你可别惊扰了他。”王江宁拎着一桶水走过老鹿身旁，埋怨地看他一眼。

“我……我就是对你说的那个大盥洗有些好奇。”老鹿被王江宁一说，下意识地收回了视线。

“男人洗澡有什么好看的？”王江宁怪异地瞥他一眼，提着水进屋去了。

老鹿被王江宁这样一说，也觉得有点儿尴尬。他确实是忙活了一天，见王江宁一行也没有要跑的意思，便坐回原来的地方继续扎草席。

厢房里，吕冲元正举着一只装满水的大瓢，一副跃跃欲试的样子。

康闻道站在窗边，留神着外面的动静。数秒之后，他快速对屋里的众人比了个手势。

“梅先生大盥洗！起！”王江宁怪异地叫了一嗓子。吕冲元立刻将满满一瓢水向墙上泼去。

他功夫不错，泼出去的水很有力道，仅这一瓢水，便令土墙瓦解了一大块。王江宁立刻上前，用木板做好导流，把泥水接回了大木桶里，确保过程中不发出任何奇怪的声音。

就这样又泼了几瓢，土墙上迅速出现了一个能让人钻出去的大洞。

吕冲元迅速把脑袋探出了墙洞外面，小心翼翼地四下张望了一番，才又把头缩回来。“外面没人。”他言简意赅地说道。

“我们跑了，这洞怎么办？”康闻道担心地问道。

“等他们发现，我们早就跑没影了。”王江宁迅速说道，“我们要赶紧。这墙已经快撑不住了，随时可能会塌。”

一听说房子随时会塌，众人更是不敢耽搁，带上必需品，便一个接一个地钻出了墙洞。

“他们肯定想不到我们能破墙出来。”吕冲元东张西望一番，再次确认四周无人。

“现在我们要去哪里？”梅檀再次望向王江宁，似是确信他总会有办法一般。

“先找个安全的地方躲起来。”王江宁神秘地笑了一下。

半个时辰之后。

蓝村长接到了王江宁等人失踪的消息，便带着几个下人风风火火地赶到了老鹿家。

他依然穿着一身洗得干干净净的官服，却没有戴帽子，只是将头发简单地扎了一下。他迈着大步查看了一番墙洞，便招呼一干手下人去外头搜查去了。

蓝村长也不跟老鹿说话，自顾自地进了老鹿房间，找个凳子坐下。

老鹿唯唯诺诺地杵在蓝村长面前，左思右想，还是扑通一声跪在了蓝村长面前。“属下失职，还请大人责罚。”他伏在地上，带着颤音说道。

蓝村长微微眯着眼，缓声说道："鹿儿之事，我本想给你个将功赎罪的机会，然而你竟再次失职。不仅让那些外人跑进了祠堂，还让他们在你眼皮底下失踪了！我无法不怀疑你的忠诚！"蓝村长音量不大，但却带着十足的威压。

老鹿闻言，连呼吸都变得急促了起来："大人，属下的忠心天地可鉴！然而这几人都十分狡诈，属下……属下也是受他们蒙蔽……"

"忠心不是靠嘴说的。"蓝村长毅然打断老鹿的话，"登龙节将至，你若不能在此之前将他们找回，莫要怪本官认事不认人。"他冷冷看着老鹿，眼神像是在看一只蝼蚁。

老鹿依然跪在地上，不敢作声。

蓝村长凝望老鹿许久，忽然发出一声冷笑："本官知道你在想些什么。若找回他们，本官可以网开一面。否则，本官也只能将你们一家都当作背弃者处置。背弃龙脉者，会是怎样的下场，我想你很清楚！"

老鹿仿佛是被这句话彻底打垮了。他双膝着地，挣扎着挪到蓝村长身边，抱住蓝村长的大腿哀求道："大人！还请念在属下这么多年勤勤恳恳的分上……网开一面吧！"

"若是你看好了他们，哪会有这些事端？"蓝村长却不为所动，一脚踢开老鹿，头也不回地踱步出了门外。

老鹿趴在地上缓了半天，这才咬了咬牙，挣扎着跑出院门。

等人都走了后，老鹿房间的房顶上，竟然传出窸窸窣窣的声音。

王江宁一把推开隔热用的木板，四下瞧了瞧，才道："人都走了，我们也下去吧。"

"他们肯定会翻遍全村找我们，然而他们绝不会想到我们压根儿就没有跑，就躲在老鹿的房间里，正所谓最危险的地方，就是最安全的地方。"王江宁率先跳下房顶，脸上是略显得意的笑容。

吕冲元紧接着跳下，二人转身去接梅檀和康闻道。

康闻道落地时腿一软，差点儿摔倒在地，幸好吕冲元及时扶住了他。他用手帕捂着口鼻，呼吸却很急促，额头上也全是冷汗。

“这是怎么了？”王江宁觉察出了康闻道的异状，立刻出声问道。

“康兄有轻微的气喘症。可能是屋顶灰尘太大，诱发了。”梅檀面上浮出一丝焦急。

王江宁不由心生愧疚，连忙上前，和梅檀一左一右搀扶着康闻道。那木板上虽然是个藏身的好地方，但确实陈旧异常。回想起来，当初躲藏的时候，康闻道就面露难色。可他根本没多想，只以为康闻道和梅檀一样有洁癖，直接就粗暴地将人推了上去。

康闻道被他们扶到空气流通的空旷之处歇了一阵，又吃了随身带的药，面色立刻好了许多。

“刚刚村长和老鹿的对话听起来很古怪。”梅檀突然开口道。

“嗯，什么背弃龙脉者的，根本听不懂。还有他们说的那个登龙节，我越想就越觉得不对劲，总觉得会有大事发生。”王江宁一边回想着刚才听到的谈话，一边说道，“这个村子真是到处都是秘密。”

“咦，这是什么情况？”不知何时蹿到房顶上的吕冲元，忽然发出惊奇的声音。

“怎么了？”王江宁抬头问道。

“村长和老鹿他们居然不在一起。村长带着人往东边去了，老鹿一个人向北边跑了。”吕冲元观察完毕，轻轻巧巧地从房顶跳下。

“北边是祠堂方向。”梅檀脱口道。

“他可能是去找鹿儿，追去看看吧。”王江宁立刻下了决定。老鹿去祠堂找鹿儿，而鹿儿的下落，很可能是与李错紧紧挂钩的！

或许，也正因为此，老鹿才不希望王江宁他们知道鹿儿不见了。

他说完，这才忽然想到什么，将担忧的视线投向康闻道。

康闻道注意到王江宁的目光，于是扯开嘴角，露出一个虚弱的笑容："你们放心去吧，我就藏在这儿等你们。王侦探不是说过吗，这里也是安全的。"

四

一片黑暗中，点点细弱的荧光闪烁着。无人知道这里到底是天然形成的洞窟，还是人为挖出的矿洞。时至今日，这些大大小小的洞窟已然成了暗无天日的地牢。

一阵叮叮当当的敲击金属栏杆的声音在安静的地牢里回响着，听得令人心里发毛。

"艾梁，让你的人安静点儿行不？"一道桀骜不羁的女声从其中一个地洞中传了出来，"用头撞栏杆，真当自己的脑袋是榔头啊？"

"姓李的，大家现在都是一根绳上的蚂蚱。我们逃不出去，你也一样。"那敲击铁栏杆的声音戛然而止，取而代之的是艾梁手下阴沉的声音。

"哈哈，我和你们可不一样，我可没你们这么蠢。想到你们机关算尽，偷鸡不成蚀把米，我就觉得开心。艾梁，你这辈子没吃过这么大的亏吧？"李错虽然也被关在铁栅栏后面，可嘴上却是丝毫不落下风。

此时艾梁被单独关在其他洞中，他听着手下和李错隔着铁栅栏叫嚣，并不搭腔。

"李姑娘莫非以为，你和这村里的人沾亲带故，就一定能安然无事？哼，我看你也是想多了。他们要真在意你，就不会把你也关在洞里。"艾梁手下话音刚落，便有数声哭叫呻吟，此起彼伏地从其他洞窟中传出来，其中还混有小孩子的声音。

"莫名其妙。是你们非说我爹是村长的兄弟，然后硬是绑了我来。"

李错咬了咬牙，声音里憋着一股气，“放心吧，我要是倒霉，你们肯定更讨不了好。”

“李错，你别得意得太早。”这时，艾梁开口说话了。他的声音阴冷如常，但听起来却是十分从容。

李错不禁一阵疑惑，难道艾梁还有什么其他的招吗？

被艾梁绑来后，她就一直昏昏沉沉的，到了这村子里，才稍微清醒一点。可毕竟负伤在身，身体虚弱，她逃跑无门，只得找个无人注意的时机，把簪子扔了出去。

她依稀记得，那日艾梁以及手下押着她和村长谈判。艾梁说她是村长兄弟的女儿，要用她换藏在村里的宝藏，不料最后谈崩了，他们一行人就被迷晕了。醒来后，所有人都被关在这处暗无天日的地牢里。

她不知道自己被关了多久，这里压根儿无法计算时间。倒是总有人来送饭，不过饭食只是勉强能吃而已，有时候是两个硬馒头加一点儿咸菜，有时候连馒头都没有，就是一块硬得能砸墙的饼和一点儿咸菜。

她不死心地伸手摸索这个她早已摸遍了的地洞。到处都是坚硬无比的岩石，洞口的铁栏杆足有小臂粗，由一条粗重的锁链紧紧锁着。莫名的，她就回想起那送饭人看她的眼神，那眼神仿佛在看一个死人。

她扶着栏杆缓缓跪在地上。黑暗中，再次响起断断续续的孩童的啼哭声。眼下她也不指望有谁能来救她了，只是一直待在这个洞里，等待暗淡无光的未来，说全然不怕，是假的。

“唉，要是那位先生在的话就好了，这些乡野村夫，哪里会是他的对手。”

“放心吧，先生肯定会来救我们的。”

隔壁洞里传来艾梁手下的谈话声。他们的声音很轻，但是李错还是勉强听完整了，这黑暗的环境，倒是令她的五官变得异常灵敏。他们在说起“那位先生”的时候，声音里都带着十足的恭敬，李错不禁再次迷惑，难道艾梁还有其他帮手不成？

“行了，别说了，耐心等着吧。”李错还想再听，艾梁突然开口制止了几人。

空气再次寂静下来，只剩下时断时续的哭声。李错只得不停用手指敲击着地面，以缓解心头的紧张感。

不知过了多久，黑暗中传来了一阵窸窸窣窣的声响。

李错察觉异样，噌的一下摸到铁栅栏边上。她将耳朵贴在洞壁上仔细聆听。声音从洞顶上传来，有人在用钝器凿洞，而且速度很快。

李错的心脏不可抑制地狂跳起来。

到底是谁在凿洞？是他们口中说的“那位先生”吗？还是……王江宁呢？

李错被自己的期待吓了一跳。不，王江宁不可能来的。就算他有天大的本事能摸进这盘虬村，也未必知道她被关在这儿。她努力遏制住自己的胡思乱想，屏息凝神，注意着洞顶的动静。

哗啦一阵巨响，一块巨大的土石从三人高的洞顶掉落，直砸在过道中。洞顶随即亮起了一点亮光，一个火折子迅速飘落。

火折子颇为刺眼，多日不见光亮的李错迅速捂住了眼睛，适应了一阵，才勉强睁开眼，透过指缝往外观察着。

只见一个黑影从洞口敏捷跃下。他随身带着绳子，显然是有备而来。

那火折子很快就熄灭了，整个地洞又陷入了一片黑暗中。李错和艾梁等人都没立即出声。

“二弟？”一个明显压低了的男声，试探般地响起。

“大哥！”艾梁迅速回应。他一改常态，声音里有掩饰不住的激动。

看来这个人是艾梁那伙的。李错并不觉得意外，原来他们口中的“那位先生”，竟然是艾梁的大哥吗？

“把眼睛闭上！”来人迅速摸到了关押艾梁的地方，随即低吼一声。

一阵短暂的宁静后，无比刺目的白光骤然亮起，瞬间照亮了整个洞窟。那亮光还伴随着噼里啪啦的燃烧声，不知何处传来一阵孩童的尖叫声。

李错不禁万分庆幸自己及时闭上了眼睛，不然现在肯定已经瞎了。过了好一阵，李错才小心翼翼地睁开眼睛，却被眼前的一幕震惊了。

艾梁和其手下所在的洞口，铁链以及周遭的栅栏此时已经被完全烧断了。

艾梁和手下立刻钻了出来，围拢在来人身旁。李错眯起眼睛，努力想要看清来人的模样，然而光线太暗，她怎么看也看不清楚。

就在这时，地牢的大门发出清晰的声响。

嘎吱。

竟是有人进来了。

形势忽然变得诡异起来。

进门的人端着蜡烛，因而李错能轻易看清他的容貌。他便是引着艾梁一行进村的采办，似乎是叫老鹿。

老鹿很快就发现了地牢中的异状，瞬间瞪大了眼睛。然而不等他反应，那来救艾梁的人便迅速上前，向老鹿挥出一拳。

老鹿甚至还来不及发出一声惊呼，便被打得腾空飞了出去，他跌在地上，瞬间没了动静。蜡烛也熄灭了，整个地牢再次陷入了一片漆黑之中。

“他们人多势众，不宜正面冲突，还是从我下来的洞中钻出去为好。”来人话音刚落，李错便听到一阵攀爬绳索的声响。

“李姑娘，后会有期。”不多时，艾梁略带得意的声音便从洞顶上传来。

“怎么不摔死你。”李错兀自骂了一句。

第二十一章

地底历险

一

将康闻道安置好后，王江宁一行便蹑手蹑脚地摸到祠堂边上。

纵然祠堂给王江宁一种很不好的预感，但是他还是决定冒险一试。何况此时三人身上都带着武器，只要对方人手不是太多，真要撕破脸，硬拼还是拼得过的。

此时天色已经暗了下来，村子里静悄悄的。

祠堂的门敞开着，但里面却听不到任何动静。王江宁观察一阵，便在吕冲元的掩护下进了门，但却看不见半个人影。

“可真是奇了。我们是追着老鹿的脚印过来的，但这儿竟然一个人也没有？”吕冲元不敢有丝毫懈怠，生怕一不注意就从哪儿钻出来几个蓝村长的手下。

梅檀却不说话，径直向客堂后的小院子走去，那是祠堂的祭祖之地。王江宁犹豫了一下，便快步跟上。

只见那通往小院子的门此时竟虚掩着，从门后面，露出了一只脚来。

吕冲元立刻上前，率先推门，只见两个穿着蓝衫的人正脸朝地躺在地上。吕冲元去探他们鼻息的同时，王江宁则十分小心地返身把门又虚掩上。

“没死，应该是被人打晕了。”吕冲元下了判断。

“这是之前跟在村长后面的人。”梅檀只扫了一眼，就很笃定地说道。

“一人是从后面被打晕的，还有一人是被猛击太阳穴打晕的。”王江宁蹲下身仔细查看着昏迷者的伤势，“看不出老鹿居然还是个高手。”

“这是老鹿干的？”吕冲元蹲在一旁，双手托着下巴，好奇问道。

“除了他还能是谁。不过现在的问题是，老鹿去哪儿了？”王江宁拍拍裤子站起来，“老鹿打晕这两个人，肯定有他的目的。”

“是不是这院子里还有其他的门我们没注意？”吕冲元顺势问道。

“倒是有这个可能。”王江宁移开视线，发现梅檀正站在供桌前，细细端详着桌上供奉的牌位。

牌位架一共五层，呈三角结构，最下层的牌位最多，有五六个，最上面的只有一个。只是最上面的牌位相当高，牌位上的字已经模糊不清了。

“这些牌位的颜色都一样！”王江宁突然指着供桌上的牌位喊道，“连上面刻的字的字迹都一样……难道说这些牌位是同一个人用同一块板子做的？”

“我看看。”吕冲元跃跃欲试，想要把一块牌位从架子上拿下来。奈何他的身高限制了他的发挥。梅檀不声不响地走上前，只略微一踮脚，就够到了其中一块。然而他用手一提，那牌位居然纹丝不动，梅檀不禁皱起了眉头。

“太重了？”王江宁一阵迷惑。

“好像是固定上去的，拿不下来。”梅檀又尝试了一下，牌位依然纹丝不动。

王江宁立刻凑上前，伸手把能碰到的牌位全都拉扯一遍。果然如梅檀所说，这些牌位好像都固定在架子上。

“我猜另有玄机。”吕冲元灵机一动，便兴冲冲地从墙角处搬来一块大石头，然后站立上去，从最下面一层开始，逐一扳动牌位。当扳到左数第三个时，便听咔嗒一声，桌子下面忽然传来石门移动的声音。

“机关！”王江宁和吕冲元异口同声地喊道。

吕冲元迅速掀开桌布，探头进去，声音中夹杂着一股不可抑制的兴奋：“下面果然有个门！”

只见桌子下面，是一个黑洞洞的地道口。

王江宁立刻点了火折子，沿着地道向下走去。地道没有多深，尽头处是一扇厚实的木门，门上裹着许多厚实的棉布。

“为什么做成这样？”吕冲元小声问道。

“隔音用的，棉布可以吸收声音。”走在最后面的梅檀淡淡道。

“这门是开的。”王江宁停在门口，有些诧异地说道。

他转身将火折子递给梅檀，然后抽出枣木拐抓在手上做好戒备，随即轻轻将门推开。

眼前一片漆黑。

火折子能照亮的区域十分有限。王江宁上前几步，借着微弱的光看清身旁的几道铁栅栏。

“好像是个地牢啊。”眼尖的吕冲元轻声嘀咕了一句。

“是谁？”一个女子的声音突然自不远处响起。

王江宁立刻就怔住了。恍惚之间，他以为自己听错了。

“是谁在那里？”那个女声又重复了一遍。

“李错……是你吗？”这回王江宁想也不想便出声说道。他的声音里夹杂着激动以及颤抖。

“王江宁？”因为激动，李错的音调也高出许多，“你要死啊，还不赶快过来！”她语速飞快，仿佛是想用霸道的话语遮掩住隐隐的哽咽之声。

王江宁闻言，立刻不管不顾，踉踉跄跄地冲着声源跑了过去。黑暗中，他被一个不明物体狠狠绊了一下，但他却无心留意，立即稳住身体，继续奔跑。

“真是李姑娘啊！”吕冲元一边感慨，一边取出一个火折子点燃。他正想往前走，却忽然发现刚刚绊了王江宁一下的那个“东西”，竟是个人。

“老鹿？”吕冲元微微一怔。

“李错，你别怕啊，我来救你了。”然而此时王江宁却无心顾及什么老鹿。他颤抖着举着火折子，看着铁栅栏里灰头土脸的李错，一时间心潮起伏，百感交集。

“怕你个大头鬼，老娘啥时候怕过。”李错嘴上硬气，但是眼眶还是渐渐地红了。她怎么会想到，她竟然真的能在这里遇到王江宁！

王江宁看着李错狼狈的模样，知道她必然吃了不少苦。他不由心头一酸，伸手就去掰禁锢她的铁栅栏。偏那栅栏是精铁打造的，结实得很，怎么掰都不弯。

“没用的，这栏杆结实得很。刚才救走艾梁的人似乎是用了什么不得了的东西，烧断了栅栏。”李错很不愿意自己脆弱的一面被王江宁看到，借着用衣袖胡乱擦脸的动作，匆匆抹掉涌上眼角的湿热。

“我想是铝热剂一类的东西。”梅檀闻声走近，看了看那边断掉的栅栏。

“铝热剂？但现在上哪儿去找铝热剂啊。”王江宁不知铝热剂到底是什么，但却能猜出那必然是个不好找的东西。

他急得满头大汗，却忽然听闻吕冲元急迫的声音响起："外面来了很多人！"

王江宁顿时心中一凉。怎么会有很多人？难道是村长他们突然摸进祠堂来了？

"梅教授你带枪了吗？我去堵门，吕冲元你看看周围有没有别的出口！"王江宁的眼中散布着层层血丝，显然是做好了硬拼的准备。

"你们先走！"李错迅速伸手拉住就要去堵门的王江宁，"他们一直关着我，暂时也不会拿我怎样！"

门外的脚步声和人声越来越近了。王江宁不禁反握住李错的手，迟迟不肯松开。

"李姑娘说得对。外面人多势众，我们先逃出去，再想办法救李姑娘！"吕冲元冲过来扯王江宁。

"是王大哥和吕大哥吗，你们快过来，我这边有个洞，能出去！"地牢另一边，一个稚嫩的声音忽然响起。

"鹿儿？"王江宁听闻声音吃了一惊。看来他没有想错，李错和鹿儿真的在一起。

"刚刚艾梁的人从顶上打了个洞下来，你们通过那个洞就能跑出去。"外面的人似乎已经走到门前了，李错见王江宁还不动，顿时着急起来，一把推开他，骂道，"王江宁你他娘的不要婆婆妈妈的，不然老娘看不起你！快滚！"

"我们一定会救你们出去的！"王江宁此刻也毫无办法，只得听命撤离。

在转身的一刹那，手里的火折子也正好熄灭了。王江宁依稀看到，栅栏后面的李错冲着他笑了一下。

"他们的绳子还留在这里！看来是走得匆忙，正好便宜我们了。快快快！"黑暗中，吕冲元拼命催促着。

二

片刻之后。

蓝村长的人破门而入，他们个个腰配弯刀，手持火把，地牢之中，顷刻间亮如白昼。

蓝村长的目光扫过依然关着的李错和鹿儿，然后落在空空如也的洞窟里。他上前细细打量一番烧断的铁链，神情显得越发阴晴不定起来。

“大人，我们这就上去追。”蓝村长手下看了看头顶上的洞，小心翼翼地说道。

“不必。”蓝村长却抬手阻止了他，“把人全都带走就行。”

手下似乎对蓝村长这样的安排颇感意外，他怔了怔，这才拱手应道：“是！”

蓝村长再次看向困在栅栏之后的李错，脸上浮现出一丝诡异的笑容：“明天就是登龙节了，到时候，让你看一场好戏！”

李错毫不畏惧地迎上蓝村长的目光，嘴上却没多说一个字。她隐约能感受到，蓝村长口中的这个登龙节，绝不寻常。

希望他们没事。

希望王江宁没事。

“他们没追上来？”吕冲元小声询问。

此时他们三人正在黑漆漆的坑洞里艰难爬行着。洞窟很窄，吕冲元问话时根本不能回头，样子颇为狼狈。

“没追上来，我把绳子带上来了。”王江宁喘着气回了一句。他依然还在恼恨自己的无能为力。李错明明就在眼前，可他却无法救她。

“咦，这不对劲啊。”爬在最前面的吕冲元忽然停了下来。

梅檀和王江宁也跟着停了下来。但他们各自想着自己的心事，并没答话。

“按理说，从地牢顶部出去的洞，应该是往上面通的吧？为什么现在我们开始下坡了？”

“你说什么？下坡！”吕冲元这番话，总算是把神思恍惚的王江宁惊醒了。

“是啊，虽然幅度不大，但确实是在往下走。我这方面的感觉还是很好的。”吕冲元又往前爬了几步，然后忽然停下，发出一声诧异的“咦”。

“又是什么情况？”王江宁顿时紧张起来。这洞又窄又小，若是前面有人堵截，真是逃都没地方逃。

“你把火折子递给我。”吕冲元不慌不忙地说道，“前面似乎出现了两条路。”说完，他便迅速钻出低矮的坑道。

王江宁和梅檀跟着钻出去，站在坑道尽头的一块空地中。

吕冲元在火折子就要熄灭之前点燃了蜡烛。借着微弱的火光，他们看到与这块空地相通的共有三个洞，呈一个“丫”字。显然，其中一个洞是他们刚钻出来的。

这一小段艰难的爬行之路总算结束了，然而三人却依然不知身在何方。唯一可以肯定的是，这里依然是地下。

梅檀用戴手套的手将三个洞口都摸了一遍，才转头对二人道：“只有我们爬出来的洞是新挖的，其他两个洞口都有些年头了。”

“我们刚刚爬过的坑道，多半是艾梁的人在艾梁被抓走后偷偷挖的。他们并没有全被抓住关起来。”王江宁迅速下了判断，“挖这坑道的人没理由在行事之前，不看好地势。所以现在，艾梁肯定是已经逃出去了。这也就说明，前面这两条道，肯定有一条能通到外面。”

“我卜了一卦，走左边大吉！”他话音刚落，吕冲元就指着左边的洞迅速接上。

“你当真？”王江宁看着一脸跃跃欲试的吕冲元，心中很是怀疑。但转念一想，这小道士的运气似乎总是很好。

“那行。就走左边。”王江宁点点头，然后率先走进左边的洞口。

走了十多米后，吕冲元的声音忽然自背后响起：“奇怪，我们居然还是在往下走。”

“事已至此，还是走到头看看吧。”梅檀轻声道。

然而王江宁却慢慢停住了脚步。

眼前的道路忽然宽敞了不少。两旁洞壁的材质，也变得明显不一样了。用手一摸，竟然是砖石堆叠而成的。就连脚边也到处都是碎石砖块。

望着黑洞洞的前方，他忽然感到一阵心慌。但他想到还在等着他救援的李错，立刻稳住心神，对后面两个人道：“前面好像大得很。我扔块石头试试看。”

他说完就弯腰在地上捡石子，然而石子没摸到，却抓到个很长很细的东西。他站直身子，借着烛火仔细一看，立刻就怔住了。

他手上抓的是一根骨头。

“股骨。”后面的梅檀脱口而出。

“什么骨？”吕冲元有些没听清。

“人类的大腿骨。”梅檀一字一顿地说道。

王江宁手一哆嗦，本能地将骨头和蜡烛都抛了出去，眼前顿时一片黑暗。

王江宁不是没见过死人，然而那么突然的，还是第一次。他迅速蹲下身想要捡起蜡烛，然而黑暗和摸到尸骨的体验加深了他的恐惧感，他愣是半天没能重新捡起掉落的蜡烛。

“你们看！”梅檀突然轻轻说了一句。

王江宁迅速抬头，只见眼前不远处，竟亮起了点点荧光。

“鬼火！”吕冲元在后面怪叫了一声。

王江宁的心跟着颤了一颤。

“鬼火是民间的叫法。更确切地说，是磷火。”一片黑暗中，梅檀的声音依然冷静如常，“骨头里含着磷，磷与空气作用时会产生磷化氢，磷化氢遇到空气，就会燃烧发出蓝绿色的光。”

“所以，前面这些……都是死人骨头？”王江宁瞪大眼睛，看着眼前一大片的荧光。

空气忽然变得格外安静，仿佛所有的东西都静止了一般。

三个人此刻都只能听到彼此的呼吸声。

也不知道过去了多久，吕冲元率先打破了沉默：“人死如灯灭，也没什么可怕的，我去看看。”他利落地在周围拍上一圈灵符，口中念念有词地向前走着。

梅檀弯腰，帮王江宁捡起地上那根蜡烛，点燃之后，和王江宁一起紧跟在小道士身后。

没走几步，他们便看见了小山般堆叠在一起的骸骨。

“等等。”走在最后的梅檀突然开口。

王江宁转头，只见梅檀左手高举的蜡烛，此刻居然发出了刺目的红光。

“这蜡烛沾了地上的东西，”梅檀察觉到王江宁诧异的眼神，于是吹灭蜡烛，把刚抓过蜡烛的手套给脱下来，“应该是硫化汞，古代叫朱砂，常用作红色颜料。”

“原来是朱砂啊。”吕冲元顿时放下心来。

梅檀换上新手套的同时，王江宁也点燃了一支新的蜡烛。

“怎么了，这些尸骨有什么问题？”王江宁见梅檀一直盯着地上的骸骨，于是出声问道。

“这些尸体很奇怪。”梅檀淡淡道。

“怎么奇怪？”

“尸体似乎都被高温处理过，不但衣服碳化了，连骨头里的无机盐都损失了部分。你们看这骨头上的孔洞。”梅檀蹲下来，一脸严肃地指着骸骨说话。

王江宁立刻凑上前。在微弱的烛光下，果然能清楚地看到骸骨上的细微孔洞。

“高温处理过？啥意思？尸体都被煮过了？”吕冲元站在旁边，声音里打着战。

“只是高温，没有蒸煮。这些衣物虽然碳化了，但是外形结构没有明显破坏。我猜测他们死后，这里曾出现过一定程度上的高温。”梅檀站起身来，又下意识地左右看了看。

王江宁琢磨着梅檀的话，再看看地上的朱砂和此地的结构，脑中突然冒出一个可怕的念头——这里该不会是个巨大的炼丹炉吧？他从小爱看画本，倒还真看过用活人祭炉炼丹的桥段。

王江宁头皮一阵发麻，但他很快又想到了李错，于是立刻出声道：“先别管这些了，想办法出去要紧。”

“我觉得艾梁他们来过这里。”吕冲元的声音，忽然自角落处传来，“你们过来看看，这是什么东西。”

王江宁跟着梅檀艰难地迈过随处可见的骸骨，来到吕冲元身旁。只见角落处，摆放着几个小箱子。

“这是什么？”王江宁微微一怔。这箱子上都是洋文和数字，显然不属于这个村子。而且箱子的木质外壳，看起来也非常新。

“TNT，二硝基甲苯，是一种……炸药。”梅檀盯着箱子上的数字，还有周围一点黄色粉末，低声说道。

黑暗之中，王江宁再次被吓出一身冷汗。

“炸药？这里怎么会有……”王江宁话还没说完，梅檀便轻轻一抬手，将其中一个木箱子的盖子打开了。

“你不要命啦？”王江宁不禁拔高了声调。

“空的。”梅檀依然是一副面不改色的样子。

王江宁定睛一看，箱子果然是空的。

然而他却不敢有丝毫懈怠。祠堂下面既有地牢，又有暗道，这本身已经很离奇了，不想怪事儿一桩接一桩，遍地尸骸还不算，竟然又来一堆炸药。

王江宁只感觉自己的心脏在胸腔中跳得飞快。

空了的炸药箱有时候比满的更叫人害怕，因为无人知道，消失的炸药如今会在哪里。

三

“既然空箱子在这里，那炸药会不会就在周围？我找找看。”吕冲元撂下话就四处搜查去了。

王江宁比画了一下木箱子的容量，随即轻轻摇了摇头：“炸药起码有二十斤。”

“我对炸药了解不多。不知这些炸药引爆后，到底会有怎样的效果。如果康兄在就好了，这些八成是艾梁一伙人从他的化工厂里抢走的。”梅檀难得地叹了口气。

“原来康教授丢失的化学品中，竟然还有炸药。”王江宁顿了顿，这才想起康闻道，不禁面露忧虑，“也不知康教授现在怎么样了，希望他平安无事。”

“他会照顾自己的。”梅檀也是一脸无奈，“要是他跟着我们，这一路上，估计也支撑不了太久。”

“也是。”王江宁点点头。这地道也不知有多少年的历史，这儿的尘土泥屑和老鹿屋顶上的比起来，怕是只多不少。

“你们快过来！”

已经迫不及待往前走的吕冲元，忽然大喊一声。

王江宁和梅檀连忙跟上，只见一根巨大的黑色方形石柱，赫然出现在眼前。

这方柱只一面就有王江宁展开双臂那么宽，且十分高大，仅靠手上的蜡烛，根本看不到顶部。

“这又是什么？”王江宁简直被接二连三出现的诡异事物给砸蒙了。他突然意识到一个很实际的问题，无论是巨大的地下洞穴，还是眼前这根通天柱，其浩大的工作量，绝对不是盘虬村那些普通村民能够完成的。

是谁造的这个地方呢？

“你们闻着硫黄的味道了没？炸弹该不会埋在这附近吧？”吕冲元打着颤音发话。

王江宁端着蜡烛四下照了照，没有发现类似炸弹的东西。

“是有股硫黄味。但刚才发现的是 TNT，无臭，可见这股硫黄味与炸药并无关系。”梅檀清清淡淡的声音回荡在一片黑暗中，简直就是一针强有力的镇静剂。

“是吗，那就好了。”吕冲元顿了顿，目光又重新落在眼前的方柱上，“我觉得出去的关键很可能就在这根柱子上。”

吕冲元摸着柱子，缓缓转起圈来。他抽出背上的桃木剑，在柱身上叩击了一下，忽然道：“这柱子里面是空的。”

“难道出路就在这柱子里？”王江宁忽然有一个大胆的猜测。

“即便如此，那也要找到进去的暗门。”梅檀并没否定王江宁的猜测。

“肯定能找到的。”吕冲元像是受到了鼓舞，越发卖力地摸索起石柱来。

王江宁看了石柱一会儿，忽然猛地蹲下来，细细端详起石柱的底部。

“这里有些花纹。”王江宁指着石柱底部道，“就是被土石遮掩住了，看不太清。”

“挖开看看。”吕冲元迅速动手，开始在石柱边上刨土。这土很松，没过多久，柱子上的石刻已经显示出大半了。

“这刻的是什么？航海图？”吕冲元歪着头看了半天。

石刻上是许多艘大船。船上站着密密麻麻的小人。周围有几座建筑，但建筑风格十分怪异，王江宁也从未见过。

“左边好像有字。”王江宁又小心翼翼地挖掉左边的一些土石，很快四五排字迹工整的小字就显现在眼前：

永乐三年六月，命和及其侪王景弘等通使西洋，将士卒二万七千八百余人，多赍金币。造大舶，修四十四丈、广十八丈者六十二。自苏州刘家河泛海至福建，复自福建五虎门扬帆，首达占城，以次遍历诸番国，宣天子诏，因给赐其君长，不服则以武慑之。五年九月，和等还，诸国使者随和朝见。

“这……这写的是什么？”王江宁跳过几个不认识的字，磕磕巴巴地念完一遍。他念完后越发迷茫，只能将求助的目光投向梅檀。

“郑和下西洋。”梅檀轻抚着石柱，呢喃着说道。

“难道这村子和郑和下西洋有关？难道村民都是郑和的后人？”吕冲元在一旁胡乱猜测。

“郑和是个太监，哪来的后人。”王江宁瞪吕冲元一眼，然后抹了一把汗，“怎么感觉越来越热了？”

梅檀皱着眉头蹲了下来，伸手摸一下地面：“地面热了。”

“这是怎么回事？”吕冲元瞪大了眼睛，也跟着摸一摸地面。

“你们还记不记得我们进入这村子时遇到的那处间歇泉？”此刻梅檀的额头上也有细细密密的汗水渗出来。然而他的语气却依然冷静如常。

“当然。”王江宁点点头。

“既然有间歇泉，那就说明这地方肯定有活动频繁的地热源。现在看来，这个地热源比我预料的还要厉害。那些尸骨，”梅檀又指了指随处可见的骸骨，“之所以会是那种高温加热的情况，现在看来很清楚了……有岩浆在这下面间歇性地涌动。”

梅檀说完，空气陷入一片死寂。

四

“难怪蓝村长他们不来追杀我们，敢情这下面是有火焰山啊。”吕冲元一把一把擦着额头上的汗，“教授，这地热，能有多高温度啊？”

“难说，但肯定不低。”梅檀简练地回答道。

王江宁琢磨着梅檀的话，脸色慢慢变得惨白。难道他们三个，也要像那些尸骸一样，在这里被加热到碳化吗？

“按照这个温度上升速度，我们必须在十分钟内离开，不然……”梅檀一手摸着地面，一手掏出怀表，蹙眉看着不停走动的秒针。

他没有说完的话王江宁和吕冲元都明白，如果不能在十分钟内出去，他们都会变成这骸骨山的一部分。

“十分钟……”王江宁呢喃着，已经没有力气诧异了，“这么快？”

“这里到处都是硫化物。温度继续上升的话，有毒气体会在高温之前要了我们的命。”

吕冲元忽然想到了什么，立刻从胸口衣襟处掏出一件黑色的石块。然后，他拿着这块奇特的石块在石柱上来回扫过。

“那是什么？”王江宁立刻问道。

“一块磁石。”吕冲元头也不回地答道。

“磁石？怎么从没见你拿出来过？”王江宁一阵好奇。

“道爷身上的东西多了去了，灵符就有三百六十道，你都看过了？”吕冲元手上忙活着，嘴上也没闲着，“先不要说话，别打扰我。”

看来这个小道士，还真有一些不为人知的神奇本领，王江宁和梅檀不约而同地对视了一眼。

“找到了！”吕冲元一声略显激动的喊叫声，把王江宁从思绪中拉了回来。

王江宁定睛望去，只见吕冲元的那块磁石，正悬停在石柱一面的石壁上。“吸住了后面的东西。”吕冲元又补上一句。

“上下左右移动一下，如果确实是吸住门闩之类的，肯定有一个打开方向。”梅檀立刻说道。

“你知道怎么打开吗？”王江宁扭头看向吕冲元。

“不知道。”吕冲元摇摇头，“我只是忽然有了个灵感，这才拿出了磁石。至于这块磁石到底该如何使用，暗门到底怎么打开，我不比你知道得更多。”

王江宁轻轻叹息一声，随即道：“且试试吧。”说罢他和吕冲元一起握着磁石，小心翼翼地移动着。

随着二人的移动，石柱内部发出了一阵咔嚓咔嚓的声音，似乎是有什么金属，在轻轻摩擦石壁。

“果然有用！”吕冲元的声音里满是激动。

“抓紧时间，温度还有有毒气体的浓度都在上升。”梅檀捏着怀表催促道。

王江宁也来不及高兴，和吕冲元一起继续移动着磁石。然而令他意外的是，磁力忽然消失了。王江宁手上忽然一沉，是磁石落了下来。

“怎么了？”过热的空气以及有毒气体令王江宁的头脑变得昏沉，但是他还是用力眨了眨眼，以保持自己的清醒。

“奇怪，怎么回事？”吕冲元也是一脸的难以置信。

“难道我们真要死在这里了？”王江宁心中一阵焦躁，发泄性地踹了石柱一脚。

只听咣当一声闷响。王江宁这一脚，居然在石柱上开出了一个半人高的洞来。这洞口方方正正，十分整齐。

吕冲元呆了一下，立刻发出一长串清脆的笑声。

“刚才咱们已经把门闩挪开了，你这一脚，直接把石门给踹进去了！”吕冲元激动地抱住王江宁。

王江宁心道自己真是被毒气给毒傻了，都忘了开门后要把门给推开。

他正想推开吕冲元，就见吕冲元已经先一步钻进了石门。

“这里有台阶！肯定可以上去！快来！”吕冲元兴奋的声音传了出来。

进到石柱内部，王江宁才知道什么叫别有洞天。石壁内部，有一些砖头凸了出来，径直通向高高的顶部。而这些砖头，充其量只能放一只脚。一旦走到上面失足掉下来，必然会摔得非死即残。

然而三人此时也是毫无选择，只能小心翼翼踩着石阶向上攀爬。吕冲元的行动速度一点儿没受艰险地势的干扰，他一下子就蹿得老高，把梅檀和王江宁狠狠甩在了后面。

“这上面又有石刻！”上面传来了吕冲元的声音，“刻的好像是出殡的场面！还有配字……‘永乐十九年春正月甲子朔，奉安五庙神主于太庙。御奉天殿受朝贺，大宴。甲戌，大祀天地于南郊。戊寅，大赦天下。癸巳，得建文皇帝讯，郑和复使西洋。冬下月丁丑，成祖文皇帝次凤阳，暗修龙陵，固龙脉。保洪图社稷，巩国祚延绵’……龙脉？龙陵？这里难道埋着皇帝？”吕冲元的声音里透出了惊讶。

“这里不可能埋着明朝皇帝。”王江宁这时候已经爬得相当高了，一旦摔下去，必然会粉身碎骨，他只得用说话来缓解心头的恐惧，“朱元璋埋在南京城，其他的明朝皇帝都埋在北平。”

“不过凤阳确实是明朝龙兴之地，朱元璋的故乡。封建迷信说的龙脉，祖坟也是其中之一。”梅檀插话进来。

“单看这地方，也不像是寻常人家能搞出来的，说不定真是皇帝下令建造的呢。”吕冲元顿了顿，忽然又大喊起来，“这里还有石刻，是一群人在挖山！文字写的是‘永乐二十二年，夏四月戊申，皇太子监国。壬申夜，南京地震。秋七月庚辰，神龙陵寝成。征滁、和、徐三州丁壮至凤阳府，旋调御前侍卫运携青龙船灵次凤阳，以为龙眼，因赐名曰官厂’。官厂村！这里叫官厂村！根本不是什么盘虬村！”

“官厂村？为什么叫官厂村？”王江宁疑惑。

“郑和访问西洋时设立的临时贸易站就叫官厂。”梅檀言简意赅地解释道。

“原来如此。之所以蓝村长至今还穿着明朝官服，之所以此地一直封闭着如同世外桃源一般……就是因为他们都是给明朝龙脉镇守的御前侍卫留下的后代！”王江宁总算想明白了一切。

“吕冲元，你之前说过，那座登龙台的位置，正好是龙眼之处。你还说那附近的土都是熟土。再加上这下面这么多死人，还有蓝村长说的什么祭天祭祖……这一切，只怕都是有联系的吧？”远离了那些毒气，王江宁的思绪飞速地转起来。

“蓝村长说的登龙节，是不是快到了？”梅檀忽然道。

“是啊，就是明天。”王江宁有些烦躁地摇了摇脑袋，“唉，先别管那什么节了。我猜这龙脉龙陵，肯定藏着什么宝藏。你们说，艾梁他们来到这里，会不会就是打这龙陵宝藏的主意啊？”

“很有可能，不然他不会如此折腾。”梅檀点头肯定了王江宁的猜测。

“吕冲元，你怎么不动了？”王江宁忽然发现吕冲元停在不远处没了动静。

“你当我不想动啊。只不过这儿又有岔路了。”吕冲元苦恼的声音飘下来。

这么小的石柱里面，竟然还会有岔路？王江宁心中大疑，强行打起精神，努力向上继续爬着。

不一会儿，三人都爬到了吕冲元说的“岔路”前。只见一条向上的坡道就连接在石阶正上方。

“沿着这个坡走，会不会快一点呢？”吕冲元出声道。

“先等等。”王江宁扯住吕冲元的裤脚，示意他先别动，“你们身上有没有什么用不着的东西？方便滚动的。”

吕冲元二话不说，从背囊里掏出一个小瓷碗，递给王江宁。

王江宁抓着瓷碗，轻轻朝那个往上的坡道扔了过去。只听叮叮当当的一阵，瓷碗很快就顺着坡道滚了下来。

然而那碗并没有滚回王江宁他们所在的这个岔路口，而是径直滚向另一端，消失在一片黑暗中。那叮叮当当的声响，也没有再次出现。

“怎么回事？我的碗呢？”吕冲元一阵迷惑。

王江宁在嘴边竖起手指，示意他安静下来。

忽然一阵无比刺耳的声音响起，吕冲元的碗摔了个粉碎。

“这是一条弃物道。”王江宁指了指坡道，得意地说出他的结论，“这坡道就是用来处理弃物的。东西从上面扔进石柱里，会直接通过坡道，飞出石柱外，摔在外面。刚才听那碗的动静，想来坡道上面也没有可以攀爬的台阶。”

“就是说坡道下面这头其实有个开窗？从上面扔下来的东西，从开窗直接飞出去了？”吕冲元顿时明白过来了。

“不错。令我们爬上来的这些石砖阶梯，很可能只是在修缮时使用的。从上面扔下来的东西，根本不会掉进来。”王江宁重重吐出一口气，“别多想了，我们继续爬吧。”

“可是，这坡道到底是用来扔什么的？扔垃圾？”吕冲元依然是一头雾水。

“你还不明白吗？”王江宁只得继续解释道，“下面那些死人，全都是从上面扔下去的。”

第二十二章

登龙大典

一

“那这……为什么会有从上面扔下来的人？”吕冲元张大了嘴巴，结结巴巴地问道。

“蓝村长和老鹿反复提及登龙节，祭天祭祖……因此我猜测那些死人，就是登龙节的祭品。”王江宁此话一出，连自己的心情也跟着沉重起来。之前发生的种种，如影像般在王江宁的脑海中翻飞着，一时间蓝村长和老鹿说的那些似是而非的话也变得越发清晰起来。

“我终于明白了。”王江宁呢喃着说道，“为什么村长那伙人抓了李错和鹿儿却一直关在地牢……为什么对我们一直采取监视的方式而不直接下杀手……因为，我们所有人，很可能都是登龙节的祭品！”

王江宁此话一出，石柱内立刻陷入一片寂静。蜡烛的火光在石壁上印下一大片黑影，显得阴森而诡异。

吕冲元不发一语地将几道灵符贴在墙壁上，开始念念有词，似乎是在超度。

“十二点快到了。”梅檀掏出怀表看了一眼，“过了十二点，就是四月十七，也就是登龙节。”

“四月十七日有什么讲究没有？”吕冲元转了转眼珠，“我记得康教授听老鹿讲起时，也挺在意这个日子的。”

“如果我没记错的话，四月十七是明成祖的生辰。”梅檀淡淡道。

“结合刚才看到的图画，我猜登龙节正式开始的时间，很可能是明成祖的出生时辰，然而我却不知道，具体时辰是什么时候。”王江宁揉了揉发紧的眉心。

吕冲元收拾好东西，一边奋力往上爬，一边解释道：“朱棣姓名中的‘隶’字拆字可知，‘彐’为手，‘氺’为动物的尾巴，‘隶’本意为抓捕动物。捕兽意在取其肉，肉的五行为土，因其年月日没有本气土，故朱棣出生时辰可能是丑辰未戌的某一个。‘氺’有‘水’相，其时辰为土中藏水。皇帝身份至尊，拥有天下，应得天地之大局。综合来看，只有巳酉丑才是大局，故其出生时辰极可能为癸丑时。”

丑时，那就是一点到三点！

一时间众人都不再说话，而是加快了往上攀爬的速度。他们此时心中只有一个想法，那就是一定要阻止登龙节。

耳畔嘈杂的人语，令昏迷的李错缓缓睁开眼睛。

头脑虽然依然迟钝得厉害，但她不敢耽误，迅速睁大眼睛，观察起周围来。此时她正坐在一张比太师椅还要大很多的椅子上，手脚，甚至脖子都被金属环一类的东西固定在椅子上，令她无法起身。

她依稀记得昏迷前，蓝村长带来的人向每一个牢房里都扔了一卷燃烧着的藤蔓。那藤蔓燃烧后，发出格外呛人的气味。她虽努力遮掩口鼻，但依然无济于事，只得任由自己在烟雾缭绕之下逐渐丧失了意识。

此时她尽全力抬高脑袋，以看清眼前的形势。

她似乎被绑在很高的地方。

脚底下，是一座火树般壮观的高大篝火。火树剧烈地燃烧着，刺目的光亮直冲夜空。围绕在篝火旁的，是一群盛装打扮的人，有老有少，他们目光空洞，神情呆滞。李错从来不知道盘虬村居然有这么多人，此时此刻，大概所有的村民都聚集在了这里。

耳边依然充斥着各种无比嘈杂的声音。李错猜测身后应该就有人在奏乐击鼓，并伴以意义不明的吟唱，吵得她脑袋近乎爆炸。

她努力向旁扭转脑袋，只见左右两边各摆放着四把椅子。椅子上绑着的人有男有女，其中还有个孩子，显然都昏迷着。

她依稀记得洞窟里只有一个孩子，因而这个孩子，很可能就是王江宁认识的那个“鹿儿”。此时他穿着一件明显大了一圈的褂子，和其他几个人一样，被用心打扮过。

李错想尝试着呼唤鹿儿的名字，然而纵然她使尽浑身力气，却依然喊不出一个字来。

一股莫名的恐惧感袭上心头。脚底篝火燃烧的噼啪声，以及嘈杂的鼓乐声显得越发刺耳起来。

也不知此刻，她是暂时失了声，还是真的被毒成了哑巴。

这群王八蛋，等老娘自由了肯定把你们砍成肉酱！李错在心里愤愤地骂着。

突然，鼓乐声停了下来。周遭忽然陷入一片死寂，令李错有些难以适应。

她屏息凝神，听闻一阵缓慢的脚步声，知道背后是有人过来了。

那人走过来虽只用片刻时间，但在她看来，却如同几辈子一样漫长。

脚步声在李错的右边停了下来。

只见来人头戴一顶五梁冠，上身着一件皂领青罗衣，下身着皂缘赤罗裳并赤罗蔽膝，腰上一条佩玉金带。金绶环上悬挂黄、绿、赤、紫织成的云鹤花锦绶，下结青丝网。这一身古代正式官服穿着的人不是别人，正是蓝村长。此刻他正眯着眼，面露微笑地看着李错，那眼神像是在打量一件令人满意的物品，格外冰冷。

李错恨得牙根发痒，却苦于一个字都说不出来，只得用尽力气狠狠冲蓝村长啐了一口。

蓝村长轻轻避开，随即露出个猫戏老鼠一般玩味的笑容。他不再看李错，而是站在高处，朗声道："诸位！今日，又到了我盘虬村四年一次的登龙大典！我盘虬村受先皇遗命，守卫龙陵，得先皇护佑，数百年来世代相传，幸不辱命！然，龙陵乃是本朝龙脉之源，立国之本，月尚有盈亏，况天子乎？故祖宗设登龙大典，特遣本官祭祀修陵，奈廪生之愚，时有古今，民俗亦异，仰惟圣神，万世所法！圣灵不昧，其鉴纳焉！"

蓝村长越说越亢奋，声音也越来越大。李错正在心里琢磨蓝村长这番玄而又玄的话到底是什么意思，突听得身后响起应和之声："仰惟圣神，万世所法！圣灵不昧，其鉴纳焉！"

李错顿时在心里叫了一声苦。这附和的声音显然是背后那些蓝村长的手下发出的，从声音听起来至少有十多人。看来她纵然是能摆脱身上的禁锢，逃跑也基本是无望了。

还没等她念头转完，高台之下围在篝火周围的数百人也一起跟着大声喊道："仰惟圣神，万世所法！圣灵不昧，其鉴纳焉！"

蓝村长口中的一句话，经过这数十人再至数百人反复地喊叫，竟爆发出一股摄人心魄的气势，震得李错头皮发麻。更令她感到恐惧的是，下面那些村民的眼神和表情似乎都和之前不太一样了。在火光的映衬下，每个人的眼中都闪烁着一股近乎疯狂的热情。

李错微微眯起眼睛。此时她的感官都差不多恢复了。她能敏锐地发觉，周围渐渐飘起一层薄雾，一股难以描述的诡异味道，正在加重。

蓝村长轻轻举起自己的手，台上台下都迅速安静了下来。

李错正专注地盯着那淡淡的薄雾，思考着脱身的办法，不料蓝村长刚举起的那只手，竟然冷不丁指向了她！

“此女！”蓝村长一手指着李错，大声说道，“乃是我盘虬村之后！其父于数十年前数典忘祖，竟出村而走！再无音讯！然，幸得龙脉护佑，祖宗庇护！值此登龙大典之际，此女竟回到盘虬村，此乃天意！此乃天意啊！故本次登龙大典，将用至高仪制，九子回龙！除了此女，其他八人也皆为本村子民！仰惟圣神，万世所法！圣灵不昧，其鉴纳焉！风调雨顺，福寿安康！九子回龙，佑我盘虬！”

“九子回龙，佑我盘虬！”

“九子回龙，佑我盘虬！”

村民们发出的呼喊声冲击着李错的耳膜，震得她脑袋嗡嗡作响。

她本能地撇开脑袋，却正好看到身旁的鹿儿在这番呼喊中苏醒了过来。

鹿儿睁大眼睛惊恐地望着眼前的一切，张大了嘴，同样也是一个字也说不出来。没过多久，他的身体便剧烈地颤抖起来，眼泪也是不住地流淌着。

他的反应令李错又惊又怒，然而此时此刻，李错根本连安慰他都做不到。

蓝村长缓缓走到李错的身边，用只有李错能听到的声音轻声说道：“当年你爹被妖魔惑了心智，执迷不悟要离开村子，竟还在外头诞下血脉。幸得老天开眼，那些蠢货居然又把你送了回来，也是，盘虬村的血脉怎能流落在外，你终究是要回来的。今天，本官就送你去和你爹团聚！嘿嘿！”

说完，蓝村长还伸手摸了摸李错的头。李错心中怒极，想要扭头避开，然而脖子被固定住了，她只能强忍着恶心和怒意，恶狠狠地瞪蓝村长。

蓝村长对李错的反应似乎颇为满意，再次冷笑了一声，昂首走到高台边上，大手一挥，高声喝道："尚飨！"

"尚飨！"蓝村长话音刚落，数百人一起振臂高呼，仿佛像是要迎接最重要的时刻。

就在此时，李错的椅子开始挪动了。她愣了一下，随即很快反应过来，椅子似乎是在被人推着转动。

待整个椅子完全转了方向，李错终于看清眼前的局面。

面前站着的是二十个穿着蓝衫、腰挎弯刀、手执火把的执刀护卫，还有三个穿着和蓝村长差不多的老者。这些人个个面露红光，双眼圆睁，明显处于一种近乎癫狂的状态。

然而此时还有另一样更扎眼的东西完全吸引了她的目光。

那是一个张着血盆大口的巨大龙头。

李错这才后知后觉地发觉，此时她正位于登龙台之上，站在巨大的龙嘴前。

这座登龙台，李错之前也只是在艾粱他们刚到盘虬村的时候远远地看过一眼。当时她没有仔细看，现在才发觉，这龙是用一整块山石雕琢而成，足足有丈余高，在火光的映衬下更显得张牙舞爪，栩栩如生。龙嘴大张，深不见底。李错总感觉这龙和她平时见过的龙有些许不同，似是少了些威严庄重，多了些狰狞凶狠。

更奇的是，此刻那龙嘴里正不断往外冒着红色的烟雾，煞是古怪。对面那些执刀护卫和老者，看见烟雾更加兴奋起来。也不知道是谁带的头，他们忽然扑通一下跪在地上，对着龙头不断地作揖磕头，口中念念有词。李错想都不用想，此时登龙台下面那些村民肯定也已经有样学样地跪成一片了。

耳边忽然传来一阵咯噔咯噔的声音。是她坐着的椅子，又被人扶着挪动起来。

李错眼睁睁地看着自己离那龙嘴越来越近，心脏不可抑制地狂跳起来。

越接近龙嘴，红色烟雾也就越浓。李错明显能感觉到那烟雾是热的，而且温度肯定不低。

“不用好奇，你很快就会知道全部。”耳边再次传来蓝村长冰冷的声音。李错努力扭头，却看不到蓝村长的踪影。估计他此刻是在椅子后面，并没有跟上来。

“不过你该庆幸，一个叛徒之女还能够有幸成为神龙的祭品！”蓝村长的情绪似乎又亢奋了起来。

李错无法动弹，只得眼看着自己离黑洞洞的龙嘴越来越近。她的心中免不了一阵失落，看来王江宁，到头来还是没能救得了她。

在迷幻的烟雾包围下，那龙仿佛是真的活过来一般，张着大嘴，像是随时准备将她一口吞掉。她轻笑一声，然后缓缓闭上眼睛，等待着最后的时刻。说来也奇怪，此时她的心情竟然格外平静。大概人绝望到了一定时候，也就淡然了吧。

其实，死好像也没那么可怕。十八年后，又将是一条好汉。

只是……王江宁，我做的烩面也可好吃了，可惜你没福气尝了。

二

“你个老炮子！今天我王江宁就要让你脑壳子开花！”

突然，一个再熟悉不过的声音传入李错的耳朵里。李错迅速睁开眼睛，明明还什么都没看清，鼻子已经率先酸了起来。

红色的烟雾中，三个阔别已久的身影正从那黑色的龙头里缓缓走出。

吕冲元手持木剑，梅檀慢慢擦拭着他的眼镜片，而王江宁一手拿着枣木拐，另一只手则拿着手枪。虽然三人看起来都是灰头土脸的样子，但是精神却是格外饱满的。

趁着烟雾淡去一些，王江宁冲李错咧嘴一笑，露出一口大白牙道："李错，我来救你了。"

王江宁三人自龙嘴里突然出现，如同神兵天降一般，一下子将在场的众人都给震慑住。

蓝村长也没想过这三人还能活着，顿时脸色铁青。他迅速从执刀护卫那里抽出一把刀来，袭向李错。

然而王江宁反应比蓝村长更快。他迅速上前，狠狠一拐砸偏蓝村长的刀，随即拽住李错坐的椅子往自己身边一带。

"开枪吧，直接干掉这个糟老头子。"吕冲元一边警惕地盯着其他执刀护卫，一边小声地跟王江宁说话。

王江宁没有回话，心中倒是有点儿担心自己会打不准。

"拿下他们！"蓝村长一计不成，立刻招呼站在旁边的执刀护卫。

于是那二十位执刀者纷纷拔刀在手，呈一个扇形，向王江宁一行包围过来。

眼瞅着局势急转直下，李错急得只能干瞪眼。她拼命地冲着王江宁使眼色，然而王江宁根本没注意到她。一股激烈的情绪，如同沸水一般在她的胸腔中澎湃着。

快跑啊！发什么呆！

"恁奶奶个腿！"

也不知道是药劲过了还是怒气使然，此时的李错竟然恢复了声音。一句从喉咙深处发出来的咒骂声不但把她自己吓了一跳，蓝村长听闻，也跟着抖了一下。持刀人见状也异常吃惊，纷纷向李错投来诧异的视线。

"诸位！你们难道就没有想过，你们这个登龙节，用活人祭祀，根本就不是什么祭祖祭天吗？”王江宁趁台上这些人都转移注意力的时候，对台下的村民们大声呼喊起来，“你们在这村子里封闭繁衍了数百年，却不知道外界早已经是天翻地覆！大明朝已经亡了！早就亡了！不但大明朝亡了，大明朝之后的大清朝也亡了！现在已经是民国了！没有什么皇帝了！你们为什么还被村长蒙在鼓里！台上这些要被他扔到龙嘴里祭天的，可都是你们的亲人啊！”王江宁生怕被蓝村长打断，因此把话说得又急又快。他本以为这一番话就算不能被村民们理解，也多少能激起一些民愤。然而万万没想到，他这番义愤填膺的话居然如石沉大海一般。台上台下，顿时鸦雀无声。

这种诡异的安静，伴随着噼里啪啦的火焰燃烧声，令周围的气氛变得越发诡异起来。

蓝村长忽然发出一阵轻蔑的笑声。

“就凭你，也想来搅局？”蓝村长冷笑数声，随即站到台前，对着台下的村民大声吼道，“数年前，李氏被外界的妖魔所惑，擅自离村最终惨死异乡！如今祖宗显灵，李氏之女在登龙大典前回归本村，自愿献祭以慰先祖在天之灵！此事乃村长长老有目共睹！登龙大典选中的九人，皆乃我村中杰出之辈，坐在这龙生九子椅上，皆为自生自愿，人神共鉴，天地可证！然而眼下，忽然有三个妖人潜入村中，欲行不轨之事！这三个妖人坏我大典，伤毁龙脉灵气！如今之计，唯有将这三个妖人拿下，火树焚之，方能慰藉被惊扰的龙脉！拿下妖人！火树焚之！”

“拿下妖人！火树焚之！”台上的执刀护卫率先举刀高呼，那种亢奋的表情再次浮现在他们脸上。

“拿下妖人！火树焚之！”台下的村民也跟着振臂狂呼，再次陷入狂热的情绪当中。

王江宁此刻心灰意冷到了极点。他们三人费尽千辛万苦，终于从洞底逃出生天，来到这登龙台上。不料他们面对的竟然是这样一群对村长盲目信任的愚民。

看来只能擒贼先擒王了。王江宁深深吸了一口气，紧握着手枪，瞄准了蓝村长执刀的手。

相信自己，一定能打中！王江宁在心里默默给自己打着气，然后狠狠咬牙，扣动扳机。

砰！

一声枪响，划破夜空。

蓝村长一声惨叫，丢下刀捂着大腿，侧身倒了下去。

王江宁微微一怔，并不那么相信这枪伤是他自己打出来的。他下意识地抬头张望，果然在角落里看到一个熟悉的身影。

“全都别动，不然送你们上西天！”举着枪的艾梁，以及几个黑衣人缓缓走到登龙台下。

众人都看得真切，领头走过来的，除了艾梁，还有另一个人。而那个人不是别人，正是老鹿。

三

一个执刀护卫反应奇怪，见蓝村长中枪，立刻将他护在身后。其他几人执刀护卫见状，也纷纷挡在了艾梁和蓝村长中间。

鹿儿此时还无法说话，他看到老鹿，立刻剧烈地挣扎起来。

老鹿看到了鹿儿，脸上立刻浮现出激动的表情。“娃啊，别怕……爹来救你了！”他哑着嗓子，大声喊道。

“现在怎么办？”吕冲元挤在王江宁耳边小声问道。

“先看看情况。”王江宁小心地打量着蓝村长和艾梁。如果他没想错的话，蓝村长那一枪，应该就是艾梁打的。而老鹿此时之所以跟着艾梁，其实也很容易理解。老鹿必然是为救鹿儿，所以跟艾梁达成了某种交易。看来在地牢昏迷之后，老鹿又通过某种方式跟艾梁会合了。

此时王江宁最希望看到的局面，便是这两派人自己先斗个你死我活。这样，他们便可以趁机救下李错逃走。

“敌人的敌人，就是朋友。”梅檀也在一旁低声道。

艾梁只轻蔑地扫视了王江宁他们一眼，便把目光投向了蓝村长。此时蓝村长大腿上的伤口已经被执刀护卫用布条扎住了，在他人的搀扶下，蓝村长勉强能够站立。此时蓝村长一行的注意力，竟全在艾梁那伙人身上。

“艾梁身边怎么会有这么多人？”吕冲元警惕地看着四周。

王江宁却并不搭话，他悄悄挪到李错椅子背后，检查着扣住李错四肢及脖子的铜环，当务之急，是要令李错离开这把椅子。李错明白他的意图，便出声提醒道：“我那两把弯刀，你可带来了？”

王江宁立刻点头，从随身携带的包袱里翻出两把弯刀。然而他却发现自己的手抖得厉害，生怕一不注意砍到李错。吕冲元见状，立刻接过刀来。

“老鹿你个王八蛋！叛徒！你对得起列祖列宗吗？”趁蓝村长大声呵斥老鹿的当口，吕冲元唰唰几刀砍断了扣住李错的五个铜环，动静竟然没有很大。

“废话少说。我一时失察，中了你的奸计，竟差点儿折在此地。”艾梁见老鹿被蓝村长吼得不敢出声，便上前一步道，“如今风水轮流转，你命在我手，只需我一声令下，就能把你们这帮人打成筛子。姓蓝的，你老老实实告诉我，宝藏在哪里，我饶你不死。”

“宝藏，你不是已经看见了吗？这龙脉便是我们村子最大的宝藏！”蓝村长面色苍白，但话语中的威慑力却不减半分。他顿了顿，便立刻冲身边那些执刀护卫喝道：“众侍卫听令！尔等世受皇恩，守卫龙脉。如今，有人欲对龙脉不轨！尽忠的时候到了！拿下此人！生死勿论！”

就在这时，龙嘴里又喷出一波热腾腾的红色雾气来，呛得王江宁一行直捂鼻子。然而令王江宁诧异的是，眼前那些执刀护卫，以及蓝村长似对这些雾气全然不觉。他们个个面目通红，眼睛里满是血色，表情也逐渐变得癫狂起来。

“为什么这些人反应这么奇怪？”王江宁捂着鼻子问道。

“这雾气就是下面地热催生出来的毒气。他们之所以没有反应，多半是因为他们服用了某些避免在雾气中中毒的药剂。”梅檀用白手套捂住口鼻，“不过他们服下的药剂多半掺有有毒重金属。此时他们的神经很可能已经被毒坏了，通俗点说，就是疯了。”

“蓝村长，我劝你莫要做困兽之斗。不瞒你说，这登龙台里面的龙脉，我已经摸过好几回了，虽然没有找到铜雀印所指示的宝藏所在，倒也埋下了不少炸药。如今只要我一声令下，此地立即就能炸上天。反正找不到宝藏我也无面目苟活，大家来个玉石俱焚好了。”此时艾梁用手帕捂着口鼻，淡然发话。

王江宁一行互相对望一眼。只有他们三个知道，艾梁所言非虚，这群保皇党，确实是带了炸药进村的。

然而那蓝村长却是半信半疑，于是故作镇定地笑道：“我麾下侍卫一拥而上，将你剁成肉酱，就算你有炸药在此，却不知道死人要如何‘一声令下’呢？”

艾梁冷笑一声，随即冲着天空吹了一声悠扬的口哨。只见黑夜中突然闪现出一道白光，那白光以迅雷之势落在了艾梁的肩上。

“猫头鹰！”吕冲元忍不住惊呼一声。

“不如就让你们这些愚民开开眼界吧！”艾梁肩膀一抖，将猫头鹰再次送入漆黑的夜里。

那猫头鹰白得发亮，在被火光烧红的天空中显得尤其醒目。它只在空中盘旋了片刻，一阵震耳欲聋的爆炸声便从远处传了过来。

“看来他们还有人在接应。”王江宁咬了咬牙。

蓝村长的脸色登时由白转青。他非常清楚，这登龙台下面是空的，若真炸了起来，那还真是要玉石俱焚了。

王江宁此时心中也是无比忐忑。方才他们三人只顾着找逃出来的路，却没想着要看看炸药到底埋在哪里。万一艾梁和蓝村长谈崩了，他们未必能逃过一劫！

“速速把宝藏的位置告诉我，否则，大家就一起升天吧！”艾梁此时似再也按捺不住，竟然大声嘶吼起来。那飞在空中的猫头鹰此刻也再次落在了他的肩膀上，瞪大了金色的眼睛，凝视着众人。

蓝村长站在台上,看了看周围那些对爆炸声充耳不闻的执刀护卫，脸上居然浮现出一种难以言喻的微笑：“我们的登龙节，其实是要选在特殊的日子，在特殊的时间开始的。你们可知道原因？”

“少废话！宝藏在哪里！快说！”艾梁似乎也意识到情况有点儿不对劲了，声音跟着变得急迫起来。

只见台上那些执刀护卫缓缓伏下身子，半弯着腰，且都开始不受控制地抽搐起来。他们的面目越发狰狞，眼睛充血，半张着嘴，全然没有半分人类的模样，个个都如同即将发狂的疯狗一般。

而更令艾梁感到诧异的则是围拢在他周围的村民们。那些村民们的样子，没比台上的执刀护卫好多少。他们缓步向着艾梁一伙人靠近，如围捕猎物的野兽。艾梁一伙人不得不向后退去，一路退到登龙台脚下。

艾梁的一个手下脚下不慎，忽然摔倒。只见那群村民立刻扑了上去，对着那个手下一阵撕咬！

听着手下的惨叫，艾梁的心顿时凉到了冰点。

“大人！那些村民……都疯了！”身旁的人在艾梁耳畔哆哆嗦嗦地说话，声音里夹杂着哭腔。

艾梁没有迟疑，转身跑向通往登龙台上的台阶。而在他身后，黑色的人潮汹涌着扑上台阶，如同厉鬼般发出可怖的声响。

艾梁、老鹿以及剩余的手下迅速跑上登龙台。然而迅速逼近的执刀护卫，令他们知道，他们并无退路。

蓝村长仿佛已经全然感觉不到腿上的疼痛。他直勾勾地盯着艾梁，喃喃说道：“历代登龙大典，都是选择这龙息之时。唯有将活人生祭，投入龙嘴，才能平息龙怒，止住龙息。幸而列祖列宗苦心钻研出了避龙散，全村人在大典前将其服下，能暂时不受这龙息所扰。”

蓝村长话音未落，便有一个执刀护卫大吼一声，发狂一般挥着刀向着艾梁他们冲去。

一时间枪声、喊杀声、惨叫声混成一片。

蓝村长却对眼前的一切充耳不闻，依然死死盯着艾梁，自言自语着：“我早已发现这避龙散有莫大害处，服用之后虽然看起来不惧龙息，但实则中毒更甚。在龙息的催动下，人，便不再是人，杀戮之意无法遏制。只是以前有人祭压制龙息，这毒倒也发不出来。如今拜你们所赐，所有人都逃不过了……”

四

那些执刀护卫似乎已经完全丧失了心智，不但冲上去砍杀艾梁一伙，而且还相互砍了起来。那些冲上登龙台的村民此刻也蜂拥而至，见人就打，倒的确印证了蓝村长的话。

一时间，执刀护卫、艾梁一群人、癫狂的村民，全都厮杀在了一起，场面好不惨烈。

“鹿儿！”老鹿匆忙躲开人群，直扑向绑在椅子上的鹿儿。鹿儿看着老鹿来到跟前，一时间眼神变得分外迫切。他努力张大嘴巴，想要说些什么，却根本无法发出任何声音。

“小心！”王江宁大吼一声。

只见老鹿身后，忽然出现一个执刀护卫，他双手将刀高高举起，眼看着就要砍向老鹿后背！

王江宁眼疾手快，迅速上前用木拐狠狠击打执刀护卫的脑袋。然而在被王江宁一击击中后，那执刀护卫却仿佛不知疼痛一般，顶着满头的血，继续狠扑过来。

王江宁从未见过重创之后依然有这种战斗力的人，一时间竟有些措手不及。

突然一道白光闪过，那执刀护卫颈间顿时飞溅起一大片血花，然后轰的一声倒了下去。

王江宁回头一看，正是李错在关键时刻挥出了弯刀。李错快步上前，三两下劈开扣住鹿儿的金属环。老鹿也顾不上向李错道谢，抱着鹿儿就转身向着登龙台下跑去。

王江宁面色铁青，看向其他扣在椅子上的人。事情发生得太快，那些人此时竟然都已经遭到了执刀护卫的袭击，无人生还。

“如今我盘虬村上下几百口人，也是再无生路了。然而你们这些未曾服用避龙散的外人，自然逃不了在龙息之中中毒而死。”蓝村长在疯狂的人群中泰然自若地说着话，“你们都自以为聪明，自以为洞悉了我盘虬村的秘密，却哪里知道我盘虬村这千百年来宿命中的苦衷呢？可笑……真是可笑啊！”

这是蓝村长留下的最后一段话。

就在他仰天大笑的时候，之前那个给他包扎的执刀护卫忽然一刀劈在了他的身上。

蓝村长立刻毙命。而那执刀护卫只抹了一把脸上的血，便又挥着刀子和一个村民斗在了一起。

不远处，老鹿抱着鹿儿艰难地穿过疯狂的人群。然而就在他即将走下登龙台的时候，一把不知从何而来的刀自旁刺入他的身体，老鹿顿时向前栽去。

“鹿儿！”王江宁忍不住大吼。疯狂的人群在眼前涌动，他已经看不见鹿儿的身影了。之前鹿儿初见他们时的羞涩反应，以及他稚嫩的话语，清晰地在他脑海中翻飞着。他的眼中，顿时布满血丝。

“别追了，我们打不过他们的！”吕冲元一把抓住王江宁，害怕他一时冲动，自身难保。

王江宁望着鹿儿消失的方向，一时间心潮起伏。

“我们从龙嘴里下去。”梅檀也靠了过来。

“龙嘴？开什么玩笑，毒气就是从那里出来的，而且下面那么热，下去那不是找死吗？”王江宁瞪大了眼，以为听错了。

“龙嘴里的毒已经淡了。毒雾随热气上升，说明这次间歇地热应该已经快结束了，下面的毒气也不会比上面重。”梅檀一边往龙嘴方向走，一边快速解释道。

王江宁闭了闭眼，艰难地点点头。理智告诉他，吕冲元和梅檀说得有道理。眼下他们自身难保，冒险冲进疯狂的人群，不过死路一条。

然而他猛然发现，李错并没有向龙嘴靠拢，而是向艾梁所在的方向又走了几步！

“李错！”

李错对王江宁的呼喊充耳不闻，只是定定地举着枪瞄准艾梁的方向。

王江宁咬了咬牙，一把扯过吕冲元吼道：“你带教授先进龙嘴！”

“要走一起走！要死一起死！”吕冲元却没听王江宁的话，以更大的分贝吼了回去。

王江宁只得避开疯狂的村民，尽力靠近李错，贴到她背后帮她打掩护，同时嘴里大声叫道：“你在干吗啊？快走啊！”

“那只鸟，绝不能让它飞上天！”李错的语气格外冷静，“一旦那畜生飞上天报信，我们全都要完蛋。”

王江宁下意识地向艾梁看去。此时他的手下已经死了一半，他本人的手枪也已经打光了所有的子弹，他正拿着刀在与执刀护卫对砍着。

那只白色的猫头鹰十分忠心，正在帮艾梁啄击着围拢过来的村民。这猫头鹰十分凶猛，攻击人的时候专门盯着人的眼睛下嘴，一击就能把人的眼睛啄瞎。也许是血战许久，猫头鹰浑身是血，红白相间的样子如同一只可怖的凶兽。

王江宁明白李错说得没错。万一艾梁知道自己逃不出去想要同归于尽，让猫头鹰飞走报信，那么恐怕王江宁一行真的得连同这登龙台一起炸上天。

砰！李错的枪再次响了。

只听那只正欲攻击人的猫头鹰发出了一声凄厉之极的惨叫，随即便翻滚着掉下来，摔到了登龙台一侧的草丛里。

然而艾梁此时却无暇顾及猫头鹰，他正跟两个村民激烈缠斗着。

李错一击得手，立刻跟着众人奔向龙嘴。

此时被蓝村长称作“龙息”的红色毒雾已经淡了不少，但闻起来依然是辣眼呛鼻。四人长时间被这毒雾环绕，此时都有点儿头重脚轻。若不是求生的欲望足够强烈，他们多半得一头栽进这龙嘴里。

四人一个接一个踩着石阶，小心翼翼地往下走着。

“刚才那臭老头说的是真的吗？人祭真的能抑制这毒气吗？”李错一边走，一边问道。

“当然不能。他们之前的登龙节以及活人祭祀，根本没有平息过地热。只是因为以前的间歇性地热并不猛烈，毒雾还没完全起来就结束了，纯属巧合。”梅檀淡淡道，“今天的毒雾很是猛烈，估计跟艾梁埋炸药破坏了地势有关。不过我们吸入的还不多，按理说，不会有事。”

梅檀这番话，令李错和王江宁齐齐松了口气。

“而且，所谓的人祭，不过是为了掩饰这个村子的统治者的真实目的。”梅檀接着说道，“人祭的根本目的，是为控制人口。这个村子千百年来都处于完全封闭的状态，它的耕地物产根本无法满足自然增长的人口需求。所以，这个村子才遗留下了登龙节这样的风俗，用迷信来控制人口。”

“其实不管他们扔不扔人进来，这龙息都会终止。他们需要的，只是一个能令村民们不反抗，甚至还满心支持的杀人方法而已。”王江宁蹙着眉，声音有些阴沉，“我忽然想到之前村长说，钱对这个村子没什么用。估计采办出去买东西，用的都是明代留下的古董吧。”

几人有一搭没一搭地聊着，就这样走出石柱，原路返回到堆满骸骨的地洞中。这儿的空气虽然也不好闻，但毒气明显少了很多。王江宁情不自禁吸了好多口气到肺里。

“他们居然杀了这么多人，这是杀了多少年啊？”李错还是第一次见到那么多的死人骨头，一时间也有些失神。

纵然是听了蓝村长那一番话，她却依然不太相信，她身体里流着这村子里的血。只是一想到这些村民一代一代如同草芥一般被杀害，心中的凄凉便铺天盖地地弥漫开来，止也止不住。

“眼下先不要想那么多，走出去再说。”王江宁看懂李错的眼神，于是轻拍她的肩膀，以示安慰。

众人继续向前走，终于重新回到那个连接三个洞口的“丫”字路口。

终　章
逃出生天

一

突然，头顶传来轰隆一声巨响，整个洞都跟着晃荡起来。

梅檀一个没站稳，立刻半跪在了地上。

“艾梁不会真启动炸弹了吧！”王江宁脱口骂道。

头顶的土扑簌下落，众人扶着洞壁，心都提到了嗓子眼儿。幸而很快，震动就停了下来。

“不知艾梁他们在做什么，我们得赶紧出去。”梅檀重新站起身，想要往前走。

然而又一阵巨大的轰隆声，自洞深处传来。

吕冲元瞬间变了脸色，大喊道：“小心！”

同一时间，一道巨大的石门从头顶落下，王江宁和吕冲元反应极快，动作灵敏地就地一滚，滚入通往地牢的坑道。千钧一发之际，王江宁还扯住了身旁的李错，险险躲开了这堵石门。

然而梅檀的反应却没那么快，他本就走在最后面，此时便与其他人分隔在了石门两边。

王江宁顾不得身上的尘土，爬起来后第一反应便是扑到石门上，又拍又砸："教授，教授，你没事吧？"

相比之下，吕冲元就显得从容不少。他拍拍身上的土站起来，然后走过去摸了摸石门："这石门多半是机关控制的。或许是上面的爆炸震坏了机关，这才令它掉了下来。不是塌方，所以梅教授应该没事。"

王江宁听闻石门那头传来梅檀的声音。那声音很小，根本听不清梅檀在说什么。显然这堵石门的厚度要比他预料的要厚得多。此时此刻，他也只能期盼着吕冲元的话都是对的。

"我们赶紧出去，再想办法把梅教授接出来。"王江宁试着推了推巨石，很快认清了形势。很显然，这石门仅靠人力是不可能打开的。

他忽然就想到，这种石门的设置，大概是为了将觊觎墓穴葬品的盗墓贼封死在墓穴里。那么这是不是就说明，地洞之中，真的藏有艾梁等人所说的宝藏？

他正思索着，旁边吕冲元已经扯开嗓子，使出吃奶的力气冲着石门大喊起来："教授！你在那边别怕！我们先出去，再想办法绕进来接你，你听得到就敲两下石门！"

吕冲元的"狮吼功"效果果然不错，很快，众人就听到了石门那边传来了啪啪两下清晰的敲击声。

"好了，我们走吧。"吕冲元满意地拍了拍手，冲王江宁说道。

石门的另一边。

梅檀在伸手不见五指的黑暗中，轻轻拍了身上的土，又细细摸了摸那石门。幸好刚才他离得远，因而并没有被石门伤到。

吕冲元的喊声，他基本听清楚了，想来此时此刻，王江宁他们应该已经走远。他摸出兜里的火机擦亮，细细照了照石壁。刚刚在爆炸声里，他隐约听见了一点儿类似机关开启的声音，如果运气好的话，说不定能找到机关，打开出口。

可惜，他搜寻好一阵，都没有找到机关。

他靠着洞壁坐下身来，想要休息一下，却在无意间看到了几张吕冲元贴在洞壁上的灵符。他情不自禁露出一丝浅笑。这些迷信的东西，在这寂静的山洞里，竟成了唯一能令他感到安慰的东西。

突然，自洞深处传来一丝动静。

他屏息凝神，但那动静却很快消失了。

动静是从之前走过的地方传来的。梅檀摸了摸背包里的枪和口袋中的打火机，权衡再三，还是决定去发出动静的地方看看。

前头那尸骨堆成的小山，依然飘荡着微弱的磷火。

随着他走路带起的风，有一些磷火飘到了他身边，竟意外起到了一点儿照明作用。此时他的眼睛也适应了黑暗，再没有刚入洞时的不适感了。

梅檀尽量靠着洞壁走。他走得很慢，五分钟后，手上忽然摸不到任何东西。这里原本的洞壁消失了，似乎，在洞壁上又出现了一条道。

梅檀对自己的记忆力很有信心，他非常确定之前这一带不可能有另一条道。那么只有一种可能，这条道路是新冒出来的。

他掏出打火机打出火苗，借着微弱的火光照了照。新冒出的密道口四四方方，格外完整。

他又往里面走了两步，脚下突然踢到了一枚坚硬的石块。

他蹲下来，仔细照了照——地上有一块非常巨大的突出石块，是规整的长方形，似乎是机关的一部分。

梅檀微一沉思便想明白了，之前驱动路口石门落下的，很可能是个双门机关。那个石门落下，这个密道的门就打开了。这样精巧的设计，显然是为了保护密道里的东西。一旦有人打开了这个密道，那么出去的路就会被堵死。

只是这密道里，究竟藏了什么？会是艾梁所说的宝藏吗？

二

梅檀摸了摸背上的长枪，小心翼翼地迈向密道深处。

他也不知道自己到底在寻觅着什么，似乎有一股强大的力量，在吸引着他往前走。

密道之中有数个拐弯，曲折迂回，令人丧失方向感。也不知走了多久，前面终于宽敞了。梅檀再次打亮了手中的打火机。

眼前是一个规整的圆形密室，很宽敞，却不怎么高，梅檀抬了抬手，能够碰到顶。密室两侧竖着好几座兵器架，上面满满当当地挂着斧钺剑戟这些冷兵器。被兵器架围在中间的，是一座金光闪闪的巨大龙头。龙头的两只眼睛不知是什么宝石铸成的，在火光的映照下显得流光溢彩，熠熠生辉，仿佛活着一般。

龙头被安置在一个莲台模样的底座上。但环绕着底座的印纹却不是莲花瓣，而是火云模样的纹路。莲台前头有祭祀用的香炉等物。

梅檀忽然记起石柱内，吕冲元大声朗诵的几段文字，其中就有一句——旋调御前侍卫运携青龙船灵次凤阳，以为龙眼。

蓝村长死前曾说，盘虬村的宝藏就是龙脉，眼前这个龙头被供奉于此处，莫非就是用来稳固龙脉的“青龙船灵”？

梅檀思索着，正要靠近了看一看，突然听见身后的通道中隐约有脚步声传来。

难道是王江宁他们？

不，他们不可能这么快。

梅檀皱了皱眉，迅速藏身于一座兵器架后，将长枪紧握在胸前。

脚步声一点点近了。来人似乎只有一个，而且那脚步声一下轻一下重，说明来者很可能受伤了。

终于，那人走了进来。他右手握着枪，左手拿着个手电，身上血迹斑斑。

是艾梁。

见到他，梅檀觉得是意料之中的事情。在登龙台上，他便感受到艾梁对宝藏近乎病态的执着。艾梁费了那么大劲，杀钟涛，夺铜雀印再追到此地，又怎么肯因为蓝村长那一句真假不知的话就轻易放弃。

艾梁飞快扫视一遍整个密室，最终用一双血红的眼睛死死盯着那龙头。他的脸部肌肉不受控制地抽搐几下，随即露出不知是哭还是笑的表情，配上脸上被抓出的几道血痕，看起来分外可怖。

见艾梁的目光完全被那龙头吸引，梅檀悄无声息地靠近，用枪口顶住艾梁的后背。

艾梁身形一僵，显然没想到竟然还有别人会在这密室里。

“艾梁。”

艾梁愣了一下，随即迅速镇定下来，用一如往常的阴冷声音道：“梅教授，你一个读书人，枪并不适合你。”

这过分熟稔的语气令梅檀的动作微微一顿：“你以前，认识我？”

“呵呵，你不认识我了。”艾梁自嘲一笑，“你这人果然还是和小时候一样，一样的叫人讨厌！”

“你……”梅檀努力回忆。可惜他一直不擅长记人，对艾梁真的一点儿印象也没有。

“你的那些同伴知道你是个满人吗？”艾梁似乎对梅檀顶在他背上的枪口毫不在意，径自转过身，定定看向梅檀，“我在日本见过你。当时大清送出的孩童中，以你的天赋最高。当初，大清选择送你们去国外留学，为的是你们能师夷长技，学成之后回来报效大清。可是，你看看你，你做了什么？梅教授……呵呵，好一个梅教授！你用大清给的钱学来这一身本领，然后为国民政府服务？你知道你这样的叫什么吗？白眼狼！”

梅檀只沉默片刻，便淡淡道：“大清被推翻，是历史和人民的选择。封建制度注定要成为历史。民智已开，现在讲的是人人平等，没有人需要皇帝了。”

艾梁的情绪渐渐激动起来：“狗屁的人人平等！狗屁的民智已开！你扪心自问，国民政府那些官老爷，到底有没有平等地看待那些蝼蚁一样的贱民？人生来就是有三六九等的，就像你我生来就是贵族，天生就比大多数人要高贵！”

“我从来不觉得自己高贵，百姓才是一个国家的根本。古人云，民贵君轻，水能载舟，亦能覆舟。”梅檀摇了摇头，“我曾经也和你一样觉得那些劳苦大众愚昧无知，觉得自己有必要去改造他们。然而就在这大半年间，我看到了他们身上的闪光点，他们勤劳、坚韧、顽强。这个国家，正是因为有他们才有希望。”

艾梁却对此嗤之以鼻：“百姓？不过是一盘散沙！这国家如今军阀割据，四分五裂，你真觉得这样的世道，会比大清时好吗？你也是在日本留学过的人，日本不过一弹丸之地，如今却能欺到我们头上，为什么？因为他们的先进人才统一由皇帝领导，而不像我们。只要我们迎回皇帝，大清一定会再次迎来康乾盛世，到时候，那些洋人都要向我们臣服！”

梅檀轻轻摇了摇头，知道艾梁已经钻进了牛角尖，怕是无法被说服了。

艾梁也不再和梅檀废话，伸手便要去搬那个巨大的金色龙头：“宝藏是我的了，你就看着吧，我大清复国指日可待！你现在加入我们保皇党还来得及！看在你有能力的分儿上，我可以对你以往做下的错事既往不咎！”

梅檀稳稳端着枪，看着艾梁的目光中有淡淡的怜悯。

只见艾梁扑在那龙头上，过了好一阵儿，才发出一阵天崩地裂的怪笑声。

“哈哈，铜的……居然是铜的！”艾梁终于摸到了他心心念念的宝藏。不想他很快发现，满心以为的黄金龙头，竟然是用黄铜做成的。他用力捶打着那黄铜龙头，笑声癫狂仿如魔音一般。

“永乐十九年，冬下月丁丑，成祖文皇帝次凤阳，暗修龙陵，固龙脉。保洪图社稷，巩国祚延绵。永乐二十二年，秋七月庚辰，神龙陵寝成。征滁、和、徐三州丁壮至凤阳府，旋调御前侍卫运携青龙船灵次凤阳，以为龙眼，因赐名曰官厂。”梅檀忽然轻声开口。

“你说什么？”艾梁猛地转头看向梅檀。

梅檀的声音依旧很清冷：“这些文字，刻在通往登龙台的石柱内。蓝村长没有骗你。”

艾梁愣了好一会儿，随即发出一阵清亮的笑声。他笑着笑着又呛住了，于是剧烈地咳了一阵，吐了一口血痰：“龙脉……居然真的只是个虚无的龙脉！我费了那么多心机，折损了那么多人手……找到的居然是这么个没用的玩意儿！这算什么狗屁宝藏！”

“对明朝人来说，这里确实是宝藏。”梅檀淡淡道，“你眼前的这个龙头，应该是船首像，代表的是当时最先进的航海技术，这是明成祖未雨绸缪留给子孙后代的宝藏。清太祖靠十三副铠甲起兵，打下大清的江山。当初，若是让明朝那些皇子皇孙得到此处的东西并加以钻研，东山再起夺回江山也不是不可能。只不过如今的科技发展太快，见多了枪炮的你自然觉得这不值一文。”

梅檀并不是个多话之人，今日愿意对艾梁说这么多，主要是为了拖延时间。虽然他手中有枪，但其实他并不愿意对任何人开枪，哪怕是罪大恶极的艾梁。然而如果想要全身而退，只怕很难，因此只能先稳住艾梁，等待王江宁他们到来再做打算。

艾梁重重喘了两口气，看着梅檀似笑非笑："梅檀……梅教授，你知不知道我最讨厌你这副说教的嘴脸，明明一副高高在上的样子，还口口声声说什么人人平等，你这样的精英分子当真瞧得起那些贱民吗？别自欺欺人了，你……和我才是一样的人，你的身上流着满族人的血。那帮汉人当年是怎样对我们的你忘了吗？他们抢占我们的房子，大肆掠夺我们的钱财，他们逼着皇上退位，而后又将皇上赶出皇宫，这些你都忘了吗？"

"也许你受到了很多不公平的待遇，但这不能成为你滥杀无辜的理由。"梅檀不为所动，"为了铜雀印，你做了那么多伤天害理的事，杀了李姑娘寨子里那么多人，还绑着她来到此处。"

"你又能如何！"艾梁近乎歇斯底里地大喊一声，随即病态而张狂地笑了起来。

"我不是警察，没法判你的罪，但我必须知道一件事。"梅檀握了握手里的长枪，"陈婷婷的失踪，是不是跟你们有关？"

这个名字听起来有些陌生，又好像有些熟悉，艾梁想了想才道："哦，你说的是吉田有司的女儿吧？"

梅檀难得感到喉咙有些发紧："是，你们把她怎么样了？"

"她啊，她当然是死了啊。她不听我们的话，所以就死了。"艾梁不以为意地笑了笑，"你跟那个姓王的侦探混在一起，一路追着我不放，不会就是为了这个女人吧？"

"你杀了她！"梅檀的声音有些颤抖。其实追查了这么久，对于这样的结果他早有心理准备，只是真听见艾梁这样说时，他还是觉得情绪难以控制。他非常看好的学生，那么年轻，那么有天赋的一个女孩子，竟然就这样死了。

"原来你也是会生气的，"艾梁仔细端详着梅檀的表情，突然嗤笑了一声，“我还以为你根本没有七情六欲呢。整日摆出一副比圣人还圣人的面孔……我早就想撕下你这副虚伪的面具了。”

三

梅檀举枪对着艾梁，食指下意识地扣住扳机。有那么一瞬间，杀了艾梁的想法塞满了梅檀的脑袋。但他尚存的理智告诉他，艾梁就算再罪大恶极，也该交由法律制裁。

“你看，你明明这么恨我，却还要克制自己。你这么活着，可真累啊。”艾梁大声嘲讽着梅檀，随即忽然抬起手中的枪，对准梅檀冷冷道，“不知道圣人一样的梅教授，会不会怕死呢？”

两人维持着执枪的姿势，都没有动。一阵难挨的沉默后，艾梁还是率先发话：“梅教授，你真的甘心只当一个大学教授，一辈子窝在学校的实验室里吗？”

“梅某绝不会和你们这等不择手段的凶徒为伍。”梅檀用冰冷的口气说道，显然毫无商量的余地。

“梅檀，你不要敬酒不吃吃罚酒。我的人马上就会到，你逃不掉的。不能为我大清所用的人才，留着就是后患，自当除去。”仿佛是要印证他的话一般，密道里忽然传来一阵脚步声。

梅檀的心登时就提到了嗓子眼。

“艾梁！”

然而走进来的，却是王江宁和李错。

王江宁和梅檀两人相互对望一眼，心中纷纷舒了一口气。然而两人却不敢有丝毫怠慢，梅檀更是一直不肯放下举着枪的手。

仇人相见，分外眼红。李错立刻抽出了弯刀，作势要向艾梁掷去。

“等等，我还有话要问他。”王江宁连忙拽住李错的手，随即望向艾梁，“你和你的人拿着铜雀印辛苦追寻到此处，这下看来大概是白忙一场。不过我一直很想知道，那些鸱吻图腾，到底跟你有没有关系？”

“我不知道你在说什么。”艾梁冷笑一声，枪口转向李错，“你们倒是命大，居然都活到现在。看来老天有意让我来送你们一程。”

黑洞洞的枪口指过来，王江宁头皮一紧，第一时间扔了蜡烛，抱着李错转了个身，用自己的背挡住枪口。好在李错反应也十分迅速，迅速将其中一把弯刀向艾梁掷去。

艾梁飞快扔出左手中的手电，同时侧身闪出一步。电光石火间，削铁如泥的弯刀劈断了手电。

光熄灭的最后一瞬间，梅檀将艾梁疯狂嗜杀的眼神看得清清楚楚。他非常明白，艾梁想要王江宁他们的命。

所以，不能再犹豫了。

他轻轻闭上眼睛，在黑暗中扣动扳机。

砰的一声，枪响了。

子弹在黑暗中划过一道夺目的火光。

梅檀第一次觉得这枪的后坐力这么强，撞得他整条手臂发麻。那种麻痹的感觉，又径直传进了他的大脑深处。

过了一会儿，王江宁才反应过来，掏出火折子吹燃。只见艾梁倒在地上，身上绽放着一大片血花。

而梅教授，正面无表情地缓缓放下长枪。

一瞬间，王江宁什么都懂了。是梅檀开枪救了他们。

“梅教授！”王江宁下意识地叫了一声。不知为何，他感到心头有些发堵。印象中，一尘不染的梅教授应是很不喜欢杀人的。要不然那天在江边，他不会只开枪打掉了艾梁的枪。

“你们没事就好。”梅檀的声音低低的，带着些微颤抖，然后他打亮打火机对着艾梁的方向照了照。

艾梁的伤势很严重，虽然没有死，但显然是活不了了。

李错看着眼前的这一幕，一时间有些恍惚。就是这个即将死去的人，毁了她视如生命的山寨。她对他恨之入骨，一路从洛阳跟来南京也是为杀他报仇。现在他就要死在她面前，按理说她应该开心才是，可是心里却感到一阵空落落的。山寨没了之后，她将复仇当成唯一的人生目标，可如今目标没了，她突然不知道自己接下去要做什么。

王江宁此刻的心情，也没有轻松到哪儿去。小黑皮死了，眼下杀小黑皮的凶手也死了。然而亲手了结艾梁的人却不是他，此刻他只希望，梅檀能想开一些。

倒在地上的艾梁并没有立刻咽下他最后的一口气。他直勾勾看着梅檀，张着嘴无声地念出几个字，然后眼中便失去了光彩。死的时候，他的脸上依然带着古怪的笑意，令人毛骨悚然。

王江宁看懂了艾梁的口型，他说的是——“你杀人了”。

轻飘飘的四个字，却比最恶毒的诅咒更加狠毒。

王江宁心里一抖，忙看向梅檀，微弱的火光下，梅檀眼神晦暗，看不出情绪。

见王江宁看过来，梅檀只是轻轻摇了摇头，似是自语一般道：“我确实没想过，有一天我会对人开枪。”

王江宁一听，心中越发难过起来。“教授，我不会安慰人，我只知道，我们不得不生活在这乱世之中。我们没有选择。”王江宁轻叹一声，原本哀伤的目光，逐渐变得坚定起来，“身处这乱世，惩恶即是扬善。枪口朝向恶人，是为了救人。”

“我没事，只是事发突然，没缓过劲来。”梅檀的声音柔和了许多。在一片黑暗中，他似乎是对王江宁轻轻笑了一笑。“先出去再说吧，艾梁刚刚说他的人很快会过来。”他又接上一句。

“那好，走吧。”王江宁低头捡起地上的蜡烛点燃，最后看艾梁一眼，便率先走出密道。

也不知道此时登龙台上的惨剧有没有结束。趁李错和自己进地洞找梅檀的工夫，小道士便离开去找康闻道了，现在，也不知道小道士到底找没找到人。

在王江宁的带领下，三人很快走回那个“丫”字路口，然后走向之前他们从没走过的那条路。

王江宁一边走一边不忘跟梅檀解释：“我们刚才就是通过这条路进来的，这条路正好能从地洞通到外头，估计昨天艾梁他们也是通过这条道出去的。只不过他们出去后，就把这条道给堵死了。刚才那个小规模的爆炸，就是艾梁把这条道又给重新炸开了……唉，劳民伤财啊。”

梅檀点了点头，忽然想到什么：“对了，你们觉不觉得密室里，那个托着龙头的底座有些眼熟？”

“什么底座？”王江宁有些茫然。进了密室后，他就只顾着留意艾梁的动向，根本没在意别的。

“我也没细看。只是觉得那底座的花纹，和吕冲元磁石上的花纹很像。”

“开石柱门的那个磁石？”

“嗯。”

王江宁点了点头，看来那个小道士，身上倒是背着不少秘密。他打定主意，出去后要和吕冲元好好交流一下。

这条通道弯弯曲曲，最终出口在登龙台底部。

王江宁一行出来时，只见周围都是炸裂的废墟残骸。一堆堆死尸倒在血泊之中，平地上，只有巨大的篝火还在炽烈地燃烧着，在一片苍凉中，显得格外扎眼。

登龙台上的喊杀已然绝迹。看样子，这场血腥的暴动终于还是结束了。

“奇怪，小道士明明说好要在这儿会合的，怎么还不见人影儿？”李错嘀咕一句。

“我去找他，你们就在这里别乱跑。”王江宁吩咐完，刚要离开，忽听远处传来枪声。

三人俱是一惊。想也不用想，那放枪的很可能是艾梁残存的同伴。枪声很快停了，却越发令他们心跳如鼓。

“他们好像过来了。”李错仔细聆听着，“怎么办，我们要躲回地道里去吗？”

王江宁没有回答，他紧绷着大脑里的一根神经，留意着眼前这一片黑暗。

“王江宁在吗？”怎知带枪的人走近了，却忽然喊出这么一句。

那声音似乎有些耳熟，但王江宁却不敢贸然相认，于是便对着一片黑暗大喊道：“是什么人？”

“是来救你们的人。”说话间，一个身着军装、手持长枪、英姿飒爽的短发女军官走过重重夜色，踏入他们的视野中。而紧跟在她身后的，竟然是康闻道，还有小道士。

看着徐思丽身后一排荷枪实弹的士兵，王江宁一直提着的心，也终于放了下来。

“徐姐，你怎么来了？”李错顿时喜出望外。

“你被艾梁等人掳走之后，我一面让王江宁几人来找你，一面去安庆找当地政府调了军队。然而我带着军队在村子周围转了一整天，也没有找到进村的入口。幸好康教授及时出来，这才领我们进了村。”徐思丽停下来，仔细打量了一番眼前三人，确定他们没事，才继续道，“走进来没多久，又碰上小道士，所以我才能在这里与你们顺利会合。”

王江宁点点头。看来康闻道和小道士都是聪明人，他们这个进村的队伍，还真是藏龙卧虎。

“昨天你们去了祠堂后，我就缓过劲儿来了。”康闻道接着说道，“我出去找你们，却正好瞧见蓝村长的人押着鹿儿和这位李姑娘出来，口中还隐约提到你们跑不了什么的。我心知不好，幸而记起老鹿说的‘龙吐水’早晚各一次，于是便想出去找人试试。没想到一出去，就见到徐长官一行在外面摸不着头绪，于是我便赶紧将他们领了进来。”康闻道说着，面孔上露出有些复杂的笑容来。

“听道士说，这地底下暗藏玄机。”徐思丽看了看王江宁一行身后的洞口，“你们有没有什么发现？”

“里面有个密室，或许你们会想进去看看。”梅檀说道。

“那个艾粱，就是那个保皇党的头目艾大人，也被打死在里头了！”李错跟着接了句。

徐思丽闻言，有些凝重地点点头，然后便立刻带了一些人进了地洞。

在徐思丽进洞搜查的同时，王江宁跟吕冲元也在村里各处寻找鹿儿的身影。然而别说鹿儿，就连一个幸存的村民，他们都没有找到。这仿佛就像是应了蓝村长死前的预言——盘虬村上下几百口人再无生路。这就是他们千百年来的宿命。

等到间歇泉再一次落下去时，徐思丽押着艾粱残存的手下，跟王江宁一行离开了这座死气沉沉的盘虬村。

回去的路上，众人都很沉默。没有人会想到，一个山清水秀的桃花源，转眼间会变成一座孤坟。王江宁甚至不敢合眼，总觉得一闭眼，就会看到那些扑上来的村民和登龙台上的尸山血海，以及地洞中那无数的枯骨。

四

五日之后，南京城内一片春光明媚。

徐思丽坐在她干净如常的办公室内，细细打量着桌上的一沓照片。这沓照片中有登龙台，有铜雀印，有黄铜龙头，还有盘虬村的远景。一切都将保留下来，成为历史。

“那群乱党拿了铜雀印，苦心孤诣地寻找宝藏，却落得这番下场。”徐思丽轻轻摇头，望向坐在对面的康闻道，“这次辛苦你了，虽说化学品都被保皇党用掉了大半，但好歹一举打击了乱党，上头的表彰，应该过些日子就能下来了。”

“那群乱党也不是我抓的，表彰不敢奢望。”康闻道苦笑了一下，表情似有些无奈。

“关于这个底座，你有什么想法没有？”徐思丽的目光，下意识地汇聚到办公室角落处。从密室里搜来的底座，正安静地摆放在那里。她也不知道这个底座到底有什么用途，然而小道士坚持要带它回南京，她也就鬼使神差地带了。这么仔细一看，会发现那底座身上花纹繁复，似是暗藏玄机。

“搬运的时候你们也应该注意到了，底座很轻，因为它主要是由火山岩打造的，而周围的一圈的火焰状围栏则是一种带有磁性的陨石。”康闻道顿了顿，才继续道，“我不知道它是拿来干什么的，只知道，它和洞里那个黄铜龙头，绝不是一路的东西。”

徐思丽轻轻点头：“我知道了。如果有其他发现，希望你能随时告诉我。”

“好的，那我便先回去了，工厂里还有一堆事情要处理。”康闻道极有礼貌地冲徐思丽微微躬身，随即慢条斯理地扣上帽子。

“康教授。”徐思丽起身送他，“我担心保皇党还未彻底铲除，不知他们什么时候会卷土重来。你我都知道，保皇党内部有个精通化学、炸药等技术的人，而我们抓住的艾粱残党中，却没有这人。我不确定……他是不是死在了盘虬村。”

“有需要您让人来说一声，我随时配合。”康闻道笑着眯起神采奕奕的眼睛，然后举步离去，“不用送了，我自己走就好。”

徐思丽目送着康闻道离去，一双美丽的眼眸中，渐渐浮起一层阴霾。

春日的南京，洋溢着一派茂盛绿意。

按捺不住的花香飘入李英雄探事社的后院里。正坐在后院吃午饭的王江宁不禁直起身子，深深吸一口气。

在经历一场劫难后，才发觉这安宁日子里的鸟语花香，是何等的可贵。

“师父，你还没说那御猫会，到底是什么样子的？”王江宁忽然想起什么，问在一旁闭目养神的李老吹。

李老吹没有回答，反倒发出几声像模像样的呼噜声，也不知是真睡还是假睡。王江宁正犹豫着要不要叫醒他，却忽然听闻一阵敲门声。

王江宁匆忙放下碗筷去应门。

找上门来的是个邻居，要王江宁帮忙找丢失了的哈巴狗。虽然是个小案子，但毕竟是有钱赚的，因而王江宁克制住心头的失落，风风火火地冲出门找狗去了。

春天是适合外出的季节。此时街头巷尾，人头攒动。不少小摊小贩在路边摆起摊来，做着各式各样的营生，有捏泥人的，也有卖小画册的，洪亮的叫卖声和车夫的吆喝声此起彼伏，相互应和，好不热闹。

“婷婷！”

王江宁挤在人群中，突然听见一个耳熟的声音在叫喊。

他连忙转头，果然看到了曲文秀。只见她一边焦急地叫着“婷婷”，一边逆着人流艰难前行。

“曲夫人！”王江宁想也不想，迅速上前拦住曲文秀，“曲夫人，陈婷婷已经不在了，您节哀。”

“不，我看见婷婷了！”曲文秀的语气斩钉截铁，“我真的看见婷婷了，她刚才就在那儿。”她不等王江宁反应，用力一推王江宁，然后跌跌撞撞地往某个方向挤去。

王江宁措手不及，被曲文秀推倒在地。人潮汹涌，无数只脚在他跟前走过。他艰难起身，匆忙四下张望。明媚到耀眼的阳光洒落下来，令他不禁眯起了眼睛。

恍惚之间，他似是在人群那头见到了小黑皮的身影。那个活泼可爱的小乞丐，正对着他笑着露出洁白的牙齿。

他怔在了人群中央，许久之后，才用力眨了眨眼，却再也不见小黑皮的身影。

曲文秀，陈婷婷，小黑皮……忽然之间，他们都消失在黑压压的人群中，无影无踪，仿佛一场幻梦。

王江宁苦笑一声，随即用力摆脱弥漫在胸膛中的悲伤情绪，迈着坚定的步伐继续向前。

希望有朝一日，全城无案，天下太平。

第一部 完

鸣谢参与

/ 出品方 /
不空文化

/ 出品人 /
铜雀叔叔　白毛毛

/ 项目经理 /
王策

/ 项目运营 /
蓝夕　江伊望　王明慧　小太阳　诗雨

/ 内容协助 /
王建雄　莫一一　陈心昭　方十一　周全

/ 美术视觉 /
赵老湿　红茶　41 陈彤　紫澜羽　阿卡林　Miolu 猫爷

/ 营销宣传 /
白玉　王冬梅　黄玉玲

/ 官方番外作者 /

E 伯爵　沈鱼藻　北棠墨　岑小沐　顾茹淼　麦小冬

/ 官方插图画师 /

REI　洗洗球洗球球　不愿意透露姓名的光战　時川　蚕蚕

行眠　白叔叔叔　ZEN_　伊吹鸡腿子　九明 -

烨火　deoR　雁飞　郭小天　牛悦　鳗鱼

/ 视频支持 /

香辛　文火慢炖　志树

/ 周边支持 /

杨帅

/ 平台支持 /

微博读书　张婷　白洁

/ 创作路上给予我们支持的读者朋友们 /

冬至　林卡　蕾蕾　芥末　江海　小火车　来来道人

说出来你们可能不信，这本书是活的，还开了微博。

现在关注新浪微博：@江宁探案录

就可领取你的在线读书伴侣——书精舒鲸。

你想知道的第二部最新动态、番外故事、精美插图、角色小剧场及作品相关的一切，

只有你想不到，没有舒鲸不知道。

舒鲸和她的小伙伴，等你来聊故事、拿周边哦。